UN SANCTUAIRE POUR KALEE

UN SANCTUAIRE POUR KALEE (FORCES TRÈS
SPÉCIALES : L'HÉRITAGE, TOME 7

SUSAN STOKER

UN SANCTUAIRE POUR KALEE

UN SANCTUAIRE POUR KALEE (FORCES TRÈS
SPÉCIALES : L'HÉRITAGE, TOME 7

SUSAN STOKER

Copyright © 2020 par Susan Stoker

Traduit de l'anglais (U.S.) par Anne-Lise Pellat et Valentin Translation

Titre original : *Securing Kalee (SEAL of Protection : Legacy, book 7)*

DU MÊME AUTEUR

Un paradis pour Monica (10 May 2022)

Un paradis pour Carly

Un paradis pour Ashlyn

Un paradis pour Jodelle

Mercenaires Rebelles

Un Défenseur pour Allye

Un Défenseur pour Chloé

Un Défenseur pour Morgan

Un Défenseur pour Harlow

Un Défenseur pour Everly

Un Défenseur pour Zara

Un Défenseur pour Raven

Ace Sécurité

Au Secours de Grace

Au Secours d'Alexis

Au Secours de Bailey

Au Secours de Felicity

Au Secours de Sarah

Forces Très Spéciales Series

Un Protecteur Pour Caroline

Un Protecteur Pour Alabama

Un Protecteur Pour Fiona

Un Mari Pour Caroline

Un Protecteur Pour Summer

Un Protecteur Pour Cheyenne

Un Protecteur Pour Jessyka

CHAPITRE UN

Phantom était assis dans sa chambre de la Casa Hinha, une auberge de jeunesse à Dili, la capitale du Timor oriental. Il avait séjourné ici avec son équipe lorsqu'ils avaient sauvé Piper et ses trois petites filles de l'orphelinat situé sur les collines.

Il ne pouvait s'empêcher de penser que pendant qu'ils attendaient le passeport de Piper et l'envoi des papiers d'adoption, la pauvre Kalee Solberg vivait probablement un véritable enfer.

Il n'aurait pas dû la quitter.

Peu importe ce que le protocole imposait.

Elle était en vie, et Phantom l'avait abandonnée.

Le regard perdu dans l'espace, des flashbacks traversaient son cerveau, et il avait l'impression de remonter le temps, de revivre ce moment.

Des corps. Au moins deux douzaines. Ils étaient empilés les uns sur les autres dans le trou. Jetés là comme s'ils étaient des déchets. Il y avait des mouches partout.

Et le pire c'est que... la plupart des morts étaient des enfants. Des petites filles qui avaient été abattues.

— Est-ce que c'est Kalee Solberg ? demanda doucement Rocco.

Phantom demeura silencieux ; sa mâchoire se contractait alors qu'il essayait désespérément de se retenir.

— Presque sûr, oui, répondit Rex tout aussi calmement. C'est assez difficile à dire, mais les cheveux roux correspondent et sa peau est plus claire que celle des habitants.

— Nous devons la sortir de là, dit Phantom dans le silence qui suivit les paroles de Rex. Nous avons promis de la ramener à la maison.

Les quatre autres hommes acquiescèrent. Ce ne serait pas agréable, mais leur mission était de faire sortir Kalee du pays, et même si elle avait été tuée dans le raid contre l'orphelinat, ils avaient encore un travail à faire.

— Comment allons-nous faire ça ? demanda Rocco.

Phantom ouvrit la bouche pour répondre lorsqu'une forte rafale de tirs retentit dans la jungle qui les entourait.

— Merde ! jura Rex en même temps que Rocco retirait la sécurité de son arme.

— On n'a pas le temps, dit Ace. Nous devons sortir d'ici.

— On ne peut pas la laisser, répliqua Phantom. Je vous retrouverai au village.

Ils entendirent des cris à proximité. Les rebelles étaient beaucoup trop proches pour qu'il n'y ait aucun danger.

— On ne se sépare pas, annonça Rocco en attrapant le bras de Phantom. On doit y aller.

— Elle est notre mission. On ne peut pas la laisser ! répéta Phantom en essayant de se dégager de l'emprise de son ami.

— Elle est morte, mec, tenta de le raisonner Bubba à la hâte. On ne peut pas descendre de la montagne avec son corps et faire sortir Piper et les enfants. On reviendra la chercher après s'être occupés des rebelles.

Phantom voulut protester davantage. Il voulait sauter dans le trou et attraper le corps de Kalee. Mais il était aussi un Navy SEAL bien entraîné. Il savait quand les circonstances ne leur étaient pas favorables.

Il se retourna vers le trou et fixa une fois de plus la forme sans vie de Kalee. Elle était couchée à plat ventre sur le dessus de la pile de petits corps. Ses pieds étaient nus, et elle ne portait pas de chemise.

Les muscles de la mâchoire de Phantom se contractèrent à nouveau, mais juste à ce moment-là, ils entendirent des hommes qui parlaient au loin. Ils allaient bientôt avoir de la compagnie. Ils n'avaient plus le temps de discuter si oui ou non ils pouvaient entrer dans le charnier et sortir Kalee pour la ramener chez elle. Les SEAL étaient entraînés à se battre. Mais ils n'avaient aucune idée du nombre d'hommes qui se dirigeaient vers eux, de la puissance de feu en leur possession, et ils avaient quatre civils innocents à protéger. Ils devaient partir. Maintenant.

Phantom cligna des yeux. Le souvenir de ce moment était clair comme de l'eau de roche. Mais il lui avait fallu des mois pour se rappeler la partie la plus importante de cette scène. Il était à deux doigts de la mort dans un hélicoptère en Afghanistan. Avery Nelson, la femme de Rex, avait essayé de détourner son attention de la douleur dans sa jambe. Elle lui avait ordonné de penser à autre chose qu'à ce qui était en train de se passer, à savoir qu'ils se faisaient tirer dessus par des insurgés. Et bien sûr, le Timor oriental avait surgi dans son esprit.

— *Pense à autre chose, ordonna Avery. N'importe quoi d'autre. Puis raconte-moi tout. Chaque détail.*

Phantom fixait Avery. Il n'était pas vraiment conscient de tout ce qui l'entourait. Tout ce qu'il pouvait faire était de la regarder dans les yeux.

— Quand nous étions au Timor oriental, et que j'ai trouvé cette fosse avec tous ces corps... j'étais incapable de regarder ailleurs, lui dit Phantom.

Il ne pensait pas qu'Avery savait de quoi il parlait, mais elle n'en manquait pas une miette.

— Comment te sentais-tu ? demanda-t-elle.

— Énervé, répondit Phantom entre ses dents serrées. Je ne voyais que des petites jambes et des petits bras. Ce n'était pas juste, il n'y avait aucune raison pour que les rebelles tuent tous ces enfants.

— Alors que s'est-il passé ? reprit Avery en constatant que Phantom ne poursuivait pas.

— On a entendu les rebelles arriver. Ils riaient et tiraient sur je-ne-sais-quoi en se dirigeant vers l'orphelinat. J'étais fou de rage qu'ils aient l'air si insouciants, alors que les enfants dans cette fosse ne riraient plus jamais.

— Tu les as tués ? demanda Avery en se penchant pour être presque nez à nez avec Phantom.

— Non. Nous devions partir. Emmener Piper et les enfants loin d'ici. J'ai regardé en arrière une fois de plus et... Merde !

— Quoi ? fit Avery. Qu'est-ce que tu as vu ?

Cette fois, lorsque Phantom répondit, son regard passa de celui d'Avery à celui de Rex, qui se tenait toujours derrière lui, lui maintenant les épaules.

— Kalee avait bougé ! Son pied n'était pas à la même place que la première fois que je l'avais vue.

Phantom vit Rex se raidir. Il savait que son coéquipier voulait lui dire qu'il avait tort. Que la volontaire du Corps de la paix qu'ils étaient allés sauver au Timor oriental était morte. Mais ce que Rex vit dans les yeux de Phantom le fit taire.

— Kalee était vivante ! déclara-t-il d'un ton angoissé. C'est ce qui me chiffonne dans cette mission. Ce n'était pas le problème *d'avoir échoué, pas entièrement. Sans m'en rendre compte, j'ai vu la preuve qu'elle n'était pas encore morte, et on l'a quand même laissée là-bas !*

Phantom était maintenant de retour au Timor oriental. C'était bien trop tard, mais il ne quitterait pas à nouveau le pays sans elle.

Après tout ce temps, Tex avait trouvé la preuve qu'elle était vivante. Il avait envoyé un épais dossier au commandant North, qui l'avait transmis à Phantom.

Tous les participants à la mission de sauvetage de la volontaire du Corps de la paix ressentaient une sorte de culpabilité pour l'avoir laissé se faire capturer par les rebelles. Phantom savait que c'était la seule raison pour laquelle son commandant lui avait permis d'examiner les dossiers.

Même si tout le monde se sentait mal à l'aise dans cette situation, la marine américaine n'était pas autorisée à se rendre au Timor oriental pour rechercher une femme qui, si les informations étaient correctes, avait rejoint les rebelles et terrorisait les citoyens autochtones.

Les images que Tex avait réussi à obtenir étaient granuleuses et floues, mais Phantom savait qu'il avait devant lui Kalee Solberg. Ses beaux cheveux auburn avaient été coupés extrêmement court, elle portait un fusil et se trouvait au milieu d'un groupe d'hommes identifiés comme des rebelles luttant contre le gouvernement du Timor oriental.

Phantom avait mémorisé autant d'informations du dossier qu'il le pouvait. Il connaissait la date de naissance de Kalee, sa taille et son poids, son numéro de passeport, son numéro de sécurité sociale, l'endroit où elle avait été vue pour la dernière fois, et de nombreux autres détails la concernant.

Il savait également que son père pensait toujours qu'elle était morte il y a plusieurs mois et qu'il vivait comme un ermite, ne quittant presque jamais son grand manoir.

Comme il avait arrêté de prendre ses médicaments après que Kalee eut été présumée morte, il avait déraillé et kidnappé la petite Rani, pensant qu'elle était sa fille. Piper et Ace n'avaient pas porté plainte, comprenant que parce qu'il avait arrêté de prendre ses médicaments, sa schizophrénie avait embrouillé son esprit. Il allait beaucoup mieux, il reprenait ses médicaments, mais il menait une vie solitaire, s'était retiré de la société qu'il possédait et restait seul.

Les officiers supérieurs de Phantom lui avaient ordonné de se retirer, de ne rien faire d'irréfléchi, comme de s'envoler seul vers le Timor oriental pour tenter de sauver Kalee. Il avait accepté, et avait demandé un mois de congé. Sa jambe lui posait encore des problèmes de temps en temps, depuis qu'il avait été blessé en Afghanistan en sauvant Avery des insurgés.

Phantom avait appelé un ami SEAL stationné à Hawaï, et il avait trouvé une petite maison de plage à North Shore que Phantom pouvait louer pour un mois.

Le commandant North avait été méfiant, mais après avoir parlé à Mustang, l'autre SEAL, qui avait vérifié que Phantom l'avait vraiment contacté et que les dispositions pour le logement avaient été prises, le vieil officier avait cédé.

Se sentant un peu coupable de ne pas avoir parlé à Rocco ou aux autres gars de l'équipe, Phantom partit un soir tard et s'envola pour Hawaï. Il savait que son équipe allait être furieuse contre lui pour ce qu'il était sur le point de faire, mais il repoussa cette idée. Ce qui était fait était fait. Il ferait face aux conséquences dans un mois, lorsqu'il reviendrait en Californie du Sud.

Pour l'instant, Phantom était assis dans une auberge

délabrée mais propre, près de la côte, dans la capitale du Timor oriental. Il s'était déjà rendu à l'ambassade américaine et avait raconté que sa petite amie avait perdu son passeport. Il leur avait donné tous les renseignements nécessaires en leur disant qu'il reviendrait avec Kalee dans un jour ou deux pour qu'elle puisse récupérer le document de remplacement.

Phantom savait que Kalee avait été vue pour la dernière fois dans la partie nord-ouest de Dili. Les rebelles étaient descendus des montagnes et y avaient installé une sorte de camp. Les citoyens avaient été chassés de leurs maisons et les rebelles menaient actuellement des raids sur les bâtiments du gouvernement dans cette partie de la ville.

Ils constituaient plus une nuisance qu'une réelle menace à ce stade. Le gouvernement du Timor oriental avait quasiment écrasé la rébellion et ignorait les derniers résistants, espérant qu'ils abandonneraient et disparaîtraient dans la nuit.

Le plan de Phantom était d'attendre qu'il fasse nuit, puis de se diriger vers l'endroit où les rebelles étaient censés se terrer et trouver Kalee.

Après cela, son plan était un peu vague. Il n'avait aucune idée de l'état d'esprit dans lequel se trouverait Kalee. Des rapports avaient affirmé qu'elle prenait volontiers part aux raids, brandissant un fusil et menaçant les citoyens. Mais Phantom ne le croyait pas.

Kalee était venue dans le pays pour être volontaire du Corps de la paix. Elle avait passé tout son temps libre à l'orphelinat où ils avaient trouvé Piper, ainsi que les trois petites filles qu'Ace et elle avaient adoptées. Il ne pensait pas qu'une femme comme elle se transformerait en une tueuse de sang-froid au cours des mois qu'elle avait passés en compagnie des rebelles.

Mais là encore, les gens s'adaptent différemment aux

situations extrêmes. Phantom n'aimait pas penser aux tortures qu'elle avait dû subir. Il n'était pas assez optimiste pour croire qu'elle n'avait pas été blessée – physiquement, mentalement et sexuellement – par le groupe d'hommes sans foi ni loi avec lequel elle avait été vue. Mais il espérait qu'elle avait eu la force intérieure nécessaire pour s'en sortir.

Phantom était assis sur le sol au milieu de la petite chambre qu'on lui avait attribuée, essayant de faire le vide dans son esprit pour se préparer à ce qui allait se passer. Il n'avait plus l'habitude d'agir seul. Il en était venu à dépendre de son équipe de SEAL, non seulement pour assurer ses arrières lors des missions, mais aussi pour discuter et planifier les choses.

Même s'il avait décidé de partir seul au Timor oriental, ils lui manquaient. Mais il n'était pas question qu'il ruine leur carrière comme il ruinait la sienne. À ce stade, il n'y avait pas de retour en arrière possible. Il avait vu et revu les cartes et savait qu'il pouvait accomplir cette mission tout seul. Que c'était le meilleur moyen. Il aurait moins de chances d'être vu que si les autres SEAL étaient là aussi.

Il faisait nuit noire lorsque Phantom se glissa silencieusement hors de l'auberge et se dirigea vers le quartier difficile de la ville où Kalee avait été vue pour la dernière fois. Tex avait fourni des cartes au commandant, donnant à Phantom un endroit très précis pour commencer ses recherches.

Il avait stocké dans sa tête toutes les informations dont il avait besoin. Bien qu'il n'ait pas d'arme à feu, il avait acheté un couteau à lame dentelée de 15 centimètres à son arrivée en ville. Il n'avait pas besoin d'une arme à feu, il pouvait tuer tout aussi efficacement avec le couteau.

Mais son plan était d'user d'une extrême discrétion. Il voulait se glisser dans la gueule du loup et enlever Kalee sans que personne ne s'en aperçoive. Phantom savait que les chances que cela arrive étaient minces, mais c'était vraiment le plan A.

Dili était une ville animée pendant la journée, avec des gens partout, mais à 3 heures du matin, c'était sinistrement calme. Phantom ne courut pas, il se contenta de marcher d'un pas décidé. Il ne voulait pas attirer une attention non désirée sur lui. Bien qu'il n'y ait pas beaucoup de gens debout pour le voir, la dernière chose qu'il voulait était que quelqu'un appelle les policiers locaux et les alerte de sa présence.

Il fallut environ trente minutes à Phantom pour arriver dans la partie de la ville où Kalee et les rebelles s'étaient retranchés. Il ne fallut que quinze autres minutes pour trouver le bâtiment où il pensait qu'elle se trouvait.

Son cœur battait vite et fort dans sa poitrine. Phantom remercia silencieusement Tex pour son rapport détaillé. Sans lui, il n'aurait jamais été en mesure de localiser le bâtiment exact qu'il surveillait. C'était une structure en béton délabrée qui avait certainement connu des jours meilleurs. Phantom n'était même pas sûr qu'il y avait un toit intact au-dessus du bâtiment de deux étages.

Se déplaçant avec la furtivité que son surnom suggérait, Phantom resta dans l'ombre et se dirigea vers le côté ouest du bâtiment. Il jeta un coup d'œil prudent à l'intérieur et vit au moins dix hommes étalés sur le sol. Ils ronflaient – ou étaient ivres morts, si l'on en croyait les canettes de bière qui jonchaient le sol.

Mais le plus inquiétant était le nombre de fusils éparpillés dans la pièce. Il suffisait d'un faux mouvement pour qu'ils soient prêts à tuer en quelques secondes.

En regardant autour de lui, Phantom réalisa qu'il avait déjà vu les lianes qui serpentaient sur le côté du bâtiment en béton. Lors de leur fuite à travers la jungle avec Piper et les enfants, les lianes étaient partout. Elles étaient épaisses et presque impossibles à couper. Phantom le savait puisqu'il avait essayé.

Sans faire de bruit, il en attrapa une et tira de toutes ses forces. Les feuilles de la liane bruissèrent mais ne bougèrent pas.

Souriant, Phantom commença à grimper lentement, utilisant la liane comme une corde. En quelques secondes, il planait devant une fenêtre ouverte du deuxième étage.

En regardant à l'intérieur, il vit qu'il y avait beaucoup moins d'occupants ici. Dans la faible lumière, il pensait qu'ils n'étaient que trois.

Les chances qu'il soit capable de se battre contre trois hommes et d'en sortir vainqueur étaient bien plus grandes que la douzaine d'hommes de l'étage inférieur. Bien sûr, si l'un des hommes ici faisait le moindre bruit, les autres accourraient, et il serait fichu.

Utilisant la force du haut de son corps, Phantom se balança facilement par-dessus le rebord de la fenêtre et chemina silencieusement sur le plancher en bois. Il demeura accroupi pendant un long moment. Attendant. Il observait.

Comme personne ne bougeait, il se déplaça lentement sur le sol.

Tous ceux qu'il avait vus dans la maison, et sur les photos granuleuses de Tex, portaient un pantalon et une chemise noirs, « l'uniforme » officieux des rebelles. Deux d'entre eux lui tournaient le dos, face à un mur, et un troisième était sur le dos, un bras au-dessus de sa tête, et de légers ronflements sortaient de sa bouche.

Sachant que chaque seconde qui passait était une seconde de trop, Phantom se dirigea vers les deux rebelles contre le mur. Il n'osait pas allumer une lumière, et plus il se rapprochait, plus son cœur battait fort.

Il était prêt à fouiller toute la maison, mais il eut l'impression que pour une fois la chance était avec lui – il aurait reconnu les cheveux roux de Kalee Solberg n'importe où.

Ils étaient peut-être coupés court, mais aucun citoyen natif du Timor oriental n'a de cheveux de cette couleur.

Kalee ne bougeait pas, et pendant une seconde, Phantom eut un flashback de tous ces mois passés, quand il l'avait regardée sur le sommet du charnier. Il avait aussi observé l'arrière de sa tête à ce moment-là. Mais cette fois, il n'allait pas la laisser derrière lui. Jamais de la vie.

Phantom se déplaça silencieusement vers elle. Ce serait délicat. Il ne savait pas comment elle réagirait. L'essentiel était que, même si Phantom ne pensait pas qu'elle travaillait avec les rebelles de son plein gré, il y avait toujours une chance qu'il se trompe. Et si c'était le cas, il pourrait ne pas rentrer aux États-Unis pour faire face aux conséquences de ses actions.

Kalee était allongée sur le sol en bois dur, les yeux fermés, mais elle ne dormait pas. Elle ne dormait jamais bien. Depuis que son cauchemar avait commencé, elle dormait rarement la nuit. La plupart du temps, les rebelles l'avaient laissée tranquille ces derniers mois, décidant qu'il était plus amusant de violer et de torturer les femmes dans les maisons qu'ils pillaient que de s'occuper de Kalee, qui ne résistait plus. Mais cela ne signifiait pas qu'elle leur faisait confiance. Jamais de la vie.

Ils avaient montré dès le début qu'ils n'avaient aucune

morale, et ils prenaient un grand plaisir à la forcer à faire tout ce qu'ils exigeaient.

Au début, elle les avait défiés dès qu'elle en avait eu l'occasion. Après avoir essayé de s'enfuir pour la cinquième fois, Kalee avait été battue si violemment qu'elle avait failli mourir.

Elle était allongée dans la poussière, incapable de se lever ou de se défendre, lorsque le premier homme s'était approché d'elle avec un regard de convoitise impie dans les yeux. Kalee était à peine consciente lorsque l'homme l'avait violée... et étonnamment, lorsqu'il avait fini, personne d'autre n'était venu pour prendre son tour.

Plus tard, elle avait appris que l'homme n'avait pas pu éjaculer et il la considérait comme responsable. Il l'appelait le « diable rouge » à cause de la couleur de ses cheveux. Et personne d'autre ne voulait risquer sa virilité en la prenant de force. Elle était reconnaissante pour ce surnom.

Mais à ce moment-là, la douleur des coups avait été si forte qu'elle avait voulu mourir. Mais ils ne l'avaient pas laissé faire, bien sûr. Ils l'avaient soulevée et forcée à marcher jusqu'au prochain camp. Elle ne voyait plus d'un œil, et l'autre était presque enflé. Elle avait un bras cassé, et elle avait si mal partout qu'elle n'était pas sûre de s'en sortir.

Malgré cela, il avait fallu quelques coups de plus pour que Kalee retienne vraiment la leçon.

Maintenant, si elle se tenait tranquille, faisait ce qu'on lui ordonnait de faire, on ne lui faisait plus de misères. Les hommes qu'elle était obligée de côtoyer étaient toujours prompts à frapper, à la faire bouger plus vite ou à la faire taire, mais c'était presque comme s'ils s'étaient lassés de sa présence. Ces derniers temps, il se passait souvent une journée entière sans qu'on lui adresse la parole.

Elle pensait encore souvent à s'échapper, surtout après leur arrivée dans la capitale, mais les flashbacks de ce qui lui arriverait si elle échouait la maintenaient terrifiée et docile. Elle ne pouvait pas subir un autre passage à tabac.

Et elle ne pouvait pas laisser quelqu'un d'*autre* mourir à cause d'elle. Elle se tuerait en premier.

Mais chaque jour, elle priait pour que les rebelles soient capturés par l'armée du Timor oriental. Elle serait sûrement séparée des hommes, et cela lui donnerait une chance de raconter sa version des faits. Pour peut-être convaincre quelqu'un qu'elle n'était pas vraiment une rebelle, et qu'on la laisse rentrer chez elle.

C'était une chimère, mais c'était tout ce à quoi Kalee pouvait se raccrocher pour le moment.

Bien qu'elle ait toujours la possibilité d'orchestrer sa propre mort. Ce ne serait pas difficile. Les rebelles la tueraient sûrement si elle les provoquait suffisamment. Ou elle pourrait se mettre devant l'un des fusils pendant un raid et être abattue. Elle avait aussi pensé à sauter par la fenêtre de cette maison minable, mais elle n'était pas assez haute ; elle se blesserait et serait obligée de continuer, même avec une jambe cassée.

De plus, Kalee ne voulait pas mourir. Elle voulait vivre. Rentrer chez elle en Californie. Pour revoir son père et Piper. Elle n'avait aucune idée de ce à quoi sa vie ressemblerait ; son esprit était définitivement perturbé maintenant. Mais elle voulait vivre.

Alors que Kalee était allongée sur le sol, elle crut entendre un bruit derrière elle. Tous les muscles de son corps se tendirent. Elle ne s'attendait pas à ce que l'un des rebelles l'attaque au milieu de la nuit. Ils avaient tous bu comme des trous la nuit dernière, et parfois quand cela arrivait, ils devenaient excités et voulaient être soulagés. Avec sa réputation de « diable rouge » et ses efforts pour se fondre dans le décor, ils trouvaient généralement quelqu'un d'autre à dominer, mais il y avait toujours la possibilité qu'un rebelle soit assez ivre ou désespéré pour prendre ce qu'il voulait.

Kalee était sur le point de se retourner pour affronter celui qui l'espionnait, mais elle n'en eut pas l'occasion.

Un corps lourd la fit passer sur le ventre et une main se referma sur sa bouche. Brutale.

Elle se débattit, mais l'homme sur elle ne bougea pas d'un millimètre. Elle le sentit se pencher, la recouvrant pratiquement de la tête aux pieds. Le poids de son corps était lourd, et il était difficile de respirer. Kalee aspirait autant d'air qu'elle pouvait par le nez et essayait de dégager ses bras de sous son corps. Elle avait appris que se battre rendait toujours les choses pires pour elle, mais il était hors de question qu'elle reste allongée là et les laisse la violer. Pas à nouveau. Cela faisait des mois que personne n'avait essayé de la violer, mais elle n'avait pas oublié à quel point elle s'était sentie impuissante chaque fois.

Au moment où elle réussit à dégager un bras, l'homme sur elle se pencha et lui chuchota à l'oreille. Elle sentit son souffle chaud contre sa peau et la chair de poule se propager sur ses bras.

— US Navy. Je suis ici pour vous ramener chez vous.

Il fallut un moment pour que ses mots s'imprègnent, mais lorsqu'ils le firent, tous les muscles du corps de Kalee se détendirent instantanément. Il pouvait mentir, elle le savait, mais sans savoir pourquoi, elle était persuadée que ce n'était pas le cas. D'abord, il parlait anglais, et il n'avait pas d'accent comme les rebelles. Deuxièmement, il n'avait pas l'odeur des corps dégoûtants, sales et pas lavés qu'elle s'était presque habituée à côtoyer. Une légère odeur de pin flottait dans son nez à chaque inspiration. Ça devait être son savon.

L'homme ne retira pas sa main de sa bouche alors qu'il demandait :

— Vous comprenez ?

Kalee acquiesça du mieux qu'elle put, et il éloigna lentement sa main de son visage. Elle pensait l'avoir senti caresser sa joue en retirant sa main, mais elle décida qu'elle devait imaginer des choses.

Ouvrant la bouche, elle prit une longue et profonde inspiration. Elle voulait se lever d'un bond et courir vers la porte, mais elle savait que ce serait extrêmement stupide. Alors elle demeura sous son corps lourd et attendit. Une partie d'elle voulait croire qu'elle avait vraiment été sauvée et qu'elle allait enfin rentrer chez elle, mais une autre partie se demandait si tout cela était vrai. C'était son jour pour mourir.

Parce qu'elle ne voyait pas comment ils allaient sortir de la maison.

Elle sentit qu'il la soulageait de son poids, mais il ne la libéra pas complètement. Elle tourna lentement la tête et, pour la première fois, regarda l'homme qui prétendait être là pour la sauver.

La pièce était sombre, mais pas assez pour l'empêcher complètement de le voir. Il avait des cheveux bruns épais, portait un pantalon kaki et un T-shirt noir. Il avait une barbe courte et une moustache. Mais c'est l'intensité de son regard qui attira son attention. Les hommes avec lesquels elle avait passé des mois et des mois n'avaient que le mal dans leur regard. Les différentes émotions qu'elle voyait dans celui de cet homme étaient presque écrasantes.

Compassion, respect, admiration... mais aussi détermination et prudence.

Il se pencha vers elle, et Kalee ne put s'empêcher de reculer lorsque sa bouche s'approcha de la sienne. Elle passa du soulagement qu'il soit là à la terreur pure en un battement de cœur. S'il pensait qu'elle allait le laisser l'embrasser, il avait tort.

— Doucement, chuchota-t-il en reculant.

Il se déplaça pour rester au-dessus d'elle, mais il ne la touchait plus. Sa voix était si basse qu'elle dut faire des efforts pour l'entendre.

— J'allais juste te parler à l'oreille.

Kalee hocha la tête, sans bouger d'un millimètre. Elle ne savait pas si elle devait le croire ou non. Trop de fois, un des rebelles avait prétendu être gentil avec elle, pour se retourner contre elle lorsqu'elle avait baissé sa garde.

— Nous devons sortir d'ici. Fais ce que je dis, quand je le dis. Compris ?

Kalee ne fut pas immédiatement d'accord. Elle ne connaissait pas cet homme. Elle ignorait s'il était vraiment un membre de l'US Navy. Il ne portait rien de proche d'un uniforme. Il pourrait être n'importe qui.

Comme s'il pouvait lire le doute dans ses yeux, l'homme annonça :

— Je suis un Navy SEAL. Je peux le prouver, mais je préfère le faire quand nous serons sortis d'ici et en route pour Hawaï.

Un SEAL, c'était logique. Kalee savait que son père avait des contacts dans le gouvernement, et ça lui ressemblerait d'envoyer une équipe de Navy SEAL pour la sauver. Cependant, elle ne voyait personne d'autre que cet homme. Peut-être que les autres étaient dehors.

Elle n'était pas sûre à cent pour cent qu'il disait la vérité, mais à ce stade, elle n'avait vraiment rien à perdre. Elle hocha la tête.

— Suis-moi, dit l'homme.

Il n'avait pas dit qu'elle devait se taire. Mais Kalee s'assit avant de se lever en silence. Elle vacilla un moment, mais obligea rapidement son corps à coopérer. Elle ne devait surtout pas s'évanouir en ce moment. Elle essaya de se rappeler la dernière fois qu'elle avait mangé quelque chose, mais n'y parvint pas. Les rebelles ne se souciaient pas vraiment de la nourrir. Toute la nourriture qu'ils récupéraient, ils la mangeaient aussi vite qu'ils le pouvaient. Ils ne se préoccupaient pas de stocker de la nourriture ou de l'eau, ils la volaient simplement quand et où ils le pouvaient. Ce qui signifiait que Kalee devait voler aussi. Elle détestait ça. Mais si elle voulait manger, elle n'avait pas le choix.

Elle garda les yeux sur le dos du SEAL alors qu'il marchait silencieusement vers la fenêtre. Il était immense. Plus grand que tous les rebelles et les habitants. Il la dépassait, mais bien qu'elle ignore pourquoi, elle n'avait pas peur. Elle se sentait réconfortée.

Malgré cela, quand il tendit la main vers elle, Kalee recula. Il ne fit pas de commentaire, mais elle eut le sentiment qu'il avait enregistré sa réaction.

Il fut un temps où Kalee ne réfléchissait pas à deux fois avant de toucher quelqu'un d'autre. Elle était très câline, aimait se blottir contre les orphelins, et Piper et elle se tenaient parfois la main en marchant, juste parce que c'était agréable de se connecter à quelqu'un d'autre. Mais maintenant, elle avait la chair de poule dès que quelqu'un la touchait. Les rebelles lui avaient pris ça aussi.

Le SEAL lui fit signe de s'approcher de la fenêtre. Elle s'exécuta et se tint à côté de lui, regardant vers le bas. Se forçant à ne pas se détourner de lui lorsqu'il se pencha pour lui parler à l'oreille, Kalee fit de son mieux pour prêter attention à ses instructions.

— Il va falloir que tu montes sur mon dos. Je vais descendre et nous allons sortir d'ici.

Kalee secoua la tête avant même qu'il ait fini. S'accrocher à lui ? Se coller à son dos ? Elle ne pouvait pas le faire.

Juste à ce moment-là, l'un des rebelles chargés de la surveiller pendant la nuit marmonna quelque chose. Kalee tourna la tête et le vit se retourner. Elle retint son souffle jusqu'à ce qu'il s'immobilise à nouveau.

Elle regarda à nouveau le SEAL, s'attendant à ce qu'il soit impatient et irrité. Ou tout du moins, à ce qu'il regarde le rebelle, mais au lieu de cela, ses yeux étaient fixés sur elle. Pendant une seconde, elle pensa qu'il était le plus incompétent des Navy SEAL. Avait-il seulement entendu l'homme bouger ?

Mais elle baissa les yeux et vit un énorme couteau dans sa main.

Il avait entendu l'homme et se tenait prêt à agir, mais il restait patient et calme sous la pression. Il n'y avait aucune garantie qu'il puisse tuer l'homme avant qu'il n'alerte les autres rebelles. Et si cela se produisait, les chances qu'ils s'échappent seraient minces, voire nulles.

Mais il n'avait pas eu besoin d'agir, et alors qu'il était prêt à le faire, son attention était focalisée sur elle. Il ne lui intima pas l'ordre de se dépêcher, ni ne l'attira vers lui avec impatience pour la forcer à faire ce qu'il disait. Il se contenta de rester là. Attendant qu'elle se décide.

Quelque chose au fond de Kalee s'éveilla. Cela faisait très longtemps qu'elle n'avait pas été traitée autrement que comme une femme stupide, bonne à rien, sauf à suivre les ordres. Personne ne lui avait demandé son avis ou ne s'était soucié de ce qu'elle pensait.

Mais cet homme lui donnait quelque chose qu'elle n'avait pas eu depuis des mois : le choix.

Elle lui fit un signe de tête.

Le regard illuminé de satisfaction, il lui tourna le dos et s'accroupit.

Kalee prit une profonde inspiration. Elle ne voulait pas le toucher. Elle ne voulait pas être touchée. Elle ignorait comment il allait sortir par cette fenêtre avec elle, mais elle ne lui posa aucune question. Il était venu la chercher alors qu'elle pensait que tout le monde avait oublié son existence.

Maladroitement, elle posa ses mains sur ses épaules,

grimaçant lorsque le moindre mouvement faisait bruire ses vêtements de façon presque grotesque.

— Tiens-toi bien, murmura l'homme d'une voix si étouffée que Kalee faillit ne pas entendre.

Il ne la saisit pas, ni ne mit ses mains sur ses fesses pour la hisser sur son dos. Il attendit simplement qu'elle ait une bonne prise sur lui avant de bouger.

Kalee fit de son mieux pour ne pas l'étrangler. Elle resserra ses genoux autour de sa taille et s'accrocha alors qu'il passait une jambe par-dessus le rebord de la fenêtre. Fermant les yeux, Kalee retint sa respiration alors qu'il descendait rapidement et efficacement le long de la maison en utilisant ce qui ressemblait à une liane fragile. Elle avait vu ces lianes d'innombrables fois, mais n'avait jamais envisagé qu'elles puissent être assez solides pour supporter son poids. Si elle l'avait fait, elle aurait pu essayer de s'échapper avant.

De qui se moquait-elle ? Non, elle ne l'aurait pas fait. Elle aurait pu le *vouloir*, mais elle avait trop peur des conséquences.

À la seconde où ses pieds touchèrent le sol, le SEAL s'accroupit et Kalee glissa sur son dos avec soulagement.

— Suis-moi, dit le SEAL, puis sans un autre mot, il se retourna et partit sans regarder si elle était derrière lui.

Kalee jeta un coup d'œil à la maison délabrée dans laquelle elle s'était réfugiée ces deux dernières semaines, puis regarda l'endroit où le Navy SEAL était sorti de son champ de vision.

Elle craignait de partir, mais était terrifiée à l'idée de rester.

Prenant une profonde inspiration, elle fit un pas dans la direction que le SEAL avait emprunté.

Puis un autre. Et un autre.

Chaque fois, cela devenait plus facile.

Elle avait du mal à croire qu'elle laissait enfin son cauchemar derrière elle. Mais elle était certaine que tout ne serait pas rose à son retour. Elle était une personne différente de ce qu'elle était avant que les rebelles n'attaquent l'orphelinat.

Elle n'avait aucune idée de *qui* elle était maintenant, ni si quelqu'un aimerait ce qu'elle était devenue. Si elle pourrait même *s'aimer elle-même*.

Mais ce n'était pas le moment de penser à ça.

Chaque chose en son temps. Elle devait voir si ce SEAL était digne de confiance et trouver comment sortir du pays sans papiers, sans argent et sans savoir ce qui l'attendait à son retour en Californie.

CHAPITRE DEUX

Phantom prenait un risque en tournant le dos à Kalee et en la laissant debout près de la maison. Il avait besoin qu'elle vienne avec lui de son plein gré. Il avait remarqué la façon dont elle avait reculé à son contact. Cela le rendait furieux, parce qu'il savait ce que cela signifiait.

Elle ne lui avait pas dit un mot, mais il l'avait fort bien compris. Elle était mal à l'aise et terrifiée. Elle ne voulait pas qu'il la touche, et elle doutait qu'il soit celui qu'il disait être. Une fois qu'ils seraient à une distance relativement sûre de la forteresse rebelle, il ferait ce qu'il pourrait pour la rassurer sur ce point.

Ils avaient été extrêmement chanceux jusqu'à présent, et il ne voulait pas forcer les choses. Dès que l'ambassade serait ouverte, ils iraient chercher son passeport et prendraient le premier vol pour Hawaï.

Phantom se retourna finalement et regarda Kalee se débattre pour décider si elle devait venir avec lui ou retourner à l'intérieur. Il n'était pas question qu'il la laisse faire ce dernier choix, mais il voulait qu'elle prenne la bonne décision toute seule.

Quand elle se retourna enfin pour le suivre, Phantom eut l'impression qu'on lui enlevait un poids énorme des épaules.

Puis il retrouva son calme. Il était si fier d'elle, mais il était peu probable qu'elle lui fasse confiance une fois qu'elle aurait appris que c'était de sa faute si elle s'était retrouvée dans la situation dans laquelle elle était.

Quand elle découvrirait qu'il avait eu l'opportunité de la sauver il y a des mois, et qu'il ne l'avait pas fait.

Il attendit qu'elle le rattrape, puis se retourna une nouvelle fois pour se diriger vers l'auberge. Il aurait pu y arriver en trente minutes, comme il l'avait fait à l'aller, mais il était évident que Kalee n'était pas en bonne forme. Il avait observé la façon dont elle se balançait sur ses pieds. Elle était maigre, beaucoup trop maigre. Il avait aussi vu des bleus sur son visage, à différents stades de guérison. Il était fou de rage, et avait dû prendre sur lui pour ne pas égorger les deux hommes qui se trouvaient dans la pièce avec elle à ce moment précis.

Il leur fallut presque une heure pour revenir à la côte, en partie à cause de la vitesse à laquelle ils marchaient, mais aussi parce qu'il était très prudent. Il voulait éviter que quelqu'un les voie et appelle les autorités locales. Kalee portait toujours des vêtements qui l'identifiaient comme une rebelle.

Phantom soupira de soulagement lorsque la porte de l'auberge se referma derrière eux. Il dut se forcer à ne pas tendre la main vers le bas du dos de Kalee pour la guider. C'était instinctif pour lui de vouloir la protéger, mais il savait qu'elle n'apprécierait pas d'être touchée.

En serrant les dents, il dit :

— Ma chambre est par là.

Elle s'arrêta dans son élan, dos au mur, et le regarda fixement.

Phantom s'assura de rester assez loin pour ne pas la gêner.

— Nous ne resterons pas ici longtemps, l'informa-t-il. Assez longtemps pour que tu te douches, que tu mettes les vêtements que je t'ai achetés et que je te prouve que je suis bien celui que j'ai dit être. Nous devons nous rendre à l'ambassade américaine à l'ouverture pour récupérer une copie de remplacement de ton passeport et prendre un avion.

La confusion s'installa dans ses yeux. Elle était encore méfiante, et toutes les informations qu'il lui avait données étaient manifestement trop nombreuses, et elles arrivaient trop tôt.

— Écoute, je t'expliquerai tout quand nous serons dans ma chambre. Je ne veux pas discuter de quoi que ce soit ici où quelqu'un pourrait nous entendre. Je jure sur mon honneur de Navy SEAL que je ne te veux aucun mal. Je ne m'approcherai pas de toi. Je ne te toucherai pas. Je ne laisserai personne d'autre te toucher. Tu peux me faire confiance.

Elle le regarda pendant quelques secondes, puis hocha la tête.

Se sentant plus soulagé qu'il ne voulait l'admettre, Phantom lui fit signe de le précéder dans sa chambre.

Celle-ci n'était pas très grande, avec un matelas à deux places, une petite commode, un évier, et pas grand-chose d'autre. Les douches étaient au bout du couloir ; tous les occupants de l'étage les partageaient. Phantom se souvenait d'avoir entendu de la part d'Ace combien Piper et les petites filles s'étaient réjouies de l'eau chaude, et il espérait que rien n'avait changé et que Kalee pourrait toujours avoir une douche chaude. Mais il savait qu'avant qu'elle ne consente à se laver, il devait prouver qu'elle pouvait lui faire confiance.

Dès qu'il eut refermé la porte derrière lui, Phantom prit le sac à dos qu'il avait laissé dans la chambre. Il avait voyagé léger, espérant qu'il ne resterait pas longtemps dans le pays. Il sortit sa carte militaire de la marine d'une poche intérieure cachée, ainsi que son passeport. Il les tendit à Kalee. Elle regarda sa main, puis son visage, et enfin les documents.

Soupirant intérieurement, Phantom fit un pas de côté et les posa sur la commode, puis recula, lui laissant la possibilité de les ramasser sans avoir à s'approcher de lui. Pendant qu'elle bougeait, il commença à parler.

Il n'était pas encore prêt à lui parler de son rôle dans ce qui lui était arrivé.

— Lorsque les combats ont éclaté au Timor oriental, ton père a actionné ses réseaux, et mon équipe et moi avons été envoyés ici pour t'évacuer. Nous avons trouvé Piper et trois petites filles à l'orphelinat.

Elle tourna la tête pour le regarder. Ses yeux verts étaient immenses et elle le dévisageait avec un tel espoir que cela faisait presque mal à voir.

— Elles vont bien, Kalee. Elles sont rentrées en Californie, saines et sauves.

Elle ferma les yeux, et Phantom la vit déglutir avec difficulté. Puis elle le fixa à nouveau du regard et ouvrit la bouche. Il crut qu'elle allait enfin lui parler, mais rien n'en sortit.

Il poursuivit :

— Rani, Sinta et Kemala étaient avec Piper quand on l'a trouvée, là où tu les avais planquées, et on ne pouvait pas les laisser derrière nous. Piper a épousé un de mes coéquipiers pour faciliter leur sortie du pays, et ils sont tombés follement amoureux. Ils vivent dans une immense maison à Riverton, et elle va accoucher d'un jour à l'autre.

Une larme coulait de l'œil de Kalee, mais elle l'essuya immédiatement et lui fit signe de continuer.

— Le fait est que personne ne pensait que tu avais

survécu à l'attaque des rebelles sur l'orphelinat. Ton père...
il n'a pas très bien géré ton décès et a arrêté de prendre ses
médicaments.

Le sourcil de Kalee se plissa de détresse.

— Oui. Il a eu une crise et croyait que Rani était toi. Il
l'a emmenée, et allait partir au Mexique et vivre heureux
pour toujours, mais il a repris ses esprits à la dernière
minute. Rani n'a pas été blessée, et Piper n'a pas porté
plainte. Il va bien maintenant, d'après ce que j'ai entendu. Il
a pris sa retraite et passe la plupart de son temps à la
maison.

Kalee avait l'air extrêmement préoccupée, et Phantom
détestait le constater. Il se dépêcha de poursuivre :

— Je te raconte ça pour que tu saches pourquoi j'ai mis
si longtemps à revenir te chercher. Tout le monde pensait
que tu avais été tuée. Un de mes amis informaticiens a fini
par comprendre que tu ne l'étais pas... et je suis arrivé dès
que j'ai pu.

Phantom savait qu'il laissait de côté beaucoup de choses,
mais ce n'était ni le moment ni l'endroit pour expliquer à
quel point il avait tout raté. Il savait qu'elle ne lui pardonne-
rait jamais ou ne lui ferait pas confiance s'il lui disait tout
maintenant, et il devait la mettre dans un avion et la
ramener sur le sol américain avant qu'elle ne découvre son
rôle dans son cauchemar. Mais il savait aussi qu'il devait
faire preuve de prudence pour la suite.

— Donc, comme je l'ai expliqué plus tôt, le plan est que
tu prennes une douche, que tu enfiles des vêtements civils,
et que nous dégagions du Timor oriental.

Elle hocha la tête avec enthousiasme.

— Nous allons à Hawaï pour trois semaines, puis nous
rentrerons à Riverton.

Kalee fronça les sourcils en signe de confusion.

— Je sais que tu voudrais rentrer chez toi immédiatement, mais tu vas devoir me faire confiance quand je dis que ce n'est pas dans ton intérêt.

Phantom voyait bien qu'elle voulait protester, mais elle se contenta d'incliner la tête et de l'observer.

— Tu as besoin de décompresser. La dernière chose dont tu as besoin, c'est d'avoir tes proches en face de toi qui veulent savoir si tu vas bien, ce qui s'est passé, et qui veulent que tu leur parles. Kalee... ta voiture a été vendue. Tu n'as plus d'appartement. Piper a emballé quelques affaires qu'elle pensait que tu aimerais garder, des photos, des souvenirs, ce genre de choses, mais elle a dû tout nettoyer et vendre ou donner tout le reste. Tu as vécu un enfer, et tu dois l'accepter – ou du moins *commencer à l'accepter* – avant d'essayer de revenir dans ta vie. Je sais que je suis très présomptueux, et tu ne me connais pas, mais je sais de quoi je parle.

Elle continuait à le fixer avec un froncement de sourcils méfiant sur le visage.

Phantom n'était pas un homme très doux. Et il n'était pas connu pour être celui qui avait le plus de tact, mais il était important qu'elle comprenne qu'il faisait ça dans son intérêt.

— J'ai loué une petite maison sur la plage. C'est sur la côte nord d'Oahu, un Navy SEAL que je connais l'a trouvée pour moi. Tu auras une chambre pour toi, je n'ai pas l'intention de te déranger. J'ai vu plus que ma part d'horreurs dans ma vie, et crois-moi quand je dis qu'écouter l'océan et prendre le temps de se recentrer est la meilleure chose que tu puisses faire en ce moment. Quand tu seras plus forte, que tes bleus se seront estompés et que tu auras repris un peu du poids que tu as perdu, tu pourras rentrer chez toi dans un meilleur état d'esprit. Je ne dis pas que tu es prisonnière. Si tu ne veux vraiment pas rester, je ne vais pas te forcer. Mais je pense que si tu te donnes une chance, tu découvriras que tu as vraiment besoin de temps pour décompresser. Il n'y a pas d'urgence à dire à quelqu'un que tu es en vie. Ça peut paraître froid, mais... tout le monde pense que tu es partie, Kalee. Ils ont fait leur deuil. Prendre quelques semaines pour te retrouver, te détendre et trouver ce que tu veux faire après ne fera de mal à personne. Mais te précipiter à la maison et réaliser que tu ne peux pas gérer les gens, la foule, et essayer de comprendre ta vie au milieu du chaos pourrait *te* faire du mal. Et tu as assez souffert comme ça.

Phantom retint son souffle en attendant sa réaction. Si elle ne voulait vraiment pas aller à Hawaï avec lui, il lui trouverait un billet pour la Californie, mais il ne serait pas satisfait. Il sentait au plus profond de lui qu'elle avait besoin du calme de l'océan et de ne pas avoir de responsabilités pour retrouver son équilibre, le temps de combattre ses démons. Parce qu'il savait qu'elle en avait. Elle devait forcément en avoir.

Après ce qui parut une éternité, Kalee hocha la tête une fois.

Phantom ressentit un immense soulagement. Il fit un geste vers les documents qu'elle tenait dans ses mains. Elle ne les avait même pas encore regardés.

— Je m'appelle Forest Dalton, mais personne ne m'appelle comme ça. Mes amis et coéquipiers m'appellent Phantom. Je suis dans une équipe de Navy SEAL avec cinq autres hommes, mes meilleurs amis. Rocco, Gumby, Ace, Bubba et Rex.

Kalee regarda autour d'elle comme pour demander *où sont-ils ?*

— Ils n'ont pas pu venir, lui dit-il en éludant la vérité. Il n'y a que moi. J'avais une assez bonne idée de l'endroit où tu étais, grâce à mon ami expert en informatique, et mon plan était d'entrer, de te prendre et de foutre le camp. Tu les rencontreras tôt ou tard, surtout que Piper est mariée à Ace.

Kalee demeura muette, mais elle baissa les yeux sur les documents qu'elle tenait dans ses mains. Elle prit son temps, examinant ses cartes d'identité comme si elle pouvait dire si elles étaient fausses simplement en les regardant. Il avait l'impression qu'elle mémorisait autant d'informations sur lui qu'elle le pouvait... juste au cas où il s'avérerait que ses intentions n'étaient pas aussi louables qu'il le prétendait.

Elle était loin de savoir à quel point il tenait à elle. Elle ne pouvait pas savoir qu'il ne lui ferait pas de mal. Qu'il ferait tout pour qu'elle rentre saine et sauve.

Bien qu'obsédé par la recherche de Kalee depuis des mois, à la seconde où Phantom posa ses mains sur elle dans le bâtiment délabré où elle s'était terrée, il sut qu'il avait des problèmes.

Phantom avait passé sa vie entière à s'éloigner des gens, surtout des femmes. Après ce que sa propre mère et sa tante lui avaient fait, il n'avait jamais ressenti de connexion avec aucune d'entre elles.

Kalee était différente. Il l'avait su avant de remettre les pieds au Timor oriental. Et ce sentiment devenait de plus en plus fort à chaque minute qu'il passait près d'elle.

Il tenait à elle. Plus qu'il n'avait jamais tenu à une femme auparavant. Et ce n'était pas le même genre de sentiment qu'il avait pour Avery, Zoey et les autres. C'était plus profond. Il voulait se mettre entre Kalee et n'importe qui ou n'importe quoi susceptible d'essayer de la blesser.

Prenant une inspiration et repoussant ses sentiments au plus profond de lui, Phantom se concentra sur la tâche à accomplir. À savoir, s'assurer que Kalee se sente suffisamment en sécurité pour prendre une douche, se changer et s'envoler pour Hawaï avec lui.

En regardant sa montre, Phantom vit qu'il ne leur restait

que trois heures avant l'ouverture de l'ambassade. Il était important qu'ils ne manquent pas le vol qui partait plus tard dans l'après-midi. Il devait faire le point avec Rocco et le commandant North. Prouver qu'il était à Hawaï comme il l'avait dit. Bien sûr, s'ils vérifiaient les vols, ils verraient qu'il avait fait exactement ce qu'on lui avait interdit de faire, mais tant pis. Kalee était avec lui. En sécurité. Il ferait exactement la même chose cent fois de plus si le résultat était le même.

Phantom fouilla dans son sac à dos une fois de plus et en sortit un ensemble de vêtements. Ils étaient un peu grands, car il avait estimé sa taille en se basant sur ce qu'elle portait habituellement, mais ils feraient l'affaire jusqu'à ce qu'ils puissent aller à Hawaï et trouver autre chose.

Il se dirigea vers la commode – essayant d'ignorer le petit pas en arrière que fit Kalee – et posa les vêtements. Puis il revint vers le lit, s'assurant de ne pas bloquer son accès à la porte.

— J'ai apporté des choses pour que tu puisses te changer. Moins les gens te verront porter les vêtements noirs associés aux rebelles, mieux ce sera. Il y a une douche au bout du couloir, c'est une salle de bain commune, désolé pour ça. Mais il est encore tôt et il n'y aura pas beaucoup de gens debout. Je vais rester dehors et m'assurer que personne ne te dérange pendant que tu te changes.

Les yeux verts de Kalee le fixaient avec une intensité qui était presque déconcertante. Il avait l'impression qu'elle voulait désespérément dire quelque chose, mais les démons qui l'habitaient avaient toujours une emprise sur elle et ne le permettaient pas.

Elle se dirigea vers les vêtements et les ramassa. Phantom vit ses mains trembler, mais elle lui fit un signe de tête en signe d'accord.

La fierté qu'il avait pour elle augmenta de façon exponentielle. Il ne savait pas ce qui lui était arrivé pendant qu'elle était en captivité, mais lui faire confiance ne devait pas être facile.

Phantom lui fit signe d'ouvrir la porte, elle s'y dirigea et entra dans le couloir. Juste derrière la porte, elle se mit dos au mur et attendit qu'il la dépasse. Phantom savait ce qu'elle faisait. C'était toujours mieux de garder un œil sur l'ennemi. Lui tourner le dos en marchant devant lui serait une invitation à l'attaque.

Phantom serra les poings à l'idée que quelqu'un puisse faire du mal à Kalee, mais il se détendit immédiatement, refusant de donner à la jeune femme une raison de ne pas lui faire confiance. Le moment où elle se détournerait de lui par dégoût viendrait bien assez tôt. Mais il voulait qu'elle soit en sécurité sur le sol américain avant que cela n'arrive.

Il ouvrit la voie vers la salle de bains et, une fois arrivé, se retourna.

— Attends ici, je vais m'assurer qu'il n'y a personne.

Elle fronça les sourcils et fit un geste vers le grand panneau sur la porte qui disait *RÉSERVÉ AUX FEMMES*.

Phantom eut un petit rire, mais ignora son inquiétude. Il n'avait entendu personne à l'intérieur et était quasiment certain que l'endroit était vide. Mais il avait besoin de s'en assurer.

En cinq secondes, il revint dans le hall. Elle n'avait pas bougé.

— La voie est libre. Prends ton temps, Kalee, dit-il doucement. Nous avons un peu de temps avant de devoir nous mettre en route pour l'ambassade. Tu es en sécurité. Je serai ici dans le hall. Personne n'entrera, y compris moi. Tu as ma parole.

Il la regarda dans les yeux, voulant qu'elle le croie.

Il vit le doute sur son visage, mais elle hocha quand même la tête. Phantom s'éloigna de quelques pas de la porte de la salle de bain, et Kalee passa rapidement devant lui avant de disparaître dans la salle de bain.

Soupirant, Phantom s'appuya contre le mur, les bras croisés. Un air renfrogné s'empara de son visage et il serra ses lèvres l'une contre l'autre.

Il aurait dû se sentir le roi du monde d'avoir trouvé Kalee aussi facilement qu'il l'avait fait, et de n'avoir eu aucun problème pour l'éloigner de ses ravisseurs. Mais il était plus qu'évident que même s'il l'avait sauvée, Kalee avait une sacrée montagne à gravir si elle voulait retrouver sa vie en Californie.

Et Phantom était probablement la personne la moins qualifiée pour l'aider à sortir du bourbier émotionnel qu'elle traversait. Il était plus abîmé dans sa tête que la plupart des gens. Mais... il ne pouvait pas la quitter. Il devait réparer son erreur. Faire les choses bien. Même si, à la fin, elle finissait par le détester.

Il avait le sentiment que cela lui ferait plus mal que la douleur que sa propre chair et son propre sang lui avaient infligée.

Kalee l'avait atteint. Peut-être que c'était les mois passés à se demander ce qu'elle traversait. Peut-être que c'était d'entendre toutes les histoires de Piper à son sujet. Mais plus probablement, c'était simplement à cause de Kalee elle-même. Elle était l'une des personnes les plus fortes qu'il ait jamais rencontrées... et elle n'avait pas encore dit un mot.

Kalee Solberg pouvait lui briser le cœur. Phantom le savait. Il s'y attendait, en fait... Mais sa détermination à faire en sorte qu'elle revienne à Riverton avec un mental fort ne faiblirait jamais.

— Tu vas t'en sortir, Kalee, chuchota-t-il, espérant que s'il prononçait ces mots à haute voix, ses espoirs se concrétiseraient.

***

L'esprit de Kalee allait à cent à l'heure. C'était tellement étrange de penser qu'il y avait une heure à peine, allongée sur le sol dur et cassé de la maison délabrée que les rebelles avaient prise, elle se demandait ce qu'elle serait obligée de faire le matin et si elle pourrait manger, alors que maintenant elle se trouvait dans une auberge, à des kilomètres de là, avec son sauveur.

Son identification semblait authentique, mais qu'en savait-elle ? S'il disait la vérité, le nom de Phantom *était* vraiment Forest Dalton. Il avait 33 ans, un an de plus qu'elle. Il avait les cheveux et les yeux bruns et mesurait 1 mètre 80, soit près de 20 centimètres de plus qu'elle. Il vivait à Riverton et, d'après son passeport, il était vraiment arrivé au Timor oriental il y a moins de vingt-quatre heures.

Pendant d'innombrables nuits, elle avait prié pour que quelqu'un vienne la sauver, et c'était encore trop difficile de croire que ses prières soient exaucées.

Kalee s'approcha de la porte sur la pointe des pieds et colla son oreille contre la surface. Elle n'entendit rien et paniqua pendant une seconde, pensant que Phantom était peut-être parti.

Elle poussa la porte et vit son sauveteur appuyé contre le mur du couloir, juste à côté de la porte. Il se tourna vers elle et se redressa.

— Tu vas bien ? Quelque chose ne va pas ?

Kalee hocha la tête, puis haussa les épaules.

Phantom se détendit et s'installa dans son fauteuil près de la porte.

— Je reste là, lui dit-il avec beaucoup trop de perspicacité. Je ne vais nulle part.

Hochant à nouveau la tête, et gênée par son manque d'assurance, Kalee recula et la porte se referma une fois de plus.

Fermant les yeux, elle prit une profonde inspiration, puis grimaça. Ses côtes étaient douloureuses à cause de la dernière raclée qu'elle avait reçue des mains des rebelles. Elle n'avait pas bougé assez vite à leur convenance, et l'un des hommes l'avait mise à terre et deux autres avaient pris un grand plaisir à lui donner des coups de pied.

Kalee détourna ses pensées de ses ravisseurs pour les diriger vers l'homme qui se tenait dehors. Phantom était beau. Presque trop beau. Trop sûr de lui. Il était immense, et il était évident qu'il était bien entraîné. Elle était certaine qu'il aurait pu retourner à l'auberge en moitié moins de temps qu'ils ne l'avaient fait, mais il s'était assuré qu'elle puisse le suivre et s'était montré très vigilant pour rester hors de vue de toute personne qui pourrait être en mouvement.

Aussi parfait que cet homme puisse paraître à l'extérieur, ce n'était pas ce qui donnait à Kalee l'impression qu'elle pouvait lui faire confiance. Et à contrecœur, elle admit qu'elle sentait qu'il était digne de confiance.

C'était presque ridicule de voir à quel point elle se souciait peu de l'apparence d'un homme maintenant. Elle avait appris à ses dépens que les aspects superficiels d'un homme qui attiraient généralement les femmes n'avaient aucune incidence sur la personne qu'il était. La façon dont ils agissaient était plus importante. Les actions parlaient tellement plus fort que les mots.

Elle était douée pour juger le caractère des personnes qu'elle rencontrait. Elle l'avait toujours été. Et ses mois de captivité n'y avaient rien changé. Phantom était un homme bon. Il se serait éloigné d'elle si quelqu'un se faisait tabasser dans la rue. Il aurait agi. Il serait intervenu. Il se serait mêlé à la situation.

Mais l'attraction vers lui allait au-delà de cela. Ce n'était pas sexuel, c'était plutôt un sentiment de sécurité... Quelque chose qu'elle n'avait pas ressenti depuis des mois. Kalee voyait également le chagrin et la douleur dans ses yeux. Il faisait de son mieux pour le cacher, mais c'était là. Elle pressentait qu'il avait été trahi dans le passé. Méchamment. Et cela donnait à Kalee l'impression d'avoir une sorte de connexion avec lui.

Secouant la tête, elle se dirigea vers les lavabos et prit une profonde inspiration en regardant son reflet dans le miroir. Elle regretta immédiatement de l'avoir fait. Elle faillit ne pas reconnaître la femme qui lui faisait face.

Il y a plusieurs mois, ses longs cheveux auburn avaient été coupés dans la nuit. Ils pendaient maintenant de sa tête, mous et gras, frôlant à peine ses oreilles. Son visage était couvert de bleus à différents stades de guérison, et elle était couverte de saleté.

En tirant la chemise noire sur le côté, Kalee vit clairement sa clavicule. Elle était plus mince qu'elle ne l'avait jamais été dans sa vie, et au lieu d'apprécier cette silhouette, elle était extrêmement gênée.

Ses yeux verts étaient ternes et méfiants. Elle n'avait jamais été vaniteuse, mais l'idée de voir son père dans cet état, ou Piper – enfin, *n'importe qui – lui était* extrêmement pénible. Elle n'avait pas compris pourquoi Phantom ne la ramenait pas chez elle en urgence, mais elle commençait à comprendre maintenant.

Face à ses amis et à sa famille, elle ne voulait pas être la femme brisée qui se regardait dans le miroir. Elle voulait être forte. Elle voulait qu'ils soient fiers d'elle. En ce moment, avec ses tressaillements à chaque mouvement rapide de Phantom et son incapacité à dire un mot à cause de la boule dans sa gorge, elle était tout sauf forte.

En serrant les dents, Kalee se détourna du miroir. Il n'y avait rien qu'elle puisse faire pour ses cheveux à ce moment précis. Ou les bleus. Ou ses os saillants sous sa peau. Mais elle *pouvait* se laver. Cela faisait vraiment des mois qu'elle n'avait pas pris de douche chaude. Elle ne faisait pas assez confiance aux rebelles pour se déshabiller complètement près d'eux, alors elle se contentait généralement de patauger dans un ruisseau ou de rester debout sous la pluie avec tous ses vêtements, faisant de son mieux pour nettoyer son corps et ses vêtements en même temps.

Sachant qu'elle n'avait aucune raison de craindre de se mettre nue avec Phantom juste derrière la porte, Kalee n'hésita qu'un instant avant de se débarrasser des vêtements noirs qu'elle avait été forcée de porter, les laissant en tas sur le sol. Si Phantom avait dit qu'il s'assurerait que personne n'entrerait dans la salle de bain pendant qu'elle y était, elle était sûre que c'était exactement ce qu'il ferait. Comment elle le savait, elle n'en avait aucune idée. Elle mit cela sur le compte de sa capacité innée à lire les gens.

Refusant de se regarder, Kalee tourna le robinet sur le mur de la douche et retint sa respiration. Si l'eau était froide, elle se laverait quand même. Bon sang, l'eau froide était ce à quoi elle était habituée. Mais si elle était chaude... ou même tiède... ce serait génial.

En une minute ou deux, l'eau se réchauffa lentement jusqu'à devenir presque brûlante.

Sans se soucier du fait que la pression était mauvaise et qu'il n'y avait guère plus qu'un filet d'eau, Kalee se plaça sous le jet et inclina le visage vers le haut. L'eau chaude pleuvait sur son visage et sa tête, et descendait en cascade sur son corps. À chaque goutte qui tourbillonnait dans la bonde, emportant la saleté et la crasse qui s'étaient accumulées sur son corps au fil des mois, Kalee se sentait de plus en plus légère.

Soudain impatiente de nettoyer chaque centimètre de son corps, de se débarrasser de la saleté qui s'accrochait à elle comme un parasite, elle attrapa le savon usagé posé sur un rebord à proximité.

Sans se soucier du fait que d'autres personnes l'avaient utilisé – c'était incroyable comme des choses qui l'auraient dégoûtée il y a un an ne la dérangeaient plus maintenant –, Kalee se frotta rapidement les mains pour produire de la mousse. Puis elle les passa sur son corps, pour se débarrasser de tous les contacts indésirables. Elle se sentait presque étourdie.

Les bulles sales tourbillonnaient à ses pieds avant de disparaître dans la canalisation.

Mais le plaisir et l'euphorie d'être libre s'estompèrent soudain, et la prise de conscience de ce à quoi elle avait échappé la frappa de plein fouet. De ce qu'elle avait enduré. De ce qu'on lui avait fait faire.

Des larmes se formèrent à nouveau dans ses yeux. Elle n'avait pas pleuré depuis une éternité, et la voilà qui pleurait pour la deuxième fois en quelques minutes. C'était comme si le fait de se laver avait fait disparaître l'armure qu'elle avait revêtue pour protéger son cœur et son esprit de l'enfer dans lequel elle vivait, la laissant vulnérable et incapable de se contenir.

Les genoux de Kalee faiblirent et elle tomba sur le sol, sans même ressentir la douleur de ses genoux qui heurtaient le carrelage. L'eau chaude s'abattait sur son dos alors qu'elle se penchait, les bras autour de son ventre, son front reposant sur le sol.

Elle se mit à sangloter. L'injustice de sa situation la frappait d'un seul coup. Elle ne pouvait pas respirer, les images de ce qu'elle avait vu et fait défilaient dans son cerveau, la rendant malade.

Alors qu'elle était perdue dans ses souvenirs, l'eau au-dessus d'elle s'arrêta et elle sentit une serviette se glisser dans son dos. Elle aurait dû paniquer au contact des mains qui la faisaient tourner. Qui la soulevaient. Mais au fond d'elle, elle savait que c'était Phantom. Il ne lui ferait pas de mal. Pas comme ce que lui avaient fait les autres.

Elle se retrouva assise sur les genoux de Phantom, le visage enfoui dans sa poitrine. Sa barbe lui chatouillait la joue.

Après quelques minutes, elle n'eut plus la sensation de son corps. S'accrochant à lui, Kalee laissa son esprit s'éteindre. Elle ne pouvait plus rien supporter. Pas une seule chose. Tout était écrasant. Sa peau, qui lui semblait si propre il y a une seconde, picotait et brûlait à cause de la chaleur de l'eau. La saleté qui s'écaillait sur son corps avait ouvert une blessure si profonde qu'elle n'était pas sûre de pouvoir la guérir un jour.

— Je te tiens, mon trésor. C'est ça, laisse-toi aller. Tu es en sécurité maintenant.

Elle entendit ses mots, mais ils ne pénétrèrent pas son cœur. Kalee le sentit pousser la porte de la salle de bains et se diriger à grands pas vers sa chambre. L'air froid était agréable contre sa peau surchauffée, et elle ne se souciait même pas, sur le moment, du fait qu'elle était probablement en train de choquer toute personne qui passerait dans le couloir.

Phantom se pencha pour la déposer sur quelque chose de doux, mais elle refusa de le lâcher. Les larmes ne s'arrêtaient pas non plus. Elles coulaient sur son visage comme si quelqu'un avait ouvert un robinet à l'intérieur d'elle.

Phantom ne semblait pas avoir l'intention de la faire lâcher prise. Elle le sentit les déplacer jusqu'à ce qu'elle soit sous un drap et qu'il soit assis par-dessus. Il réajusta la serviette sur ses épaules, et elle se blottit contre lui tandis qu'il s'appuyait contre la tête du petit lit de sa chambre.

Fermer les yeux ne permit pas d'arrêter ses larmes. Ni les images qui défilaient dans son cerveau comme s'il s'agissait d'un film en avance rapide.

Les corps des petites filles qu'elle avait appris à connaître à l'orphelinat.

L'expression lascive du premier homme qui l'avait violée alors qu'elle le combattait de toutes ses forces, en vain.

Les cris des villageois alors que les rebelles fonçaient sur leurs petites villes, tirant sur tout ce qui bougeait.

Les rires d'ivrognes des rebelles qui fêtaient le butin de la journée avec de la bière et de la nourriture en s'assurant qu'elle n'en ait pas.

Les images n'en finissaient pas de défiler dans sa tête. La narguant avec tout ce qu'elle avait dû endurer.

Kalee n'avait aucune idée du temps qu'elle passa à sangloter sur Phantom. Tout ce qu'elle savait, c'est qu'avec ses bras autour d'elle, les cauchemars ne pouvaient pas la faire sombrer. Elle regardait tout ce qui lui était arrivé au cours des derniers mois, mais Phantom était là pour s'assurer qu'elle ne soit pas aspirée dans ce gouffre à nouveau.

Lorsqu'elle réalisa enfin où elle était, et qu'elle n'était plus captive, Phantom la berçait lentement d'avant en arrière. Elle était toujours nue, mais pour l'instant ça n'avait pas d'importance. Elle était touchée. Plus que ça, elle s'accrochait à Phantom comme si elle allait s'envoler si elle le lâchait.

Mais elle n'était pas embarrassée. Surtout à cause de Phantom. Il ne lui disait pas de se taire. Il ne la suppliait pas d'arrêter de pleurer, comme la plupart des Navy SEAL le feraient. Au lieu de cela, il murmurait pour qu'elle se libère. De pleurer aussi longtemps qu'elle en avait besoin. Pour purifier son âme… que rien de ce qu'elle avait subi n'était de sa faute.

Se sentant épuisée, Kalee essaya de lever la tête. Elle tenta de faire en sorte que ses muscles obéissent, qu'ils lâchent l'homme. Mais Phantom se contenta de resserrer son emprise.

— Ferme les yeux, Kalee. Repose-toi.

Mais ils devaient y aller. Il avait dit qu'ils devaient aller à l'ambassade et prendre un vol.

Comme s'il pouvait lire dans ses pensées, Phantom continua :

— On a le temps. Je t'ai toi. Dors. Juste un peu. Je te réveillerai quand on devra partir. Tu es en sécurité, Kalee.

Elle *se sentait* en sécurité. Pour quelqu'un qui détestait être touchée, ça faisait du bien de sentir les bras de Phantom autour d'elle.

Alors qu'elle se demandait pourquoi son contact ne la faisait pas paniquer, elle sombra dans le sommeil.

Quand elle se réveilla, Kalee n'avait aucune idée du temps qui avait passé. Elle n'était plus blottie contre Phantom, mais sur le côté du lit jumeau, serrant un oreiller dans ses bras. Elle avait un drap remonté jusqu'à ses épaules et, étonnamment, elle se sentait plutôt bien. Pas merveilleusement bien, mais un peu moins à vif qu'avant. Et elle semblait aussi mieux penser maintenant. Avant de dormir, elle était en pilote automatique. Elle réagissait simplement, sans réfléchir.

En tournant la tête, elle vit Phantom assis au bout du lit. Il avait une main sur son mollet et regardait dans le vide. Elle vit les muscles de sa mâchoire se contracter et ses lèvres étaient serrées comme s'il était en colère contre quelque chose, ou quelqu'un.

Au lieu d'avoir peur de lui, Kalee se détendit davantage. Il ne l'avait pas quittée. Même quand elle s'était profondément endormie, elle savait qu'il montait la garde juste à côté d'elle.

Elle remua lentement pour s'asseoir et tira sur le drap pour se couvrir.

Phantom bougea immédiatement. Sa main quitta sa jambe et il se leva en reculant, mettant au moins un mètre cinquante entre le lit et lui pour donner de l'espace à Kalee.

Il l'observa un moment avant de dire :

— Tu as meilleure mine.

Son regard s'apaisa pendant une seconde, et Kalee fut fascinée de voir ce changement. Jusqu'à ce moment, elle n'avait vu que douleur et détermination.

Mais juste devant ses yeux, il s'endurcit à nouveau. Cela aurait dû l'inquiéter, mais au contraire, quelque chose au fond d'elle décida qu'elle ferait tout pour le revoir tel qu'il était.

— J'allais te réveiller dans dix minutes. Nous devons y aller. Tes vêtements sont là-bas sur la commode, et nous nous arrêterons pour prendre quelque chose à manger sur le chemin de l'ambassade. J'ai un peigne dans mon sac que tu peux utiliser et n'hésite pas à piquer ce que tu veux dans mon kit de rasage. Par contre, je te préviens que je n'ai pas de trucs à la mode, comme de la lotion florale, et que mon déodorant vient du rayon hommes. Quand on arrivera à la location à Oahu, on pourra faire du shopping et t'acheter des rasoirs, du maquillage, de la lotion... tous les autres trucs dont les femmes pensent avoir besoin pour être belles. C'est des conneries, mais peu importe. Ça va aller, tu peux t'habiller toute seule ? Je peux aller chercher la propriétaire de cet endroit pour t'aider si tu en as besoin. Elle est un peu bourrue et ne parle pas anglais, mais elle sera quand même heureuse de t'aider contre un bon pourboire.

Kalee voulait dire à Phantom que ça ne la dérangeait pas de sentir comme lui. En fait, elle ne pouvait pas penser à quelque chose de plus apaisant en ce moment que son odeur. Elle voulait aussi lui dire qu'elle n'avait pas besoin de froufrous, et qu'un peu de maquillage n'allait pas la rendre belle comme par magie, pas avec ses cheveux, sa perte de poids et ses bleus. Elle savait qu'elle n'allait pas être capable de dire tout ça. Mais elle voulait vraiment que Phantom sache combien elle l'appréciait.

L'estomac retourné, elle passa sa langue sur ses lèvres et murmura :

— Je vais bien.

Ses mots sonnaient bizarrement à ses propres oreilles. Cela faisait si longtemps qu'elle n'avait rien dit, mais elle était en sécurité ici. Il ne la giflerait pas pour avoir parlé. Il ne la punirait pas pour avoir répondu ou mendié de la nourriture.

Et pendant une seconde, ses yeux s'illuminèrent du même bonheur et de la même joie qu'elle avait vus plus tôt.

Elle l'avait fait. Deux simples mots avaient fait que ça arrive. Presque immédiatement, la lumière dans ses yeux s'évanouit une fois de plus, mais elle l'avait aperçue. Et être capable de faire ça pour lui était enivrant. Comme si elle seule avait le pouvoir de lui faire oublier tout ce qui pesait sur son âme.

Puis Kalee secoua mentalement sa tête. Elle était stupide. Il n'y avait aucune chance qu'elle ait ce genre de pouvoir sur cet homme. Elle n'était rien pour lui. Juste une autre demoiselle en détresse.

Il n'avait aucune reconnaissance pour ses mots. Il n'avait pas fait grand cas du fait qu'elle ait parlé. Il ne pouvait pas savoir que c'étaient les premiers mots qu'elle avait prononcés depuis très longtemps, mais elle avait l'impression qu'il s'en rendait compte de toute façon.

— Je vais sortir. Prends ton temps. Si tu as besoin de quelque chose, frappe à la porte ou autre. Je serai juste là.

Puis il se retourna et quitta la pièce.

À la seconde où il partit, la température de la pièce sembla baisser de quelques degrés. Kalee frissonna sous le drap. Elle se regarda et réalisa qu'elle n'avait pas eu peur de n'avoir qu'un drap pour se couvrir devant Phantom. Il l'avait vue nue dans la douche, mais n'en avait pas profité. Il ne l'avait pas touchée de façon inappropriée.

Mais être nue était soudainement intolérable. Elle rejeta le drap en arrière et se leva lentement. La pièce bascula pendant une seconde, mais Kalee l'ignora. Elle devait s'habiller. Se couvrir.

Phantom lui avait acheté un legging avec une taille élastique. Il était un peu large sur elle, mais sans risque de tomber sur ses chevilles en marchant. Il avait également inclus une culotte basique et un soutien-gorge de sport en coton. Elle faillit pleurer à nouveau lorsqu'elle réussit finalement à l'enfiler. Cela faisait tellement longtemps qu'elle n'avait pas porté de soutien-gorge. Les rebelles lui avaient coupé le sien à l'orphelinat. C'était comme si elle portait une armure. C'était bête, mais vrai.

Elle enfila le T-shirt jaune vif et sourit pour la première fois depuis ce qui semblait être une éternité. Le jaune n'était pas exactement sa couleur, pas avec ses cheveux roux, mais porter autre chose que le noir sombre qu'elle avait porté pendant des mois était une sensation incroyable.

Curieuse de savoir ce que Phantom avait dans son sac de voyage, Kalee s'assit sur le lit et fouilla dans sa trousse de rasage. Des petits ciseaux, du savon liquide, du déodorant, du dentifrice, une brosse à dents, du fil dentaire, un petit tube de lotion antifongique, une épingle à nourrice, de l'aspirine, quelques préservatifs, des cotons-tiges, un coupe-ongles et un tampon.

Un tampon ? Elle ne savait pas du tout pourquoi un homme comme Phantom se promenait avec ça, mais elle haussa mentalement les épaules et attrapa le savon. Elle le renifla et sourit. Du pin. Elle n'aurait jamais imaginé que Phantom appréciait les senteurs boisées, mais elle ne pouvait pas nier que c'était efficace sur lui.

Elle venait de finir d'inspecter ses affaires quand Phantom frappa à la porte, puis passa la tête à l'intérieur. La voyant assise sur le lit, tout habillée, il entra dans la pièce.

Le soulagement que Kalee ressentit en le voyant était presque écrasant. Pour essayer de le masquer, elle montra le tampon et fronça les sourcils en le regardant d'un air interrogateur.

Phantom ne se mit pas à rire, mais elle vit ses lèvres se retrousser.

— Ils sont efficaces pour boucher une plaie par balle. Tu sais, pour arrêter le saignement.

Au lieu de fuir cette image mentale, Kalee l'accueillit avec plaisir. Elle ne pouvait pas vraiment imaginer quelqu'un se promenant avec une ficelle de tampon accrochée à son bras pour boucher une plaie par balle, mais elle ne pouvait pas nier que ce pouvait être un pansement efficace à court terme. Elle lui sourit.

Phantom ferma les yeux pendant une seconde. Puis il les rouvrit et dit :

— Mon Dieu, tu n'as pas idée de ce que ce sourire représente pour moi. Tu as fini ?

Kalee cligna des yeux. En une fraction de seconde, il abandonna la douceur et redevint sérieux. Elle hocha la tête.

Tout en refermant son sac, Phantom déclara :

— Je ne pensais pas que tu voudrais de tes vieux vêtements, alors je les ai jetés. J'aurais dû te prendre une brosse à dents, mais je n'y ai pas pensé. Je t'aurais bien laissé utiliser la mienne, mais...

Il fit une pause et frissonna.

— Désolé, j'ai mes limites en matière de partage. Le déodorant, d'accord. Le dentifrice, d'accord. Mais une brosse à dents ? Dégueulasse.

Kalee ne put s'empêcher de sourire à nouveau.

Elle savait que Phantom l'avait vu, car ses propres lèvres se retroussèrent.

Il se leva et mit son sac à dos. Puis il demanda :

— Et si on se cassait de ce pays. OK ?

Kalee hocha la tête avec enthousiasme. Elle n'avait pas de sac. Rien à emporter avec elle, mais ça n'avait pas d'importance. Avec un peu de chance, dans quelques heures, elle serait très loin d'ici. Ce qui avait commencé comme une aventure amusante avec le Corps de la paix s'était transformé en un véritable enfer.

Elle n'avait aucune idée de ce que les prochaines heures, journées ou semaines allaient lui apporter. Mais comme elle avait appris à le faire au cours des derniers mois, elle prendrait les choses au jour le jour.

CHAPITRE TROIS

Phantom s'appuya sur son siège de première classe et tenta de se détendre. Dans l'ensemble, tout s'était bien passé. Il avait acheté de quoi manger sur le chemin de l'ambassade, et avait presque perdu son sang-froid en voyant comment Kalee avait pratiquement inhalé le pain et la viande mystérieuse. Elle se tourna même comme pour l'empêcher de lui arracher le pain des mains pendant qu'elle mangeait.

Cela le rendit furieux. Pas son comportement ; plutôt ce que son comportement suggérait. Elle protégeait simplement sa nourriture. C'était une réaction très primitive. Et cela prouvait exactement à quel point elle avait dû se battre pour rester en vie.

Une marque noire de plus sur son âme.

Se jurant de la gaver de nourriture au point qu'elle ne pourrait jamais tout manger en cent ans, Phantom se força à rester calme et à poursuivre leur matinée comme prévu.

Ils arrivèrent à l'ambassade américaine et les employés avaient émis un passeport temporaire pour Kalee prêt à être utilisé dès leur arrivée.

Aux premières heures de la matinée, pendant que Kalee

dormait encore, il avait acheté deux billets de première classe, et maintenant ils étaient en route pour Hawaï. Il poussa un soupir de soulagement pour la première fois.

Il avait réussi.

Il avait trouvé Kalee. Il avait réparé le mal qu'il lui avait fait il y a des mois.

L'entendre pleurer dans la salle de bains lui avait presque brisé le cœur. Il n'avait pas réfléchi, il avait juste fait irruption, prêt à tuer quelqu'un qui aurait levé la main sur elle, et l'avait trouvée accroupie sur le sol de la douche.

Sans réfléchir à la réaction qu'elle pourrait avoir au fait d'être touchée alors qu'elle était nue, il l'avait enveloppée dans une serviette et l'avait ramenée dans la chambre. Dieu merci, elle n'avait pas paniqué.

Phantom ne pouvait pas nier qu'il avait aimé sentir ses bras autour de lui. Il n'y avait rien de sexuel là-dedans, mais ça faisait du bien au fond de lui de pouvoir l'apaiser.

Chaque larme qui tombait de ses yeux était comme marquée au fer rouge sur son âme. Il les avait causées. Il avait causé tout le mal qu'elle avait traversé. Il était déchiré au plus profond de son âme, mais il ne se défilerait pas. Il devait expier.

Alors qu'il l'observait sur le siège à côté de lui, Phantom dut admettre qu'il avait fait une erreur en choisissant le T-shirt jaune vif ; elle faisait ressortir davantage les bleus sur son corps. Mais la couleur était si joyeuse, et le choix si limité, qu'il n'avait pas pu résister.

Phantom repensa aux deux mots qu'elle lui avait dits plus tôt. *Je vais bien.*

Elle n'allait pas bien, mais elle faisait de son mieux pour que cette affirmation soit vraie. Phantom était en admiration devant elle. Chaque minute qu'il passait avec Kalee lui donnait envie d'apprendre à la connaître davantage.

Pour la première fois, il réalisa que passer trois semaines

avec elle était peut-être une erreur. Il avait l'impression de tomber amoureux d'elle, probablement depuis des mois, et elle avait besoin de plus que ce qu'il pouvait lui offrir, d'autant plus quand elle apprendrait qu'il l'avait laissée dans ce trou et qu'elle le détesterait.

Il était très probable qu'il ait *enfin* rencontré une femme qu'il pourrait aimer... et qu'elle finisse par lui cracher au visage.

Phantom étudia Kalee une fois de plus. Elle était assise droite, les mains sur ses genoux. Il l'avait mise près de la fenêtre pour que personne ne puisse la toucher accidentellement en passant devant. Elle avait toléré ses bras autour d'elle, mais cela ne signifiait pas qu'elle était prête à ce que quelqu'un d'autre la touche. Ou lui à nouveau, d'ailleurs.

— Tu n'aimes pas l'avion, n'est-ce pas ? demanda-t-il. Pour être honnête, moi non plus.

Elle le regarda d'un air sceptique.

— C'est vrai. Oui, j'ai pris un nombre d'avions incalculable, mais je n'aime pas particulièrement mettre ma vie entre les mains de quelqu'un d'autre.

Cette réflexion lui valut un petit sourire. Mon Dieu, il tuerait pour garder ce regard sur son visage.

— Je sais, je sais, c'est tellement stéréotypé, pas vrai ? Le grand méchant Navy SEAL ne peut pas lâcher le contrôle pour laisser quelqu'un d'autre faire voler ses fesses. Eh bien, la dernière fois que quelqu'un m'a fait voler, j'ai fini avec un trou dans la jambe.

Ce n'était pas tout à fait vrai, mais Phantom n'hésitait pas à exagérer un peu pour se changer les idées.

— Que s'est-il passé ?

Elle parlait à voix basse, et il l'avait à peine entendue par-dessus la conversation dans la cabine, avec le tintement des verres et le grondement de l'air conditionné circulant dans l'avion, mais rien n'aurait pu l'enthousiasmer davantage. Chaque mot qu'elle se sentait assez détendue pour prononcer était une victoire majeure.

C'était le moment idéal pour commencer à partager des histoires sur ses amis. Son plan pour les trois prochaines semaines était de lui parler de Piper, Sidney, Caite, Zoey et Avery. Il voulait qu'elle ait l'impression de les connaître aussi bien que n'importe qui d'autre, de sorte que lorsqu'elle retournerait à Riverton, elle se laisserait accueillir dans leur cercle d'amis. Il avait aussi prévu de tout lui dire sur ses camarades SEAL.

Enfin, il voulait lui assurer que, même si ce qu'elle avait vécu était grave, elle pouvait encore avoir une vie normale. Il était prêt à partager des choses sur lui-même qu'il n'avait jamais partagées avec personne auparavant. S'il pouvait vivre ce qu'il avait vécu, elle le pouvait aussi.

L'idée de partager des moments intimes de sa vie avec quelqu'un lui donnait envie de vomir, mais il le ferait pour Kalee. Elle méritait d'avoir la meilleure vie possible, et s'il pouvait lui offrir cela en partageant certaines des choses tordues qu'il avait vécues, il le ferait.

— J'étais en Afghanistan. Avery, une infirmière de la marine, était prisonnière de guerre. Capturée par des insurgés. Nous l'avons trouvée, l'avons emmenée, et Rex, Avery et moi étions en fuite. Un hélico est venu nous chercher et pendant qu'on s'envolait, on m'a tiré dessus.

Les yeux de Kalee étaient écarquillés et elle se pencha légèrement vers lui.

Même ce petit mouvement fit fondre Phantom. Elle se penchait *vers* lui, pas vers l'extérieur. C'était un pas. Un petit pas, mais un pas.

— Ça m'a fait un mal de chien. Et bien sûr, dans ma tête, j'ai reproché à ce pauvre pilote de ne pas voler assez vite. De ne pas avoir fait assez de manœuvres d'évitement. Quand ils m'ont installé dans l'hélico, j'ai su que j'avais des problèmes.

Ma tête tournait et je perdais du sang rapidement. Il s'avère que la balle avait entaillé une artère et je me vidais de mon sang. Mais Avery savait exactement quoi faire. Elle n'avait pas de tampon à portée de main, dit-il avec un sourire que Kalee lui rendit, puis continua : Alors elle a mis ses doigts à l'intérieur de ma jambe, a pincé cette fichue artère déchirée, et a continué à parler comme si tout allait bien. Elle a arrêté l'hémorragie et a tenu bon jusqu'à ce que nous atterrissions et que j'entre dans la salle d'opération.

— Vous êtes sortis ensemble ?

Il aimait entendre sa voix, surtout après sa longue période de mutisme, mais la dernière chose que Phantom voulait était que Kalee pense qu'il craquait pour Avery, ou l'une des autres femmes de leur groupe. Et il ne souhaitait pas donner l'impression que le fait qu'elle parle soit une chose extraordinaire. Il ne voulait pas qu'elle se sente gênée à ce sujet.

— Non. Il était clair dès le début qu'elle et Rex avaient une connexion. J'aime toutes les femmes de mes amis, mais pas dans le sens romantique du terme. Il faut que tu comprennes que Rocco, Gumby, Ace, Bubba et Rex sont comme des frères pour moi. Je ferais n'importe quoi pour eux. *N'importe quoi.* Mais avec la plupart des autres, je suis un peu un con.

Kalee leva un sourcil.

Phantom haussa les épaules.

— C'est vrai. Tu peux demander à n'importe lequel d'entre eux. Je dis souvent la mauvaise chose au mauvais moment. Je suis trop direct. Je ne suis pas le genre de gars que l'on veut côtoyer longtemps, simplement parce que je mets les gens mal à l'aise.

Elle ne répondit pas, et Phantom prit sur lui pour ne pas être déçu.

L'hôtesse de l'air vint leur demander ce qu'ils voulaient

manger pour le dîner. Après son départ, Phantom se creusait la tête pour trouver un autre sujet de conversation quand il sentit quelque chose sur son bras.

En baissant les yeux, il vit que Kalee avait posé sa main sur son avant-bras.

Elle ne disait rien, et en fait, elle regardait par la fenêtre. Mais elle avait tendu la main... pour l'apaiser ? Pour lui assurer qu'*elle* n'était pas mal à l'aise en sa présence ? Pour se rassurer qu'il était toujours là ?

Il n'en avait aucune idée. Mais finalement, le pourquoi n'avait pas d'importance. Ce qui importait, c'est qu'elle le touchait. Volontairement.

Phantom n'osait pas bouger. Pas d'un centimètre. Ses doigts étaient comme incrustés dans sa chair. Il n'avait jamais rien ressenti de mieux.

⁎⁎⁎

Kalee ignorait pourquoi elle avait tendu la main pour toucher Phantom. Elle n'avait pas aimé son regard quand il avait dit qu'il mettait les gens mal à l'aise. Ce n'était pas vraiment un regret, plutôt l'acceptation profonde de savoir qu'il était différent de ceux qui l'entouraient. Elle ne connaissait pas ses raisons, et fut choquée de réaliser qu'elle voulait tout savoir sur l'homme mystérieux à côté d'elle.

Mais elle ne pouvait pas supporter l'idée qu'il ne sache pas à quel point il était génial. Elle avait tellement de choses à dire, mais elles étaient toutes coincées au fond de sa gorge. La seule chose qu'elle pouvait faire était de le toucher. Pour lui montrer qu'elle n'avait pas peur de lui. Que ça ne la dérangeait pas qu'il soit franc.

C'était fou. Elle ne connaissait pas cet homme. Pas comme la société pensait qu'une femme devait connaître un homme avant de commencer à avoir des sentiments pour lui. Des sentiments intimes.

Elle n'était pas sûre d'*avoir* des sentiments intimes pour lui, en fait. Tout ce qu'elle savait, c'est que lorsqu'elle était avec lui, elle n'avait pas peur qu'un rebelle la traîne dans la jungle. Elle connaissait son âge, son nom, son adresse, et qu'il était un Navy SEAL. Mais ce n'était que des choses superficielles. Elle savait aussi qu'il était observateur et doux, et que son odeur lui rappelait la sécurité.

Alors que Kalee regardait par la fenêtre, elle secoua mentalement la tête avec dégoût. Elle se comportait comme une idiote. Elle connaissait Phantom depuis quoi, deux secondes ? Elle était une mission pour lui. Rien de plus. Et bien sûr, elle ne voulait rien avoir à faire avec les hommes. Elle avait vu et expérimenté combien ils pouvaient être horribles. Comment pourrait-elle vouloir à nouveau avoir affaire à l'un d'entre eux ?

Mais il y a moins d'un jour, elle avait juré de ne jamais toucher un autre homme. De ne jamais ouvrir la bouche en présence de l'un d'eux pour qu'il ne puisse pas utiliser ses mots contre elle afin de la blesser. Et maintenant, non seulement elle touchait volontairement Phantom, mais elle lui avait dit sept mots.

Sept. Oui, elle les comptait. Et elle n'avait pas été frappée par la foudre ou par un coup de poing. Rien de grave n'était arrivé et, en fait, elle avait fait sourire Phantom, ce qu'elle avait l'impression qu'il ne faisait pas souvent.

Elle devait juste garder ses émotions sous contrôle. Phantom l'emmenait à Hawaï pour lui remettre les idées en place avant qu'elle ne rentre chez elle et reprenne sa vie. C'était tout. Elle ne pouvait rien lire de plus. Elle ne voulait pas trop s'attacher à son sauveteur.

En levant les yeux, Kalee réalisa à quel point elle était ridicule. Phantom et elle n'étaient pas deux personnes qui apprenaient à se connaître avant de décider si elles voulaient sortir ensemble. D'ailleurs, il avait probablement toutes les femmes qu'il voulait. Même s'ils s'étaient rencontrés dans une situation normale, Phantom n'aurait pas voulu sortir avec elle. Elle était brisée.

Elle secoua la tête. Non. Ce n'était pas concevable. Elle n'était pas brisée. C'était une pensée qu'une *victime* aurait eue. Elle n'était pas une victime. Elle était une survivante.

Elle n'avait pas cherché ce qui lui était arrivé. Elle s'était battue jusqu'à ce que ce ne soit plus la meilleure option. Puis elle s'était couchée et avait attendu et regardé. Elle voulait croire qu'elle aurait fini par s'échapper d'elle-même. Elle voulait y croire. Mais Phantom s'était présenté.

Pour la première fois, elle pensa délibérément aux rebelles. Elle se demanda s'ils avaient été furieux au réveil en constatant qu'elle était partie. L'avaient-ils cherchée ? La pensée de leur frustration et de leur colère la faisait vibrer. *Qu'ils aillent se faire voir.*

Elle s'était échappée, et ils se demanderaient toujours comment elle avait fait et où elle était allée.

Bien. Qu'ils se posent des questions. Elle espérait que cela les rendrait fous.

En souriant, Kalee se tourna vers Phantom. Elle voulait partager ses pensées avec lui, mais les mots ne sortaient pas.

Mais il s'avéra qu'elle n'avait pas besoin de partager. Pas vraiment.

— Je ne sais pas ce qui a mis ce sourire sur ton visage, mais j'aime ça, lui dit doucement Phantom.

Il n'avait pas bougé d'un centimètre depuis qu'elle avait posé sa main sur son bras, et Kalee savait qu'il essayait de s'assurer qu'il ne la bousculait pas. Elle appréciait l'attention.

Elle lui serra l'avant-bras, puis attrapa le magazine dans la poche devant elle, juste pour avoir quelque chose à faire. Elle aurait préféré s'accrocher à Phantom, mais elle savait qu'elle devait faire tout ce qui était en son pouvoir pour ne pas trop compter sur lui. Il allait partir, retourner à sa vie, et elle devait trouver comment se débrouiller seule.

Phantom traversa l'aéroport d'Oahu jusqu'aux stations de taxis. Il avait laissé sa voiture de location à la maison car il ne savait pas combien de temps il serait parti. Il avait espéré que ce ne serait qu'un jour ou deux, mais en réalité, les choses auraient pu être bien pires qu'elles ne l'étaient.

Il entendit le souffle de Kalee et bougea avant que son cerveau n'ait eu le temps de comprendre. Un homme marchait derrière elle, il avait sa main sur son bras et essayait de lui vendre un collier de fleurs. Il était inoffensif, il essayait seulement de vendre sa marchandise, mais il lui faisait peur.

Phantom se déplaça sur le côté et abattit sa main sur l'avant-bras de l'homme d'un mouvement vif et soudain. L'homme glapit et serra immédiatement son bras contre sa poitrine.

— Merde, mec, ça *fait mal !* s'exclama-t-il.

— Tant mieux, grogna Phantom. Peut-être que la prochaine fois tu garderas tes mains pour toi. Tu ne touches personne sans sa permission, *surtout* pas elle. Tu devrais te sentir chanceux que je ne l'ai pas cassé.

— Espèce d'enfoiré, marmonna l'homme en disparaissant dans la foule qui les entourait.

Phantom le regarda fixement pendant un moment avant de se tourner vers Kalee.

— Désolé. J'ai laissé mon attention vagabonder. Cela ne se reproduira plus. Si tu marches devant moi, je promets de ne pas te toucher, mais ça me permettra de protéger ton dos.

Les yeux de Kalee étaient énormes dans son visage, et ça n'aidait pas que les bleus jaunes et verts la fassent paraître encore plus vulnérable. Phantom se sentait minable de ne pas avoir été capable d'empêcher cette ordure de la toucher.

Elle hocha la tête, et il soupira de soulagement.

— Merci. Il y a une station de taxis dehors à droite. On va prendre un taxi jusqu'au North Shore et je vais nous faire à manger. Demain, tu pourras rester à la maison pendant que j'irai faire des courses ou tu pourras venir avec moi. Comme tu veux.

Elle hocha encore la tête.

— OK, mon trésor. Partons d'ici, d'accord ?

Sur ce, elle se tourna pour se diriger vers l'endroit qu'il avait indiqué. Ses pas étaient hésitants, et elle se retournait sans cesse vers lui, mais elle avançait dans la direction où ils devaient aller. Phantom regardait fixement toute personne assez stupide pour s'approcher d'eux à moins d'un mètre cinquante. Il savait que ce n'était pas raisonnable, mais il ne pouvait pas oublier le cri de panique de Kalee.

Ils arrivèrent à la station de taxis sans autre problème, juste au moment où le téléphone de Phantom commença à sonner. Il n'allait pas répondre, mais il vit que c'était Rocco.

Sachant qu'il devait s'en occuper le plus tôt possible, il fit glisser son doigt pour répondre.

— *Hello.*

— Bon sang, pourquoi tu ne nous as pas dit que tu prenais des congés ? demanda Rocco, l'air insistant.

Phantom soupira.

— Parce que je savais que tu t'inquiéterais.

— Bien sûr que je m'inquiète. Où es-tu ?

— À Hawaï.

— Conneries. Je te connais mieux que ça. Tu es au Timor oriental, n'est-ce pas ? Bon sang, Phantom, tu vas foutre en l'air ta carrière !

Phantom savait qu'il l'avait déjà fait, mais il s'en fichait. Pour l'instant, il devait convaincre un de ses meilleurs amis qu'il était vraiment à Hawaï.

— Je suis vraiment à Hawaï, Rocco, dit-il calmement. J'ai appelé Mustang – tu sais, le chef d'équipe SEAL stationné ici – et il m'a trouvé une maison à louer sur la côte nord. Je devais aller en ville aujourd'hui, mais je suis vraiment ici.

— Prouve-le.

— Va te faire foutre, grogna Phantom.

— Prouve-moi que tu *es* vraiment à Hawaï, ordonna Rocco. Si tu n'y arrives pas, le reste de l'équipe et moi on part pour le Timor oriental.

Phantom serra le téléphone très fort. C'était exactement la raison pour laquelle il n'avait pas dit à ses amis ce qu'il avait prévu. Il savait qu'ils refuseraient de rester derrière. Et non seulement *sa* carrière serait ruinée, mais la leur aussi. Et ils avaient des femmes, des enfants, des familles dont ils devaient s'occuper. Pas lui.

Les yeux de Phantom se posèrent involontairement sur Kalee. S'il n'avait pas de travail, il serait difficile de faire vivre une famille. Il devrait quitter la Californie ; tout est très cher dans cet État. Il devrait trouver ce qu'il allait faire du reste de sa vie, à quel genre d'emploi il allait postuler. Il ignorait qui voudrait d'un ancien Navy SEAL qui n'avait rien fait d'autre dans sa vie que de se battre sous un faux nom.

— Je suis. À. Hawaï, lâcha-t-il.

— Comme je l'ai dit, tu vas devoir le prouver, répondit Rocco.

— Et comment suis-je censé faire ça ? demanda Phantom.

— Tu trouveras. Et ça a intérêt à être bien, dit Rocco, puis il raccrocha.

Phantom fixa son téléphone pendant un instant, surpris que l'un de ses meilleurs amis lui ait raccroché au nez, puis il soupira.

Il sentit la main de Kalee sur son biceps, et tout comme dans l'avion, son contact l'apaisa.

Il baissa les yeux vers elle. Elle le fixait avec de l'inquiétude dans les yeux. Se forçant à se détendre, Phantom tenta un sourire.

— Ce n'est pas grave. C'était Rocco. Il s'inquiète pour moi. Je vais devoir changer nos plans pour ce soir. Je suis désolé.

Elle haussa les épaules et lui serra le bras.

— Je dois inviter des gens à la maison, expliqua-t-il rapidement, pour qu'elle ne panique pas. Tout va bien, tu n'as pas à interagir avec eux. Tu peux rester à l'intérieur. Je vais juste leur rendre visite à l'arrière. Rocco ne croit pas que je suis vraiment ici à Hawaï. Le moyen le plus rapide de le prouver est d'inviter Mustang et ses amis. Il a trouvé la location, et Rocco le connaît. Il sait qu'il est en poste ici. S'il nous voit tous nous prélasser au bord de l'océan, il me lâchera. Tu devras rester à l'intérieur pendant que je parle à Rocco, cependant ; la dernière chose dont j'ai besoin c'est qu'il te voie. Il saura à coup sûr ce que j'ai fait.

Phantom n'avait pas besoin que qui que ce soit approuve ses actions. Il faisait ce qu'il voulait, ce dont il avait besoin, et peu importe les conséquences. Mais la dernière chose qu'il voulait était de stresser Kalee plus qu'elle ne l'était déjà.

— Si tu ne peux pas, ce n'est pas grave. Je trouverai un

autre moyen de prouver à Rocco que je suis là, lui dit-il. En fait, oui, inviter Mustang et les autres est stupide.

Il secoua la tête.

— Je vais juste nous filmer en train de rouler dans les rues, il verra les plaques de rue et saura que je suis là. Oui, c'est mieux de toute façon.

— Non. Invite tes amis à venir.

Phantom fixa Kalee. Il semblait qu'à chaque kilomètre qu'ils avaient mis entre elle et le Timor oriental, elle était de plus en plus à l'aise.

— Tu es sûre ? demanda-t-il.

Elle hocha la tête.

Les mains de Phantom se crispèrent. Il avait tellement envie de la serrer contre lui. Si quelqu'un avait besoin d'un câlin, d'un contact humain, c'était elle. Bon sang, *il en avait* besoin. Mais il parvint à garder ses mains immobiles.

— Merci, répondit-il tandis qu'ils avançaient dans la file d'attente. Je dois appeler Mustang pour organiser ça, c'est d'accord ?

Elle hocha à nouveau la tête.

Après avoir cliqué sur le nom de Mustang, Phantom porta le téléphone à son oreille.

— *Yo !* C'est Mustang.

— *Hé.* C'est Phantom. J'ai besoin d'une autre faveur.

— N'importe quoi.

Phantom aimait la plupart des camarades SEAL qu'il avait rencontrés. En général, ils faisaient tout pour leurs camarades soldats, même s'ils ne s'étaient pas vus depuis des mois ou des années, et s'ils n'avaient pas travaillé ensemble officiellement.

— Est-ce qu'il y a une chance que toi, Midas, Pid, Aleck, Jag et Slate puissiez venir chez moi pour boire un verre ?

— Bien sûr. Quand ?

— Euh... maintenant ?

Mustang ricana.

— Bon sang, tu ne nous laisses pas le temps de nous décider, comment ça se fait ?

— Je sais, désolé. C'est juste que je voulais te remercier correctement pour m'avoir donné un endroit où dormir pendant mon congé.

— Et ? demanda Mustang.

— Et quoi ?

— Et quoi encore ? Tu ne penses pas sérieusement que je vais gober cette excuse bidon.

— Bien. Je dois prouver à Rocco que je suis vraiment ici à Hawaï, et je me suis dit que la meilleure façon de le faire pour qu'il n'ait pas de doutes serait qu'il te voie toi et le reste de ton équipe prendre une bière avec moi.

Le silence suivit sa déclaration pendant un moment, puis Mustang demanda :

— Tu as besoin d'aide pour quelque chose ?

Et c'est pour ça que Phantom aimait Mustang. Il était malin et n'hésitait pas à offrir son aide.

— Non. Tout va bien. Super, en fait.

Quelque chose dans la voix de Phantom dut convaincre Mustang, car il répondit d'un ton plus détendu :

— Bien. On dirait que tu es à l'aéroport, d'après les annonces en fond sonore. Je vais rassembler les gars et on se retrouve à la maison dans quelques heures. La circulation est chargée, mais ça devrait bientôt se calmer. Tu veux qu'on apporte quelque chose ?

Phantom était sur le point de dire non, mais il se ravisa.

— Attends une seconde, fit-il, puis il posa le téléphone contre sa poitrine et regarda Kalee. Mustang et ses amis ont dit qu'ils allaient venir. Tu veux qu'ils aillent chercher quelque chose ?

Elle secoua la tête, et Phantom fronça les sourcils en la regardant.

— Sérieusement, penses-y. Il doit bien y avoir une chose que tu avais envie de manger ou boire. Une chose pour laquelle tu aurais pu tuer. Une fois, quand j'étais prisonnier de guerre, je n'arrêtais pas de penser aux cornichons à l'aneth.

À son regard choqué, il ricana.

— Je sais. C'est stupide. En fait, j'aurais pu rêver d'un gros steak juteux, ou d'une bière bien fraîche, mais au lieu de ça, tout ce à quoi mon cerveau pouvait penser était un fichu cornichon.

Il n'avait pas l'intention de le dire, mais il voulait donner à Kalee tout ce qui lui avait été refusé pendant sa captivité.

— Beurre de cacahuète. Croustillant. Et du chocolat noir.

Phantom sourit et, sans réfléchir, leva la main pour lisser une partie de ses cheveux derrière son oreille. Ce n'est que lorsqu'elle détourna la tête qu'il réalisa ce qu'il avait fait.

— Merde, désolé, ma chérie.

Furieux contre lui-même de l'avoir effrayée, Phantom prit une grande inspiration et ramena son téléphone à son oreille.

— Un grand pot de beurre de cacahuète croquant et des barres au chocolat noir, dit-il succinctement.

— C'est noté. Je prendrai aussi des cornichons pendant que j'y suis, plaisanta-t-il.

— À plus tard.

Phantom n'eut même pas le temps de dire à son ami d'aller se faire voir. Il avait manifestement entendu sa conversation avec Kalee. Il raccrocha et remit son téléphone dans sa poche.

— Je suis vraiment désolé, dit-il à Kalee.

Elle avait toujours l'air un peu effrayée, et il détestait ça. Il tenta de s'expliquer.

— J'étais juste tellement fier de toi, et j'ai agi sans réfléchir. Tu as une jolie petite boucle juste à côté de ton oreille, et elle n'arrête pas de frôler ta joue, et je voulais juste l'enlever de ton visage. Je sais que tu n'aimes pas que les gens te touchent. Je ferai de mon mieux pour garder mes mains pour moi à l'avenir.

Elle leva les yeux vers lui et se mordit la lèvre. Sa bouche s'ouvrit puis se referma. Puis elle prit une profonde inspiration. Ses pupilles se dilatèrent, et on aurait dit qu'elle était sur le point de faire quelque chose d'extrêmement effrayant. Comme du saut à l'élastique ou du saut en parachute. Certainement pas une chose aussi simple que *parler*. Mais elle rassembla son courage et dit :

— J'ai vu ta main venir vers moi et j'ai cru que tu allais me frapper.

Phantom savait que c'était ce qu'elle avait pensé, mais entendre ces mots lui faisait mal. Il se pencha et dit d'une voix douce pour ses oreilles seulement,

— Je ne te frapperai jamais, Kalee. *Jamais*. Peu importe à quel point je suis frustré ou contrarié, je ne lèverai jamais mes mains sur toi par colère. Je voudrais revenir en arrière et tuer tous les enfoirés de cette maison qui ont osé te toucher. Je ne supporte pas que quelqu'un s'arroge le droit de faire du mal à quelqu'un d'autre. Je sais que ça prendra du temps, mais j'espère que tu finiras par te sentir vraiment en sécurité avec moi.

— Je le veux, chuchota-t-elle.

Phantom secoua la tête.

— Pas encore, mais tu le feras. Je le jure.

Il leva les yeux et vit qu'ils étaient à l'avant de la file des taxis.

— On est les prochains.

Puis Kalee le choqua en prenant sa main et en l'amenant sur le côté de son visage. Elle effleura sa joue, et Phantom comprit l'allusion, en enroulant ses doigts autour de la mèche de cheveux et en la lissant derrière son oreille, tout doucement.

Ils se fixèrent pendant un instant avant que l'homme en charge de la file de taxis ne crie que c'était leur tour de monter dans la voiture suivante.

Phantom poussa un soupir de soulagement en tenant la porte ouverte pour Kalee. Il pensait avoir tout fichu en l'air, et ses actions montraient que ce n'était pas le cas... pas encore.

Il ne pouvait s'empêcher de redouter le jour où il devrait avoir une conversation avec elle sur son rôle dans sa captivité. Elle avait besoin de plus de temps pour guérir d'abord. Il savait qu'il était lâche, mais il était heureux de repousser le moment pendant quelques jours encore. Il ne pourrait pas supporter que Kalee le regarde avec dégoût et haine.

CHAPITRE QUATRE

Phantom échangea une poignée de main virile avec Mustang. Il s'était présenté avec le reste de son équipe à la maison peu de temps après son arrivée et celle de Kalee. La circulation *avait* été difficile, mais c'était généralement le cas sur l'île. Kalee avait vagabondé dans la maison jusqu'à ce qu'il ait terminé son appel téléphonique avec Rocco. Ensuite, il espérait qu'elle les rejoindrait dehors sur la petite terrasse.

La maison n'était pas grande, elle était minuscule en fait, mais elle était juste sur la plage, ce qui était exactement ce que Phantom voulait. Il n'avait pas menti à son commandant quand il avait dit qu'il avait besoin d'une pause. Il en avait besoin. Lui et le reste de son équipe avaient travaillé sans relâche, et les situations intenses dans lesquelles ils s'étaient tous retrouvés récemment, ainsi que l'angoisse d'essayer de se souvenir de ce qu'il avait manqué au Timor oriental – puis de *se souvenir qu'*il avait vu le pied de Kalee bouger quand elle était dans ce trou – avaient été extrêmement épuisants.

Il avait en fait hâte de passer du temps au paradis... et avec Kalee.

Repoussant cette pensée au fond de son esprit – il n'était pas là pour la convaincre de sortir avec lui ; il devait s'assurer qu'elle était mentalement stable pour retourner à sa vie –, Phantom salua le reste de l'équipe SEAL stationnée à Hawaï.

Mustang était le plus âgé à 36 ans, et le chef d'équipe. Il mesurait 1 mètre 80 et avait des cheveux brun foncé. Midas avait 32 ans, le plus grand du groupe, à peu près la taille de Phantom, avec des cheveux blond doré. Aleck n'avait pas encore 30 ans, mais Phantom savait qu'il était le plus intelligent de l'équipe. Mustang lui avait raconté de nombreuses histoires sur la façon dont Aleck avait utilisé son intelligence pour les sortir de situations difficiles.

Pid était le plus jeune à 28 ans, même s'il était évident qu'il avait des démons cachés derrière ses yeux qui démentaient son âge. Jag était le plus calme du groupe, ce qui ne voulait pas dire qu'il n'était pas intelligent ou dangereux. Phantom avait entendu parler de la capacité de cet homme stoïque à éliminer un peloton entier de cibles sans hésitation.

Le groupe était complété par Slate. Il était hargneux, tout comme Phantom, et se tenait pour l'instant sur le côté, les bras croisés et les sourcils froncés.

D'habitude, Phantom ne réfléchissait pas à deux fois lorsque Slate était grincheux, simplement parce que la plupart du temps, il n'était pas lui-même de très bonne compagnie... mais si l'homme disait quelque chose pour effrayer Kalee, il le regretterait.

— Très bien, nous sommes tous là, dit Mustang. Vas-y, appelle ton homme et faisons-le.

— Je ne comprends pas pourquoi Rocco ne te croit pas,

ajouta Midas. Il me semble qu'à moins que tu n'aies royalement merdé, il devrait te croire sur parole.

— C'est vrai ? ajouta Aleck. Qu'est-ce que tu as fait pour être si indigne de confiance ?

Phantom ignora les questions et cliqua sur le nom de Rocco. Il voulait en finir avec tout ça pour inviter Kalee dehors et l'installer. La soirée était magnifique, et il voulait qu'elle voie le coucher de soleil et apprécie le son des vagues sur le rivage.

— C'est moi, dit Phantom à Rocco quand il répondit.

— Bien. Alors prouve-moi que tu es à Hawaï, dit Rocco sans perdre un instant.

Phantom appuya sur le bouton de chat vidéo et tourna le téléphone pour faire face à l'autre équipe SEAL.

— Je suis ici sur la plage. Et je savais que la plage seule ne te convaincrait pas, alors j'ai amené quelques amis aussi.

— Eh bien, ça alors ! s'exclama Rocco quand il vit les autres hommes. Mustang ! Comment ça va, les gars ?

Mustang ricana et leva une bière vers le téléphone.

— Très bien, comme tu peux le voir. Il paraît que les félicitations sont de rigueur. Tu as trouvé une femme qui a sauvé tes fesses. Malin.

— Putain, oui. Caite est incroyable. Elle est capable de me sauver la vie n'importe quand. Comment vont les autres ?

Les autres hommes de l'équipe saluèrent Rocco, et ils échangèrent des amabilités pendant quelques minutes.

Puis Pid demanda :

— Alors... qu'a fait Phantom pour mériter ta méfiance ?

Phantom grogna et tourna le téléphone, mais Slate se plaça à ses côtés et lui attrapa le poignet.

— Non. Nous avons besoin de l'entendre, dit-il.

Phantom jeta un regard à Slate, mais ne relâcha pas son emprise. Il le méritait. Il le savait. Il n'aimait pas ça. Mais si un de ces hommes venait en Californie et demandait à son équipe et lui de fournir un alibi, il voudrait savoir pourquoi.

— Nous avons eu une mission au Timor oriental qui a mal tourné il y a quelque temps, expliqua Rocco. Phantom a décidé qu'il était responsable, et qu'il avait besoin d'arranger les choses. Nous avons récemment reçu des informations qui menaient au Timor oriental, et on lui a ordonné de se retirer. On a tous pensé qu'il ignorerait les ordres et y retournerait quand même.

Phantom se tenait droit comme un i devant Mustang et les autres. N'importe lequel d'entre eux aurait pu dire à Rocco que tout n'était pas comme il le pensait avec Phantom ici à Hawaï, mais Dieu merci, ils ne dirent rien qui aurait pu rendre son chef d'équipe suspicieux.

— Eh bien, ton pote est manifestement au pays du *hula* et du soleil, dit Midas.

— Bien. Assure-toi qu'il y reste, d'accord ? demanda Rocco. On a besoin de lui dans l'équipe, et la dernière chose qu'on veut c'est qu'il fasse quelque chose de stupide.

— Tu devrais avoir plus de confiance en ton coéquipier, commenta Slate.

— Ce n'est pas que nous n'avons pas confiance en lui, répliqua Rocco. C'est que nous savons qu'il a trop d'intégrité et qu'il ferait tout pour réparer un tort.

— Ce n'est pas un mauvais trait de caractère, ajouta Jag.

— Si ça lui fait mettre sa carrière en danger, ça l'est, rétorqua Rocco.

— Je ne quitterai pas Hawaï avant de revenir en Californie, jura Phantom, sans mentir.

— Bien. N'oublie pas d'appeler Ace dans une semaine après la césarienne de Piper.

Phantom avait oublié que Piper avait pris rendez-vous pour avoir son bébé. Il était un peu préoccupé.

— Merci. Je t'appellerai.

— Merde, des bébés ? s'exclama Pid. Non merci.

Rocco partit d'un petit rire.

— Souviens-toi de ce que je dis... quand tu trouveras une femme avec qui tu veux passer le reste de ta vie, les bébés ne te dérangeront plus autant. Phantom, enlève-moi du chat vidéo.

Phantom cliqua sur un bouton et approcha le téléphone de son oreille.

— Tu m'as moi et rien que moi, dit-il à Rocco.

— Désolé pour la preuve, reprit-il. Nous sommes tous inquiets pour toi. La dernière chose que nous voulons, c'est que tu partes seul pour essayer de sauver Kalee. Je t'ai promis il y a un moment que nous la ramènerions à la maison, et je ne vais pas revenir sur cette promesse. Nous avons parlé au commandant. Aucun d'entre nous n'apprécie qu'elle soit là-bas, seule et probablement morte de peur. Nous la ramènerons à la maison même si c'est la dernière chose que nous faisons.

Phantom se sentait à la fois coupable et envahi par le respect pour son ami.

— Merci.

Voilà tout ce qu'il put dire sans que Rocco ne se rende compte que son inquiétude n'était pas justifiée. Que Kalee était saine et sauve à moins de trois mètres de là où il se tenait.

— Je suis sûr que tu vas recevoir des appels des autres, dit Rocco. Rex a dit qu'Avery est très inquiète pour toi, et bien sûr Piper aussi. Je sais que tu as besoin d'une pause, mais s'il te plaît, ne te comporte pas comme un étranger. D'accord ?

— Je ne ferais jamais ça, dit Phantom.

Il n'était pas la personne la plus sensible, mais il ne voulait pas que ses amis s'inquiètent pour lui.

— Amuse-toi bien avec Mustang. Ne le laisse pas, lui et

les autres, te convaincre de sortir, de te bourrer la gueule et de ramasser une jolie barmaid.

— Depuis quand tu sais que je ramène des nanas d'un bar ? demanda Phantom.

— Eh bien, il y a eu cette fois au Aces, et si je me souviens bien, ça ne t'a pas réussi. Mais avec toi qui traînes avec Mustang et son équipe, on ne sait jamais. On se reparle plus tard.

Phantom laissa le téléphone après que Rocco eut coupé la communication.

— Tu as quelque chose à nous dire ? dit Mustang sans la moindre trace d'humour dans sa voix. Tu es arrivé à Hawaï il y a quelques jours, et pourtant il y a quelques *heures*, tu étais à l'aéroport.

Phantom soupira. Il n'avait pas voulu s'engager dans cette voie, mais il ne pouvait pas faire sortir Kalee, pas sans une sorte d'explication.

— Il y a presque un an, l'équipe a été envoyée au Timor oriental pour évacuer une volontaire du Corps de la paix en raison de l'escalade de l'activité rebelle. Lorsque nous sommes arrivés, il était trop tard. Nous pensions tous qu'elle était décédée. Mais récemment, des renseignements ont prouvé qu'elle était vivante et qu'elle avait été enrôlée pour travailler pour les rebelles.

— Putain, dit Jag.

— Oui, acquiesça Phantom.

— On t'a ordonné de rester sur place, et tu as décidé de te reposer ici à Hawaï, hein ? reprit Mustang avec une voix traînante.

— Oui, dit Phantom.

— Mais tu y es allé quand même, n'est-ce pas ? ajouta Pid.

Phantom ne répondit pas.

— Tu vas te faire avoir quand tu rentreras chez toi, fit remarquer Midas.

— Mais Kalee est en vie, dit Phantom à voix basse.

— Est-ce que ça suffira quand tu seras viré des équipes pour avoir désobéi à un ordre ? demanda Slate.

Phantom se retourna pour faire face à Slate.

— Oui, dit-il simplement.

Et il réalisa que c'était vraiment le cas. Il détesterait ne plus être un SEAL, mais il ferait exactement la même chose si cela signifiait sortir Kalee des mains des rebelles.

Mustang observa Phantom pendant un moment.

— Et tu n'as rien dit à ton équipe parce que tu savais qu'ils ne t'auraient pas laissé partir tout seul, et qu'alors *leurs* carrières auraient été en jeu aussi. Pas vrai ?

Une fois encore, Phantom se borna à rester silencieux.

— Putain. Tu es un homme bien, dit Mustang en secouant la tête. Fou, mais bien.

Puis il s'avança et tapa le dos de Phantom.

— Alors... on va la rencontrer ? demanda Pid.

— Si vous vous comportez bien, oui, répondit Phantom.

— Bien sûr, nous nous comporterons bien, dit Aleck avec un sourire.

Phantom leva les yeux au ciel.

— Je suis sérieux. Elle est très nerveuse, à juste titre. Et quoi que vous fassiez, ne la touchez pas, elle n'aime pas ça.

Les six visages en face de lui se firent plus durs. Ils savaient qu'il y avait une raison majeure pour laquelle une femme ne voulait pas être touchée, et cela les rendait tous furieux.

— Laissez-lui de l'espace, dit Phantom aux autres. Elle est solide comme un roc. Oh... et elle ne parle pas beaucoup. Si vous voulez lui demander des choses, assurez-vous de les formuler de façon qu'elle puisse répondre par oui ou par non, d'accord ?

Tout le monde hocha la tête.

— Bien. Et... merci de ne rien dire à Rocco. Évidemment, ils vont tous découvrir ce que j'ai fait à mon retour. Je veux juste donner à Kalee quelques semaines pour se détendre. Pour ne pas penser à autre chose que de travailler sur ce qui lui est arrivé, dit Phantom aux autres.

— On a compris, annonça Pid sur un ton solennel.

— Elle a de la chance de t'avoir à ses côtés, ajouta Midas.

Phantom savait que *ce n'était* pas vrai. C'est grâce à lui qu'elle s'était retrouvée là où elle était, mais il ne dit rien. Ses coéquipiers ne lui reprochaient pas de ne pas se souvenir de ce qu'il avait vu ce jour-là à l'orphelinat, d'avoir vu son pied bouger et de ne pas avoir donné l'alerte pour la sortir de la fosse aux cadavres, mais il s'en voulait.

Il avait déjà été à sa place. Pas exactement. Mais il avait compté sur les autres pour le sortir d'une situation absolument horrible... et personne ne l'avait fait. À l'époque, il s'était senti misérable.

Il avait le pouvoir de sauver Kalee pendant cette première mission, et il ne l'avait pas fait. Il devait vivre avec ça pour le reste de sa vie.

— Très bien, je vais aller la chercher. N'oubliez pas... tenez-vous bien, dit Phantom.

Les autres se mirent à rire quand il tourna le dos et se dirigea vers la maison pour dire à Kalee qu'elle pouvait sortir si elle le voulait.

Kalee se tenait près de la fenêtre et regardait Phantom parler avec ses amis. Ils étaient tous grands et forts. Il était évident qu'ils pourraient facilement la blesser d'un revers de main.

Dans le passé, elle y serait allée, aurait ri et flirté avec le groupe de beaux garçons. Elle aurait souri à leurs phrases de drague ringardes, peut-être même aurait-elle envisagé de rentrer chez elle avec l'un d'eux. Elle n'avait jamais eu d'aventures d'un soir, mais elle y avait pensé une fois ou deux.

Elle voulait être la femme qu'elle était avant.

Maintenant, elle se cachait derrière un fichu rideau, terrifiée à l'idée de sortir et de dire bonjour. Elle savait qu'elle avait une sale tête. Ses cheveux étaient en désordre et les bleus sur son visage exprimaient haut et fort qu'elle avait vécu l'enfer.

Prenant une profonde inspiration, Kalee secoua la tête. Elle n'aurait pas honte. Du moins, elle essaierait. Elle ne *s'était pas* frappée *elle-même*. Elle n'avait pas voulu se faire couper les cheveux. C'étaient les autres qui l'avaient fait. Ce serait difficile de changer sa façon de penser, mais elle le ferait.

En se retournant, elle vit une casquette de baseball sur la table près de la cuisine. Elle était bleu marine avec le logo du trident des SEAL sur le devant. Elle s'approcha et l'enfila, cachant sa coupe de cheveux ratée et espérant masquer certaines des ecchymoses sur son visage.

Elle venait de baisser le bord quand la porte arrière s'ouvrit et que Phantom entra.

— Hé, murmura-t-il. Ma casquette te va bien.

Pendant une seconde, Kalee voulut s'excuser de l'avoir mise sans demander, mais elle redressa ses épaules. C'était une casquette. Il n'était manifestement pas en colère, alors elle n'avait pas besoin de s'inquiéter ou de s'excuser de l'avoir empruntée. Elle devait arrêter de penser que la moindre de ses actions lui vaudrait une gifle ou un coup de pied dans les côtes.

Elle fit un petit sourire à Phantom pour le saluer.

— Tu es prête à sortir et à passer un moment avec les gars ? Ils ne devraient pas rester longtemps, et ils ne vont pas s'attendre à ce que tu fasses autre chose que de t'asseoir là et d'être jolie. Mais ignore environ 95 % de tout ce qu'ils disent. Ils sont pleins de bêtises.

Kalee sourit à nouveau. C'était assez étonnant qu'elle soit capable de trouver quelque chose de drôle. Il n'y a pas si longtemps, elle était déprimée, terrifiée et ne voulait pas bouger d'un centimètre sans en avoir la permission. Il y a quelques heures, en fait. Et maintenant elle était là, sur le point d'aller *traîner* avec un groupe d'hommes qui pouvaient être de vrais tueurs. Mais elle savait aussi que Phantom ne les laisserait pas faire ou dire quoi que ce soit de menaçant.

Elle portait toujours le legging et le T-shirt que Phantom lui avait donnés au Timor oriental, mais elle ne ressentait pas le besoin de se changer. Après tout, elle avait porté les mêmes vêtements sales pendant des mois ; en comparaison, ceux-ci étaient propres.

En hochant la tête, elle suivit Phantom sur la terrasse. À la seconde où elle apparut, les six hommes se levèrent.

Surprise, Kalee fit un pas en arrière et prit une grande inspiration. Mais elle comprit immédiatement qu'ils étaient simplement polis et qu'ils ne s'en prendraient pas à elle. Faisant de son mieux pour respirer et ralentir son rythme cardiaque, elle baissa la tête, se cachant derrière le bord de la casquette qu'elle portait, et fit un pas de côté pour s'asseoir sur l'une des deux chaises vides à sa droite.

Personne ne dit rien sur sa réaction anormale, et bientôt tout le monde se remit à parler.

Sans un mot, Phantom prit un pot de beurre de cacahuète et une barre de chocolat et les lui tendit. Elle sourit quand elle remarqua qu'il avait déjà ouvert le pot pour elle. En gardant les yeux sur les hommes qui s'étaient rassis et discutaient tranquillement, elle cassa un morceau de chocolat et prit une cuillère de beurre de cacahuète.

Les papilles gustatives de sa bouche explosèrent pendant qu'elle mâchait. Elle n'avait jamais rien mangé d'aussi délicieux.

En jetant un coup d'œil à Phantom, elle vit qu'il la regardait et souriait. Mais il ne fit aucun commentaire, se contentant de se retourner vers ses amis. Elle n'avait pas manqué de remarquer qu'il avait placé leurs chaises un peu à l'écart des autres, et qu'il s'était également placé entre elle et ses amis. Elle détestait avoir besoin qu'il intervienne pour elle, mais elle lui en était tout de même reconnaissante.

Kalee observa les SEAL pendant qu'ils parlaient. Comme elle l'avait remarqué quand elle était à l'intérieur, ils étaient tous musclés et en forme. Phantom était le plus grand, bien que l'homme que les autres appelaient Midas semblait être proche de sa taille.

Au début, Kalee essaya de prêter attention à tout ce qui se disait, mais très vite, son esprit se mit à vagabonder. Elle regardait l'océan au-delà du pont. Le soleil venait de se coucher et il était difficile de distinguer quoi que ce soit, mais elle entendait le rythme du fracas des vagues sur la plage. La brise chaude et rafraîchissante rendait la température parfaite pour s'asseoir et se détendre.

Elle réalisa que pour la première fois depuis très longtemps, elle *était* détendue, même entourée d'hommes. Elle ne craignait pas qu'ils se retournent contre elle. C'était un sentiment étrange, mais très agréable.

Bientôt, la chaleur de la soirée, la nourriture dans son estomac et le son de l'océan empêchèrent Kalee de garder les yeux ouverts. Elle ne participait pas à la conversation de toute façon, et elle doutait que quelqu'un se soucie qu'elle ait fermé les yeux.

Quand ils commencèrent à parler d'elle, supposant qu'elle somnolait, elle n'ouvrit pas les yeux pour leur montrer qu'elle était réveillée.

— Elle n'a pas l'air aussi mal en point que je l'aurais cru, murmura Pid.

— Elle est fabuleuse, rétorqua Phantom.

Ses mots donnèrent à Kalee l'envie de pleurer. Elle n'était pas stupide, elle savait qu'elle avait une allure pitoyable, mais Phantom avait l'air si sincère qu'elle le crut presque.

— J'ai toujours eu un faible pour les filles aux cheveux roux, commenta Midas.

— Ne t'approche pas d'elle, grogna Phantom.

— Mon Dieu, il faut te détendre, maugréa Midas. Quelle mouche t'a piqué ?

— Elle n'a pas besoin que tu la reluques. Elle a vécu l'enfer, et elle est ici pour se détendre et travailler sur les choses, pas pour repousser les mâles en chaleur.

— Détends-toi, Phantom, reprit Mustang. Midas ne la draguait pas. Il est plus qu'évident que tu as un faible pour elle.

— Ce n'est pas ça, protesta immédiatement Phantom.

Kalee ne put s'empêcher de se sentir blessée. C'était ridicule. Ridicule. Elle n'était pas à la recherche d'un petit ami. Jamais de la vie. Mais une partie d'elle ne pouvait s'empêcher d'être déçue par la réponse de Phantom. Elle savait qu'elle avait l'air... fermée. Aucune personne saine d'esprit ne pourrait trouver quoi que ce soit d'attirant chez elle en ce moment.

— Donc tu n'es pas attiré par elle alors ? demanda Aleck.

Elle entendit Phantom bouger sur sa chaise à côté d'elle,

et elle pouvait presque l'imaginer se penchant en avant et fixant les autres SEAL.

— Je n'ai pas dit ça, dit doucement Phantom.

Kalee était sous le choc. Elle n'en croyait pas ses oreilles.

— J'étais tellement concentré sur le fait de retourner au Timor oriental et de la retrouver que je n'ai pas pensé à qui elle était en tant que personne. Cela n'avait pas d'importance. Elle était une mission. Mais je jure devant Dieu, à la seconde où j'ai posé mes mains sur elle... quelque chose a changé. C'est la personne la plus forte que je pense avoir jamais rencontrée. Nous n'avons pas discuté de ce qui lui est arrivé, mais je peux deviner, et ce n'est pas joli. Mais bon sang, elle a fait tout ce que j'ai demandé. C'est grâce à elle que tout s'est si bien passé. Je suis fier d'elle. Et je suis en admiration devant elle.

Kalee sentit des larmes couler derrière ses yeux, mais elle les refoula. Elle ne voulait pas que quelqu'un sache qu'elle était réveillée. Ils auraient arrêté de parler, et elle n'aurait pas entendu les choses les plus étonnantes qu'elle ait entendues depuis très longtemps. Les mots gentils de Phantom étaient un baume pour son âme. Pendant des mois, elle s'était sentie lâche et s'était détestée. Ce qu'elle entendait l'aidait à se sentir mieux.

— Elle me rappelle un chien que j'avais quand j'étais petit.

Kalee voulait grogner et lever les yeux au ciel. Juste au moment où il disait toutes sortes de choses formidables, Phantom la comparait à un chien. Elle envisagea de faire semblant de se réveiller en sursaut, mais décida qu'elle était bien là où elle était... et elle voulait vraiment entendre l'analogie de Phantom.

— J'avais environ 10 ans. Ma vie à la maison était merdique. Ma mère et ma tante étaient des êtres humains horribles, et je faisais de mon mieux pour rester loin de la maison autant que possible. Un jour, j'ai trouvé une chienne abandonnée. Une sorte de terrier. Elle avait une peur bleue des humains et se cachait sous une maison vide non loin de la mienne. Je me suis donné pour mission de faire en sorte qu'elle me fasse confiance. Je volais souvent de la nourriture dans les boîtes à lunch de mes camarades de classe, et j'ai commencé à en garder pour quand je rentrais à la maison. Je laissais de la nourriture à cette petite chienne, et petit à petit, elle a commencé à me faire confiance. Un des meilleurs jours de ma vie a été quand elle m'a laissé la caresser. Quand l'été est arrivé, j'ai passé beaucoup de temps dans cette maison abandonnée avec elle. Je n'aimais pas la laisser là tous les soirs, mais je savais que je n'aurais pas le droit de la garder. Quand il a commencé à faire froid, je détestais l'idée qu'elle soit dans cette maison, à grelotter. J'aimais cette bâtarde, mais je savais que je ne pouvais pas lui donner la vie qu'elle méritait. Il y avait une vieille dame qui vivait dans une maison près de l'école. Elle était toujours assise sur son porche et faisait signe aux enfants qui passaient. Elle était gentille. Un matin, je suis parti très tôt et j'ai attaché une corde à ce chien. Je l'ai emmené chez la vieille dame et l'ai laissé sur le porche. Pendant tout le temps où j'ai marché jusqu'à l'école, j'ai vu la dame et le chien assis ensemble sur son porche.

— Donc tu compares Kalee à un chien errant ? Je ne comprends pas, dit Slate.

— Je ne pouvais pas être l'humain de ce chien. Je voulais l'être, mais ça n'allait pas marcher. Alors j'ai aidé à la soigner et je l'ai donnée à quelqu'un qui, je le savais, pourrait s'occuper d'elle. Lui donner tout ce que je n'avais pas pu lui donner, dit Phantom sans émotion.

Kalee avait envie de pleurer à nouveau, mais pas pour elle-même. Elle pouvait imaginer Phantom petit garçon, soignant ce chien et le donnant ensuite à quelqu'un d'autre.

C'était déchirant, mais ça expliquait tellement de choses sur cet homme. Probablement plus que ce qui le mettrait à l'aise.

— C'est des conneries, se moqua Pid. Pas l'histoire du chien, mais ce que tu penses qu'elle signifie. Ce n'est pas parce que tu as sauvé Kalee que vous ne pouvez pas avoir une connexion plus profonde.

Phantom ne répondit pas, et le cœur de Kalee se brisa.

— Tu l'aimes bien. Pourquoi ne ferais-tu pas ce que tu peux pour voir où les choses pourraient aller entre vous deux ? demanda Pid.

— Elle n'est pas de mon niveau, dit Phantom. Son père est plein aux as. Elle est magnifique. Et de toute façon, je ne sais pas ce qui m'attend à Riverton. Je vais probablement être expédié dans une autre base bientôt. Ce n'est pas juste pour elle, et elle est ici pour guérir.

Kalee ne savait pas pourquoi Phantom changeait de base, mais le fait que son père ait de l'argent était une raison ridicule pour qu'il ne veuille pas sortir avec elle.

Puis elle enregistra l'autre chose qu'il venait de dire.

Il la trouvait belle ? C'était ridicule.

— Elle a l'air un peu mal en point, déclara Mustang.

— Tu serais dans le même état si tu avais vécu ce qu'elle a vécu, répondit Phantom avec colère. Ces salauds lui ont coupé les cheveux. L'ont frappée. Ils ont abusé d'elle de la pire façon, et pourtant elle est là. Chaque bleu en dit plus sur le genre d'hommes qu'*ils* sont que sur qui *elle* est. De plus, ils vont s'effacer. Elle va prendre du poids, grossir. Ses cheveux repousseront. Les rebelles seront toujours de sales connards, à l'intérieur comme à l'extérieur. La meilleure chose que Kalee puisse faire pour se venger d'eux, pour prouver qu'ils ne l'ont pas brisée, c'est de vivre la meilleure vie possible. Elle a une famille et des amis qui l'aiment et qui feront tout ce qu'il faut pour l'aider à se remettre sur pied. Je sais sans l'ombre d'un doute qu'elle s'en remettra. Et plus vite qu'on ne le pense. Elle a un mental d'acier, et *c'est ce qui* la rend belle.

Kalee ne pouvait plus retenir ses larmes. Elle s'était sentie si mal dans sa peau pendant si longtemps, mais elle n'avait jamais abandonné. Elle s'était battue pour rester en vie. Pour revoir son père. Piper. Ses autres amis. Entendre Phantom dire qu'elle allait s'en sortir, c'était comme une couverture chaude autour de ses épaules. Elle se sentit bien. Vraiment bien.

Et il avait raison. Elle ne reverrait jamais ses ravisseurs. Si elle passait sa vie à être amère et à les haïr, elle ne serait jamais capable d'avancer.

Elle se jura à ce moment-là de vivre la vie la plus heureuse possible. Ce serait sa vengeance. Ils avaient essayé de la briser, mais ils n'avaient pas réussi.

— Kalee ?

La voix de Phantom transperça ses pensées. Sachant qu'elle ne pouvait pas rester assise là et faire semblant de dormir avec des larmes sur les joues, elle ouvrit les yeux. Phantom ne la bousculait pas, mais il était certainement inquiet. Sa main se leva, mais il se rattrapa et s'agrippa à l'accoudoir de sa chaise au lieu de la lever jusqu'à son visage.

— Tu vas bien ?

Elle hocha la tête.

— Les rêves vont s'estomper. Promis.

Elle hocha de nouveau la tête, reconnaissante qu'il ait pensé qu'elle avait juste fait un cauchemar. S'il savait qu'elle avait entendu sa conversation, elle serait embarrassée.

— Les gars et moi allons rester debout un moment. Pourquoi ne pas aller à l'intérieur ? Tu as eu une très longue journée. Si tu as besoin de quelque chose, je serai là. Si ça te rassure, tu peux fermer la porte de la chambre, mais je ne rentrerai pas, je te le promets. Tu es en sécurité ici.

Kalee hocha la tête. Elle savait qu'elle était en sécurité. Il n'y avait pas de rebelles qui rôdaient dans la jungle et personne n'allait pouvoir l'atteindre, pas avec Phantom. Elle se leva – et cligna des yeux de surprise quand le reste des SEAL le fit aussi.

Elle se pencha et ramassa les barres de beurre de cacahuète et les restes de chocolat, les tenant contre sa poitrine, puis leur fit un petit signe de la main et un sourire avant de rentrer dans la maison.

Après avoir fermé la porte, elle y appuya son dos et écouta la conversation pendant une minute.

— Je ne connais pas ton histoire, Phantom, mais tu es un sacré bonhomme. N'importe quelle femme aurait de la chance de t'avoir à ses côtés, déclara Midas.

Elle ne voyait pas Phantom, mais pouvait l'imaginer hausser les épaules. Il ne répondit pas aux paroles de son ami, mais demanda plutôt s'il pouvait se joindre à eux pour quelques séances d'entraînement pendant ses vacances.

Kalee n'attendit pas pour entendre leur réponse. Elle poussa la porte et se dirigea vers l'une des deux petites chambres de la maison. Elle savait que Phantom l'avait mise dans la chambre avec le plus grand lit et la salle de bain attenante. Il s'était arrêté à l'épicerie du coin sur le chemin du retour et lui avait pris quelques articles essentiels... une brosse à dents, du dentifrice, une brosse, du savon parfumé aux fleurs. Demain, ils iraient lui acheter d'autres vêtements et articles de toilette, mais ce qu'elle avait en ce moment était plus que ce qu'elle avait possédé depuis des mois.

Se brosser les dents fut une sensation paradisiaque, et elle les frotta pendant au moins cinq minutes d'affilée. Kalee avait refusé l'offre de Phantom de prendre un rendez-vous chez le médecin. Elle savait qu'elle aurait besoin d'en voir un jour, mais pour l'instant, tout ce qu'elle voulait, c'était se cacher du monde.

Le lit avait des draps propres et une couverture, et après avoir enlevé son legging et enfilé un T-shirt gris que Phantom lui avait donné pour dormir, Kalee se glissa sous les draps.

Elle était complètement épuisée, mais dès qu'elle fermait les yeux, des souvenirs défilaient dans son cerveau et refusaient de la laisser se détendre.

Frustrée, elle ouvrit les yeux et fixa le plafond.

Phantom la trouvait jolie.

Il était fier d'elle et pensait qu'elle était forte.

Elle n'avait pas vraiment l'impression de l'être, mais elle avait le sentiment que Phantom ne l'aurait pas dit s'il n'en était pas persuadé. Il ne lui semblait pas être un homme qui mentait. Il était plutôt du genre franc et direct.

Rejetant le drap et la couverture, elle se tourna et posa ses pieds sur le sol. Elle s'approcha sur la pointe des pieds de la fenêtre de la chambre et la déverrouilla. Elle l'entrouvrit, puis retourna vers le lit.

Cette fois, quand elle ferma les yeux, elle sentit l'air frais qui soufflait dans la pièce. Elle entendait aussi les vagues qui s'écrasaient sur la plage. Et enfin, elle percevait les murmures des hommes sur la terrasse. Elle n'entendait pas ce qu'ils disaient, mais savoir qu'ils étaient là, que Phantom était là, la détendait. Il ne laisserait personne lui faire du mal. Elle en était sûre.

En l'espace d'une seconde, elle sombra dans le sommeil de l'épuisement total. C'était le meilleur sommeil qu'elle avait eu depuis que les rebelles avaient attaqué l'orphelinat. Son esprit comprenait qu'elle était en sécurité et qu'elle pouvait se reposer.

CHAPITRE CINQ

Les jours suivants passèrent relativement vite. Phantom s'assurait de laisser de l'espace à Kalee, mais chaque jour, ils partaient faire une course. Bien qu'elle veuille se cacher du monde, elle devait commencer à s'acclimater.

Le premier jour, Phantom emmena Kalee avec lui au supermarché et dans une grande surface pour lui acheter des produits. Il acheta des aliments hyperprotéinés et hypercaloriques pour l'aider à prendre du poids et des muscles. Du beurre de cacahuètes et beaucoup de chocolat figuraient aussi sur la liste. Il adorait la voir tremper la barre de chocolat dans le pot de beurre de cacahuète que Mustang avait apporté pour elle.

Elle était réticente à l'idée de choisir des vêtements, se montrant complètement désintéressée, si bien que Phantom dut choisir les choses les plus hideuses qu'il pouvait trouver dans le magasin et les mettre dans le chariot. Heureusement, elle finit par être dégoûtée, leva les yeux vers lui et commença à choisir ce qu'elle voulait.

L'après-midi, ils s'asseyaient sur la terrasse et paressaient. La plupart du temps, ils restaient assis en silence, ce que Phantom adorait. Quand le silence semblait s'étirer trop longtemps, Phantom faisait de son mieux pour la divertir avec des histoires sur ses camarades SEAL. Il essayait de se rappeler les histoires les plus scandaleuses, juste pour voir Kalee sourire.

Mais au quatrième jour, il sut qu'il était temps d'intensifier son plan. Il n'avait pas pensé à autre chose qu'à sortir Kalee du Timor oriental et à la mettre en sécurité, mais maintenant qu'elle était là, il ressentait un besoin profond de l'aider mentalement et physiquement.

— Mustang a dit qu'on pouvait se joindre à eux pour leur entraînement de demain matin.

Kalee le regarda en fronçant les sourcils. Elle n'était pas vraiment un moulin à paroles, mais de temps en temps, elle lui posait une question ou répondait à une de ses questions. Phantom n'était pas inquiet de son manque de conversation. Il pensait que si elle avait quelque chose à dire, elle le ferait. Si elle préférait se taire, il n'insistait pas.

— Si je reviens en surpoids et sans énergie, Rocco va me botter les fesses. Il me mettra sûrement au sport. Il a des machines à la maison, alors je sais que j'y aurai droit. Donc il faut que je m'entraîne. J'ai pensé que ce serait plus amusant avec Mustang et son équipe. Tu n'es pas obligée de venir avec moi, mais ta compagnie ne me dérangerait pas.

— Si tu n'es pas avec moi, je ne vais pas y arriver, dit-il. Tu as vu la circulation par ici. Ça craint. J'ai besoin de toi à mes côtés pour m'empêcher de tuer un de ces abrutis de touristes qui n'ont aucune idée d'où ils vont ou de comment conduire.

Il apprécia le sourire qui se répandit sur son visage.

— Qui sait, tu pourrais avoir envie de t'entraîner avec nous.

Elle leva à nouveau les yeux au ciel.

— Tu viens avec moi ?

Il fut soulagé quand elle acquiesça.

Les deux jours suivants, ils se rendirent à l'ouest de l'île pour y retrouver Mustang. Pendant que Phantom et les autres couraient, faisaient des abdominaux, nageaient et s'entraînaient au combat à mains nues, elle restait assise dans le sable.

C'était presque effrayant de voir à quel point il aimait savoir qu'elle était là à le surveiller. Il lui semblait qu'elle avait pris un peu de poids, et que les bleus sur son visage avaient presque disparu. Elle ne reculait plus autant devant les gens lorsqu'ils s'approchaient. Phantom n'était pas un idiot, il savait qu'elle avait encore des démons, mais il était heureux qu'elle semble bien s'acclimater à la société.

Aujourd'hui, il allait la pousser un peu plus.

Ils étaient de retour à la maison de la plage et prenaient leur deuxième petit-déjeuner de la journée – enfin, Kalee. Il l'avait encouragée à manger avant qu'ils ne partent pour son entraînement, et au retour, il prépara un copieux petit-déjeuner d'œufs et de bacon pour eux deux.

— J'ai pensé que nous pourrions faire quelque chose de différent aujourd'hui, annonça-t-il dans le silence qui régnait pendant qu'ils mangeaient.

Kalee inclina la tête, sa façon à elle de demander ce qu'il avait prévu.

C'était presque étrange de voir comment il pouvait lire sa communication non verbale. C'était aussi amusant que Phantom soit à l'aise pour être le plus bavard dans leur relation.

Mais, était-ce une relation ?

Il força son esprit à s'éloigner de ce mot et à revenir à la conversation en cours.

— Mustang a mentionné ce matin qu'il y a une école près d'ici qui a besoin de volontaires pour leur journée mensuelle. Je crois qu'une fois par mois, ils essaient de faire sortir les enfants pour jouer et faire de l'exercice. Ils pensent que cela les aide à mieux apprendre. Ils mettent l'accent sur l'esprit sportif et la camaraderie, ainsi que sur la coordination œil-main et la condition physique générale. Les unités de la base navale aident autant qu'elles le peuvent, mais il n'y avait pas d'unités disponibles aujourd'hui. Il a pensé que nous pourrions être disposés à y aller et à nous porter volontaires pour quelques heures.

Kalee le fixait, le malaise se lisait dans ses yeux verts expressifs. Phantom voulait poser sa main sur la sienne et la rassurer en lui disant que tout irait bien, mais elle n'en était pas encore au stade où elle appréciait d'être touchée spontanément.

— Ça va bien se passer, Kalee. Je serai juste à côté de toi tout le temps.

Ce n'était pas exactement la vérité. Il ne serait pas *juste à* côté d'elle, mais il veillerait certainement sur elle.

— Quel âge ?

— L'école a des enfants de la maternelle au CM2, lui dit Phantom.

La couleur quitta son visage.

Ne pouvant s'empêcher de la réconforter, Phantom repoussa sa chaise et s'approcha de l'endroit où elle était assise. Il voulait la prendre dans ses bras comme il l'avait fait à l'auberge de jeunesse du Timor oriental, mais il s'abstint. Il s'accroupit à côté de sa chaise et leva les yeux vers elle.

— Tu peux le faire, dit-il doucement. Tu crois que je te le proposerais si je pensais que tu ne pouvais pas le supporter ? Je ne dis pas que ce sera facile, ça ne le sera pas. Je ne suis pas idiot, je sais qu'ils te rappelleront les filles de l'orphelinat... mais tu n'es plus là-bas, et ces enfants ne sont pas elles. Tu seras en sécurité. Je te le promets.

Il la regarda prendre une profonde inspiration. Elle

n'avait pas vraiment l'air enthousiaste, mais elle hocha la tête.

— Je peux toucher ta jambe ? demanda Phantom.

Cela prit une seconde, mais elle acquiesça finalement à nouveau.

Il posa doucement sa main sur son genou et se pencha en avant.

— Quand tu rentreras en Californie, tu vas passer beaucoup de temps avec Piper. On le sait tous les deux. Et ça veut dire voir Rani, Sinta et Kemala aussi. Elles se débrouillent très bien, et elles sont bruyantes et excitées, comme les autres enfants de leur âge. Il vaut mieux faire cela ici et maintenant – et si tu as une mauvaise réaction, je serai là pour t'aider – plutôt que d'attendre et d'interagir avec des enfants pour la première fois une fois rentrée à la maison. La dernière chose que tu veux est de blesser Rani, Sinta et Kemala, n'est-ce pas ?

Phantom savait qu'il la poussait dans ses retranchements. Et il ne voulait pas prétendre qu'il ignorait qu'il allait la mettre dans une situation qui allait faire remonter de mauvais souvenirs.

— Je ne veux effrayer personne.

— Je le sais, dit Phantom. C'est pourquoi je serai là pour t'aider à t'ancrer dans le moment présent. Si tu te sens tomber dans tes souvenirs, dis-le-moi et je t'aiderai à revenir.

— Pourquoi ?

Phantom savait ce qu'elle demandait.

— Parce que tu ne méritais pas ce qui t'est arrivé. Parce que ces rebelles ont pris des mois de ta vie qui ne leur appartenaient pas. Parce que tu es forte et courageuse, et je *sais que* tu peux le faire.

Elle prit une profonde inspiration, ferma les yeux et hocha la tête.

— Je te laisserai même porter ma casquette, plaisanta Phantom.

Ses yeux s'ouvrirent, et il vit un peu d'humour se glisser dans son regard. Bien. C'était son plan. Il avait commencé à la taquiner à propos de sa casquette le matin après qu'elle l'eut porté pour la première fois. Elle était très mignonne sur elle, et ça ne le dérangeait pas qu'elle couvre ses cheveux avec. Si le fait de la porter lui redonnait confiance pour sortir en public, elle pouvait avoir cette fichue casquette. Mais il la taquina en lui disant que c'était sa casquette porte-bonheur, et que c'est contraint et forcé qu'il la laissait la porter.

Il la regarda dans les yeux.

— Je suis très fier de toi, Kalee. Je sais que ce n'est pas facile. Mais tu t'en sors très bien. Je ne mentirais pas à ce sujet.

— Je n'étais pas sûre de vouloir venir ici, dit-elle à voix basse.

— Je le sais aussi. Je suis honoré que tu me fasses assez confiance pour passer mes congés avec moi.

— Ce n'est pas comme si j'avais ou que j'avais eu le choix, répondit-elle.

— Faux, répliqua Phantom, plus sévèrement qu'il ne l'avait prévu. Tu as toujours le choix. Si tu veux rentrer chez toi maintenant, je serai dans le prochain vol pour la Californie avec toi. Mais je crois toujours, à cent pour cent, que tu as besoin de ce temps. Tu vas te retrouver. Tu n'es plus la même Kalee qui est partie comme volontaire du Corps de la paix, mais ce n'est pas nécessairement une mauvaise chose. Tu as changé, comme Piper, comme nous tous. Chaque expérience nous touche d'une manière ou d'une autre, bonne ou mauvaise. Tu as juste besoin d'un peu plus de temps pour découvrir qui est la nouvelle Kalee. Et je suis honoré que tu me laisses t'accompagner dans cette aventure. Tu veux rentrer à la maison ? Il te suffit de demander.

Le cœur de Phantom était serré alors qu'il attendait sa réponse. Il ne mentait pas, si elle voulait vraiment retourner en Californie, il le ferait, mais il savait au plus profond de lui qu'elle avait besoin de plus de temps. Elle était déjà tellement plus forte que lors de son arrivée à Hawaï, mais il savait qu'elle avait encore du chemin à faire. Elle devait affronter plus de démons. Pour les battre. La sortie d'aujourd'hui en était un qu'elle devait affronter.

— Je suis sûre qu'ils ont besoin de volontaires à l'école.

Phantom laissa échapper le souffle qu'il avait retenu.

— Tout à fait.

Il se leva et s'assit sur son siège.

— Finis tous tes œufs. Et c'est à ton tour de faire la vaisselle. Dès que nous serons prêts, nous partirons. Oh... et tu conduis.

Elle fronça les sourcils, et Phantom fit de son mieux pour cacher son sourire en coin. Il leur avait assigné des tâches ménagères dès le premier matin. Kalee n'avait pas besoin de rester assise toute la journée à ne rien faire. Quand il cuisinait, elle nettoyait. Il balayait les sols quand ils revenaient de la plage et ramenaient du sable, elle essuyait les comptoirs et les sets de table. Il faisait la lessive, elle faisait les lits. Jusqu'à présent, ça marchait, et elle semblait heureuse d'aider.

Il avait essayé de la faire conduire la veille, mais elle avait refusé. Phantom savait qu'elle devait reprendre le volant le plus tôt possible. L'école n'était pas si loin de la maison de location, et ils n'auraient pas besoin de prendre l'autoroute. C'était le moment idéal pour elle de se remettre au volant. Elle n'avait pas son permis de conduire sur elle, mais ce ne serait pas la première fois que Phantom contournerait la loi. S'ils étaient arrêtés, et que l'officier vérifiait son identité, il trouverait toujours un permis californien valide, donc elle ne violait pas totalement la loi.

Ils terminèrent le petit-déjeuner et Kalee partit se mettre en short et en T-shirt. Phantom attendit patiemment, et quand elle sortit de sa chambre, il lui remit les clés de sa voiture de location.

Elle voulait protester, il le savait, mais elle ne le fit pas. Elle prit une profonde inspiration, redressa ses épaules et prit les clés.

— Brave fille, dit Phantom.

Ce n'est qu'une fois les mots prononcés qu'il réalisa qu'il avait probablement l'air un peu condescendant. Il n'en avait pas l'intention. Il était juste si fier d'elle. Heureusement, elle ne s'en offusqua pas, elle secoua simplement la tête et se dirigea vers la porte.

Kalee conduisait un peu lentement, mais prudemment. Phantom savait qu'à la fin de leur séjour sur l'île, elle serait une pro. Il semblait que chaque fois qu'il repoussait ses limites, elle ne faisait pas que répondre à ses attentes, elle les dépassait.

Elle se gara sur le parking de l'école primaire, et il s'aperçut qu'elle s'agrippait au volant. Il attendit qu'elle éteigne le moteur, puis dit :

— Prends une grande respiration, Kalee.

C'est ce qu'elle fit.

— Bien. Maintenant une autre. Excellent. Regarde autour de toi. Tu n'es pas au Timor oriental. Il n'y a pas de jungle autour de l'école. Les rebelles ne vont pas attaquer. Tu es en sécurité ici. Les enfants sont en sécurité. Nous allons entrer là-dedans, rencontrer quelques enfants, leur faire faire une ronde pendant un moment, puis nous irons déjeuner plus tard. Compris ?

Elle le regarda et hocha la tête.

— Je vais te toucher, prévint Phantom.

Il attendit qu'elle lui donne le feu vert, puis il leva lentement sa main vers son visage. Il posa sa large paume sur le côté de sa tête, près de son oreille. Son pouce effleura doucement sa pommette.

— Je sais que c'est difficile pour toi. Certaines personnes me traiteraient probablement d'insensible pour t'avoir fait venir ici si tôt. Qu'ils aillent se faire voir. Sais-tu pourquoi je t'ai amenée ici aujourd'hui ?

Elle secoua légèrement la tête.

— Parce que je sais que tu peux le gérer. C'est normal si tu es nerveuse. C'est même normal si tu paniques. Mais quand tu tombes de vélo, tu te remets en selle. L'essentiel, c'est que personne ne peut faire ça pour toi, sauf *toi*. J'aimerais pouvoir effacer tes souvenirs. J'aimerais pouvoir retourner en arrière, tuer chacun de ces enfoirés et leur faire payer ce qu'ils t'ont fait. Mais je ne peux pas. Tout ce qu'on peut faire, c'est aller de l'avant. Être heureux. Ne les laisse pas t'enlever ta vie. Tu comprends ?

Phantom vit la peur disparaître de ses yeux, remplacée par la détermination.

— C'est ça. Un pas après l'autre, et ceci est ton premier pas. C'est effrayant, mais chaque pas après le premier sera de plus en plus facile. Tu vas me laisser porter ma casquette aujourd'hui ?

Il avait fait exprès de poser la question pour détendre l'atmosphère. Kalee fronça les sourcils et secoua la tête.

Phantom ne l'aurait pas prise même si elle lui avait proposé. Elle en avait besoin pour protéger son visage du soleil.

— Bien, dit-il en feignant d'être contrarié.

Il ne bougea pas sa main de sa tête alors qu'il la fixait dans les yeux.

— Tu peux le faire, chérie, chuchota-t-il. Je n'ai aucun doute.

Phantom n'était pas un homme à utiliser des marques d'affection. Il n'avait jamais ressenti d'attachement émotionnel envers une femme pour s'en donner la peine. Mais depuis le début, il se sentait protecteur et attaché à Kalee. Cela aurait dû le déranger. Mais au lieu de ça, il se sentait accompli.

Phantom savait qu'elle ne choisirait pas d'être avec lui une fois qu'ils seraient de retour dans le « vrai monde », mais pour l'instant, il ferait tout ce qu'il faudrait pour renforcer sa confiance en elle et la remettre sur pied. Même si cela signifiait qu'il devrait la regarder partir quand ils rentreraient chez eux.

Quand Kalee fut suffisamment détendue pour poser sa tête dans sa main, Phantom eut l'impression d'être un géant.

— Allez, on ne va pas laisser une bande de gamins nous malmener, d'accord ?

Les enfants n'étaient pas le fort de Phantom. Il les aimait bien, mais il ne savait pas comment leur parler ou ce qu'il fallait faire avec eux. Quand il était avec Rani, Sinta et Kemala, il faisait ce que tout le monde faisait. Il avait rarement eu à les divertir tout seul. Mais faire face aux enfants aujourd'hui était le moins qu'il pouvait faire pour Kalee. De plus, elle était la seule qui avait une vraie raison d'avoir peur. La dernière fois qu'elle avait été en présence d'enfants, ils avaient été assassinés, probablement sous ses yeux.

Il pouvait le faire. Pour elle.

Laissant tomber sa main, Phantom fit de son mieux pour cacher à quel point il détestait perdre le contact avec elle. Il n'avait jamais compris le besoin d'une femme de lui tenir la main, de se blottir, et de le toucher constamment quand ils sortaient ensemble, mais il le comprenait maintenant. Il n'y avait pas une minute de la journée où il ne voulait pas toucher Kalee. Dieu devait se moquer de lui. C'était le karma, certainement.

Il sortit et rejoignit Kalee à l'avant de la voiture. Il lui prit les clés et les glissa dans sa poche. Il résista à l'envie de lui prendre la main alors qu'ils marchaient côte à côte vers l'entrée de l'école.

***

Deux heures plus tard, Kalee regardait Phantom et son cœur faillit s'arrêter. Il était assis avec un groupe d'enfants plus jeunes. Il en avait deux sur ses genoux et quatre autres étaient assis en face de lui, les jambes croisées. Il avait un livre à la main et faisait la lecture à son auditoire attentif.

Elle n'était pas du tout sûre de venir ce jour-là, mais quand Phantom lui avait dit qu'il était fier d'elle, elle n'avait pu résister. Et il avait raison. Elle n'allait pas laisser les rebelles lui prendre sa vie. Elle pouvait rester au lit toute la journée et s'apitoyer sur son sort, et ses amis et sa famille ne lui en voudraient probablement pas. Mais ce n'est pas ce qu'elle voulait.

Elle voulait vivre.

Avoir un amoureux.

Se marier.

Avoir une famille.

Et si elle laissait ce qui lui était arrivé prendre le dessus sur son esprit et sa vie, elle n'obtiendrait jamais rien de tout cela.

Elle prit donc les clés que Phantom lui avait données et les conduisit à l'école de son plein gré. Elle était terrifiée quand ils entrèrent. Mais Phantom demeura fidèle à sa parole. Il ne la quitta pas une seconde.

Quand ils pénétrèrent dans le gymnase pour être

présentés aux enfants, elle faillit avoir une crise de panique sur le moment. Mais Phantom le savait de toute façon. Il prit sa main et enfonça ses ongles dans sa peau. Pas assez fort pour la blesser, mais assez pour qu'elle se concentre sur le contact de son corps et non sur les petits visages qui lui rappelaient tant les filles qu'elle n'avait pas pu sauver.

Et ce n'est que lorsqu'il la lâcha après avoir vu qu'elle s'était ressaisie que Kalee réalisa qu'il l'avait touchée – attrapée, en fait – et qu'elle n'avait pas paniqué.

Elle avait passé la dernière demi-heure à jouer aux gendarmes et aux voleurs avec les deux classes de CE2, et avait ri et souri plus qu'elle ne l'avait fait depuis des mois. La dernière fois qu'elle avait vu Phantom, il jouait avec des garçons plus âgés sur le terrain de foot.

Un professeur vint chercher les élèves de CE2 afin de les amener à l'intérieur pour le déjeuner, alors Kalee se dirigea vers Phantom. Son regard rencontra le sien, et elle cligna des yeux devant la vue qui s'offrait à elle.

Phantom était l'un des hommes les plus compétents et sûrs d'eux qu'elle ait jamais rencontrés. Mais en ce moment, il n'avait vraiment pas l'air à l'aise. En regardant de plus près, elle vit que son corps était raide, et si elle n'était pas au courant, elle aurait pensé qu'il avait été forcé de lire le livre d'images aux enfants.

Voulant faire quelque chose pour qu'il soit plus à l'aise, elle vint s'asseoir à côté de lui pour que son genou touche le sien, et elle prit une des petites filles sur ses genoux. Souriant à Phantom, elle tendit la main et posa sa main libre sur son genou.

Étonnamment, dès qu'elle le toucha, il parut se détendre. Il continua à lire l'histoire, en faisant de jolis bruits d'animaux quand il le fallait et en changeant sa voix pour l'adapter aux personnages de l'histoire.

Quand il eut terminé, une enseignante se précipita vers eux.

— Merci beaucoup d'avoir diverti ces mômes. Je suis désolée de vous avoir laissés seuls si longtemps. J'ai dû attendre que la mère d'une petite fille arrive avec un pantalon propre. Allez, tout le monde, dites merci à monsieur Dalton de vous avoir fait la lecture. Nous allons entrer et manger !

Les enfants se levèrent tous et remercièrent Phantom puis suivirent leur institutrice dans le bâtiment voisin.

Phantom poussa un soupir de soulagement, passant une main dans ses cheveux.

Kalee ne put s'empêcher de sourire.

— Tu n'aimes pas les enfants ? demanda-t-elle.

Phantom prit une profonde inspiration et se laissa tomber en arrière pour s'allonger sur le dos dans l'herbe, fixant les branches des arbres au-dessus de lui.

— Ce n'est pas que je ne les aime pas. C'est juste que je ne suis pas à l'aise avec les enfants que je ne connais pas. Je ne sais jamais quoi dire ou faire.

Kalee fronça les sourcils.

— Et tu t'es quand même porté volontaire pour venir aujourd'hui ?

Il tourna la tête et la dévisagea.

— Oui. Tu avais besoin de ça.

Sa gorge était serrée. Elle ne se souvenait pas de la dernière fois où quelqu'un l'avait fait passer en premier comme le faisait Phantom. Et il le faisait pour *tout*. Elle mangeait en premier. Il la laissait se doucher en premier. Il lui avait donné la plus grosse part de tarte l'autre soir. Il se tenait entre elle et les gens derrière eux dans la file d'attente au supermarché. C'était presque comme si c'était instinctif pour lui. Et maintenant, organiser cette visite pour elle alors qu'il n'était pas à l'aise avec les enfants n'était qu'une chose de plus dans la longue série de choses qu'il avait faites.

— Tu vas bien ? demanda-t-il, interrompant ses pensées. Elle hocha la tête.

— Tu avais l'air de t'amuser.

— Au début, je ne pensais qu'aux petites filles de l'orphelinat. Une élève de maternelle avait un ruban rouge dans les cheveux, comme celui que portait une fille nommée Amivi au Timor oriental. Mais plus je restais avec les enfants aujourd'hui, moins les souvenirs me faisaient mal. Je me suis rappelé combien les orphelins étaient toujours heureux de me voir... Ils ne méritaient pas ce qui leur est arrivé, mais je ne pouvais rien faire pour les sauver.

Elle n'avait jamais autant parlé depuis son sauvetage. Mais étrangement, Kalee ne ressentait pas le besoin d'arrêter.

— Tu avais raison. J'avais besoin de ça, dit-elle à Phantom. Je ne voulais pas venir, mais une fois que j'étais ici, ça m'a fait du bien. Merci.

— De rien, répondit simplement Phantom. Puis il ajouta : Tu feras une mère merveilleuse un jour.

Kalee le regarda en état de choc.

— Enfin, tu sais... merde. Désolé. Ce n'est probablement pas le moment ni l'endroit pour dire ça. Mais je t'ai observée aujourd'hui, chérie. Ces enfants t'ont adorée immédiatement. Et il était plus qu'évident que tu les aimais en retour. Tout le monde n'est pas fait pour être parent. Si ma mère avait été à moitié aussi maternelle que toi, avec des enfants que tu ne connais même pas, mon enfance aurait été bien différente.

Kalee s'allongea à côté de Phantom et lui prit la main en même temps. Elle avait eu l'impression, en entendant son histoire de chien errant, qu'il n'avait pas eu une belle enfance, et elle détestait ça.

— Je veux des enfants, dit-elle après qu'une minute ou deux se furent écoulées.

C'était plus facile de parler de ça sans avoir à le regarder. Et maintenant qu'elle avait commencé à parler, elle n'avait pas peur de continuer. Quelque chose chez Phantom faisait disparaître ses craintes, surtout après qu'il eut admis être mal à l'aise avec les enfants.

— C'est un miracle que je ne sois pas tombée enceinte pendant que j'étais au Timor oriental. J'ai cessé d'avoir mes règles, et le médecin que tu m'as convaincue de voir cette semaine a dit que c'était probablement à cause du poids que j'avais perdu et de la quantité de randonnées et de marches que nous faisions... et du stress. Mais même après tout ce que j'ai traversé, je n'ai pas peur du sexe. Je suis heureuse de ne pas avoir été vierge avant d'être capturée. Et je sais faire la différence entre un acte de violence et faire l'amour. Je veux des enfants. Une fille et un garçon. Je veux leur apprendre à ne pas être des ordures. À traiter les autres avec respect. À être de bons humains.

Elle sentit Phantom lui serrer la main.

— Ne pas être des brutes, mais être le défenseur de l'enfant bizarre de leur classe qui sent peut-être mauvais et dont les vêtements ne lui vont pas, pensa Phantom à voix haute.

— Oui. Et de respecter l'autorité, mais pas quand elle est abusive ou utilisée pour les forcer à faire quelque chose de dangereux ou d'illégal, ajouta Kalee.

— Aimer les animaux.

— Faire des erreurs et ne pas avoir peur d'échouer.

Phantom regarda vers elle, mais Kalee garda son regard vers le ciel.

— Avec un peu de chance, ils auront les cheveux roux et les yeux verts, comme leur maman, dit Phantom à voix basse.

Kalee ne put empêcher sa tête de tourner à ce moment-là. La chair de poule lui montait aux bras quand elle regarda Phantom dans les yeux. Ils ne se touchaient que les mains, mais elle sentait l'arc électrique entre eux.

Mon Dieu. Elle ne pouvait pas être la seule à ressentir cette alchimie intense, n'est-ce pas ?

— Tu mérites tout le bonheur du monde. Et tu y arriveras, lui dit Phantom.

Puis il s'assit brusquement et se libéra de son emprise.

— Viens, on va te donner à manger. Je jure que j'ai entendu ton estomac grogner tout le chemin jusqu'ici quand tu jouais.

Déçue et un peu troublée par le brusque changement de comportement de Phantom, Kalee se leva lentement. Elle laissa Phantom faire ses adieux et signer le registre de sortie au bureau d'accueil, puis il lui tendit les clés et monta dans la voiture de location côté passager.

En soupirant, elle s'installa sur le siège du conducteur sans se plaindre ; elle n'avait pas envie de se disputer avec lui au sujet de la conduite.

Quelque chose s'était passé entre eux, mais Kalee ne savait pas si c'était bon ou mauvais.

Au début, elle pensa que c'était bien. Ils étaient sur la même longueur d'onde, mais ensuite quelque chose de sombre envahit les yeux de Phantom tandis que toute émotion disparaissait de son visage et Kalee se sentit exclue.

Elle redressa ses épaules. Elle était peut-être un peu à côté de la plaque en ce moment, mais elle était déterminée à tuer ses démons – ainsi que ceux qui étaient sur les épaules de Phantom. Un homme comme lui ne devrait pas être mal à l'aise ou alourdi par quoi que ce soit. C'était un héros. *Son* héros.

Il l'aidait à surmonter ce qui s'était passé, et en retour, elle l'aiderait à faire disparaître ses fantômes aussi. C'était le moins qu'elle puisse faire.

Et peu importe à quel point elle souhaitait que Phantom la voie autrement que comme une pauvre demoiselle en détresse mais plutôt comme une femme désirable, elle avait le sentiment que cela ne serait pas possible. Mais une fille peut avoir des rêves.

CHAPITRE SIX

Une autre semaine passa, et Kalee reprenait de plus en plus confiance en elle. Elle ne parlait pas beaucoup en dehors de leur petite maison de location, mais avec Phantom, elle était devenue un vrai moulin à paroles. Le soir, ils parlaient d'un peu de tout. De politique, de son père et de son enfance, de Piper, des souvenirs de Kalee concernant les filles de l'orphelinat, et de ce qu'elle pourrait vouloir faire quand elle rentrerait chez elle.

Sur ce dernier point, elle affirmait qu'elle n'en avait aucune idée. Phantom voulait l'aider, lui faire des suggestions, mais en fin de compte, c'était à elle de décider. Elle avait besoin de comprendre ce que serait sa nouvelle normalité. Ensuite, elle pourrait décider ce qu'elle voulait faire du reste de sa vie.

Un après-midi, il l'avait emmenée dans l'emblématique magasin Matsumoto Shave Ice à North Shore, et ils avaient ri quand elle s'était enduite de sirop collant. Le mercredi, ils étaient partis à Honolulu, à l'Aloha Stadium Swap Meet et au marché aux puces. Il y avait des stands de vêtements, d'accessoires, de souvenirs hawaïens, d'aliments ethniques, de bijoux, d'appareils électroniques et de nombreux produits artisanaux. C'était bondé, bruyant et chaud, mais Kalee sembla passer un bon moment.

Elle avait permis à Phantom de passer son bras autour de sa taille, mais il savait que c'était davantage parce qu'elle se sentait plus en sécurité avec lui près d'elle qu'en raison d'un quelconque confort à être touchée.

Il n'y avait eu qu'un seul incident, un homme furieux avait crié sur un des vendeurs juste devant Kalee. Elle la sentit se figer, et il faillit s'en prendre à l'homme pour avoir effrayé Kalee quand elle prit une profonde inspiration et parvint à se ressaisir. Elle le laissa la guider vers une table de pique-nique en retrait du chaos du marché aux puces.

— Je vais bien, le rassura-t-elle. Pendant une seconde, je suis revenue en arrière et j'ai cru que j'allais être frappée. Mais ensuite j'ai senti ta main sur ma taille et j'ai su qu'il n'était pas un rebelle, et que tu ne laisserais pas cela arriver.

— Carrément, répondit Phantom.

Il avait aussi emmené Kalee nager dans l'océan. Il avait ramené un maillot de bain un jour pour la surprendre et lui avait dit de le mettre. Qu'ils allaient sortir. Il prit sa main et l'emmena par la porte arrière, et ils marchèrent sur le sable en direction de l'océan.

C'était un peu cavalier, car il ne lui avait même pas demandé si elle savait nager, mais heureusement, elle savait et, depuis, ils passaient au moins une heure chaque après-midi à flotter et à nager dans l'océan.

Ce jour-là, ils allaient faire quelque chose d'autre qui serait probablement difficile pour elle. Mais Phantom savait qu'elle pouvait le supporter. Ils étaient rentrés du Timor oriental il y avait presque deux semaines, et il était bien conscient que le temps qui lui restait à passer avec elle était compté. Il lui restait deux semaines, puis ils retourneraient à Riverton et les choses se gâteraient. Elle s'installerait avec son père et il devrait faire face aux conséquences de ses actes.

— Mustang et les gars arrivent dans environ trente minutes et ils nous emmènent faire une randonnée, annonça Phantom à Kalee.

Elle leva un sourcil vers lui.

— Je sais, mais ils jurent que c'est l'une des meilleures randonnées de l'île et nous ne pouvons pas partir sans la faire. Il s'agit du sentier du cratère Ka'au, et comme tu peux l'imaginer, nous nous dirigerons vers un cratère volcanique.

— Est-ce que c'est une randonnée que la femme moyenne de 32 ans peut faire, ou que seuls les durs à cuire de la Navy SEAL pourront terminer ? demanda Kalee.

Phantom se mit à rire.

— Tout d'abord, tu n'es pas dans la moyenne, loin de là. Et deuxièmement, les connaissant, ce sera probablement dur, mais ça en vaudra la peine. Bien que... je suppose que cela pourrait faire remonter certains mauvais souvenirs. Tu as passé beaucoup de temps dans les jungles du Timor oriental. Si tu ne veux vraiment pas y aller, tu n'es pas obligée.

Phantom mentait comme un arracheur de dents. Elle allait y aller. Elle en avait besoin. Mais il n'aurait pas dû s'inquiéter. C'était une vraie guerrière.

— Je peux le faire.

— Bien sûr que tu peux, lui dit Phantom. Si tu es nerveuse ou paniquée, dis-le-moi et je t'aiderai.

Évitant de s'attarder sur ce point, il continua :

— Donc, Mustang a dit que la randonnée prendra environ six heures. Il y a des chutes d'eau, des pentes raides, de la boue, et nous devrons grimper sur des cordes à certains endroits.

Les yeux de Kalee s'écarquillèrent. Phantom ricana.

— Oui, c'est à peu près ce que je pensais aussi. Mais on

m'a dit que la vue du sommet est absolument époustouflante et mérite de faire la randonnée. J'apporterai quelques encas pour te ravitailler et si ça devient trop dur, on demandera à l'un des gars de te porter pour se venger d'eux.

Cela n'allait pas arriver non plus, mais encore une fois, Phantom était prêt à dire tout ce qui pouvait mettre Kalee à l'aise. Laisser un des autres SEAL la toucher n'allait pas la mettre à l'aise, mais plaisanter à ce sujet, oui.

D'ailleurs, si quelqu'un devait la porter, ce serait lui.

— Au début du sentier, il y a beaucoup de touristes, mais vers la fin, la plupart font demi-tour sans terminer la randonnée. Je suppose que nous irons jusqu'au bout. Nous pouvons nous arrêter et nous reposer autant que tu le souhaites ou que tu en auras besoin. Oh, et j'ai pris ça pour toi.

Phantom lui tendit un sac en papier.

Elle secoua la tête.

— Tu m'as déjà tellement apporté, Phantom.

— Vas-y, regarde, lui dit-il en faisant un signe de tête vers le sac.

Elle regarda à l'intérieur et inspira brusquement. Elle sortit une petite boîte qui contenait un appareil photo étanche.

— Je me suis dit que si je devais te traîner en haut d'une montagne, tu devais au moins l'immortaliser pour ton père et Piper.

Phantom ne savait pas ce qui l'avait poussé à acheter l'appareil photo. Il supposait qu'il voulait juste qu'elle ait de bons souvenirs de leur séjour à Hawaï. Il ne pensait pas qu'il la verrait beaucoup après leur retour à la maison, surtout pas s'il était transféré sur une autre base navale après être passé par l'*Admiral's Mast*... ce que la marine appelait des audiences disciplinaires non judiciaires.

— Je... je ne sais pas quoi dire, dit Kalee.

— Dis merci, plaisanta Phantom. Et n'oublie pas de prendre des photos embarrassantes de Mustang et des autres pour que je puisse les faire chanter plus tard.

Elle leva les yeux au ciel et partit d'un grand éclat de rire.

Mon Dieu, Phantom aimait la voir si détendue. Elle avait fait un sacré bout de chemin en deux semaines. La voir s'épanouir était une chose étonnante.

Et il devenait de plus en plus difficile de garder son attirance pour elle secrète.

Elle était littéralement tout ce qu'il avait toujours voulu chez une femme. Intelligente, jolie, terre-à-terre, forte et positive. Elle ne s'était pas perdue dans les cartes que la vie lui avait données, et n'était pas restée coincée dans la mentalité de « pourquoi moi ». Elle s'était relevée et était déterminée à vivre.

Phantom secoua intérieurement la tête. Il devait arrêter de penser à l'incroyable Kalee, se concentrer sur la randonnée et s'assurer qu'elle était en sécurité.

— Je pense que tu peux mettre tes tennis, elles seront couvertes de boue quand on aura fini, mais ce sera le plus confortable. Mustang m'a dit qu'il y a trois chutes d'eau que nous passerons, et que nous grimperons pour la troisième, donc nous aurons une chance de nous rafraîchir en chemin. Mets ton maillot sous tes vêtements. J'apporterai un sac sec avec notre déjeuner et une petite serviette, ainsi que des chaussettes supplémentaires. Je suis sûr que Mustang aura un téléphone satellite ; il ne va jamais nulle part sans. Je sais que lui et son équipe sont appelés à secourir des randonneurs échoués ou disparus de temps en temps, et ils ont besoin d'être joignables par leur commandant également, juste au cas où ils seraient appelés en mission.

— Phantom ?

— Oui, trésor ?

Zut, il s'adoucissait encore. Heureusement, elle ne l'appelait jamais à dessein.

— Merci.

Phantom s'approcha mais ne la toucha pas. Il se pencha et dit :

— Ne me remercie pas, Kalee. J'aurais dû arriver plus tôt. J'aurais dû en faire plus.

Il voyait qu'elle l'observait attentivement, essayant de comprendre le sens profond qu'elle entendait manifestement dans ses mots.

— Allez, va te changer. Les gars seront là avant qu'on s'en rende compte, insista Phantom.

Il devait encore lui dire qu'il était la raison pour laquelle elle avait passé tout ce temps avec les rebelles. Il était égoïste. Il voulait passer le plus de temps possible avec elle avant qu'elle ne découvre la vérité.

En lui jetant un dernier regard, elle se retourna et se dirigea vers sa chambre pour se préparer.

***

Kalee était frustrée. Elle avait l'impression que Phantom lui cachait quelque chose.

Le fait qu'elle ne parle pas beaucoup ne semblait pas le déranger. Il parlait de ses amis et avait laissé entendre que son enfance n'avait pas été exactement idyllique. Il était patient avec elle lorsqu'elle faisait la sourde oreille, et n'avait aucun problème à s'en prendre aux autres lorsqu'ils faisaient quelque chose qui la mettait mal à l'aise.

Mais plus elle passait de temps avec cet homme, plus elle réalisait que quelque chose le dérangeait. Elle voyait fréquemment de la culpabilité dans ses yeux quand il la regardait. Elle n'avait aucune idée de ce dont il s'agissait, mais cela devenait déconcertant. Si cela l'impliquait, elle voulait – non, elle *avait besoin de* savoir ce que c'était. Elle avait besoin de reprendre le contrôle de sa vie, et elle craignait qu'il cache quelque chose d'énorme.

Elle voulait lui demander franchement ce qui n'allait pas, mais elle se comportait comme une énorme poule mouillée. Elle n'était pas sûre de vouloir savoir.

Les amis de Phantom arrivèrent, et ils partirent sur la piste du cratère Ka'au. Elle n'était pas sûre d'elle. Cela avait l'air extrêmement intimidant. Pid et Midas les accompagnaient, et pendant le trajet, Midas n'arrêta pas de parler de la fraîcheur des sentiers escarpés et de la quantité de boue qu'il y avait la dernière fois qu'il les avait parcourus. Bien que Kalee se sente cent pour cent plus forte que lors de son arrivée à Hawaï, elle n'était pas sûre de pouvoir suivre les sept Navy SEAL.

Phantom gara sa voiture de location derrière celle de Mustang. Ils avaient tourné dans un quartier d'apparence normale et s'étaient simplement garés sur le côté de la route. Il y avait un petit panneau indiquant le début du sentier, et il y avait environ une douzaine d'autres voitures garées sur les côtés de la route également.

Kalee était optimiste quant au fait que la randonnée ne l'affecterait pas mentalement, elle était plus inquiète quant aux aspects physiques, mais après seulement une douzaine de pas sur le sentier, elle savait que cela allait être beaucoup plus difficile que ce qu'elle avait imaginé.

Phantom et quelques autres étaient derrière elle, ce qui semblait être une bonne idée au départ, mais une minute après avoir été sur le sentier, avec des hommes devant et derrière elle, cela lui rappelait beaucoup trop son séjour au Timor oriental.

Quand elle avait été enlevée de l'orphelinat, les rebelles et elle avaient passé beaucoup de temps dans la jungle. Ils lui avaient attaché une corde autour de la taille pendant les deux premiers mois pour s'assurer qu'elle ne s'échapperait pas. À l'occasion, ils l'agressaient la nuit, et lui refusaient souvent de la nourriture, puis la faisaient marcher de force du matin au soir à travers des forêts qui ressemblaient beaucoup à celle-ci.

Après seulement quelques minutes, Kalee s'arrêta dans son élan, incapable de faire un pas de plus. Sa respiration était trop rapide et elle se sentait étourdie. Perdue dans ses souvenirs, elle regardait fixement devant elle, les scènes de l'enfer qu'elle avait vécu défilant dans son esprit comme un disque rayé.

Elle entendit vaguement des jurons autour d'elle, et une voix appela son nom à plusieurs reprises.

— Kalee ! Reviens vers moi. Concentre-toi. C'est moi. Tu es en sécurité. Je te le promets.

En clignant des yeux, les yeux de Kalee se concentrèrent sur l'homme en face d'elle. Phantom.

Elle prit une grande inspiration.

— C'est ça. Respire, mon trésor. Tu vas bien. Nous ne sommes pas les rebelles, ce n'est pas le Timor oriental, et tu es parfaitement en sécurité.

Sans réfléchir, Kalee fit un pas en avant, enroula ses bras autour de la taille de Phantom et enfouit son visage dans sa poitrine.

Elle savait qu'elle l'avait choqué, elle s'était surprise elle-même. Il était plus qu'évident qu'il avait fait tout ce qu'il pouvait pour la ramener dans le présent sans la toucher, connaissant ses réactions. Mais quand elle réalisa où elle était et avec qui elle était, sa seule pensée fut de chercher le contact avec son corps fort et stable contre le sien. Elle avait besoin de lui pour la retenir.

Ses bras l'attirèrent immédiatement plus près de lui, et Kalee respira son odeur de pin, maintenant familière et réconfortante. Elle avait acheté une bouteille du savon liquide qu'il utilisait au lieu de quelque chose de plus féminin, parce que son odeur lui rappelait qu'elle était libre. En sécurité.

Inspirant profondément, Kalee fit de son mieux pour se contrôler. Elle était gênée par le fait qu'elle n'avait même pas tenu cinq minutes sur la piste avant de perdre la tête. Les autres gars devaient penser qu'elle était la plus grande mauviette de tous les temps.

— Je suis fier de toi, dit Phantom contre sa tête couverte d'une casquette.

Elle renifla contre sa poitrine.

— Sérieusement, lui dit-il. Je savais que ça allait arriver, mais je n'étais pas sûr que tu serais capable de t'en sortir. Je te jure que ça va devenir plus facile. Les démons ont l'air immenses et effrayants maintenant, mais ils finiront par n'être que des petites bêtes ennuyeuses que tu pourras écraser.

Kalee voulait rester là où elle était pour le reste de sa vie. Elle ne voulait pas avoir à voir ou à parler à quelqu'un d'autre. Mais ce n'était pas vraiment une option. Elle savait que l'équipe SEAL était proche, et la regardait probablement avec curiosité et inquiétude, pour voir si elle allait encore craquer. Ils seraient frustrés que leur randonnée ait été interrompue et regretteraient d'avoir demandé à Phantom et elle de les accompagner.

— Kalee, la réprimanda Phantom sévèrement. Peu importe à quoi tu penses, arrête.

Elle leva les yeux vers lui et fronça les sourcils.

— Tu penses beaucoup trop fort. Je peux entendre. Il n'y a rien à penser à part où mettre tes pieds et comment ne pas glisser et tomber. C'est tout.

— Peut-être que tu devrais y aller sans moi, dit-elle doucement.

— Non, dit Phantom sévèrement. Tu as besoin de ça. Et je veux être là pour te voir vaincre tes souvenirs. Ces ordures n'auront plus rien de toi.

— Je suis gênée

— Tu n'as pas à l'être, grogna Phantom. Tu crois que je n'ai pas eu à gérer ma part de flashbacks ? Je l'ai fait. Comme les autres. Ils le comprennent. Mieux que personne. Peu importe si cette randonnée prend quatre heures, huit ou douze. On sera tous là pour t'encourager à chaque étape.

Kalee jeta un coup d'œil à sa droite et vit Mustang, Midas, Pid, Aleck, Jag et Slate se tenir à proximité. Ils n'avaient pas l'air contrariés par l'interruption de la randonnée qu'ils n'avaient même pas encore commencée. Ils avaient l'air inquiets. Et compréhensifs.

— Je sais que c'est dur pour toi, dit Phantom. Mais si je ne pensais pas que tu peux le faire, je ne t'aurais pas amenée ici.

Et tout à coup, tout devint évident.

Tout ce qu'ils avaient fait ces deux dernières semaines, il l'avait suggéré et organisé pour l'aider à guérir.

La réunion d'échange avec tous les gens, la natation pour l'aider à se détendre et à reprendre des forces, les sorties avec ses amis, le bénévolat à l'école, même le *luau* auquel il l'avait emmenée un soir – où elle avait rapidement perdu la tête quand le cochon rôti dans la fosse lui avait trop rappelé celle dans laquelle elle s'était réveillée à l'orphelinat –, tout cela avait été fait pour l'aider à faire face à ses souvenirs et à les accepter.

Elle n'arrivait pas à trouver une seule raison pour laquelle cet homme aurait renoncé à des semaines de sa vie pour l'aider autant.

Elle ne l'avait pas connu dans sa « vie d'avant », comme

elle commençait à penser à son époque avant le Timor oriental. Elle ne l'avait jamais rencontré. Elle n'avait pas beaucoup réfléchi à sa proposition de rester avec lui à Hawaï, si ce n'est qu'elle avait d'abord été contrariée qu'il ne la ramène pas directement chez elle, puis soulagée de ne pas avoir à affronter son ancienne vie pour l'instant.

Mais alors qu'elle se tenait là, au milieu de la jungle, dans ses bras, se remettant d'une nouvelle crise de panique, elle ne pouvait s'empêcher de se demander... pourquoi ? Pourquoi cet homme extraordinaire était-il si déterminé à l'aider ?

Mais derrière cette pensée, une autre se dissimulait.

Elle ne se souciait pas vraiment du pourquoi. Elle était juste si reconnaissante qu'il soit là.

— Si tu veux vraiment retourner à la maison, je t'emmènerai. Mais je te promets que ça va devenir plus facile. Mustang a choisi une randonnée difficile exprès. La boue et l'escalade à la corde t'empêcheront de penser à autre chose. Je te donne ma parole que si à tout moment tu décides que tu n'en peux plus, je te ramènerai.

Kalee prit une autre inspiration, aspirant son parfum profondément dans ses poumons pour se donner du courage, et dit :

— Je suis prête à continuer.

Son regard d'admiration était un baume pour son âme.

— Brave fille, dit-il.

Puis il l'enlaça une fois de plus et se tourna vers ses amis.

— OK, que le spectacle commence.

Et sans aucun commentaire, ils se remirent tous en route. Kalee était l'avant-dernière de la file de randonneurs, avec Phantom dans son dos. Et pour une fois, elle n'était pas effrayée par cela. Elle aimait vraiment l'avoir derrière elle. Il s'assurait que personne ne puisse se faufiler derrière elle, et il serait là si les souvenirs la submergeaient à nouveau.

Un ruisseau coulait le long du chemin, bouillonnant et scintillant dans les rayons du soleil qui parvenaient à percer la canopée de branches et de lianes au-dessus de leurs têtes. En moins de vingt minutes de marche, ses chaussures étaient recouvertes de la boue molle qui bordait le chemin. Kalee chuta plusieurs fois sur le sentier glissant, mais elle ne se sentit pas mal, parce que le reste des gars glissaient aussi.

Le chemin montait progressivement, et Kalee trouvait que Phantom avait raison, elle ne pouvait penser à rien d'autre qu'à regarder où elle mettait les pieds et à ne pas tomber à plat ventre, le visage dans la boue épaisse. Elle aimait écouter les hommes plaisanter entre eux. Ils étaient constamment en train de se taquiner et de se moquer les uns des autres, mais c'était d'une manière amicale, pas méchante ou dégradante.

Le bruit de l'eau devant elle était comme une musique pour les oreilles de Kalee. Le sentier s'ouvrait sur une imposante chute d'eau qui tombait en cascade dans un petit bassin d'eau fraîche. C'était un endroit parfait pour se débarrasser de la boue qui avait taché leurs jambes, et pour l'équipe SEAL de s'amuser en s'éclaboussant mutuellement.

Il y avait quelques autres touristes sur le sentier, et Kalee ne put s'empêcher de remarquer les regards admiratifs que les gars recevaient.

Ce n'est que lorsqu'une femme d'une vingtaine d'années s'approcha de Phantom pour lui demander s'il avait déjà emprunté ce sentier et combien de temps il lui restait jusqu'au sommet, que Kalee réalisa qu'elle s'était crispée.

Merde, elle était *jalouse* ?

La femme portait une brassière de sport, mettant en valeur ses courbes généreuses et son ventre plat et bronzé. Ses longs cheveux blonds étaient relevés en un chignon désordonné à l'arrière de sa tête et un short laissait ses jambes toniques nues. En gros, elle était magnifique, et Kalee se sentit soudain complètement insignifiante. Elle baissa la casquette de base-ball de Phantom sur son front et se força à regarder ailleurs.

Phantom et le reste des gars *étaient* sexy. Il n'y avait aucun doute. Cela faisait si longtemps qu'elle n'avait pas pensé à un homme de manière sexuelle qu'elle avait à peine réalisé à quel point ils étaient beaux. Mais debout là, au milieu de la forêt tropicale, leur attrait était évident – et ses propres insuffisances semblaient soudainement trop évidentes.

C'était un sentiment inconfortable, de réaliser que ce qu'elle ressentait pour Phantom n'était pas simplement de la gratitude. Qu'elle l'aimait comme une femme aime un homme. Surtout après tout ce qu'elle avait traversé. Mais c'était le cas.

Kalee regarda Phantom et le vit avec de nouveaux yeux. Il était grand. Très grand, ce qui lui plaisait. Elle ne se sentait pas menacée avec lui au-dessus d'elle ; depuis son sauvetage, elle se sentait en sécurité grâce à lui. Sa barbe et sa moustache bien taillées le faisaient paraître encore plus viril, si c'était possible. Ses yeux sombres renfermaient toutes sortes de secrets, mais la mettaient également à l'abri lorsqu'elle était au milieu d'un de ses flashbacks. Son nez était légèrement tordu, comme s'il avait été cassé à un moment donné.

Elle l'avait vu en maillot de bain rouge lorsqu'il l'avait emmenée à la mer, et se souvenait qu'il n'avait pas l'air d'avoir une once de graisse en trop. Ses abdominaux étaient clairement définis et ses épaules larges. Même les veines sur ses bras lui donnèrent des palpitations.

Dans l'ensemble, Forest Dalton était un sacré bel

homme. Son stoïcisme et son air perpétuellement sérieux ne faisaient que le rendre plus mystérieux et attirant.

Kalee voulait piétiner jusqu'à l'endroit où la jolie blonde essayait de flirter et déclarer que Phantom était *à elle*, et qu'elle devait passer son chemin. Mais le fait est qu'il *n'était pas* à elle.

Phantom sourit à la femme et Kalee sentit ses tétons durcir instantanément sous son soutien-gorge de sport. La surprise lui fit perdre sa respiration.

Elle n'avait pas ressenti un iota de tout ce qui se rapproche du désir sexuel depuis des mois.

De toute évidence, Phantom l'avait entendue, il tourna littéralement le dos à la blonde et se jeta sur elle. Kalee sentait l'humidité entre ses jambes, et ce n'était pas dû à la chaleur de la journée. Phantom était comme un chat aux lignes pures, se dirigeant vers elle avec une intensité qui accélérait sa respiration et lui donnait envie de glisser ses mains sous son T-shirt et de le caresser jusqu'à ce qu'il ronronne.

— Respire, trésor, dit-il en s'approchant.

Son estomac se serra en entendant toute l'affection qu'il lui portait. Elle ferma les yeux. Bon sang, elle était dans un sacré pétrin.

— Kalee ? Je suis là, tu vas bien. Tu es en sécurité.

Elle hocha la tête sans savoir comment lui dire qu'elle n'avait pas de crise de panique ou de flashback ; elle venait de réaliser pour la première fois à quel point elle était attirée par lui, et elle essayait de ne pas lui sauter dessus à cet instant précis.

— Je vais te toucher, ne panique pas, dit Phantom, quelques secondes avant que sa main calleuse ne se presse contre sa joue. Ouvre les yeux et regarde-moi, ordonna-t-il doucement. Vois que tu es ici à Hawaï avec moi.

Comme si ses mots étaient une loi, ses yeux s'ouvrirent et Kalee croisa le regard brun foncé de Phantom.

Elle vit la seconde où son inquiétude se transforma en quelque chose de différent. Comme s'il pouvait lire dans ses pensées simplement en la regardant dans les yeux.

Tout ce qui les entourait a disparu. Les autres SEAL, la blonde, la chute d'eau. Ils étaient les deux seules personnes sur terre. La connexion entre eux était intense et immédiate, comme si une partie de son âme avait traversé les quelques mètres qui les reliaient pour s'infiltrer dans la sienne.

— Kalee ? chuchota-t-il d'un ton profond et rauque.

Elle passa sa langue sur ses lèvres soudainement sèches et sentit sa main passer de sa joue à sa nuque. Il exerça une légère pression, et elle se rapprocha de lui avec plaisir. À la dernière seconde, elle détourna son regard du sien et s'appuya sur sa poitrine, lui donnant tout son poids.

Son bras libre s'enroula autour de sa taille, et elle soupira de contentement. Les activités de la matinée avaient presque effacé le parfum de pin frais et propre qu'elle avait senti plus tôt, mais il était toujours là. Faible sous la poussière terreuse et la sueur musquée qui recouvraient maintenant son corps.

Les bras de Kalee bougèrent sans réfléchir. Mais au lieu d'encercler sa taille, comme elle l'avait fait plus tôt, elle les glissa sous le dos de son T-shirt et les aplatit sur la peau nue du bas de son dos. Elle le caressa pendant une seconde, puis elle se déplaça jusqu'à ce qu'elle touche ses flancs. Une main se glissa entre eux et parcourut ses abdominaux fermes et saillants.

— Putain, marmonna Phantom dans un souffle.

Kalee se figea quand elle sentit sa verge se raidir contre son ventre. La main qui était autour de sa taille commença à se déplacer et sa paume se plaqua contre son estomac. Il se retira et la regarda. Elle vit son regard passer de son visage à sa poitrine, puis remonter jusqu'à ses yeux.

Elle savait que ses tétons étaient tendus, et il les voyait probablement clairement contre le débardeur humide qu'elle portait.

Aucun des deux ne dit un mot en se fixant l'un l'autre. Ils n'avaient pas besoin de le faire. Ce que Kalee pensait était évident et le fait que Phantom lui rendait ses sentiments aussi.

— Je ne m'attendais pas à ça, dit Phantom après ce qui sembla être une éternité.

— Moi non plus, chuchota Kalee.

— Vous venez ou quoi ? cria Slate de l'autre côté du petit étang, brisant la bulle intime dans laquelle ils s'étaient perdus.

À regret, Kalee retira ses mains de sous le T-shirt de Phantom.

— Désolée, marmonna-t-elle.

Phantom saisit une de ses mains et la porta à sa bouche. Il embrassa doucement sa paume puis secoua la tête.

— Ne t'excuse pas, dit-il d'un ton bourru.

Il garda sa main et se tourna vers les SEAL.

— Gardez vos T-shirts, nous arrivons.

Kalee entendit Jag marmonner quelque chose du genre : « Ce n'est pas à nous qu'il faut rappeler de garder nos T-shirt » alors qu'il se retournait pour remonter le sentier.

Elle ne put s'empêcher de sourire.

Voyant cela, Phantom secoua la tête et lui sourit.

— Mon Dieu, j'aime cette expression sur ton visage, lui dit-il.

— Quelle expression ? demanda-t-elle.

— Celle du bonheur.

Puis il lâcha sa main et lui donna une petite poussée, ses

doigts contre le bas de son dos faisant jaillir des étincelles entre ses jambes.

— D'après ce que j'ai entendu, le chemin devient plus difficile à partir d'ici. Préviens-moi si tu as besoin de faire demi-tour.

Kalee pressa fermement ses lèvres l'une contre l'autre. Elle avait l'habitude de toujours aimer les défis, et c'était réconfortant de sentir au fond d'elle le vieux sentiment oublié de détermination. Elle n'allait pas abandonner prématurément. Pas question.

Phantom avait raison, plus ils avançaient sur le sentier, plus il devenait difficile. Ils voyaient de moins en moins de touristes au fur et à mesure de leur ascension. La deuxième chute d'eau n'était pas loin de la première et apparut soudain. En un instant, ils passèrent d'une zone entourée d'arbres à de l'eau vive qui se précipitait sur les rochers juste devant eux. Ils ne se s'attardèrent pas, restant suffisamment longtemps pour que Kalee prenne une photo de tous les gars avant de retourner sur le sentier.

Il n'y avait pas d'étang calme sous la troisième chute d'eau. Elle s'écrasait sur ce qui semblait être une trentaine de mètres de roche sur le flanc d'une montagne. Quelqu'un avait attaché une corde au sommet qui était manifestement utilisée par les randonneurs pour gravir la pente raide.

Cela prit au moins vingt-cinq minutes, et Kalee crut qu'elle allait devoir abandonner plusieurs fois. Ses bras tremblaient sous l'effet de l'effort et les rochers glissants le long de la cascade rendaient le parcours extrêmement périlleux. Mais chaque fois qu'elle avait l'impression de ne pas pouvoir faire un pas de plus, Phantom ou l'un des autres SEAL était là pour lui donner un coup de main. À un moment donné, Slate saisit son poignet et Kalee sentit la main de Phantom sur ses fesses, la poussant d'en bas.

Quand elle parvint enfin au sommet, Kalee avait l'impression d'avoir escaladé le mont Everest ou quelque chose comme ça. L'air semblait plus pur là-haut. Plus vif. Elle regarda Phantom et rougit en voyant l'expression d'admiration sur son visage.

— OK, nous avons une décision à prendre, dit Midas. Il y a un sentier à notre droite qui fait une boucle pour revenir au début de la randonnée, jusqu'aux voitures. Nous pouvons faire ça de jour et rentrer à la maison pour un bon dîner et une bière. Ou...

Il laissa sa voix s'éteindre.

Kalee leva les yeux au ciel en voyant qu'il dramatisait.

— Ou nous pourrions continuer sur cette crête dangereusement étroite jusqu'à une vue sur le cratère de Ka'au.

Les jambes de Kalee tremblaient, et elle n'était pas sûre de pouvoir le faire. Mais que diable si elle ne le voulait pas. Elle se sentait plus vivante à cet instant que depuis ce jour fatidique à l'orphelinat, il y a si longtemps. Elle voulait conquérir le monde.

Elle pointa du doigt la piste ascendante.

— Tu es sûre ? demanda Pid. Personne ne t'en voudra si on s'arrête là.

— Je le ferai, dit simplement Kalee.

Les sept hommes hochèrent la tête en signe de respect. Sans un mot de plus, ils se lancèrent sur le sentier difficile. Plus ils avançaient, plus le paysage changeait. Au lieu d'être entouré d'arbres et de feuillage, le terrain s'ouvrait, et le cratère était de plus en plus exposé. Ils ne croisèrent aucun autre randonneur alors qu'ils se frayaient un chemin sur le sentier accidenté.

Il y avait une corde presque verticale à grimper jusqu'au sommet de la crête, et Kalee fut un peu gênée quand Phantom dut mettre son bras autour d'elle et pratiquement la hisser. Mais quand elle rampa finalement sur le sommet de la crête, son souffle se figea dans sa gorge.

Le soleil tapait sur ses épaules, mais Kalee le sentait à peine. L'ancien cratère volcanique était luxuriant et vert, et partout autour d'elle, il y avait des pics montagneux.

— Tu vois ça ? dit Aleck en pointant son doigt au loin. C'est Waikiki et Diamond Head sur la côte.

Kalee respirait difficilement à cause de l'effort qu'elle devait fournir pour se frayer un chemin jusqu'au sommet de la crête, mais elle le remarquait à peine. De là-haut, le monde semblait paisible et beau. Elle avait l'impression de ne pas avoir de soucis. Que rien ne pouvait la blesser.

C'est presque comme une renaissance.

La randonnée n'avait pas été facile ; c'était l'une des choses les plus difficiles qu'elle ait jamais faites, mentalement et physiquement, mais si elle n'était pas allée jusqu'au bout, elle n'aurait jamais été témoin de cette beauté préservée.

Et tout à coup, elle comprit que la randonnée et la récompense de la vue qu'elle avait devant elle en ce moment étaient une bonne analogie pour sa vie. Il y avait des hauts et des bas. Des déceptions et des blessures. Et pourtant, il y avait toujours de la beauté à trouver. Elle avait vécu l'enfer. Elle avait vu et fait des choses dont elle savait qu'elle ferait des cauchemars pour le restant de ses jours, mais elle avait continué à grimper, pour atteindre l'autre côté.

Elle n'était plus la même Kalee qu'avant, mais elle était vivante. Et elle voulait faire tellement plus encore dans sa vie.

Personne ne dit un mot pendant au moins cinq minutes. Le vent soufflait et les oiseaux gazouillaient. Kalee avait l'impression d'être la dernière personne sur terre, mais elle tourna ensuite la tête. Elle n'était pas seule. Il y avait des hommes comme eux qui étaient toujours prêts à aller là où on avait besoin d'eux, à se battre pour ce qui était juste. Pour se battre pour les gens comme elle.

Elle se déplaça et passa son bras autour de la taille de Phantom, puis s'appuya contre lui. Il passa son bras autour de ses épaules, et ils restèrent ainsi pendant un long moment. Appréciant la beauté qui se trouvait devant eux.

— Je ne sais pas pour vous, mais moi, je suis prêt pour un goûter, déclara Mustang.

Juste à ce moment-là, l'estomac de Kalee gargouilla, et tout le monde se mit à rire.

Ils s'installèrent tous dans la boue – ils n'auraient pas pu être plus sales – et mangèrent les noix, les barres protéinées et quelques bonbons qu'ils avaient tous apportés. Après avoir bu beaucoup d'eau, ils se préparèrent à faire la descente.

C'était plus facile, mais beaucoup plus salissant de *descendre* en utilisant la corde que de monter. Kalee s'installa sur les fesses et utilisa la corde. Elle riait tellement fort quand elle arriva en bas qu'elle pouvait à peine respirer.

Alors qu'ils approchaient du sommet de la troisième cascade, Kalee sourit en voyant un grand groupe de personnes. Il y en avait une vingtaine, dont l'âge variait du début de l'adolescence au milieu de la quarantaine. Ils faisaient manifestement de la randonnée ensemble. À première vue, il semblait que le groupe était comme tous les autres le long du sentier, mais à mesure qu'ils se rapprochaient, il était évident que quelque chose n'allait pas. Personne ne souriait, et ils avaient tous l'air extrêmement inquiets.

L'humeur des hommes autour de Kalee changea à mesure qu'ils se rapprochaient des gens. Leur attitude détendue se transforma. Ils étaient maintenant des Navy SEAL tendus et prêts à agir.

— Qu'est-ce qui ne va pas ? demanda Mustang en s'approchant du groupe.

— Ma fille a disparu ! dit frénétiquement une femme.

— Quand l'avez-vous vue pour la dernière fois ? demanda Jag.

Il ne parlait pas beaucoup, mais quand il le faisait, chaque mot comptait.

— Je pense à la deuxième chute d'eau. Nous sommes restés en dessous pour nous rafraîchir, puis nous avons pris le chemin de celle-ci. Personne n'a remarqué qu'elle n'était pas avec nous jusqu'à ce qu'on arrive en haut. J'ai supposé qu'elle était devant, et les gens là-haut pensaient qu'elle était à l'arrière de la file avec moi.

— Ne paniquez pas, dit Pid. Quel âge a-t-elle ?

— Treize ans.

— Depuis combien de temps avez-vous quitté la deuxième cascade ? demanda Aleck.

— Je ne sais pas. Peut-être une heure ?

Kalee regardait les SEAL recueillir des informations sur la fille disparue.

— Nous avons essayé d'appeler à l'aide, mais nos portables ne fonctionnent pas, déclara l'un des hommes du groupe.

Mustang sortit son téléphone satellite et s'éloigna du groupe.

— Il a un téléphone satellite, et il va appeler pour avoir de l'aide supplémentaire. En attendant, vous devez tous continuer sur ce chemin et faire le tour de l'aire de station-nement. *Ne partez pas* seuls. Restez ensemble. Nous allons retourner sur le sentier et commencer à chercher votre fille. Quel est son nom ? s'enquit Slate.

Kalee ne put s'empêcher de faire un pas en arrière. Slate avait l'air très imposant et dangereux et lorsqu'il utili-sait sa voix de sage, il était impossible de penser à lui désobéir.

— Lisa.

Kalee s'était tellement concentrée sur la pauvre mère

affolée qu'elle manqua l'arrivée de Phantom à côté d'elle. Elle sursauta quand il toucha son dos.

— Désolé.

Il laissa tomber sa main, et immédiatement, Kalee ressentit douloureusement la perte du contact.

— Je pense que tu devrais retourner au parking avec le groupe. On te retrouve là-bas.

— Non, répondit immédiatement Kalee en se tournant vers Phantom. Je vais avec vous, les gars.

— Il ne sera pas facile de redescendre la piste, prévint-il.

Elle hésita. Elle ne voulait pas ralentir les SEAL, mais elle refusait de quitter les côtés de Phantom. Elle avait été étonnée de la façon dont elle avait géré le trajet à travers la forêt, mais sans lui pour la soutenir, elle n'était pas sûre de faire aussi bien.

— S'il te plaît ?

Il l'observa pendant une seconde avant de hocher la tête.

— D'accord, mais tu vas devoir nous laisser, les autres et moi, t'aider davantage cette fois-ci. Nous devons aller plus vite pour voir si nous pouvons trouver une trace de la fille avant qu'elle ne s'éloigne trop de la piste.

Kalee hocha à nouveau la tête. Elle avait compris. Ils s'étaient tenus à l'écart pendant la montée, lui permettant de faire son propre chemin à son propre rythme. Mais ils avaient une mission maintenant.

Quelques minutes plus tard, ils étaient de retour sur le sentier glissant. Ils descendirent la pente raide avec la corde et passèrent devant la troisième cascade qu'ils avaient escaladée en montant. Ils firent la descente en une fraction du temps qu'il leur avait fallu pour monter.

Quand ils furent tous en bas, Mustang dit :

— Les services de recherche et de sauvetage sont en route, mais j'espère que nous pourrons les rappeler et la trouver au plus tôt. La maman a dit qu'elle était avec eux à la deuxième cascade, alors restez attentifs aux signes du point où elle aurait pu quitter le sentier.

Sur ces paroles, ils partirent. Personne ne parla pendant qu'ils marchaient, car ils se concentraient sur le feuillage autour d'eux et essayaient de déterminer où la jeune fille avait pu dévier de sa route.

Plus ils marchaient, plus Kalee replongeait dans ses souvenirs. Peu de temps après qu'elle avait été trouvée à l'orphelinat, les rebelles marchaient de village en village, à la recherche de personnes à terroriser et à tuer, lorsqu'ils étaient tombés sur un petit groupe de huttes. Trois familles vivaient ensemble dans la forêt, et les rebelles n'avaient pas hésité à tirer. Un garçon, probablement âgé d'une dizaine d'années, avait couru dans la forêt pour s'échapper, et bien sûr, les rebelles ne pouvaient pas le laisser faire. Ils voulaient enrôler le garçon, le forcer à se battre pour eux, tout comme ils l'avaient fait pour elle.

Ils avaient traqué ce pauvre garçon pendant des jours. Kalee avait observé de près les hommes qui s'échangeaient des indices sur l'endroit où le garçon avait fui. Elle avait beaucoup appris sur la traque en étudiant ses ravisseurs alors qu'ils cherchaient des civils innocents. Des branches piétinées ici, un tas de feuilles là, chaque indice inoffensif était une balise pour leurs yeux expérimentés. Ses ravisseurs se vantaient que le garçon ne leur échapperait jamais.

Et à la fin, ils avaient eu raison. Ils étaient comme une meute de chiens à la poursuite d'un renard. Un jour, le jeune garçon s'était retrouvé coincé, et les rebelles lui avaient dit qu'il devait venir avec eux ou mourir.

Kalee ne comprit pas ce que l'enfant avait déclaré en tetum, mais les rebelles avaient ouvert le feu, leurs balles mettant fin à la vie de ce pauvre garçon avant qu'elle ne commence.

C'était une raison de plus pour laquelle elle n'avait pas

essayé de s'échapper. Ils pouvaient lire la jungle bien mieux qu'elle, et ils l'auraient sûrement trouvée et tuée aussi facilement qu'ils l'avaient fait pour cet enfant innocent.

Il était de plus en plus difficile de rester dans le présent et de ne pas être aspirée dans sa période au Timor oriental, mais Kalee faisait de son mieux. La dernière chose qu'elle voulait était de détourner l'attention de Phantom de la tâche à accomplir.

Ils marchaient depuis environ quinze minutes quand Kalee vit quelque chose à sa gauche devant eux. Elle n'était pas sûre de ce que c'était, mais ça ne pouvait qu'être quelque chose d'insignifiant. Un par un, les SEAL devant elle la dépassaient sur le sentier.

Mais comme Kalee se rapprochait, elle plissa les yeux et inclina la tête. Elle s'arrêta au milieu du sentier, juste à côté du léger désordre dans le feuillage.

— Qu'est-ce qui ne va pas ? demanda Phantom, inquiet, derrière elle, pensant probablement qu'elle avait un autre flashback.

Elle désigna un petit arbre près du sentier. Les branches tombaient vers le sol, comme celles de tous les autres arbres autour d'eux... mais les feuilles de *cet* arbre particulier n'avaient pas de gouttes d'eau. Il avait plu la nuit précédente, et tous les arbres avaient encore de l'eau sur leurs feuilles. Sauf celui-là.

Phantom ne l'interrogea pas davantage. Il s'écarta du sentier à côté de l'arbre, regarda le sol, puis siffla longtemps et fort. Presque immédiatement, les autres gars furent là.

— Une empreinte, dit Phantom en montrant la boue juste derrière l'arbre.

— Merde. On est passée juste à côté, avoua Aleck.

— Comment tu l'as vue ? demanda Pid à Phantom.

— Ce n'est pas moi, dit-il. C'est Kalee.

Six paires d'yeux se tournèrent vers elle, et c'était tout ce que Kalee pouvait faire pour ne pas tressaillir et reculer devant eux.

— Qu'est-ce que tu as vu ? demanda Slate de sa manière bourrue.

— Les feuilles avaient l'air différentes de toutes les autres, expliqua-t-elle, sans même penser à rester silencieuse. Pas de gouttes de pluie.

— Bon sang ! dit Mustang. Tu as raison. Lisa a dû faire tomber l'eau des feuilles quand elle a quitté la piste ici.

— Elle a probablement dû faire pipi ou autre chose, dit Midas.

— Bien vu, le félicita Jag.

— Dieu merci, la boue est molle. Venez, voyons si nous pouvons la trouver, déclara Pid.

Il était difficile de se frayer un chemin à travers le feuillage, mais c'était exaltant chaque fois que les empreintes de Lisa étaient repérées. Kalee regarda en arrière à environ trois mètres du sentier et fut stupéfaite de constater qu'il n'y avait aucun signe de son passage. C'était comme si à la seconde où elle s'était éloignée du sentier, la forêt l'avait avalée.

Ils se frayèrent un chemin à travers les arbres pendant encore dix minutes, et Kalee pensait qu'ils avaient perdu toute trace de l'adolescente, lorsqu'elle entendit Pid l'appeler.

Elle entendit une voix féminine aiguë répondre, et ses genoux se mirent à flancher tant elle était soulagée.

En quelques secondes, ils se retrouvèrent autour d'une adolescente à la fois très effrayée et très soulagée.

— Dieu merci ! dit-elle. Je craignais de devoir passer la nuit ici ! J'ai essayé de retrouver le chemin du sentier, mais je n'y arrivais pas. Après avoir compris que j'étais perdue, je me suis arrêtée où j'étais et je me suis recroquevillée pour attendre que quelqu'un me trouve.

— Intelligent, lui dit Jag.

— Mon père m'a appris que si je me perdais, peu importe où je me trouvais, je devais rester sur place. Je me souviens d'une histoire que nous avons regardée à la télévision. Une femme s'était perdue en marchant sur le sentier des Appalaches, et elle a fini par marcher une vingtaine de kilomètres dans la mauvaise direction avant de s'arrêter. Mais elle était trop loin de l'endroit où les gens la cherchaient et elle est morte là-bas. Est-ce que ma mère est dingue ? demanda-t-elle.

— Pas le moins du monde, lui assura Midas. Malade d'inquiétude, mais pas folle.

— Vous avez fait vite ! dit Lisa avec admiration.

— On se promenait par hasard dans le coin, lui dit Mustang. Vous avez eu de la chance. Il aurait pu se passer beaucoup de temps avant que les secours arrivent.

— Et vous avez été encore plus chanceuse parce que Kalee ici présente a remarqué les endroits où vous vous êtes éloignée du chemin, ajouta Phantom.

Lisa se retourna pour regarder Kalee.

— Merci ! dit-elle.

Une fois de plus, Kalee fut forcée de reconnaître que sans son séjour avec les rebelles dans la jungle du Timor oriental, elle serait passée à côté des signes indiquant le détour de Lisa. C'était bizarre d'être reconnaissante pour l'enfer qu'elle avait traversé, mais c'était ainsi.

— OK, le groupe, on doit faire demi-tour et retourner sur le chemin qu'on a pris pour rejoindre la piste, dit Slate. Kalee, tu veux ouvrir la voie ?

Elle cligna des yeux de surprise en voyant le SEAL bourru.

— Moi ? demanda-t-elle.

— Il me semble que de nous tous, tu es la plus qualifiée, dit Slate.

Elle savait que ce n'était pas tout à fait vrai. Elle ne doutait pas que chacun des hommes autour d'elle avait probablement une boussole sur lui et savait exactement comment retrouver la piste, mais la confiance de Slate en elle lui faisait du bien.

En hochant la tête, elle se retourna et faillit heurter Phantom, qui se tenait derrière elle.

— Tu es d'accord pour ouvrir la voie ? De nous avoir tous derrière toi ? demanda-t-il doucement.

Et une fois de plus, la sensation chaude et humide à l'intérieur d'elle revint en voyant comment il s'occupait constamment d'elle. Elle hocha la tête.

— OK. Je serai juste ici entre les autres et toi. Si tu fais demi-tour, préviens-moi.

Et cela confirma ce qu'elle savait depuis le début. Ils n'avaient pas besoin d'elle pour se diriger, mais ils la laissaient quand même faire. Kalee fit un pas en avant et faillit éclater de rire à cause de ce qu'elle voyait.

Retrouver la piste serait facile. Ils avaient laissé une trace qu'un enfant de 4 ans pouvait suivre. En plus des profondes ornières dans le sol à cause de leurs pieds, il y avait des branches cassées et des feuilles éparpillées partout sur le chemin qu'ils avaient pris.

Il leur fallut deux fois moins de temps pour revenir au sentier qu'ils n'en avaient mis pour se rendre à l'endroit où Pid avait trouvé Lisa. Ils décidèrent de redescendre le sentier plutôt que de monter jusqu'à la troisième cascade et de faire le tour par là. Ce ne serait pas nécessairement plus facile, mais pourrait s'avérer plus rapide.

Mustang utilisa son téléphone satellite pour appeler les services de recherche et de sauvetage, et les informer qu'ils retrouveraient les parents de Lisa et le reste du groupe sur le parking.

Au moment où ils arrivèrent aux voitures, Kalee était

épuisée. Entre l'effort, les dénivelés et les montagnes russes émotionnelles, elle était plus que prête à retourner à la maison de location et à s'effondrer.

Après que les parents de Lisa les eurent remerciés une centaine de fois, et que Phantom eut déposé Pid et Midas, Kalee pouvait à peine garder les yeux ouverts alors qu'ils se dirigeaient vers le nord, vers la maison de location.

— Tu as d'autres grands plans pour nous pour demain ? plaisanta Kalee, trop fatiguée pour se taire. Tu sais, peut-être qu'on pourrait faire un vol touristique et devoir sauter en parachute quand l'avion commence à s'écraser. Ou on pourrait aller dans un stand de tir et voir si je peux gérer ça. Oh, je sais, on pourrait s'inscrire pour participer à un Ironman, avec huit kilomètres de nage, des centaines de kilomètres à vélo et une vingtaine de kilomètres de course à pied ?

Phantom ricana avant d'être pris d'un véritable fou rire. Sa tête recula et il lutta pour garder la voiture sur la route.

Même si elle était épuisée, Kalee ne pouvait s'empêcher de le regarder. Elle avait déjà été attirée par Phantom, mais le voir aussi ouvert et insouciant qu'il l'était en ce moment même la rendait folle de joie.

— Je pense qu'on va traîner à la maison et passer une journée de farniente sur la plage demain. Qu'est-ce que tu en dis ? dit-il quand il reprit le contrôle de lui-même.

— C'est le paradis, dit honnêtement Kalee.

Phantom posa son bras sur la console entre eux et tourna sa paume de sorte qu'elle soit tournée vers le haut. Kalee la regarda un long moment avant de serrer sa main dans la sienne.

— Tu as été incroyable aujourd'hui, lui dit Phantom.

— Oh, bien sûr, tu n'as eu qu'à t'arrêter une demi-douzaine de fois pour me faire sortir de ma tête, répondit-elle avec sarcasme.

— Je m'attendais à devoir le faire deux fois plus, rétorqua Phantom sans hésiter.

Elle le regarda avec un scepticisme évident.

— Vraiment ?

— Vraiment. J'ai découvert que la plupart du temps, affronter ce qui vous effraie est le meilleur moyen de le vaincre. Et chaque fois que tu t'es perdue dans ta tête, il t'a fallu de moins en moins de temps pour le surmonter. Et le fait que tu aies trouvé la piste de Lisa était absolument génial. On l'avait tous manquée. On serait passés à côté. Mais pas toi. Je ne suis pas sûr que Lisa ou sa famille sachent exactement à quel point ils doivent être reconnaissants que tu aies été là aujourd'hui.

Ses mots lui faisaient du bien, mais elle était plus intéressée par la première partie de ce qu'il avait dit.

— De quoi as-tu peur ?

Il répondit sans hésiter.

— De devenir comme ma mère.

Kalee serra sa main fermement.

— Comment ça ?

Phantom soupira.

— C'est une longue histoire. Et pas une à raconter quand on est tous les deux fatigués et qu'on a besoin d'une longue douche chaude.

— D'accord. Mais, Phantom ?

— Oui ?

— Je suppose que ta mère n'était pas gentille. Et si c'est le cas, je peux te dire sans la moindre hésitation que tu ne lui ressembles en rien.

— Merci, trésor, dit Phantom.

Puis il soupira.

— Mais... nous devons parler.

Elle se raidit. Cela ne lui disait rien qui vaille.

— Pas ce soir, mais bientôt. Il y a des choses que tu dois

savoir avant qu'on retourne en Californie. Et malheureusement, ce moment arrive. Tu n'as pas idée à quel point j'avais
besoin de cette pause.

Elle ne l'avait pas réalisé. Et maintenant Kalee était
extrêmement curieuse. Elle n'avait pas compris à quel point
elle avait elle-même besoin de ce temps de décompression.
Si ça n'avait tenu qu'à elle, elle serait allée directement à
Riverton et à la maison de son père. Mais si elle l'avait fait,
elle ne savait pas dans quel état psychologique elle serait en
ce moment. Elle savait qu'elle avait encore des problèmes à
régler, mais le simple fait d'être autorisée à ressentir ce
qu'elle ressentait, et d'avoir Phantom à ses côtés pour l'aider
à traverser ces moments difficiles, était quelque chose
qu'elle ne pourrait jamais lui rendre.

Le reste du trajet jusqu'à la maison se fit en silence.
Kalee ferma les yeux et apprécia simplement la sensation de
la main de Phantom dans la sienne. Il fut un temps, pas si
lointain, où elle fuyait le contact de qui que ce soit. Elle ne
pensait pas qu'elle redeviendrait un jour la femme tactile
qu'elle avait été avant Timor oriental, mais au moins elle ne
reculerait pas violemment devant quelqu'un qui la frôlerait
au supermarché ou essaierait de l'embrasser.

Plus tard cette nuit-là, allongée dans son lit, au chaud,
propre et en sécurité, Kalee pensait à Phantom. Elle le visua-
lisait debout au bord de l'océan, ne portant que son maillot
de bain rouge. Elle imaginait son corps dur comme de la
pierre, et se souvenait de ce que ça faisait d'être dans ses
bras. Comment ses compliments lui donnaient l'impression
qu'elle pouvait conquérir le monde.

Elle tourna la tête et vit sa casquette de baseball des
Navy SEAL sur la table de nuit. Elle prit une grande inspiration et sentit son savon au parfum de pin qu'elle avait utilisé
plus tôt dans la douche.

Sa main bougea sans réfléchir. Le long de son ventre et sous la ceinture de sa culotte.

Elle se caressa en pensant à la chaleur qui s'était installée entre eux deux alors qu'ils se tenaient près de cet étang au milieu de la forêt.

Elle caressa son clitoris en imaginant qu'il l'embrassait, la tenait dans ses bras et lui assurait qu'il ne lui ferait jamais de mal.

Écartant les jambes, Kalee s'imagina à califourchon sur lui, Phantom lui disant de prendre ce qu'elle voulait. Il serait prévenant et aimant, rien à voir avec les expériences qu'elle avait eues récemment avec des hommes.

Alors qu'elle atteignait l'orgasme – pour la première fois depuis très longtemps –, Kalee soupira de soulagement. Une partie d'elle avait eu peur de ne plus jamais pouvoir éprouver de plaisir sexuel. Qu'elle ait été brisée dans ce domaine.

Un sentiment d'euphorie s'installa en elle, elle se tourna sur le côté et serra un oreiller contre sa poitrine. Elle allait vivre une vie normale malgré ce qu'ils lui avaient fait. Malgré toutes leurs tentatives pour la briser, elle avait gagné.

Elle s'endormit avec un petit sourire sur le visage et un optimisme qu'elle n'avait pas ressenti depuis très longtemps. Phantom et elle ne seraient peut-être jamais plus que des amis, mais elle l'aimerait jusqu'à son dernier souffle. Il ne l'avait pas seulement sauvée de l'enfer sur terre, il lui avait donné le temps d'accepter ce qui lui était arrivé, de s'acclimater à sa liberté et l'avait aidée à retrouver son amour-propre.

CHAPITRE SEPT

Le lendemain matin, Phantom était assis sur la terrasse arrière avec Kalee. Elle l'avait laissé couper ses cheveux et les égaliser un peu. Il faudrait du temps pour que ses magnifiques cheveux roux retrouvent la longueur qu'ils avaient avant que l'un des rebelles ne les coupe sans pitié, mais même avec des cheveux courts, elle était la plus belle femme qu'il ait jamais vue de sa vie.

Une partie de la tristesse avait disparu de son regard ce matin, mais il savait qu'elle ne disparaîtrait jamais pour de bon. Ses expériences feraient toujours partie d'elle, mais il ne doutait pas qu'elle finirait par s'en remettre.

Il leur restait encore plusieurs jours à Hawaï avant qu'il ne doive rentrer chez lui et faire face aux conséquences de ses actes, et qu'elle ne doive passer par les retrouvailles émotionnelles avec son père et Piper. Il avait l'intention de profiter au maximum du temps qu'ils passaient ensemble, car une fois qu'elle aurait appris la vérité sur ce qui s'était passé dans cet orphelinat, elle ne voudrait probablement plus jamais le regarder ou lui parler.

Son téléphone sonna, et Phantom le prit. Quand il vit le nom sur l'écran, il se raidit. *Merde.*

Se redressant, Phantom répondit :

— Allô ?

— Ici le commandant North. Votre congé a été annulé. Vous devez vous présenter à mon bureau à 14 heures demain après-midi. Compris ?

Phantom avala difficilement.

— Oui, monsieur.

— Et mademoiselle Solberg vous accompagnera, et sera débriefée en même temps.

Phantom se raidit.

— Elle n'est pas prête, dit-il à son commandant.

— Quoi qu'il en soit, la décision n'est pas de mon ressort. Vous me décevez, Phantom, dit le commandant. Vous avez non seulement trahi ma confiance, mais vous avez laissé tomber votre équipe et toute la confrérie avec vos mensonges et votre désobéissance. Le contre-amiral Creasy a reçu l'ordre d'organiser une audience disciplinaire dès que possible pour déterminer quelle sera votre sanction. Certains ont fait valoir que vous devriez être immédiate- ment traduit en cour martiale pour votre mépris flagrant d'un ordre direct et pour avoir mis en péril la bonne réputa- tion de la marine américaine, mais le contre-amiral et moi- même avons insisté pour une sanction non judiciaire.

— Oui, monsieur, répéta Phantom.

— Il y a un vol qui part ce soir à 19 heures. Prenez-le, Phantom. Vous avez assez d'ennuis comme ça.

— Oui, monsieur.

— On se voit demain.

Puis le commandant raccrocha sans un mot de plus.

L'estomac de Phantom se retourna et il ferma les yeux, son âme remplie de regrets. Il n'avait plus de temps avec Kalee. Il allait devoir lui dire la vérité, ici et maintenant.

Tous les fantasmes qu'il avait eus de l'amener à s'intéresser à lui avant de devoir lui parler disparurent en un instant.

Son commandant avait découvert qu'il était allé au Timor oriental contre ses ordres express et qu'il avait trouvé Kalee. Il devait être reconnaissant de lui avoir donné autant de temps pour récupérer avant que ses actions ne soient découvertes. Il savait que son secret serait découvert dès qu'il atterrirait en Californie avec Kalee à ses côtés, mais il s'en voulait de ne pas avoir pu passer les derniers jours avec elle.

— Qu'est-ce qui ne va pas ? demanda-t-elle, inquiète, à côté de lui.

Prenant une profonde inspiration, il se retourna pour la regarder.

Elle portait un short et un autre débardeur. Sa peau brillait et des taches de rousseur avaient commencé à apparaître sur sa peau. Elle avait pris beaucoup de poids ces deux dernières semaines, et ses clavicules n'étaient plus saillantes. Ses bleus avaient disparu, et les cernes s'étaient atténués.

En bref, les deux semaines passées à Hawaï lui avaient fait le plus grand bien. Elle n'était plus Kalee Solberg, prisonnière de guerre. Elle était en passe de redevenir la femme forte qu'elle avait été avant que la vie ne la frappe de plein fouet.

Phantom cligna des yeux, et tout ce qu'il vit dans son esprit était Kalee telle qu'il l'avait vue pour la dernière fois au Timor oriental. Immobile sur un tas de cadavres dans cette fosse à l'extérieur de l'orphelinat. Dans son cauchemar, elle tournait la tête, le regardait fixement et disait d'une voix torturée : « Pourquoi m'as-tu abandonnée ? »

— Phantom !

Son nom crié sur un ton impérieux et inquiet le fit sortir de ses pensées.

— Qu'est-ce qui ne va pas ? répéta-t-elle. Ce sont tes amis ? Est-ce qu'ils vont bien ?

— Ils vont bien, la rassura-t-il. Mais le temps de notre discussion est venu. Nous devons prendre un vol de retour ce soir.

Phantom savait que ses mots semblaient plats et sans émotion, mais il ne pouvait pas se permettre la moindre faiblesse en cet instant. Pas alors qu'il était conscient que ce qu'il avait à lui dire la pousserait à le détester.

— Ce soir ? Pourquoi ? Je pensais que nous avions encore quelques jours.

Phantom soupira et s'adossa à sa chaise. Il regarda les vagues qui déferlaient sur la plage. Il était incapable de regarder Kalee pendant cette conversation. Tout le monde disait toujours que les Navy SEAL étaient courageux. Qu'ils n'avaient peur de rien. Mais ils avaient tort. Phantom était terrifié à l'idée de dire à Kalee la vraie raison pour laquelle elle avait été retenue par les rebelles.

Mais il n'était pas non plus un homme à tourner autour du pot. Il avait repoussé cette conversation aussi longtemps qu'il l'avait pu, mais il était temps qu'elle sache la vérité.

— C'est à cause de *moi* que tu as été capturée par les rebelles et détenue si longtemps, avoua-t-il sans ambages.

Comme il n'entendait pas de réaction de la part de la femme à côté de lui, il risqua un regard dans sa direction.

Elle ne pleurait pas et ne le regardait pas avec colère. Ses sourcils étaient froncés et elle avait incliné la tête, l'air complètement confuse.

Soupirant, Phantom regarda de nouveau l'océan. Il avait besoin de recommencer. Depuis le début. Elle méritait de savoir quel genre d'homme il était.

— Je n'ai jamais connu mon père. Je n'ai jamais eu de bonne influence masculine dans ma vie. Ma mère vivait avec sa sœur, et quand j'étais bébé, je suppose que les choses allaient bien. Mais quand j'ai été assez grand pour répondre, pour commencer à penser par moi-même, les choses ont changé. Ma mère et ma tante *détestaient les* hommes. Je ne sais pas vraiment pourquoi ; je suppose qu'elles n'avaient pas de bonnes relations avec eux. Et comme j'étais un homme, elles ont commencé à reporter leur amertume sur moi, émotionnellement et physiquement. Elles me donnaient des claques et m'enfermaient dans ma chambre sans manger.

C'en est arrivé au point que si je ne faisais pas tout parfaitement – mettre la table, passer l'aspirateur, faire mes devoirs –, elles me punissaient. Je déprimais quasiment si je ratais une question à un examen ou à un test, car je savais que je serais sévèrement puni. Et elles prenaient un grand plaisir à le faire. Leur truc préféré était de refuser de me laisser manger ou boire quelque chose quand je faisais une bêtise. Je devais donc voler de la nourriture aux enfants de l'école. *Ils ont* fini par me détester eux aussi.

Kalee ne disait rien, mais il sentit sa main se poser sur son avant-bras et le serrer légèrement. Phantom serrait les accoudoirs de la chaise de toutes ses forces, juste pour essayer de garder les pieds sur terre. Il détestait parler de son enfance, de sa mère, mais il devait à Kalee d'essayer d'expliquer comment il était devenu l'homme qu'il était aujourd'hui.

— J'ai eu une appendicite quand j'avais 13 ans, et ma mère et ma tante m'ont dit d'arrêter de me plaindre de la douleur. Je me suis retrouvé à l'hôpital, pas grâce à elles, et quand je suis rentré chez moi, les choses ont changé.

Phantom prit une profonde inspiration, puis continua :

— J'ai décidé que j'en avais fini avec leur attitude. Je leur ai dit en termes très clairs que si elles me touchaient encore, elles le regretteraient. J'étais grand, même à l'époque, et je pense qu'elles savaient que j'étais sérieux. Donc à partir de ce moment-là, on s'est tous ignorés. J'ai vécu dans leur maison, mais nous ne nous sommes jamais reparlé. J'ai trouvé un travail et j'ai commencé à gagner mon propre argent. Je me suis nourri et j'ai acheté tous mes vêtements. Je savais que je voulais être un SEAL, alors j'ai étudié comme un fou. Je me suis engagé dans la marine le lendemain du jour où j'ai eu mon bac.

— As-tu revu ta mère ou ta tante ? demanda Kalee gentiment.

— Non. Et je ne veux pas. Je les déteste. Mais elles ont fait de moi l'homme que je suis aujourd'hui. Cynique. Brutal. Réaliste. Et quelqu'un qui déteste échouer.

Il se força à regarder la femme la plus incroyable qu'il ait jamais rencontrée.

— Le plus grand regret de ma vie est d'avoir échoué avec *toi*, Kalee.

Elle cligna des yeux de surprise.

Il ne lui laissa pas la chance de demander. Il expliqua pour elle :

— J'étais là, Kalee. À l'orphelinat. Je t'ai vue dans ce charnier. Je te l'ai déjà dit, mon équipe de SEAL et moi étions là pour te ramener à la maison. Ton père t'aimait assez pour faire appel aux bonnes personnes, et comme tu étais techniquement une employée du gouvernement, nous avons été chargés de te faire sortir du pays. Pendant qu'Ace et les autres trouvaient Piper et les enfants dans le trou dans le sol où tu les avais cachés, j'étais dehors, regardant ce que je pensais être ton corps sans vie dans ce trou dans le sol.

Les yeux de Kalee étaient écarquillés tandis qu'il racontait son histoire.

— Je voulais descendre et te ramener avec nous, mais nous avons entendu les rebelles approcher et nous savions que nous devions nous tirer de là. Le fait d'avoir Piper, Rani, Sinta et Kemala rendait les chances de nous échapper sans être repérés d'autant plus difficiles. Je m'en fichais. Je voulais toujours ramener ton corps à la maison. C'était la mission. Te trouver et te ramener en Californie. Nous sommes partis. OK... on n'est pas juste *partis*, on a été obligés de battre en retraite à cause des rebelles qui approchaient. J'ai essayé de penser à un moyen de te sortir de ce trou et de t'emmener avec nous, mais la charge mentale que cela aurait eu sur Piper et les filles, sans parler de la difficulté de transporter un corps, rendait la chose impossible. Mais quelque chose clochait dans cette scène dans la fosse. Je n'arrivais pas à mettre le doigt sur ce que c'était. Je me suis creusé la tête pendant des mois pour essayer de comprendre. J'avais échoué la mission, et ça me dérangeait, mais c'était plus que ça. Ce n'est qu'assez récemment que je me suis souvenu de ce que mon cerveau avait bloqué.

Phantom se pencha en avant et posa ses coudes sur ses genoux, laissant tomber sa tête.

— Je t'avais vue bouger. Juste ton pied – mais tu n'étais pas morte. Tu étais vivante. Et je t'avais *laissée* là. Je t'ai laissé être capturée par les rebelles. Être violée et battue. Être forcée à faire les choses horribles que tu devais faire. C'est *ma* faute, Kalee. Je ne sais pas pourquoi, mais j'ai refoulé ce souvenir. Tu as souffert pendant des mois à cause de *moi*.

Il l'entendit faire un bruit, et Phantom ne put s'empêcher de tourner la tête et la regarder.

Des larmes brillaient dans ses beaux yeux verts et elle avait l'air accablée.

Mon Dieu, ça faisait mal de la voir comme ça.

Fermant ses propres yeux, Phantom termina l'histoire :

— Cet ami génie de l'informatique dont je t'ai parlé ? Il a utilisé ses compétences pour retrouver des histoires d'une Américaine aux cheveux roux travaillant avec les rebelles.

Ses sources ont dit que tu étais aussi corrompue qu'eux, mais je ne l'ai pas cru. Pas que ça ait de l'importance ; j'allais finir la mission quoi qu'il arrive. Mes officiers supérieurs savaient à quel point tu m'obsédais, et par courtoisie professionnelle, ils m'ont laissé voir le dossier que Tex avait constitué avec toutes les informations qu'il avait trouvées sur ton séjour au Timor oriental. J'ai demandé un mois de congé et promis que je ne partirais pas à ta recherche. J'ai atterri à Hawaï, j'ai retrouvé Mustang, j'ai déposé mes affaires ici, dans la maison de location, et le lendemain, je me suis envolé pour le Timor oriental. Je me fichais que tu te sois transformée et que tu travailles avec les rebelles. Tu devais venir avec moi, quoi qu'il arrive. J'avais mémorisé ton numéro de passeport et toutes tes autres infos. Je savais où tu avais été vue pour la dernière fois. Et tu connais le reste ; je t'ai trouvée, je t'ai amenée ici pour te soigner. Je savais qu'en arrivant à Riverton avec toi, tout le monde saurait ce que j'avais fait, mais je m'en fichais. Je...

Ses mots furent brusquement coupés lorsque Kalee posa une main sur son épaule et le poussa à se redresser.

Surpris, Phantom se rassit dans son fauteuil – puis regarda, incrédule, Kalee se mettre à cheval sur ses genoux en plaçant les siens de part et d'autre de ses hanches dans le fauteuil, et se poser directement sur ses cuisses. Avant qu'il en prenne conscience, la femme qu'il avait rencontrée il y a deux semaines, celle qui ne voulait pas qu'on la touche, était assise sur ses genoux.

Elle mit ses mains de chaque côté de son visage et le força à la regarder dans les yeux.

— Ce *n'est pas* ta faute, Phantom, dit-elle fermement.

Il pressa ses lèvres l'une contre l'autre avec consternation. Elle n'avait pas compris ce qu'il avait essayé de lui dire.

— Si, ça l'est, insista-t-il.

Kalee secoua la tête.

— Ce n'est pas le cas. Écoute-moi bien. D'abord, ta mère est une salope. Elle ne méritait pas d'avoir un fils aussi merveilleux. Je suis contente que tu te sois éloigné d'elle aussi vite que possible, et j'espère que tu ne la reverras plus jamais. Deuxièmement, je sais que tu es un SEAL dur à cuire qui a vu toutes sortes de choses horribles dans sa vie, mais je ne peux pas imaginer ce que tu as ressenti en tombant sur cette tombe. Tu n'es pas Superman, et voir toutes ces belles petites filles massacrées et jetées doit être traumatisant. Tu es un homme qui fait tout ce qu'il peut pour sauver les gens, et sachant que tu n'as pas pu sauver ces enfants, cela t'a évidemment affecté plus que tu ne l'admettras jamais. Ton esprit a fait ce qu'il devait faire pour te protéger. *Ce n'était pas ta faute*, Phantom.

Il la fixa, ramenant lentement ses mains pour les poser légèrement sur ses hanches, prêt à la laisser partir s'il voyait le moindre signe de malaise dans son regard. Il n'y avait aucune chance qu'elle puisse lui pardonner aussi facilement pour ce qu'il avait fait... ou ce qu'il n'*avait pas* fait.

— Je t'ai déçue, Kalee, chuchota-t-il. De la pire façon qu'un homme puisse laisser tomber une femme. Tout comme ma mère a échoué avec moi.

— Non, tu n'as pas fait ça, dit-elle obstinément. Combien de temps après t'être souvenu d'avoir vu mon pied bouger as-tu dit quelque chose ?

— Eh bien, on m'a tiré dessus juste avant, et j'ai été anesthésié pour l'intervention chirurgicale dès que l'hélicoptère s'est posé, mais lorsque j'ai repris connaissance, j'en ai parlé à mon équipe, et ils ont fait en sorte que je puisse parler à mon commandant.

— Exactement, dit-elle. Et dès que tu as eu des détails sur l'endroit où j'étais, tu es venu me chercher. Tu sais ce que j'ai pensé quand je me suis réveillée et que tu as mis ta main sur ma bouche ?

— Que tu étais sur le point de te faire agresser à nouveau ? demanda Phantom.

— Non, dit Kalee. En fait, au début, oui, j'ai pensé que peut-être l'un d'entre eux s'était finalement souvenu que j'étais une femme... mais à la seconde où je t'ai senti, j'étais tellement soulagée.

— Tu m'as senti ? répéta Phantom.

Elle sourit.

— Oui. C'est fou, mais je ne pourrai plus jamais sentir ce savon au pin et ne plus penser à toi. Je savais que personne ne viendrait me sauver. Je pensais que j'allais passer le reste de ma vie à vivre dans la peur. J'étais presque certaine que j'allais mourir en me faisant tirer dessus. Mais le soulagement que j'ai ressenti lorsque tu t'es penché et que tu m'as dit que tu venais des États-Unis et que tu étais là pour me sauver était si grand que j'ai cru que j'allais m'évanouir. *Rien de* ce qui m'est arrivé *n'*est de ta faute. Tu n'es pas Dieu, peu importe combien de femmes ont pu te le dire dans le passé.

Elle lui adressa un sourire, mais Phantom n'était pas encore prêt à sourire pour quoi que ce soit.

Le sourire s'effaça, et elle se pencha en avant jusqu'à ce que son nez frôle le sien.

— Tu as été traumatisé tout autant que moi, mais ça ne t'a pas empêché d'agir. Je ne me souviens pas que ton équipe et toi étiez à l'orphelinat. Mais je ne te blâme pas une seconde pour tes choix. Tu devais sortir Piper et les filles de là. Tu n'avais pas le temps de descendre pour vérifier mon pouls. Ça aurait été stupide alors que tout indiquait que j'étais déjà morte. Et porter mon corps aurait été traumatisant pour Piper et les autres. Tu as fait le bon choix, Phantom.

— Je t'ai laissée, murmura-t-il.

— Oui, mais le reste de ton équipe aussi. Et tu es revenu me chercher dès que tu as pu.

Puis l'inquiétude se glissa lentement dans son regard.

— Oh, Phantom... tu as eu des problèmes à cause de moi !

Il ne pouvait pas garder ses mains loin d'elle plus longtemps. Lentement, il les enroula autour de son dos et l'attira vers lui. Son corps était souple, et elle s'affaissa contre lui, enfouissant son nez dans son cou. Ses bras étaient coincés entre eux, et ses doigts s'enfonçaient dans les muscles de sa poitrine. Il sentait ses respirations agitées contre sa peau, et il fit de son mieux pour la calmer.

— Tout va bien, Kalee.

Elle secoua la tête, et ses cheveux courts frôlaient sa barbe.

— On t'a ordonné de te retirer et de ne rien faire, et pourtant tu es quand même venu me chercher.

— Je viendrai toujours te chercher, jura Phantom. Je me fiche du nombre d'années qui passent ou de la situation, si tu as besoin de moi, je serai là.

Les mots sortirent sans réfléchir, et pourtant Phantom savait au fond de lui qu'ils étaient vrais.

Il y a deux semaines, elle n'était qu'une mission. Un moyen de réparer un tort. De rattraper son échec. Mais maintenant ? Elle était tellement plus que ça. Il avait appris à connaître la femme étonnante qui se cachait derrière les pages et les pages de rapports sur elle. Elle était Kalee Solberg – et il l'aimait plus que n'importe qui d'autre dans toute sa vie.

Il déplacerait des montagnes, abandonnerait sa carrière dans les Marines, et tuerait quiconque oserait lui faire du mal.

C'était une révélation surprenante, mais d'autant plus parce qu'il réalisait que cela ne lui faisait pas peur.

Toute sa vie, il avait mis en place un bouclier, refusant de laisser qui que ce soit s'approcher trop près. Il aimait ses frères SEAL, mais pas comme ça. C'était dévorant et pourtant il se sentait tellement bien. Il ne la connaissait peut-être que depuis deux semaines, mais elle était dans sa tête depuis bien plus longtemps que ça.

Il n'avait aucune idée de ce qu'elle ressentait pour lui, mais ça n'avait pas d'importance. Elle était tout pour lui. Il n'aimerait jamais une autre femme comme il aimait Kalee Solberg.

Elle leva la tête.

— Peut-être que si je parlais à ton commandant, il laisserait tomber ?

Phantom apprécia qu'elle le propose, mais il savait que les choses ne fonctionnaient pas ainsi. Il était allé au Timor oriental en sachant très bien quelles en seraient les conséquences, et il le referait exactement de la même manière s'il en avait l'occasion.

— Tu devras faire une déclaration quand nous serons là-bas, lui dit-il honnêtement.

Elle hocha fermement la tête, comme si elle croyait pouvoir le tirer d'affaire en racontant sa version des faits. Kalee se blottit à nouveau contre lui, et Phantom ferma les yeux de contentement. Ce serait probablement la seule fois qu'il l'aurait dans ses bras comme ça, et il voulait en mémoriser chaque seconde.

Après un moment, il demanda :

— Tu n'as pas peur que je te touche ?

Elle secoua la tête et dit dans son cou :

— Tu ne me feras pas de mal.

Phantom ferma les yeux, émerveillé.

— Jamais, se promit-il.

Kalee se déplaça contre lui et Phantom fut submergé par une vague de désir. Sa verge se raidit, et il sentit ses tétons se durcir. Il ne pouvait penser à rien d'autre qu'au fait que ses jambes étaient écartées autour de lui, et que seules quelques couches de coton les séparaient.

Il essaya de repousser ses hanches, pour ne pas lui faire peur, mais elle s'y refusa.

Elle se trémoussa jusqu'à ce qu'elle soit encore plus serrée contre lui.

Phantom ne put s'en empêcher, il gémit.

— Kalee... commença-t-il, mais elle l'interrompit.

— Je n'ai pas peur de toi. De ça, dit-elle fermement.

Puis elle releva la tête et le fixa de ses yeux verts.

— J'ai été violée. Nous le savons tous les deux. Mais je ne vais pas laisser ces ordures m'enlever ça. Je t'aime bien, Phantom. Beaucoup. Tu m'attires. J'ai aimé le sexe avant, et je suis déterminée à l'aimer à nouveau. Je te fais confiance. Si c'était quelqu'un d'autre qui me touchait comme ça, je flipperais probablement et j'aurais une peur bleue... mais c'est toi. Et je n'ai pas peur de toi.

Bon sang, elle allait le tuer.

Malheureusement, il soupçonnait fortement que sa carrière de SEAL était terminée. Il serait réaffecté à une autre base, et il ne la reverrait jamais. Mais il n'était pas assez fort pour la rejeter maintenant. Peut-être même jamais.

Se déplaçant lentement à nouveau, il amena une main à sa nuque et la maintint immobile. Il sentait le sang palpiter dans sa verge, mais il l'ignorait du mieux qu'il pouvait.

— Tu es la femme la plus incroyable que j'aie jamais rencontrée, lui dit-il honnêtement. Tu devrais me détester.

— Je ne le ferai pas, répondit-elle. Je suis en admiration devant toi, Phantom. Personne n'a jamais fait quelque chose comme ce que tu as fait pour moi. Mettre sa carrière en péril, et même sa vie, juste pour moi. Comment pourrais-je te détester ?

— Ma mère l'a fait.

— Oublie-la. Phantom, tu es humain. Tu fais des erreurs. Si tu étais parfait, je ne t'aimerais pas autant.

Phantom soutint son regard aussi longtemps que possible tandis qu'il se penchait lentement vers elle, lui laissant le temps de s'éloigner ou de lui faire savoir qu'elle ne voulait pas de son baiser. Mais elle ne fit ni l'un ni l'autre. Au lieu de cela, elle se pencha en avant et sa main vint s'emmêler dans ses cheveux.

Leurs lèvres se rencontrèrent et Phantom aurait pu jurer avoir vu des étoiles.

À ce moment-là, sa vie entière changea.

Il était *à elle.*

Il s'était toujours secrètement moqué de ses coéquipiers et pensait qu'ils étaient trop désireux de satisfaire leurs femmes, mais il comprenait maintenant. Tout ce que Kalee voulait, il le lui donnait, sans poser de questions.

Ses lèvres étaient chaudes, et Phantom n'arrivait pas à s'approcher d'elle. Sa langue tenta de pénétrer dans sa bouche, et elle s'ouvrit immédiatement à lui. Au lieu de prendre le dessus et de prendre ce qu'il voulait, Phantom la laissa prendre les devants. Elle était timide au début, mais en quelques secondes, elle inclina la tête, s'accrocha plus fort à ses cheveux et entortilla agressivement sa langue avec la sienne.

Le baiser était parfait, et Phantom savait qu'il aurait pu rester là toute la matinée à embrasser Kalee, mais ils n'avaient pas le temps. Malheureusement, la vie réelle s'était immiscée, et il avait beaucoup à faire s'ils devaient prendre l'avion le soir même.

À contrecœur, il adoucit le baiser et se retira. Mais il n'alla pas loin. Il posa son front sur le sien et caressa l'arrière de son cou avec son pouce. Ils respiraient tous les deux difficilement, et il sentait la chaleur entre ses jambes qui brûlait presque son érection. Ses mamelons étaient durs comme des pierres sous son débardeur, et il aurait voulu avoir le temps – et le droit – de lui enlever son haut à ce moment précis et de se régaler les yeux sur ses seins.

— Ce n'est pas ta faute, répéta Kalee. Et si tu dis que ça l'est encore, je vais devoir faire quelque chose de drastique.

Phantom se mit à sourire.

— Ah oui ?

— Oui.

— OK.

Phantom savait qu'il ne serait pas aussi facile que cela de mettre sa culpabilité de côté, mais elle semblait si sincère qu'il ne voulait pas déprécier son courage et sa détermination à surmonter ce qui s'était passé en insistant autrement.

— Alors qu'est-ce qui se passe maintenant ?

Il savait ce qu'elle demandait.

— Nous retournons en Californie. Je rencontrerai mon commandant pendant que tu parleras aux autorités navales et que tu expliqueras autant que possible ce qui s'est passé au Timor oriental. Ils vont probablement appeler ton père. Ça va être un choc pour lui, prévint Phantom.

— Je sais. Tu m'as raconté ce qui s'est passé quand il a cru que j'étais morte. Je déteste ce qu'il a fait, mais je ne suis pas surprise que Piper lui ait pardonné. C'est tout à fait son genre.

Phantom acquiesça et se retira. C'était presque physiquement douloureux.

— Ace amènera probablement Piper à la base pour te voir, aussi.

Kalee hocha la tête avec enthousiasme.

— Je suis si heureuse qu'elle aille bien. Je n'ai jamais cessé de m'inquiéter pour elle, de me demander si les rebelles l'avaient tuée, prise en otage comme ils l'avaient fait pour moi. Je me sentais tellement coupable qu'elle soit venue me rendre visite.

— Et elle s'est sentie coupable de se cacher quand tu lui avais dit de le faire, ajouta Phantom. Il y a eu assez de culpabilité pour plusieurs vies.

Elle hocha la tête en signe d'accord.

— Phantom ?

— Oui, trésor ?

— Merci de m'avoir offert ces deux dernières semaines.

— De rien.

— Tu savais que j'avais besoin de ça parce que tu as vécu quelque chose de similaire, non ?

Phantom acquiesça.

— C'était pire au début de ma carrière navale. Quand nous avions une mission particulièrement pénible, j'avais besoin d'un peu de temps pour décompresser. Je me suis dit que si ça marchait pour moi, il y avait de grandes chances que ça marche pour toi aussi.

— Veux-tu...

Sa voix se brisa.

— Oui, dit Phantom d'un ton assuré.

Kalee gloussa.

— Tu ne sais même pas ce que j'allais demander, protesta-t-elle.

— Ça n'a pas d'importance. Peu importe ce que c'était, la réponse est oui.

Ils se regardèrent fixement pendant un long moment, la compréhension et une émotion plus profonde s'installant entre eux.

— J'allais te demander si tu viendras me voir quand on sera de retour en Californie, dit Kalee.

— Si, après t'être installée avec ton père, tu veux que je le fasse, bien sûr que oui, lui répondit Phantom.

Honnêtement, il ne pensait pas qu'elle aurait vraiment besoin de lui. Son père pouvait lui offrir le monde entier. Piper serait là pour elle, sans aucun doute. Même s'ils étaient à l'aise l'un avec l'autre dans ce paradis, il avait le sentiment qu'elle se rendrait compte qu'elle pouvait faire beaucoup mieux que lui. Même s'il pensait qu'elle lui serait toujours reconnaissante de l'avoir sauvée, il finirait par devenir une autre personne de son passé.

Elle fronça les sourcils et s'assit un peu en arrière. Phantom pleurait la perte de son corps blotti contre lui.

— Si tu ne veux pas, ce n'est pas grave, poursuivit-elle.

Pour qu'elle ne pense pas qu'il ne voulait pas la voir, Phantom ne put s'empêcher d'attraper sa nuque une fois de plus et de la tirer vers lui.

— Je le veux, lui dit-il fermement. Si ça ne tenait qu'à moi, tu reviendrais dans mon appartement avec moi et tu ne partirais jamais.

Le silence répondit à sa déclaration, et Phantom réalisa qu'il en avait révélé bien plus que ce qu'il avait prévu dans cette seule phrase. *Mince.*

***

Kalee eut la gorge serrée et fixa Phantom. La chair de poule se développa sur ses bras, et elle se sentit plus calme qu'elle ne l'avait été depuis plus d'un an. Phantom ne pouvait pas se contenter de la déposer chez son père. Elle avait senti la panique monter lorsqu'il lui avait expliqué comment elle allait donner sa version des faits aux autorités, puis que son père viendrait la chercher.

Elle pensait qu'il essayait de lui dire que tout serait terminé. Qu'il avait fait son travail et qu'elle se débrouille-rait seule. L'idée de ne pas voir Phantom était plus effrayante qu'elle ne voulait l'admettre. Était-elle attachée à lui parce qu'il l'avait sauvée ou pour quelque chose de plus ?

Elle pensa à l'endroit où elle se trouvait à cette seconde. Sur ses genoux. Dans ses bras. Elle sentait son érection contre elle et n'était pas effrayée. Ils s'étaient embrassés, et elle avait aimé ça. Elle en voulait plus.

Non, l'inquiétude de ne pas le revoir n'était pas due au fait qu'elle voyait Phantom comme son sauveur. C'était parce qu'elle aimait être près de lui. Avec lui, elle se sentait à l'aise et en sécurité. Et elle était attirée par lui.

Cela semblait si ridicule. Elle avait 32 ans, avait vu le pire de l'humanité, et le meilleur.

Kalee pensait avoir déjà été amoureuse. Mais aucune de ses relations précédentes ne lui faisait ressentir ce qu'elle ressentait pour Phantom. Il était franc, presque trop franc parfois. Il était grincheux et distant avec les gens. Mais il était très à l'écoute de ses sentiments. Si elle avait besoin d'espace, il s'assurait qu'elle en ait. Si elle avait besoin de quelqu'un de proche, il était toujours là. Il était prévenant et protecteur. Il faisait tout pour lui dire qu'il était fier d'elle, mais n'avait pas peur de la corriger quand elle faisait quelque chose de mal. Un simple regard lui donnait l'impression d'être belle, même si elle savait pertinemment que c'était loin d'être le cas.

Kalee n'était pas sûre de l'aimer, mais *elle* savait qu'elle avait une peur bleue à l'idée qu'il la dépose sans se retourner.

L'entendre admettre qu'il voulait la revoir lui fit beaucoup de bien. Mais l'entendre dire que si ça ne tenait qu'à lui, elle emménagerait avec lui et ne le quitterait jamais... fit réagir ses tétons et les papillons fourmillèrent dans son ventre.

— Je ne peux pas emménager avec toi, dit-elle doucement.

— Je sais, grogna-t-il.

— Mais j'aimerais passer du temps avec toi. Je n'ai aucune idée de ce que je vais faire de ma vie maintenant, et ça me fout la trouille, admit-elle.

— Quoi que tu décides, tu vas déchirer, dit Phantom d'un ton assuré.

Puis il reprit en soupirant :

— Je ne sais pas non plus ce qui va se passer avec moi.

— Tu crois qu'ils vont te virer de la marine ?

Il secoua la tête.

— Non. Mais ils pourraient me rétrograder, éventuellement me retirer mon habilitation, ce qui aurait pour effet de me virer de l'équipe. Ils pourraient aussi finir par me transférer dans une autre base.

Les yeux de Kalee se remplirent de larmes. Elle n'avait pas rencontré ses coéquipiers, mais elle savait, en l'entendant parler de Rocco, Gumby, Ace, Bubba et Rex, qu'ils étaient extrêmement proches. Et le fait que Phantom soit viré des SEAL et doive déménager les blesserait tous.

— Je suis désolée. Que puis-je faire pour t'aider ?

Il sourit doucement.

— Rien.

Elle secoua la tête avec obstination.

— Je ne l'accepte pas. Il doit y avoir *quelque chose* que je puisse faire, car tu as des problèmes à cause de moi.

— Non. Je suis dans le pétrin parce que j'ai désobéi à un ordre direct. Si je ne suis pas puni, c'est un mauvais exemple pour tout le monde. J'ai accepté les conséquences de mes actes quand je suis monté dans cet avion pour Dili. Je savais que j'aurais à en répondre.

Kalee l'admirait encore plus.

— Mais ce n'est probablement pas dans notre intérêt à tous les deux d'aller trop loin dans ce qui se passe, dit-il en faisant un signe de tête vers le bas pour la voir assise sur ses genoux. Je peux supporter d'être déplacé et d'être viré des SEAL parce que je sais que tu es en vie et de retour auprès de tes proches. Ce que je ne pense pas pouvoir supporter, c'est de *te* quitter si nous nous impliquons davantage.

— Je pourrais aller avec toi, suggéra Kalee, l'air timide.

Phantom secoua immédiatement la tête, et son cœur s'effondra. Jusqu'à ce qu'il se reprenne pour lui répondre :

— Je ne t'enlèverai plus jamais à ton père et à Piper, dit-il fermement. Tu as manqué assez de temps avec eux, et je refuse de te causer, ou de leur causer, plus de douleur.

Kalee fronça les sourcils.

— Ce n'est pas juste, chuchota-t-elle.

— Je sais, reconnut Phantom. Mais tu vas t'en sortir. Je n'en doute pas. Tu rencontreras quelqu'un, tu auras des enfants que tu adoreras. Tu réussiras dans tout ce que tu décideras de faire.

Kalee aurait été anéantie par ses paroles si elle n'avait pas vu un aperçu du désespoir absolu dans les yeux de Phantom. Il posa sa main sur sa nuque et la sensation de son pouce qui la caressait lui donna des frissons.

Sans réfléchir, elle se pencha en avant et l'embrassa une fois de plus.

Non, elle *n*'allait pas le laisser partir.

Elle réalisa que personne ne s'était jamais battu pour *lui* avant. Sa mère et sa tante ne l'avaient certainement pas fait. Si l'un de ses professeurs avait pensé que quelque chose n'allait pas à la maison, il n'avait pas insisté pour l'aider.

Elle n'avait aucune idée de ce qu'elle pouvait faire ; elle n'était dans la marine, et elle ne pensait pas que quelqu'un l'écouterait. Mais le fait est qu'il avait des problèmes à cause d'elle. Il n'avait pas voulu la laisser passer un jour de plus entre les mains des rebelles, ce qui était plus qu'elle ne pouvait en dire de ses commandants. Ils *savaient* où elle était, et se doutaient de ce qui lui arrivait, et pourtant ils n'avaient pas fait la moindre chose pour l'aider.

La main de Phantom se resserra sur son cou alors qu'ils s'embrassaient, et la sensation d'être à sa place qu'elle ressentait dans ses bras décupla. Elle se battrait avec tout ce qu'elle avait pour que les choses aillent bien pour cet homme.

Cette fois, c'est elle qui se retira. Ce n'était pas facile, pas quand elle voulait plus de lui, mais il avait raison, ils avaient des choses à faire. Ils ne pouvaient pas rater le vol de ce soir, cela ne ferait que lui causer plus de problèmes, et la dernière chose que Kalee voulait faire était de lui causer plus de peine.

Ils se regardèrent pendant un long moment avant que Phantom ne soupire. Il caressa sa nuque une dernière fois puis laissa tomber sa main.

— Je dois te trouver une valise, j'allais le faire cette semaine. Ensuite, je dois appeler Mustang et lui dire que nous partons. Je vais réserver nos billets en ligne et nous pourrons nous rendre à l'aéroport. Il est tôt, donc nous avons le temps de nous arrêter à la plantation de Dole sur notre chemin vers le sud. Il y a un labyrinthe amusant dans lequel on peut se promener. As-tu déjà mangé un fouet de Dole ?

Kalee secoua sa tête.

— Eh bien, c'est ton jour de chance. C'est une glace à l'ananas sans produits laitiers.

Elle lui sourit, l'aimant encore plus pour avoir essayé de rendre son dernier jour à Hawaï amusant.

— Tu dois te lever, mon trésor, dit-il doucement.

Elle ne bougea pas.

— S'il te plaît, supplia Phantom.

En soupirant, Kalee savait que l'inévitable était arrivé. Elle se dégagea lentement de ses genoux et se plaça devant lui. Phantom se leva, la surplombant, et prit une mèche de ses cheveux courts. Il la regarda dans les yeux et lui dit :

— Je n'ai aucune idée de ce qui va se passer quand nous serons de retour à Riverton, mais quoi qu'il arrive, si tu as besoin de moi, il te suffit d'appeler ou d'envoyer un message, et je serai là. Si tu as peur, si tu es inquiète ou si tu as besoin de parler à quelqu'un, peu importe où je suis ou ce que je fais, je serai là pour toi.

Elle hocha la tête.

— J'ai besoin de savoir que tu m'entends, dit Phantom. C'est important.

— Je t'entends, dit Kalee docilement, jurant que si Phantom pensait qu'il allait la déposer et ne plus jamais la revoir, il se trompait.

Il y avait quelque chose entre eux, et elle voulait voir où cela pouvait aller. Le timing aurait pu être meilleur, mais elle savait reconnaître un homme bon quand elle en voyait un, probablement plus que la plupart des femmes, et Phantom était l'un des meilleurs.

— OK. Viens, on va te trouver une valise. Pas une noire non plus. Il faut qu'elle soit orange vif ou jaune, pour qu'on ne puisse pas la rater. Les employés de la compagnie aérienne auront moins de chances de la perdre et un étranger aura moins de chances de la confondre avec la sienne. Je veux aussi m'arrêter pour t'acheter un téléphone portable.

Elle secoua la tête.

— Phantom, c'est trop.

Il la maintint en place avec un regard si intense qu'elle s'excusa presque d'avoir protesté.

— Je vais t'acheter un téléphone. Je ne l'ai pas fait avant parce que je savais que je n'allais pas te quitter pendant que nous étions ici à Hawaï. Mais maintenant que tu rentres à la maison, je veux que tu aies la sécurité qu'apporte un téléphone. Si tu t'inquiètes du coût, ne t'inquiète pas. Je peux me le permettre.

Il prit une profonde inspiration, et son ton s'adoucit quand il dit :

— Je sais que je présume beaucoup de choses, et quand tu rentreras chez toi et que tu reprendras ta vie, les choses entre nous vont probablement changer, tu réaliseras que je suis un ours mal léché, mais je veux que tu aies un moyen de me contacter. Je suis de ton côté, trésor. Je serai *toujours de* ton côté. Tu es triste, tu appelles. Tu veux parler de la merde qui t'est arrivée, tu appelles. Tu veux me maudire pour t'avoir laissée en enfer, tu appelles. On s'assurera que tu as l'application Uber, ainsi que quelques services de livraison de nourriture. Tu pourras joindre Piper et tous tes autres amis. Tu n'es plus seule, Kalee. Et tu as *besoin* d'un téléphone. S'il te plaît, ne me contredis pas sur ce point.

Comment pouvait-elle dire non à ça ? Elle passa sa langue sur ses lèvres, puis hocha la tête.

— Merci.

Il eut l'air soulagé.

Kalee voulut pleurer quand Phantom se détourna pour entrer dans la maison. Mais il se retourna et prit sa main, l'entraînant derrière lui. C'était fou de penser qu'il y a seulement deux semaines, l'idée qu'il la touche était répugnante, et maintenant elle en voulait toujours plus.

CHAPITRE HUIT

Phantom ne fut pas surpris que personne ne les attende à l'aéroport en Californie. Il était soulagé de penser que le commandant North n'avait pas informé le reste de l'équipe de ce qui se passait. Il savait que Rocco et les autres seraient furieux quand ils apprendraient qu'il était parti au Timor oriental sans eux.

Il tenait fermement la main de Kalee alors qu'ils sortaient de l'aéroport en direction de la station de taxis. Il avait une impression de déjà-vu par rapport à son arrivée à Honolulu avec elle, mais en mieux. Elle était moins nerveuse, et il aimait la façon dont elle se tenait aussi près de lui que possible.

Il avait pris des sièges en première classe sur le vol de retour, et elle s'était endormie avec sa main dans la sienne. Phantom n'avait pas dormi une seconde, essayant de profiter de chaque minute avec Kalee. Il savait qu'à la seconde où il mettrait le pied sur la base navale, ils seraient séparés, et qu'il devrait tenter de justifier ses actions injustifiables auprès de ses supérieurs.

— Rappelle-toi, quand ils commenceront à t'interroger,

ce n'est pas un interrogatoire, tu n'as rien fait de mal, dit Phantom à Kalee pour la quatrième fois. Si tu es mal à l'aise ou si tu as besoin d'une pause, dis-leur simplement. Ce ne sont pas de mauvaises personnes, ils ont juste besoin de comprendre ce qui t'est arrivé.

— Je sais, dit doucement Kalee.

Phantom détestait qu'elle semble se replier dans sa coquille. Il avait presque oublié qu'elle avait peu parlé lorsqu'il l'avait sauvée. Il s'était tellement habitué à leurs conversations qu'il lui semblait maintenant étrange qu'elle puisse être réticente à parler aux autres.

— Je pensais passer par mon appartement avant d'aller à la base, si ça ne te dérange pas, dit-il. Je voudrais prendre ma voiture et ne pas avoir à m'inquiéter de prendre un taxi ou de me faire raccompagner après ma réunion avec mon commandant.

Kalee hocha la tête, l'air soulagée.

Il supposait qu'elle était aussi désireuse que lui de repousser l'inévitable.

Phantom ne proposa pas de la raccompagner après leurs rendez-vous. Il supposa que quelqu'un appellerait son père et qu'elle irait avec lui. De plus, il n'avait aucune idée du temps que prendraient leurs débriefings. Il avait le sentiment que le commandant n'allait pas être tendre avec lui, et qu'il devrait rendre compte de chaque minute de son séjour au Timor oriental, et même à Hawaï.

Le trajet jusqu'à son appartement fut heureusement rapide, la circulation étant fluide pour une fois. Il paya le chauffeur de taxi et descendit, prenant ses sacs et ceux de Kalee.

Phantom ne s'était jamais vraiment soucié de son appartement auparavant. Il se trouvait dans une partie relativement sûre de Riverton, près de la base, et les gens s'occupaient de leurs affaires. L'immeuble de trois étages avait des portes tournées vers l'extérieur. Les escaliers étaient couverts, mais à l'extérieur du bâtiment. Il n'avait jamais eu l'impression de ne pas être en sécurité, mais maintenant, alors qu'il conduisait Kalee dans l'escalier, il pensait à ce qu'elle pourrait ressentir si elle arrivait la nuit et devait monter les escaliers jusqu'à son appartement.

Il ne savait pas trop pourquoi il y pensait, car il était peu probable qu'elle y passe beaucoup de temps, mais cela le dérangeait quand même. Il déverrouilla la porte de son appartement et la tint ouverte pour que Kalee entre. Il était sur ses talons, verrouillant la porte derrière lui.

Il grimaça en entrant dans le petit salon. Normalement, il était plutôt ordonné. La marine lui avait appris ça. Mais après avoir été blessé en Afghanistan, il n'avait pas gardé l'endroit selon ses habitudes. Puis, lorsqu'il avait appris que Kalee était vivante, sa seule préoccupation avait été de trouver le plus d'informations possible sur l'endroit où elle pouvait être et de la rejoindre.

Sa petite table près de la cuisine était couverte de cartes de Dili et des terres environnantes. Tex lui avait donné les informations dont il avait besoin dans son rapport sur l'endroit où il pensait que les rebelles avaient séjourné, mais Phantom avait voulu en savoir le plus possible sur la région avant d'y remettre les pieds.

— Désolé pour le désordre, dit-il doucement. Je doute qu'il y ait beaucoup de choses dans le frigo, mais sers-toi pendant que je me change.

Il n'attendit pas qu'elle réponde, mais emprunta rapidement le petit couloir pour se rendre dans sa chambre. Voir Kalee dans son espace était troublant. Surtout parce qu'il se sentait si bien. Il voulait s'asseoir sur son canapé et regarder la télé avec elle. Cuisiner avec elle dans sa minuscule cuisine. Prendre un verre sur son minuscule balcon, d'où il pouvait juste voir un bout de l'océan au loin.

Kalee Solberg était tellement hors de sa portée que ce n'était même pas drôle. Il l'aimait. Il le savait sans aucun doute. Si cela n'avait pas été le cas, ça ne lui ferait pas si mal de savoir qu'elle allait rentrer chez elle avec son père, sans savoir quand il la reverrait.

Elle était exactement le genre de femme dont il rêvait. Drôle, prévenante, solide comme un roc. Mais il n'était pas fait pour elle. Elle avait besoin de quelqu'un avec un travail aux horaires réguliers. Qui ne partirait pas en mission dangereuse pour Dieu sait où. Il ne savait pas s'il aurait encore un travail en tant que SEAL après aujourd'hui.

Le fait est que, même s'il voulait que Kalee fasse partie de sa vie et qu'elle soit dans son lit, cela ne devait pas se faire. Il l'avait sauvée, mais c'était aussi lui qui l'avait mise dans cette terrible situation au Timor oriental. Il ne pensait pas qu'elle comprenait vraiment ce qui s'était passé. Mais après qu'elle eut été débriefée et qu'elle eut le temps d'y réfléchir, il ne doutait pas qu'elle comprendrait... et qu'il n'entendrait plus jamais parler d'elle.

La mine renfrognée, Phantom arracha son T-shirt et prit son uniforme de Marine camouflage. S'il devait voir son commandant, il devait avoir l'air professionnel. Il ne lui fallut que dix minutes pour se changer, tailler sa barbe et s'assurer qu'il était suffisamment apprêté pour résister à l'examen minutieux de son commandant.

Lorsque Phantom revint dans la pièce principale de son appartement, il fut surpris de voir Kalee penchée sur les cartes sur sa table, les étudiant comme si elle devait passer un test plus tard.

— Kalee ?

Quand elle releva la tête, Phantom vit les larmes dans ses yeux depuis l'autre bout de la pièce. En moins d'une seconde, elle se blottit dans ses bras.

— Qu'est-ce qui ne va pas ? grogna-t-il, ses yeux essayant

de saisir tout ce qui l'entourait pour trouver ce qui l'avait bouleversée.

— Je... Tout ça pour moi ? demanda-t-elle.

Phantom ne se détendit pas, même s'il réalisait qu'il n'y avait pas vraiment de menace physique. Son cœur battait à cent à l'heure, et il réalisa que voir les larmes de Kalee avait déclenché quelque chose en lui qui le rendait ultra-protecteur et prêt à tuer quiconque aurait pu la contrarier.

— J'avais besoin de savoir exactement à quoi j'allais avoir affaire, dit-il. Les renseignements indiquaient où le groupe de rebelles avec lequel tu étais censée être se terrait dans la ville, mais je n'étais pas sûr que tu y serais encore au moment de mon arrivée. Je devais essayer de comprendre où ils pourraient aller ensuite. Dans la jungle ? Dans les collines ? Plus loin vers la côte ? J'avais besoin d'autant d'informations que possible si je voulais te sortir de là.

— J'ai juste pensé... je ne sais pas ce que j'ai pensé, chuchota Kalee. Je sais que tu m'as dit que ce type, Tex, t'avait donné des informations pour me trouver, mais je suppose que je n'ai pas réalisé ce que cela signifiait vraiment.

— Je ne suis pas tombé sur toi par hasard, lui dit Phantom d'un ton neutre.

Il se déplaça lentement pour ne pas l'effrayer, et mit un doigt sous son menton. Il souleva son visage jusqu'à croiser son regard.

— Et je n'allais pas quitter le Timor oriental sans toi une seconde fois. J'espérais que cela ne prendrait pas longtemps pour te retrouver, mais j'étais prêt à y passer des jours, des semaines, des mois si c'était nécessaire.

Elle inspira brusquement.

— Mais ton travail, répondit-elle, confuse.

— Tu étais plus importante que mon travail. Plus que *n'importe quoi d'autre,* déclara Phantom, catégorique.

— Phantom... dit-elle, la voix étranglée.

Attiré par elle et ne pouvant s'en empêcher, Phantom se pencha vers elle, lui laissant le temps de protester, de s'éloigner. Au contraire, elle se dressa sur la pointe des pieds, leva une main et s'emmêla les doigts dans ses cheveux, comme elle l'avait fait à Hawaï, ramenant ses lèvres vers les siennes.

Il n'y avait aucune hésitation de leur part. Kalee attaqua sa bouche comme si elle allait mourir si elle ne le goûtait pas. Et Phantom abandonna tout contrôle sur elle. Sa langue pénétra dans sa bouche et s'entrelaça avec la sienne. Ses doigts se resserrèrent dans ses cheveux, et Phantom sentit sa verge se mettre au garde-à-vous. Mon Dieu, elle était si belle comme ça. Bon sang, elle était belle peu importe ce qu'elle faisait, mais prendre ce qu'elle voulait, ce dont elle avait besoin ? C'était une excitation immense.

Il l'attira contre lui pour qu'ils soient collés l'un à l'autre, des hanches à la poitrine, et il tourna la tête pour avoir un meilleur angle.

Phantom n'avait aucune idée du temps qu'ils passèrent à s'embrasser au milieu de son appartement. Tout ce qu'il savait, c'est qu'il n'en avait jamais assez. Il reprit ses esprits lorsqu'il sentit les mains de Kalee essayer de défaire les boutons de son pantalon cargo. Chaque fois que ses doigts effleuraient son sexe, il tressaillait.

L'une des mains de Phantom toucha l'arrière de la tête de Kalee, et l'autre se glissa sous son T-shirt avant de presser brutalement l'un de ses seins par-dessus son soutien-gorge de sport. Il tira soudainement sa tête en arrière en gémissant.

Kalee gémit de frustration et essaya de ramener sa tête vers la sienne, mais Phantom demeura figé. Une main sur l'arrière de sa tête et l'autre immobile sur son sein. Il sentait son téton se planter dans sa paume, et il ne voulait rien de plus que d'arracher le soutien-gorge qu'elle portait et la toucher peau contre peau. Mais il ne pouvait pas.

À contrecœur, il sortit sa main de sous son T-shirt et attrapa la sienne, qui essayait toujours de défaire son pantalon. Il en embrassa la paume, avant de la prendre dans ses bras. Il sentait son souffle dur et lourd contre sa poitrine, à l'unisson avec le sien.

— *Chut*, fit-il pour l'apaiser.

Il la sentit prendre une profonde inspiration, puis elle bougea lentement ses bras jusqu'à ce qu'ils soient autour de sa taille et elle posa sa tête sur sa poitrine.

Ils restèrent ainsi pendant un long moment, essayant de retrouver leur équilibre et leur sang-froid. La verge de Phantom était toujours aussi dure et pressait contre son ventre, mais il ne pouvait rien y faire pour le moment. La dernière chose qu'il souhaitait faire était de la laisser partir, elle devait donc faire face à la preuve de son excitation.

Finalement, elle dit dans sa poitrine, sans lever les yeux,

— J'étais si seule. Je savais que personne ne me cherchait. Que je mourrais probablement de leurs mains. Tu ne me connaissais même pas, et pourtant tu étais prêt à tout abandonner pour me trouver. Je... c'est difficile à digérer.

Phantom ne savait pas quoi dire. Il lui avait déjà dit que c'était sa faute si elle avait été capturée par les rebelles. Sa faute si elle avait vécu l'enfer. Il ne la connaissait que d'après ce qu'il avait appris de Piper et de son père. Elle n'était qu'un travail, un moyen de régler les derniers détails.

Mais à la seconde où ces pensées lui passèrent par la tête, Phantom sut qu'il se mentait à lui-même. Elle n'avait pas été simplement un travail. Jamais. Il savait qu'elle était spéciale. C'est probablement pour cela qu'il avait perdu la tête quand il s'était souvenu qu'elle n'était pas morte comme ils le pensaient tous en la laissant dans cette fosse à l'orphelinat.

Il n'était pas du genre à s'épancher, et il n'avait jamais été du genre romantique, mais c'était comme si son âme avait *su* qu'elle était à lui. Que l'autre moitié de lui-même souffrait, et qu'il devait faire quelque chose.

— Tu n'as jamais été seule, déclara Phantom après un moment. Je n'ai pas cessé de penser à toi à partir du moment où je me suis détourné de cette fosse. Je n'ai pas pu. Et quand je me suis rappelé que tu avais bougé, que tu étais en vie, j'ai su que je ne cesserais jamais de chercher jusqu'à ce que je te trouve, jusqu'à ce que tu sois à la maison saine et sauve.

— Merci, dit Kalee.

— Ne me remercie pas, dit Phantom d'un ton bourru en se retirant pour la regarder de haut. Tu devrais me demander pourquoi j'ai mis si longtemps.

Ses lèvres se retroussèrent.

— Je te remercie si j'en ai envie.

Phantom la fixait, frustré qu'elle n'agisse pas comme il le pensait.

— Tu devrais me détester, finit-il par dire.

Elle haussa les épaules.

— Je ne sais pas.

Phantom secoua la tête en signe d'exaspération. Il passa une dernière fois sa main sur ses cheveux courts, puis se recula à contrecœur.

— Nous devrions y aller.

Kalee hocha la tête.

Aucun des deux ne bougeait.

— Bon sang, murmura Phantom, puis il plongea et captura ses lèvres avec les siennes une fois de plus.

Il n'en avait jamais assez, et il savait qu'à la seconde où ils sortiraient de son appartement, il était peu probable qu'il ait l'occasion de la goûter à nouveau. Elle retournerait dans son monde, et lui dans un futur incertain.

Le baiser fut bref, mais tellement chaud que Phantom savait que ce serait un miracle si son sexe se calmait suffisamment pour accueillir correctement son commandant. Quand Kalee se mit à mordiller sa lèvre inférieure, il se força à s'éloigner – et il mit une chaise entre eux pour faire bonne mesure.

— Peu importe ce qui se passe aujourd'hui, où je pourrais finir et ce que tu décides de faire de ta vie. Une heure, une semaine, un an ou dix ans. Tu as besoin de moi, tu appelles. Je serai là pour toi, Kalee. Sans poser de questions. Compris ?

Il savait qu'il le lui avait déjà dit maintes et maintes fois, mais il voulait avoir la certitude qu'elle l'entendait et qu'elle savait qu'il était sincère.

Les larmes étaient de retour dans ses yeux, mais elle cligna des yeux.

— Compris, affirma-t-elle.

Phantom hocha la tête.

— Bien. Viens, on doit aller à la base.

Il se retourna et n'attendit pas pour voir si elle le suivait. Il n'en avait pas besoin. Il pouvait la sentir. Il savait qu'elle était juste sur ses talons. Elle se pencha pour prendre la casquette de baseball des Navy SEAL qu'elle avait revendiquée comme la sienne et la mit sur sa tête. Elle l'avait portée à la maison et ne l'avait enlevée que lorsqu'elle était entrée dans son appartement.

— Prête, dit-elle, sans aucun enthousiasme.

— Tu n'as pas besoin de ça, ne put-il s'empêcher de dire. Tu es belle comme tu es.

Ses yeux s'illuminèrent, mais elle haussa les épaules.

— J'aime ça.

Phantom n'insista pas. Il n'était pas une femme, mais il pensait que jusqu'à ce que ses cheveux repoussent, elle se sentirait gênée par ce que les rebelles avaient fait. C'était une chose de plus à ajouter à la liste des raisons pour lesquelles il espérait qu'ils périraient tous d'une mort lente et douloureuse.

Sur cette heureuse pensée, Phantom ramassa sa toute nouvelle valise jaune vif et lui fit signe de le précéder à la porte. En la verrouillant derrière lui, ils descendirent les escaliers en direction de sa voiture garée à sa place habituelle sur le parking. Il avait une vieille Honda Accord qui lui convenait parfaitement. Il l'entretenait soigneusement et elle fonctionnait très bien.

Phantom rangea la valise de Kalee dans le coffre et s'installa derrière le volant. Il tourna la clé et soupira de soulagement quand elle démarra. Avant qu'il ne puisse sortir de la place de stationnement, Kalee posa sa main sur son avant-bras.

— Phantom ?

— Oui, trésor ?

Il grimaça en entendant le ton affectueux. Il devait rester fort. Elle ne semblait pas s'en soucier, mais quand même.

— Je veux parler à ton commandant. Tu n'auras peut-être pas d'ennuis s'il entend ma version des faits.

Le cœur de Phantom fondit. Pour un homme qui pensait ne pas avoir de cœur, c'était un sentiment assez étrange. Il ramassa sa main et embrassa la paume.

— C'est gentil. Mais ce ne sera pas nécessaire. J'ai désobéi à un ordre direct, quelle qu'en soit la raison, et je dois faire face aux conséquences de cette décision.

— Mais...

— J'aime que tu veuilles m'aider, mais ça ne changera rien, répondit-il fermement, interrompant ce qu'elle allait dire. Tout ce que tu as à faire est de dire aux enquêteurs ce qui t'est arrivé, alors tu retrouveras ton père, et vous vivrez heureux pour toujours.

Elle le regarda pendant un long moment, et Phantom

eut l'impression qu'elle voulait dire quelque chose d'autre, mais finalement elle se contenta de hocher la tête.

Estimant qu'il n'y avait plus rien à dire et qu'il devait en finir, Phantom quitta la place de parking et se dirigea vers la base.

⁎⁎

Mona Saterfield regarda sa montre sans grand intérêt lorsqu'elle se mit à vibrer. Elle s'attendait à voir une notification d'e-mail pour un énième courrier indésirable. Clignant des yeux de surprise, elle eut du mal à en croire ses yeux quand, au lieu de cela, c'était une notification du traceur qu'elle avait placé sur la voiture de Forest.

— Il est de retour ! chuchota-t-elle, ignorant les regards étranges que lui lançaient les gens près d'elle.

Elle quitta sa file d'attente au café et se précipita vers sa voiture.

Une fois de plus, elle remercia sa bonne étoile d'avoir un emploi du temps flexible. Le fait d'être mannequin lui laissait tout le temps de garder un œil sur Forest entre deux contrats.

Elle était ravie au-delà des mots qu'il soit de retour. Cela faisait des semaines que sa voiture n'avait pas bougé. Elle était morte d'inquiétude, n'ayant aucune idée de l'endroit où il était parti. Ses stupides amis étaient toujours en ville ; elle était allée à la plage pour espionner le seul ami qui vivait là. Et s'*ils* étaient en ville, Forest aurait dû l'être aussi. Il n'allait jamais nulle part sans eux, donc elle savait que quelque chose de grave était arrivé.

Peut-être qu'un de ses parents était tombé malade et

qu'il avait dû s'en occuper. Ou un parent était mort. Elle avait pensé à une douzaine d'autres raisons pour lesquelles Forest aurait quitté la ville sans laisser de trace.

Mais il était de retour ! Elle était si heureuse !

Quand elle arriva à sa voiture, elle cliqua sur la carte de son téléphone qui suivait la voiture de Forest, et vit rapidement qu'il se dirigeait vers la base. Sachant qu'il était difficile – mais pas impossible – d'y entrer, elle décida de rentrer chez elle, de se changer, de se maquiller au cas où, puis de retourner à son appartement pour attendre. Elle voulait constater par elle-même qu'il allait bien.

Se sentant plus heureuse qu'elle ne l'avait été depuis des semaines, Mona décida à ce moment précis que l'époque où elle donnait de l'espace à Forest était révolue. Elle avait observé et attendu depuis toujours. Plus d'un an. Et son besoin de lui devenait plus intense chaque jour.

Il était temps qu'elle s'assure que Forest savait à quel point elle l'aimait. Elle pouvait supporter ses déploiements, elle ne s'effondrerait pas.

Elle le lui dirait, et il réaliserait qu'ils étaient faits pour être ensemble, et ils vivraient heureux pour toujours.

Ils étaient tous deux malheureux d'être séparés, et il était temps qu'il reprenne ses esprits et cesse de la repousser. Forest Dalton était son homme, et rien ne les empêcherait d'être ensemble. *Rien.*

CHAPITRE NEUF

Kalee prit place sur la chaise de bureau capitonnée et fit de son mieux pour ne pas s'angoisser. Elle se sentait à l'étroit. Elle était assise à une table ronde, aussi loin de la porte que les hommes qui l'avaient conduite là pouvaient la mettre. Ils s'assirent en face d'elle et cliquèrent sur leur ordinateur pendant qu'elle parlait.

Elle se sentait mal à l'aise et nerveuse avec ces hommes. Elle s'était habituée à Phantom et au sentiment de sécurité que lui procurait sa présence, où qu'ils soient. Mais après être entrés dans le grand bâtiment où se trouvait le bureau de son commandant, elle avait été emmenée par ces deux officiers. Elle s'était retournée une fois, et avait vu que Phantom n'avait pas bougé. Il était debout au milieu du hall et la fixait.

Un homme de sa taille, aux cheveux bruns et qui semblait avoir au moins vingt ans de plus, se tenait à côté de Phantom, fronçant les sourcils. Il n'était pas non plus intimidé par le fait que Phantom le dépasse de la tête et des épaules. Elle avait vu l'homme parler, mais les yeux de Phantom étaient fixés sur elle.

Dès qu'elle avait tourné au coin du couloir, Kalee avait ressenti douloureusement la perte du regard de Phantom. Elle avait frissonné et des doutes s'étaient insinués dans sa tête. Elle avait monté quelques marches et avait été conduite dans un autre long couloir et escortée dans cette pièce.

Elle était frigorifiée ; la climatisation était réglée à un niveau beaucoup trop froid. Kalee savait que son corps n'était plus acclimaté à l'air frais à cause du temps qu'elle avait passé dans un environnement tropical, mais c'était une chose de plus qui la rendait mal à l'aise.

— Merci de vous joindre à nous aujourd'hui, dit l'un des hommes, et Kalee eut envie de lever les yeux au ciel.

Elle n'avait pas vraiment le choix, mais elle se tut... pour le bien de Phantom. Elle n'était pas très enthousiaste à l'idée de dire à qui que ce soit ce qui lui était arrivé, mais si cela pouvait aider Phantom, elle le ferait.

— Pouvez-vous commencer par le début et nous dire ce qui vous est arrivé au Timor oriental ?

Commencer par le début ? Kalee n'avait aucune idée de ce que cela signifiait, mais elle pensait que l'homme parlait du moment où les rebelles avaient attaqué. Prenant une profonde inspiration, et concentrant son attention sur un point noir sur la table en face d'elle, Kalee commença son récit :

— Piper et moi visitions l'orphelinat. Je voulais qu'elle rencontre les petites filles avec lesquelles je passais mon temps libre. On a entendu des coups de feu et tout le monde a paniqué. Les filles ont commencé à courir dans tous les sens, tout comme les adultes. Nous étions dans la cuisine, attendant que le déjeuner soit servi quand tout est arrivé. J'ai fait descendre Piper et les trois filles qui étaient avec nous dans la cave sous la cuisine, et je leur ai dit que je reviendrais rapidement avec d'autres choses. J'ai couru dehors, avec l'intention de rassembler d'autres orphelins, mais je suis tombée sur une bande d'hommes habillés tout en noir et tenant des fusils. Ils nous ont tous rassemblés et nous ont gardés pendant quelques jours. Ils ont violé quelques-unes des filles les plus âgées et ont pris un grand plaisir à nous torturer. Ensuite, j'ai été emmenée dans les bois, et même si je me suis battue contre eux, j'ai aussi été violée.

Kalee savait que sa voix était neutre et sans émotion, mais c'était le seul moyen de traverser cette épreuve sans s'effondrer.

— Je suppose qu'ils s'ennuyaient, ou qu'ils avaient besoin de continuer leur maraude, mais ils ont emmené les filles deux par deux loin de l'endroit dans la jungle où ils nous retenaient. Nous avons entendu des coups de feu, et tout le monde savait ce qui se passait. Une fille d'environ 10 ans a essayé de s'enfuir, et l'un des rebelles a ri, a visé et l'a abattue alors qu'elle s'enfuyait. J'ai été la dernière à être conduite hors de la jungle. Je me tenais devant le trou qu'ils avaient creusé pour les corps et je me suis retournée pour fixer l'homme qui allait me tirer dessus. Je me souviens d'avoir entendu le coup de feu, mais c'est tout. Quand je me suis réveillée, j'étais couchée sur un tas de corps de petites filles autrefois intelligentes et aimantes. J'ai rampé hors du trou, tout droit sur une nouvelle équipe de rebelles. Je n'en ai reconnu aucun, mais ça n'avait pas d'importance. Ils m'ont battue et m'ont forcée à aller avec eux.

— Comment vous ont-ils forcée ? l'interrompit l'un des hommes.

Kalee ferma les yeux et tenta de se calmer en pensant à Phantom. Son air renfrogné quand quelqu'un s'approchait trop près d'elle. Son sourire quand il la taquinait pour lui avoir volé sa casquette. Le regard inquiet dans ses yeux quand il pensait qu'elle ne regardait pas. Tout en lui l'apaisait.

— Je ne parle pas couramment le tetum, mais il n'est pas difficile de savoir ce qu'ils veulent quand ils tiennent un pistolet sur votre tête et vous attrapent le bras pour vous forcer à marcher, dit-elle avec colère. Nous sommes restés dans la jungle pendant deux mois, d'après ce que je sais. Quelqu'un était toujours à mes côtés avec un fichu pistolet. J'ai tenté de m'échapper plusieurs fois, mais ils m'attrapaient toujours et me ramenaient. On me menaçait tous les jours de mort si je ne faisais pas ce qu'ils disaient. Ils adoraient me frapper, et le faisaient souvent à tour de rôle avant de s'endormir. On partait tous les matins, pour essayer de trouver un village à attaquer. Ils ne s'imposaient plus à moi sexuellement, pas après qu'un des hommes a essayé et... n'a pas pu finir, si vous voyez ce que je veux dire. Ils m'appelaient le « diable rouge ». Je pense qu'après ça, ils ont essayé de faire sortir le mal en moi. Mais bien sûr, c'était *eux* le mal, pas moi.

Kalee frissonna. Elle ne voulait pas continuer à parler de ça. Elle ne voulait pas s'en souvenir. Mais si elle voulait aider Phantom, elle devait s'assurer que tout le monde sache exactement de quoi il l'avait sauvée.

— Un jour, j'en ai eu assez. J'allais fuir quoi qu'il arrive. J'étais affamée, j'avais mal d'avoir été battue la nuit précédente et j'en avais assez de tout cela. Ils ont trouvé un autre village et dans le chaos de l'attaque, j'ai réussi à échapper à l'homme qui était censé me surveiller. Je pensais que j'avais enfin réussi à échapper à l'enfer que je vivais, quand j'ai croisé un des rebelles et une jeune mère du village. Elle avait un bébé attaché à sa poitrine, il ne devait pas avoir plus de quelques mois. Elle n'avait probablement même pas encore 18 ans. Le rebelle m'a vue seule et a compris que j'essayais de m'échapper. Il m'a fait signe de venir à ses côtés. J'ai refusé. Il a fait un nouveau geste, et j'ai reculé, prête à m'enfuir. Puis il a levé son fusil, l'a pointé sur la femme, et l'a abattue. Il n'a pas fait de sommations, il a juste levé son arme et lui a fait sauter la tête. Son bébé criait, probablement parce que quand elle est tombée, ça lui a fait mal. Le rebelle m'a fait signe de revenir à ses côtés alors qu'il pointait son fusil sur le bébé.

Elle haussa les épaules.

— Alors j'y suis allée.

— Et il a épargné l'enfant ? demanda l'un des hommes dans la pièce.

Kalee secoua la tête.

— Non. Une fois que je suis arrivée à ses côtés, il a mis son bras autour de ma poitrine, de sorte que je lui tourne le dos, a pointé son fusil et a tiré sur le bébé. Puis il m'a battue jusqu'à ce que je puisse à peine ouvrir les yeux. Il a tenu le fusil contre mon front. Je sentais la chaleur des deux dernières balles qu'il avait tirées, et même si je ne pouvais pas comprendre ses mots, je sais qu'il me disait que si j'essayais de m'échapper à nouveau, il tuerait plus de femmes. Plus de bébés.

— Putain de merde, dit l'autre homme à voix basse.

Kalee ignora son air outré. Rien ne pouvait la choquer après avoir vécu avec les rebelles aussi longtemps.

— J'ai reçu son message cinq sur cinq. J'ai décidé à ce moment précis que plus aucun bébé ne mourrait à cause de moi. J'ai payé ma fuite encore plus cher cette nuit-là ; chaque rebelle m'a battue à tour de rôle. C'est la dernière fois que j'ai essayé de m'échapper. Le coût était trop élevé. Finalement, ils ont cessé de me surveiller de si près. J'avais appris ma leçon et j'étais une prisonnière modèle. Je ne répondais pas. Je n'attirais pas l'attention sur moi. Je les laissais faire tout ce qu'ils voulaient sans me plaindre, même si, au bout d'un moment, ils ne semblaient même plus remarquer que j'étais une femme. Ils m'ont coupé les cheveux, m'ont donné un fusil à utiliser lors des raids, et nous avons continué à travers la jungle, faisant notre chemin vers la capitale.

— Vous l'avez utilisé ?

— Quoi ? Le fusil ? demanda Kalee.

L'homme hocha la tête.

Elle secoua la tête.

— Je faisais semblant. Quand je devais vraiment tirer, je m'assurais que ma visée était nulle. Je n'ai jamais tué personne, dit-elle fermement. Pas une seule personne. Je faisais bonne figure, en exagérant la force du recul lorsque je tirais. Personne n'a jamais remarqué que je jetais des balles en parfait état sur le sol au milieu de la bataille.

— Que s'est-il passé quand vous avez été secourue ?

— Nous étions entrés dans la capitale et les rebelles étaient frustrés de ne pas pouvoir avancer davantage. D'après ce que j'ai pu comprendre, ils voulaient prendre le contrôle du bâtiment principal de la capitale, mais le temps que mon groupe arrive dans la ville, d'autres bandes de rebelles avaient été repoussées. Nous nous sommes terrés dans un quartier délabré. Nous sortions pendant la journée pour terroriser les citoyens, puis nous rentrions dans notre coin la nuit. Et avant que vous ne demandiez, oui, j'ai pensé à m'échapper. Chaque foutue nuit. Mais le visage de cette pauvre adolescente et de son bébé me hantait. Je savais qu'ils trouveraient d'autres innocents à massacrer si je les défiais. La nuit où Phantom est arrivé était comme toutes les autres. J'étais allongée là, souhaitant être n'importe où ailleurs, et l'instant suivant, il avait sa main sur ma bouche et m'informait qu'il était de l'US Navy. Nous sommes sortis par la fenêtre et avons disparu dans la nuit.

— Juste comme ça ? demanda un des hommes, sceptique.

— Juste comme ça, confirma Kalee. Il n'a tué personne. Aucun coup de feu n'a été tiré. Nous nous sommes simplement évanouis dans la nature. J'aurais aimé pouvoir voir le visage des rebelles quand ils se sont réveillés et ont réalisé que j'étais partie. Je parie qu'ils étaient fous de rage. Ils ne m'aimaient pas mais ils appréciaient le fait que je sois leur prisonnière. Ils aimaient que j'aie peur d'eux et que je fasse tout ce qu'ils me disaient.

Elle se pencha en avant, les coudes sur la table, et regarda chacun des hommes pour s'assurer qu'ils entendent la suite. Qu'ils l'entendent *vraiment*.

— Je serais morte là-bas, et personne ne l'aurait su ou ne s'en serait soucié. Tout le monde ici pensait que j'étais morte, que je pourrissais quelque part dans la jungle. Et même après qu'on a soupçonné que je *ne sois pas* morte, personne n'allait venir me chercher. Sauf Phantom. C'est le seul à avoir eu le courage de faire ce qui était juste.

— On lui avait ordonné de se retirer, répondit l'un des hommes.

— Je le sais, admit Kalee. Mais s'il l'avait fait, où serais-je en ce moment ? Peut-être que les rebelles auraient décidé de recommencer à me violer. Peut-être qu'ils m'auraient tiré une balle dans la tête. Je n'en ai aucune idée. Dites-moi, est-ce qu'une tentative de sauvetage était prévue pour venir me chercher pendant que Phantom était en congé ? Est-ce que la marine, ou l'armée, ou *quelqu'un d'autre a* mis en place un plan pour venir au Timor oriental pour me sortir de là ? Ou étais-je considérée comme un dommage collatéral ? Je travaillais avec les rebelles, n'est-ce pas ce que les renseignements disaient ? Que j'avais changé de camp ? Peut-être que le risque pour sauver une femme qui n'était pas quelqu'un d'important était trop grand pour les militaires.

Elle vit la façon dont les deux hommes rougissaient. Elle savait qu'elle avait raison. Il n'y avait aucun plan pour aller la chercher. Ils savaient qu'elle était vivante, mais elle était seule.

Qu'ils aillent se faire voir. Qu'ils aillent tous se faire voir.

Submergée par l'amertume, elle dut se forcer à continuer à parler malgré sa gorge serrée.

— Phantom a défié un ordre direct. Je ne le nie pas, et lui non plus. Et il savait avant de monter dans ce vol Honolulu-Dili qu'il ruinait sa carrière. Mais il l'a fait quand même. Pour *moi*. Une femme qu'il n'avait jamais rencontrée. Une femme qu'il avait cru morte. Mais dès qu'il a réalisé l'erreur qu'il avait faite, il a tout fait pour la réparer. Pour accomplir sa mission. Il me semble qu'il est *exactement* le genre d'homme que vous voudriez voir arriver si, Dieu vous en préserve, vous étiez capturés dans un pays étranger.

C'était fini. Elle avait fini. En serrant les lèvres, elle fit de son mieux pour ne pas vomir sur la table à cet instant précis.

— Pouvez-vous nous en dire plus sur votre séjour dans la jungle ? demanda l'un des hommes en cliquant sur son clavier comme s'il regardait ce qu'il avait écrit. Vous y étiez pendant des mois, que vous rappelez-vous des personnes à qui les rebelles parlaient ? Comment communiquaient-ils avec les autres groupes ? Semblaient-ils organisés ou se contentaient-ils d'errer de village en village ?

Kalee s'assit sur sa chaise, plus épuisée qu'après une randonnée de plusieurs kilomètres à travers les forêts denses des montagnes de Timor oriental. Les visions de l'horreur qu'elle avait vécue défilaient dans son cerveau comme si elle se souvenait d'un mauvais film.

Fermant les yeux, elle posa sa tête sur ses mains, stoppant les questions des hommes en face d'elle. Elle ne pouvait plus parler des rebelles. Elle avait la chair de poule rien qu'en se rappelant ce qu'elle avait vécu.

Elle mit toute son énergie à penser à la vue de la maison sur la plage à Hawaï. À la façon dont Phantom parlait sans arrêt, essayant de la distraire et de faire en sorte qu'elle se sente mieux qu'à leur arrivée. Mieux encore, elle pensa à ce qu'elle ressentait dans ses bras. Quand il avait une main sur sa nuque et la tenait contre lui. Ce que sa main avait ressenti sur son sein ce matin-là, quand ils avaient perdu tout contrôle et s'étaient pratiquement jetés l'un sur l'autre.

Il n'était pas du tout comme les rebelles. *Rien à voir.*

Tout le monde supposait qu'elle ne voudrait probablement plus jamais faire l'amour. Qu'elle était trop traumatisée. Ce n'était pas le cas. Elle ne serait plus jamais la même personne qu'avant son enlèvement. Elle serait toujours en colère que son corps ait été pris contre sa volonté, mais elle comprenait que c'était un jeu de pouvoir. Et elle savait que les choses auraient pu être bien pires ; elle aurait pu être agressée sexuellement tous les jours. Aussi bizarre que cela puisse paraître, elle se sentait plus traumatisée par la façon dont elle avait été battue que par les quelques fois où elle avait été violée.

Phantom était peut-être plus grand, plus fort et capable de la blesser sans grand effort, mais elle savait qu'il ne ferait jamais rien pour la faire souffrir. Il avait été patient avec elle, et tout ce qu'ils avaient fait avait été dans son intérêt.

Il l'avait poussée au-delà de sa zone de confort, mais chaque fois, elle s'était sentie mieux après. La randonnée, la réunion d'échange, même le luau, où elle avait regardé les employés sortir le cochon de la fosse où il avait été fumé toute la journée. Et chaque fois qu'elle avait réagi, il avait été là pour lui prêter sa force jusqu'à ce qu'elle puisse se débrouiller seule.

Elle entendit vaguement les deux hommes partir, mais

ne releva pas la tête. Elle avait l'impression qu'elle pesait une centaine de kilos. Elle était épuisée et avait fini de parler.

*
**

Phantom se tenait au garde-à-vous devant le bureau du commandant North, sans laisser transparaître sur son visage la moindre de ses pensées.

— Ce que vous avez fait était irresponsable et imprudent. Vous avez mis en péril toute la communauté à vous tout seul. À quoi pensiez-vous ? aboya le commandant North en faisant les cent pas derrière son bureau.

Phantom comprit que la question était rhétorique et garda le silence.

— Je pensais pouvoir vous faire confiance, et vous m'avez menti effrontément. Et au visage du contre-amiral Creasy. Il y a beaucoup de gens sur cette base qui pensent que vous devriez passer en cour martiale et non à la commission disciplinaire. J'y ai pensé, mais on m'en a dissuadé. Je veux savoir à quoi vous pensiez, Phantom.

Le contre-amiral Creasy était également présent dans la pièce, mais il était resté silencieux jusqu'à présent, laissant le commandant North s'exprimer. Le contre-amiral avait une cinquantaine d'années, mais était toujours en forme. Phantom savait que de temps en temps, il sortait et houspillait les recrues pendant l'entraînement. C'était un homme bon qui plaçait toujours la sécurité des SEAL en priorité lors des missions organisées sous son commandement.

Phantom n'était pas satisfait d'avoir trompé l'un de ses

commandants, mais il savait qu'il n'aurait pas pu faire différemment.

— Vous allez sérieusement rester là et ne pas dire un foutu mot ? aboya à nouveau le commandant North alors que Phantom demeurait silencieux.

— Je suppose qu'il essaie de trouver un moyen de vous dire qu'il n'est pas désolé de ce qu'il a fait sans vous faire sortir de vos gonds, déclara le contre-amiral Creasy.

Phantom aurait pu jurer qu'il percevait de l'humour dans la voix du contre-amiral, mais il se dit qu'il avait simplement mal interprété.

— Putain, dit le commandant en passant une main dans ses cheveux.

Il prit une profonde inspiration et s'effondra dans le fauteuil en cuir derrière son bureau.

— Qu'est-ce que je vais faire de vous, Phantom ?

Une fois encore, Phantom demeura silencieux, pensant que son commandant ne s'attendait pas vraiment à ce qu'il réponde.

— Pour ma part, je suis sacrément fier de vous, déclara le contre-amiral Creasy. Ce que vous avez fait était stupide, irresponsable et dangereux, mais vous avez réussi. C'est un miracle que Kalee Solberg soit en vie, et je ne doute pas que son père sera si reconnaissant qu'il fera un don important aux SEAL. Dans quelque temps – c'est-à-dire pas avant un passage en commission disciplinaire –, j'aimerais aller boire quelques bières et tout entendre. Comment vous l'avez trouvée, ce qui s'est passé quand vous l'avez trouvée, et comment vous vous êtes échappés sans être repérés. Quel était son état d'esprit quand vous étiez à Hawaï. C'est bizarre d'être à la fois en colère et fier d'un de mes SEAL.

Phantom hocha brièvement la tête pour le saluer. Dag Creasy était une légende. Les histoires sur les choses qu'il avait faites lorsqu'il était SEAL étaient souvent évoquées derrière des portes fermées. Phantom serait heureux d'avoir une discussion détendue avec lui, mais pas avant de connaître sa sanction.

Phantom se racla la gorge et prit la parole pour la première fois, pensant que le contre-amiral en avait terminé pour l'instant.

— Je regrette de vous avoir désobéi, messieurs. Cependant, en ce qui me concerne, j'ai accompli la mission qui s'était soldée par un échec quelques mois plus tôt. Je sais que c'est de la sémantique et que vous êtes déçus par mes actions, mais même si je ne l'avais pas trouvée tout de suite, et si je m'étais fait tirer dessus et tuer, je n'aurais pas regretté d'avoir fait ce que je pensais être la bonne chose à faire.

Le commandant North soupira.

— Oui, c'est à peu près ce que je m'attendais à ce que vous disiez. Phantom, votre équipe n'a pas échoué dans cette mission.

— Avec tout le respect que je vous dois, monsieur, c'est le cas. Nous avons été envoyés pour récupérer Kalee Solberg au Timor oriental, et nous ne l'avons pas fait.

— Vous savez aussi bien que moi que parfois les choses vont de travers et que les missions changent.

Phantom serra les dents.

— Bien. Bien. Votre audience disciplinaire a été programmée pour dans deux semaines. Le vice-amiral Lister présidera et déterminera votre sanction. D'ici là, vous et votre équipe êtes consignés au sol en attendant les résultats de l'audience de sanction non judiciaire. J'attends de vous que vous vous présentiez au travail chaque matin pour l'entraînement, et si j'entends ne serait-ce qu'un murmure de mauvaise conduite de votre part d'ici là, je vous enverrai au cachot. Vous m'entendez ?

Phantom savait que cela n'arriverait pas ; il n'avait pas

l'intention d'attirer plus d'attention sur lui, ou sur Kalee, qu'il ne l'avait déjà fait.

— Oui, monsieur.

— Bien. Vous pouvez disposer. Je crois que votre équipe vous attend en bas dans la salle de conférence que vous utilisez habituellement pour étudier les missions.

Phantom fit une grimace. Mince. Il avait espéré avoir un peu plus de temps. Rocco et les autres n'étaient probablement pas heureux de ce qu'il avait fait. Et il ne pouvait pas les blâmer. Mais il salua le commandant et le contre-amiral et se tourna vers la porte.

— Phantom ? dit le commandant North avant de partir.

Phantom se tourna vers l'homme qu'il respectait énormément et leva un sourcil.

— Bon travail. Paul Solberg a retrouvé sa fille en ce moment même. Vous avez fait un sacré boulot.

Phantom hocha la tête et se tourna pour partir. Il détestait ne pas avoir été là pour Kalee quand elle avait vu son père pour la première fois. Il savait que cela allait être très émouvant. Paul Solberg avait complètement craqué quand il avait appris que sa fille avait été tuée. La ramener d'entre les morts pouvait être tout aussi accablant, et il aurait préféré être là pour surveiller l'homme, pour s'assurer qu'il ne dise ou ne fasse rien qui puisse blesser sa fille.

Mais ce n'était pas son droit. Même s'il le souhaitait plus que tout au monde.

Gardant la tête haute, Phantom se dirigea vers les escaliers. Il avait ses propres retrouvailles qui l'attendaient. La seule question était... qui lui porterait le premier coup ? Rocco ? Ace ? Rex ?

En y réfléchissant, Phantom paria sur Rex. Phantom et lui s'étaient rapprochés en sauvant Avery en Afghanistan. Il n'allait pas bien prendre le fait qu'il parte tout seul au Timor oriental. Bon sang, aucun d'entre eux d'ailleurs. Et Phantom ne pouvait pas leur en vouloir. S'il avait été à leur place, il aurait été furieux.

Prenant une profonde inspiration, il s'arrêta devant la salle de conférence. Puis il poussa la porte, se préparant aux reproches de ses coéquipiers.

CHAPITRE DIX

Kalee était assise à la table, la tête entre les mains, rêvant de Phantom quand elle entendit son nom prononcé par une voix si familière que des images de câlins de fin de soirée et d'un rire tonitruant lui vinrent à l'esprit.

En levant les yeux, elle vit son père qui se tenait là.

— Kalee ? répéta-t-il. C'est vraiment toi ?

— Salut, papa, répondit-elle maladroitement, ne sachant pas trop quoi dire.

— Ils ont dit que tu étais morte. J'ai cru que tu étais morte, murmura-t-il, l'air hébété.

Kalee se força à se lever et à faire le tour de la table vers lui. Elle mit ses bras sur les côtés et dit avec un léger sourire :

— Je ne suis pas morte.

Pour la première fois de sa vie, Kalee vit son père pleurer.

Il avait toujours été plus grand que nature pour elle. Elle l'avait toujours considéré comme très grand avec son mètre 80 – bien sûr, cela ne lui semblait plus si grand maintenant qu'elle s'était habituée à Phantom – et aussi fort qu'un mur de briques, mais il était évident que sa mort l'avait changé.

Ses épaules semblaient s'affaisser et il avait beaucoup plus de cheveux gris parsemés au milieu de ses cheveux roux. Il avait des poches sous les yeux et sa peau semblait même un peu terne.

— Papa, chuchota-t-elle.

Puis elle se retrouva dans ses bras.

Au début, c'était bien. Comme dans ses souvenirs d'enfance. Mais plus il s'accrochait à elle, plus Kalee était mal à l'aise.

Au lieu de l'odeur apaisante de pin à laquelle elle s'était habituée dans les bras de Phantom, il sentait une odeur corporelle, ce qui lui rappelait un peu trop les rebelles qui l'avaient enlevée et forcée à marcher et à dormir à leurs côtés.

Elle essaya de contrôler sa panique – c'était son *père* –, mais il lui fallut toute sa volonté pour ne pas s'arracher de ses bras et mettre la table entre eux.

Juste avant qu'elle ne panique complètement et finisse par blesser son père, il la lâcha et fit un pas en arrière. Il garda la main sur ses épaules, et Kalee réussit à ne pas s'éloigner de lui... à peine.

— Oh, mon beau bébé. Je n'arrive pas à y croire ! Quand j'ai reçu un appel du contre-amiral et qu'il a dit qu'il devait me parler, j'ai pensé qu'ils avaient trouvé ton corps et qu'ils te ramenaient enfin à la maison pour que tu puisses reposer en paix. Je n'ai jamais imaginé, jamais rêvé... *de ça*.

— Je suis vraiment désolée, papa.

Il secoua la tête.

— Ne sois pas désolée. Mon Dieu, Kalee... Je ne peux pas le croire.

Puis son visage s'effondra.

— J'ai fait quelque chose d'horrible, murmura-t-il dans un sanglot.

— *Shhhhh,* papa. Je sais. Et d'après ce que j'ai entendu, Piper t'a pardonné. Je ne suis pas surprise, elle a toujours eu un grand cœur.

— Je me suis si mal comporté, poursuivit son père.

Kalee se sentait impuissante à essayer de calmer son père. Il était celui qui avait toujours pris soin d'*elle*. Elle ne l'avait jamais vu si bouleversé. Il avait toujours été si stoïque. Elle attrapa un de ses biceps.

— Papa, arrête. Ce n'est pas grave. Tu n'étais pas toi-même.

Paul Solberg prit une profonde inspiration et hocha la tête.

Kalee espérait qu'il pourrait se pardonner. Elle ne pouvait pas imaginer à quel point les choses avaient été horribles pour lui. Elle avait vécu l'enfer, oui, mais il avait vécu un enfer à lui tout seul. Perdre son seul enfant devait être une douleur qui semblait ne jamais pouvoir être guérie.

— Qu'est-ce qui t'est arrivé ? demanda-t-il calmement.

Il n'y avait pas moyen que Kalee retourne sur cette voie. Pas maintenant, et probablement jamais avec son père. Elle lui donna la version courte.

— Les rebelles ont décidé qu'ils avaient besoin de plus de gens pour les aider à renverser le gouvernement. Mais je vais bien maintenant.

— Comment t'es-tu échappée ?

Kalee fronça les sourcils. Personne n'avait informé son père ?

— Un Navy SEAL nommé Phantom est venu me trouver et m'a ramenée à la maison.

— Phantom ? Sérieusement ?

Kalee hocha la tête.

— *Waouh.* Je n'en avais aucune idée. Est-ce que le reste de son équipe a aidé aussi ?

Kalee secoua sa tête.

— Ils l'ont envoyé tout seul ?

Kalee ne savait pas qui « ils » étaient, mais elle secoua quand même la tête.

— Ah, merde, pas étonnant que tout le monde soit si fermé à propos de tout.

Son père la regarda longuement, puis soupira.

— Je n'arrive pas à croire que tu sois vraiment là. Viens, on rentre à la maison.

— Heu... à mon appartement ? demanda Kalee.

Son père eut l'air confus pendant une seconde, puis la tristesse se glissa dans son regard.

— Non. Je suis désolé, chérie. On pensait que tu étais... partie. Piper m'a aidé à trier tes affaires, et la plupart ont été données à des associations caritatives. On a dû vider ton appartement, et j'ai vendu ta voiture.

Kalee secoua sa tête. C'est vrai. Phantom le lui avait dit, mais elle ne l'avait pas vraiment compris à l'époque. Elle avait eu de la chance : quand elle était partie pour le Corps des volontaires de la paix, son père avait proposé de continuer à payer son loyer jusqu'à son retour. Et il avait aussi payé sa voiture. Elle avait stupidement imaginé que sa vie ici était figée dans le temps, exactement comme elle était quand elle est partie. Et maintenant qu'elle comprenait qu'elle n'avait vraiment plus rien – pas de vêtements, pas de vaisselle, pas même une foutue serviette –, elle se sentait encore plus perturbée.

— Mais tu peux rester avec moi à la maison jusqu'à ce qu'on trouve une solution. Nous allons te trouver un nouvel appartement et une nouvelle voiture. Ne t'inquiète pas. Tu es à la maison et en vie, tout le reste ce n'est que du matériel.

Elle savait que son père avait raison, mais Kalee ne

pouvait s'empêcher de penser à toutes ses affaires qu'elle ne reverrait jamais. Elle avait quelques affaires que Piper avait gardées pour elle, des annuaires du lycée, des animaux en peluche qu'elle avait eus toute sa vie, mais il y avait tant de choses qui avaient disparu. La jolie petite robe noire qu'elle avait achetée mais qu'elle n'avait pas eu l'occasion de porter, la paire de tongs qu'elle avait enfin rodée et qui était parfaitement confortable, même l'oreiller qui était sur son lit. Elle aimait ce stupide oreiller et maintenant il n'était plus là. Elle sentit les larmes monter derrière ses yeux et se détourna de son père. Ce n'était pas sa faute. Il avait cru qu'elle était morte. Pourquoi aurait-il eu besoin du service de vaisselle qu'elle avait trouvé dans un vide-grenier et dont elle était tombée amoureuse ? Le bleu foncé avec les petites fleurs jaunes...

— C'est bon, Kalee, dit son père en mettant son bras autour de ses épaules.

Elle se raidit légèrement, mais fit de son mieux pour masquer sa réaction à son père. Il serait dévasté s'il savait à quel point de simples contacts lui donnaient la chair de poule.

Elle quitta la pièce avec lui, espérant contre toute attente qu'elle reverrait Phantom avant de partir.

Mais il n'était pas là. Toutes les portes qu'ils franchirent étaient fermées, et elle n'avait aucune idée d'où il pouvait se trouver.

Se sentant enfermée et accablée, Kalee se laissa guider hors du bâtiment pour plonger dans la lumière du soleil de San Diego. À chaque pas qu'elle faisait, elle se sentait redevenir la personne qu'elle était devenue au Timor oriental.

Effrayée, nerveuse, et toujours sur ses gardes.

*
**

— Je n'arrive pas à croire que tu sois allé au Timor oriental sans nous, dit Bubba d'un air dégoûté.

— Tu n'as rien appris pendant le programme de formation ? s'emporta Gumby. On est une équipe !

— Apparemment, il se prend pour Superman, lâcha Ace.

— Bordel de merde, Phantom, je savais que tu étais bouleversé par tout ça, mais je ne m'attendais pas à ce que tu fasses quelque chose d'aussi stupide que de désobéir à un ordre direct et de partir tout seul à la recherche de Kalee, dit Rocco en passant une main dans ses cheveux.

Rex se contenta de lui lancer un regard furieux du fond de la petite salle de conférence.

Phantom refusa de baisser les yeux. Son équipe était furieuse, comme il l'avait prévu. Il ne savait pas comment expliquer ce qu'il avait fait pour qu'ils comprennent, ou du moins qu'ils puissent l'accepter.

— Tu ne t'es pas seulement pénalisé toi-même, tu as pénalisé toute notre équipe, dit Gumby. Si on t'enlève ton habilitation, ils te retireront de l'équipe, et on devra trouver un remplaçant. Et aussi ennuyeux que tu sois, tu es une putain de bon SEAL.

C'était une des choses qui inquiétait le plus Phantom.

— Pourquoi tu ne nous as pas laissé t'aider ? demanda Rocco.

Phantom soupira.

— La dernière chose que je voulais faire était de risquer vos carrières. Vous avez tous des familles, des femmes qui s'effondreraient si quelque chose vous arrivait. Je n'ai personne.

— Va te faire foutre, cracha Rex, prenant la parole pour la première fois. Personne ? Merde, Phantom, tu nous as nous ! Et si tu penses une seule seconde qu'Avery ou l'une de nos femmes n'en aurait rien à faire si quelque chose t'arrivait, tu es un plus grand connard et un plus grand idiot que je ne le pensais... ce qui serait difficile parce que pour l'instant, je pense que tu es un connard assez colossal.

Phantom grimaça.

— Ce n'est pas que je ne pense pas qu'elles s'en soucient, mais c'est différent. Si je suis expédié à l'autre bout du pays pour travailler comme cuisinier sur un putain de cargo, il n'y a que moi dont je dois m'inquiéter. Vous avez tous des femmes qui sont bien ancrées dans leur vie ici à Riverton. Caite travaille pour le NCIS ; Piper vient d'avoir un *bébé*, et les enfants d'Ace aiment leurs écoles ; Gumby a sa maison sur la plage et Sidney a ses chiens. Merde, si vous deviez déménager, ce serait dévastateur. Mais moi ? dit Phantom, les mains tendues. Tout ce que j'ai, c'est un appartement de merde. Pas de famille, pas d'attaches.

En voyant que ses mots n'avaient pas l'effet désiré, il changea de tactique.

— De plus, je savais que trouver Kalee n'allait pas être difficile.

Il mentait, mais il le fit quand même.

— Je savais où elle était détenue et je savais qu'il serait beaucoup plus facile de se faufiler avec une seule personne. Si nous avions commencé à nous balader dans Dili, nous aurions été trop visibles, et les rebelles nous auraient repérés en un clin d'œ'il.

Rex souffla, puis se dirigea vers la porte. Il se retourna à la dernière minute et fixa Phantom avec un regard mortel.

— Tu es tellement plein de connerie qu'elle s'échappe de chacun de tes pores. Tu as merdé, Phantom. Tu as manqué de respect non seulement à nous, mais aussi à toute la communauté des SEAL avec tes actions de merde. Peut-être qu'on est mieux sans toi dans l'équipe après tout.

Et après avoir lâché cette grenade verbale, il poussa la porte de la salle de conférence et partit.

Phantom était furieux. Il bondit vers la porte, prêt à poursuivre Rex et à lui faire comprendre pourquoi il avait fait ce qu'il avait fait, mais Rocco et Gumby lui attrapèrent les bras.

— Calme-toi, Phantom, ordonna Rocco.

— Va te faire foutre ! dit-il, haletant. J'ai travaillé comme un fou pour gagner ce trident, et vous le savez tous !

— Rex est bouleversé, lui dit Gumby. Tu vas devoir le laisser tranquille.

— Non, dit Phantom sans hésitation. Je me fiche qu'il soit bouleversé, c'était bas.

Aucun des SEAL ne lâcha les bras de Phantom, qui se débattit quelques instants avant de prendre une profonde inspiration.

Rex et lui finiraient par se réconcilier. Si ce n'était pas maintenant, alors plus tard.

— Je vais bien. Lâche-moi, cracha Phantom.

Ses amis le regardèrent un moment, puis lâchèrent ses bras.

Phantom se tourna vers son équipe.

— Je suis désolé de vous avoir contrariés, leur dit-il. Mais je ne suis pas désolé pour ce que j'ai fait. Je savais ce que je faisais. Je savais que vous seriez tous énervés. Je savais que j'aurais des problèmes avec le commandant. Je savais que ce que je faisais était risqué. Mais il n'y avait pas moyen que je laisse Kalee là-bas. J'ai passé dix-huit ans de ma vie en enfer sans pouvoir en sortir. Personne n'était prêt à prendre des risques pour m'aider. Personne ne voulait risquer d'avoir des ennuis pour aider le gamin bizarre, distant et trop maigre que j'étais. Kalee n'avait aucune option. *Aucune.* Et le gouvernement n'était pas prêt à faire quoi que ce soit pour l'aider.

— Son père aurait pu engager un spécialiste de la sécurité privée pour aller la chercher, dit calmement Bubba.

— Oui ? Et ça aurait pris du temps. Temps que Kalee n'avait pas. Vous le savez tous aussi bien que moi. Mais ce n'est pas vous qui l'avez laissé tomber. C'était moi.

— Conneries, rétorqua Rocco. Nous sommes une équipe. On l'a tous laissé tomber.

Phantom secoua obstinément la tête.

— Non. J'apprécie que tu dises ça, mais c'était entièrement moi. C'est moi qui l'ai trouvée dans cette fosse, et c'est moi qui l'ai vue bouger, mais qui, pour une raison quelconque, ai bloqué cette vision. Je sais que tu ne comprends pas, mais je devais faire ce que j'ai fait.

— Tu aurais pu nous demander de l'aide, dit Gumby.

— Non, je ne pouvais pas

— Tu pensais que nous ne ferions pas tout ce que nous pourrions pour t'aider ? demanda Ace.

Phantom pressa ses lèvres l'une contre l'autre et prit une autre profonde inspiration.

— Je savais que vous auriez fait tout ce qui était possible pour m'aider, rétorqua-t-il. Et ça vous aurait *tout* coûté. Je vous aime trop pour vous faire ça. Si j'avais pensé que je n'aurais pas pu le faire tout seul, ou que nous ne serions pas découverts, je vous en aurais parlé sans hésiter. Mais je savais que j'allais me faire prendre. Je savais que ma carrière en souffrirait, et je n'allais pas vous faire ça à vous. Pas question, putain.

Le silence répondit à son explication, et Phantom espérait qu'ils avaient compris. Il n'était pas une personne très sensible, mais il détestait que ses amis soient en colère contre lui. Il comprenait pourquoi ils l'étaient, bien sûr, mais il n'avait pas menti ; s'il devait refaire les choses, il ne les aurait pas faites différemment.

— *Putain*, jura Gumby.

— Pourquoi il a fallu que tu ailles jouer les sauveurs ? demanda Rocco. Je ne suis pas près d'avoir fini d'être énervé contre toi.

— Tu as manqué la naissance de mon fils, murmura Ace.

— Je suis désolé, lui dit Phantom. Comment va Piper ?

— Elle va bien. Fatiguée, répondit Ace.

— Je suis sûr que Kalee sera ravie de le rencontrer. Comment s'appelle-t-il ?

— John. Je voulais un nom fort et *normal*.

Phantom n'était pas surpris. Le prénom de son ami, Beckett, était cool, mais il savait à quel point les enfants pouvaient être cruels pour l'avoir vécu, et il pensait qu'Ace avait eu sa part de taquineries aussi. Il hocha la tête.

— Je suis impatient de le voir. Il est aussi moche que toi ?

— Va te faire foutre, dit Ace avec un sourire froid. Il est parfait.

— Quand est prévue ton audience ? demanda Rocco.

Phantom soupira.

— Dans deux semaines. Je pense que le commandant veut que je stresse à ce sujet, c'est pourquoi ce n'est pas demain.

Rocco posa sa main sur l'épaule de Phantom.

— Je ne sais pas pour les autres, mais je suis toujours en colère contre toi. Cela ne veut pas dire que je ne vais pas faire tout ce que je peux pour te soutenir.

— Pareil, ajouta Gumby.

— Idem, dit Ace en même temps.

Bubba se contenta simplement de hocher la tête.

— Si tu as besoin de quoi que ce soit, tu n'as qu'à demander, dit Rocco.

— Il y a quelque chose, commença Phantom, ignorant le regard de surprise sur le visage de son ami.

Il n'avait jamais demandé de l'aide. *Jamais*. Mais pour Kalee, il le ferait. Il ferait n'importe quoi pour elle.

— Ace, je sais que Piper est probablement épuisée, mais je pense que ça ferait un bien fou à Kalee de voir par elle-même que son amie va si bien.

— D'accord, dit Ace. Et si on voyait Rani, Sinta et Kemala ? Tu crois qu'elle est prête à le faire ? Est-ce que ça lui ferait plus de mal ou de bien ?

— Bien, dit immédiatement Phantom. Je ne dis pas que ce ne sera pas difficile pour elle, mais je pense qu'elle a besoin de voir à quel point elles vont bien. En bonne santé, et comment elles se sont épanouies avec Piper et toi.

— Vendu.

— Merci.

Puis Phantom se tourna vers les autres.

— Gumby, peut-être que tu pourrais organiser un truc chez toi et inviter tout le monde pour que Kalee puisse les rencontrer ? Elle a besoin d'amis en ce moment, et je sais que Caite, Sidney, Zoey et Avery seront géniales et l'intégreront dans leur cercle d'amies.

— Bien sûr, dit Gumby. Je vais l'organiser pour le week-end prochain, si cela convient à tout le monde.

Phantom soupira de soulagement.

— C'est tout ? demanda Bubba. Et pour audience disciplinaire ? Que pouvons-nous faire pour t'aider ?

Phantom haussa les épaules.

— Ce qui est fait est fait. Peu importe ce que le vice-amiral décide comme sanction, ça me va. Je sais qu'il aura probablement besoin de faire de moi un exemple. On ne peut pas vraiment laisser des tueurs entraînés devenir des voyous.

Ses coéquipiers froncèrent les sourcils.

— C'est ridicule, dit Rocco. Je ne dis pas que je ne suis plus en colère contre toi pour nous avoir mis de côté, mais tu as bien fait, Phantom. Kalee Solberg est en vie et de retour auprès de son père grâce à toi. Tu as raison, si tu n'étais pas parti à sa recherche, elle serait toujours là-bas et souffrirait pour qui sait combien de temps encore. En tant que SEAL, on nous apprend à penser dans l'instant et à agir, sans hésiter. C'est ce que tu as fait.

Phantom haussa les épaules. Cela faisait du bien d'entendre les mots de son ami. Il n'était pas sûr de pouvoir réparer les dommages causés à leur équipe après ce qu'il avait fait, mais il avait l'impression que Rocco, au moins, travaillait déjà à lui pardonner.

— Tout ce que je veux, c'est que Kalee soit en sécurité et heureuse.

Il comprit qu'il en avait trop dit quand la tête de Bubba s'inclina pour l'étudier.

— Donc, tu as sauvé Kalee et ensuite passé deux semaines avec elle à Hawaï. Tu as quelque chose à nous dire, mon frère ?

— Non.

Phantom avait besoin que cette conversation prenne fin. La dernière chose dont Kalee avait besoin, c'était qu'une bande de SEAL instrusifs et leurs femmes la soumettent à un interrogatoire.

— Bien, nous n'irons pas sur ce terrain... pour l'instant, dit Bubba. Mais je dois juste dire une chose.

Phantom soupira en signe de résignation.

— Je ne pensais pas qu'il y avait un moyen pour que ça marche entre Zoey et moi. Nous avons été jetés ensemble dans les pires circonstances possibles. Mais nous nous sommes connectés là-bas dans la nature sauvage de l'Alaska. On a sympathisé. J'ai l'impression que tu es allé au Timor oriental en espérant sauver Kalee et passer à autre chose, mais quelque chose d'autre s'est produit.

Ace reprit là où son ami s'était arrêté :

— Si elle est ne serait-ce qu'à moitié aussi incroyable que Piper le dit, je ne serais pas surpris que tu sois attiré par elle. Il n'y a rien de mal à ça.

Phantom leva la main pour arrêter ses amis.

— Elle est retournée chez son père. Tout ce qui s'est passé à Hawaï, c'est que j'ai aidé une femme fragile à essayer de remettre sa vie en ordre.

Phantom ressentit un pincement au cœur. Kalee était tout sauf fragile.

Elle lui manquait avec une férocité qu'il n'avait jamais ressentie auparavant. C'était comme si une partie de lui avait été arrachée, et le vide laissé par son absence était troublant. Bon sang, cela ne faisait même pas une journée qu'ils étaient séparés, et pourtant il avait l'impression que cela faisait des semaines.

— *Hum-hum,* dit Bubba avec un sourire en coin.

— Si tu le dis, dit Rocco en souriant lui aussi.

Phantom avait terminé. Il n'était pas sûr de ce qu'il allait faire du reste de la journée, mais il n'allait pas rester là à écouter ses amis se moquer de lui. Il savait qu'il devait parler à Rex en tête-à-tête et essayer de lui faire comprendre les choix qu'il avait faits, mais Phantom était aussi assez intelligent pour lui laisser du temps.

Ils avaient vécu ensemble une expérience assez intense en Afghanistan, et si Rex était parti et avait fait ce que Phantom venait de faire, il aurait été furieux aussi.

Il se dirigea vers la porte, se demandant si peut-être, juste peut-être, il pourrait apercevoir Kalee avant de partir, et s'arrêta quand Rocco toucha son bras.

— Bon travail pour l'avoir trouvée, murmura-t-il. Elle a beaucoup de chance de t'avoir comme champion.

Phantom n'en était pas sûr, mais il se contenta de hocher la tête, ses pensées se tournant immédiatement vers Kalee. Où était-elle ? Comment les choses s'étaient-elles passées pour elle aujourd'hui ? Avait-elle eu du mal à raconter ce qui s'était passé ? Avait-elle replongé dans le mutisme ? Avait-elle retrouvé son père ?

Il avait tellement de questions, mais pas de réponses. Il voulait désespérément l'appeler, lui parler, mais il savait qu'il devait aussi *lui laisser* un peu d'espace. Elle avait besoin de se réhabituer à sa vie normale à Riverton. Elle avait dit qu'elle voulait continuer à le voir quand ils rentreraient en Californie, mais Phantom se demandait si c'était vraiment la meilleure chose pour elle. Si le voir lui rappellerait chaque jour d'où elle venait et de quoi il l'avait sauvée.

Et ça craignait.

Une heure et demie plus tard, Phantom gara sa voiture devant son immeuble et en sortit. Il attrapa autant de sacs de nourriture qu'il pouvait en porter en un seul voyage et monta les escaliers. Il s'était arrêté au supermarché en rentrant chez lui, car il n'avait pas grand-chose d'autre à manger que des boîtes de pâtes, des boîtes de fruits et du chili.

Il s'était mis à acheter les choses que Kalee aimait manger, y compris un pot géant de beurre de cacahuète et de chocolat noir à tremper. Cela n'avait aucun sens, parce qu'elle ne remettrait probablement plus jamais les pieds dans son appartement, mais il ne pouvait s'empêcher de se souvenir de son regard ravi lorsqu'elle avait mangé sa première bouchée de cette friandise à Hawaï. Si elle était à lui, il ferait tout ce qu'il faudrait pour garder ce regard de satisfaction et de bonheur sur son visage pour le reste de leur vie.

Il venait d'entrer et avait posé les sacs quand on frappa à sa porte. Espérant que c'était peut-être Rex qui venait s'excuser, il alla rapidement à sa porte et l'ouvrit.

Une femme qu'il n'avait jamais rencontrée auparavant se tenait là, tenant une boîte.

— Bonjour, une livraison de Cakes to Go pour vous, dit-elle avec un grand sourire.

Elle portait une chemise avec le nom de la boulangerie, et il y avait un grand logo de la société sur la boîte dans ses mains.

Phantom savait qu'il n'avait rien commandé, mais il tendit quand même la main pour prendre la boîte.

— Quelqu'un doit penser beaucoup de bien de vous, c'est l'un de nos gâteaux les plus chers. Et il est délicieux ! Passez une bonne journée, dit la femme d'un ton guilleret, puis elle se retourna et partit.

La seule personne qu'il pouvait imaginer lui commander un cadeau était Kalee. Curieux de savoir ce qu'elle avait envoyé pour lui, Phantom souleva le couvercle de la boîte, là, dans l'embrasure de sa porte.

En regardant à l'intérieur, il ne put s'empêcher de sourire.

Il n'y avait pas de mot, mais Phantom n'en avait pas besoin pour savoir que le cadeau venait de Kalee. À l'intérieur se trouvait un gâteau au chocolat miniature, le glaçage en parfaits tourbillons et volutes. Il avait l'eau à la bouche rien qu'en le regardant.

Il se souvenait d'une conversation qu'ils avaient eue à Hawaï, alors qu'ils parlaient de leurs plats préférés, et le sujet avait tourné autour des sucreries. Il avait admis qu'il n'avait jamais mangé de gâteau d'anniversaire de toute sa vie. Sa mère et sa tante n'auraient certainement pas dépensé d'argent pour en acheter un, et elles n'avaient jamais fêté son anniversaire. Il avait même dû découvrir la date en volant un jour son acte de naissance dans le classeur de sa mère.

Un sentiment de chaleur se répandit dans tout son corps. La journée avait probablement été très dure pour Kalee, et pourtant elle avait fait l'effort de penser à lui et de commander un petit gâteau dans une boulangerie voisine. C'était attentionné et gentil, tout comme elle.

Se déplaçant avec précaution pour ne pas faire tomber la pâtisserie, Phantom la transporta dans son appartement et la posa sur le comptoir près de l'évier.

Soudain, sa soirée à venir ne semblait plus aussi déprimante. Oui, il serait seul, mais il se sentait beaucoup mieux de savoir que Kalee pensait à lui.

Dans sa voiture, garée dans le fond du parking, Mona Saterfield observait Forest en souriant à travers les jumelles de son appareil photo numérique. Elle prit photo sur photo de son homme lorsqu'il ouvrit son cadeau. Son sourire était le meilleur cadeau de bienvenue qu'elle aurait pu demander.

Elle ne savait pas quoi lui offrir, mais elle pensait que tous les hommes aimaient le chocolat. Et il semblait qu'elle ait eu raison avec son cadeau. Elle se trémoussa sur son siège et, une fois que son homme disparut derrière la porte de son appartement après avoir récupéré un autre chargement de provisions dans sa voiture, elle ne put s'empêcher de glisser sa main sous sa ceinture.

En fermant les yeux, Mona imaginait Forest et elle partageant le gâteau au chocolat. Il l'étalerait sur sa poitrine et la lécherait. Puis elle ferait la même chose avec son sexe. En se léchant les lèvres, Mona accéléra le mouvement de sa main dans sa culotte. Ses tétons se mirent à picoter et elle ne tarda pas à trembler sur son siège à cause de l'orgasme massif qu'elle s'était provoqué.

Quand elle reprit ses esprits, elle saisit les jumelles.

Mince, ses rideaux étaient bien fermés, et elle ne pouvait pas voir ce qu'il faisait.

Cela n'avait pas d'importance. Il avait accepté son cadeau, et bientôt ils seraient à nouveau ensemble. Elle avait prouvé ces deux dernières semaines qu'elle pouvait supporter qu'il soit parti pour son travail. Une fois qu'il l'aurait compris, il serait submergé par la gratitude et le désir. Il lui demanderait pardon et ils se remettraient ensemble. Elle emménagerait avec lui, et serait enceinte de son bébé dès que possible.

Madame Mona Dalton.

Elle soupira de contentement. Cela semblait absolument parfait.

En posant les jumelles, Mona démarra sa voiture et rentra chez elle. Elle voulait imprimer les photos qu'elle avait prises et les agrandir pour pouvoir contempler son magnifique sourire toute la nuit.

— À bientôt, mon amour. Bientôt nous serons à nouveau ensemble.

CHAPITRE ONZE

Deux jours après être rentrée chez elle avec son père, Kalee pensait qu'elle allait devenir folle. Au lieu de se sentir de plus en plus à l'aise parce qu'elle était de retour en Californie, elle était plus perturbée et plus nerveuse qu'elle ne l'avait été juste après que Phantom l'eut amenée dans la maison de location à Hawaï.

Son père était incroyable. Il était si excité qu'il lui achetait de nouveaux vêtements et lui offrait tout ce qu'elle désirait. Mais après ce qu'elle avait vécu, Kalee n'appréciait plus les choses matérielles autant qu'avant. Elle ne se souciait pas vraiment d'avoir une armoire pleine de vêtements de marque, et se sentait plus à l'aise dans un short, un T-shirt et la casquette de baseball de Phantom.

Son père avait fait appel à une coiffeuse pour « faire quelque chose avec ses cheveux », et si Kalee devait admettre que la femme avait fait un travail incroyable en rattrapant sa coupe courte, cela n'avait pas amélioré son estime d'elle-même.

Ses longs cheveux lui manquaient.

Son appartement lui manquait.

Son indépendance lui manquait.

Mais elle ne savait pas comment dire à son père qu'il l'étouffait. Que l'énorme manoir dans lequel elle avait grandi la rendait ironiquement claustrophobe.

Kalee ne pouvait s'empêcher de penser à la petite maison de location à Hawaï. Pourquoi n'avait-elle pas eu cette impression d'enfermement dans cette maison ? Peut-être était-ce parce que Phantom et elle passaient beaucoup de temps assis sur la terrasse à profiter du soleil et à contempler l'immense étendue de l'océan.

Elle savait que ce n'était pas *vraiment* ça, cependant.

C'était à cause de Phantom lui-même. D'une certaine façon, il l'avait aidée à surmonter ses flashbacks. Elle n'avait plus l'impression de devenir folle quand elle se sentait observée. Sa seule présence suffisait à ce qu'elle se sente en sécurité, et malheureusement, ce n'était pas le cas dans l'immense maison de son père.

Ce qui était stupide. Elle *était* en sécurité. Il n'y avait pas de rebelles qui attendaient dans les coins, cachés dans les placards, attendant de bondir et de la forcer à venir avec eux. Mais elle ne pouvait pas maîtriser l'impression d'avoir des yeux sur elle à tout moment.

Prenant une profonde inspiration, Kalee tenta de se détendre. Piper serait là d'une minute à l'autre, et elle avait hâte de voir sa meilleure amie. Mais elle était aussi morte de peur. Elle ne *pensait pas que* Piper lui en voudrait de l'avoir mise dans cette situation au Timor oriental, mais une petite partie d'elle était quand même pétrifiée.

C'était l'idée de Kalee que Piper vienne lui rendre visite au Timor oriental. Elles avaient pensé que ce serait une grande aventure, et Piper n'avaient que peu d'occasions de sortir. Kalee était l'aventurière de leur duo. La plus extravertie. Du moins, elle l'était avant. Maintenant, elle était...

Kalee ne savait pas ce qu'elle était.

En entendant une voiture s'arrêter devant la maison, Kalee alla à la fenêtre et jeta un coup d'œil dehors.

Un homme assez grand sortit du siège conducteur d'une Denali et fit immédiatement le tour du côté passager. Il tint la porte ouverte pendant que Piper sortait.

Kalee inspira en voyant son amie. La dernière fois qu'elle l'avait vue, Piper était terrifiée et suppliait Kalee de rester avec elle dans l'espace caché sous le plancher de la cuisine.

Mais aujourd'hui, elle fixait cet homme avec un tel regard d'amour que Kalee en eut presque les larmes aux yeux. Ace, dont Kalee avait entendu parler par Phantom, lui rendait son regard au centuple. Leur histoire avait peut-être commencé par un mariage de convenance, mais il était évident qu'il s'était transformé en un mariage d'amour et de dévotion.

Ace dit quelque chose à Piper, et elle hocha la tête. La porte arrière du SUV s'ouvrit, et Kalee dut y regarder à deux fois avant de reconnaître Kemala. L'adolescente était silencieuse au Timor oriental, et se promenait généralement avec les épaules voûtées comme pour se cacher du monde.

Mais aujourd'hui, elle ressemblait à une adolescente américaine heureuse et en bonne santé. Elle portait un jean moulant et un débardeur. Ses cheveux étaient tirés en arrière en une tresse, et le sourire sur son visage était presque aveuglant. Elle tendit la main vers la banquette arrière et aida une petite fille à sortir. Rani. Kalee la regarda bavarder avec Kemala, sa mère et son père. Il n'y a pas si longtemps – probablement une éternité pour son jeune esprit –, Rani était silencieuse, ne voulant ou ne pouvant pas parler.

La troisième petite fille qui sortit du véhicule était Sinta. Elle ne l'avait pas très bien connue à l'orphelinat, mais il était évident que les trois filles étaient heureuses, en bonne santé et en pleine forme.

Les larmes jaillirent aux yeux de Kalee alors qu'Ace faisait le tour de l'autre côté de la voiture, où il avait disparu quelques instants plus tôt, avec un petit bébé dans les bras. Elle ne voyait pas le bébé, mais le simple fait de savoir que sa meilleure amie avait non seulement survécu à l'enfer dans lequel elle s'était retrouvée, mais aussi rencontré l'amour de sa vie et avait maintenant la famille qu'elle avait toujours désirée, lui donnait envie de s'effondrer en pleurs.

Peu importe ce que Kalee avait traversé, à ce moment-là, regarder son amie si manifestement heureuse en valait la peine.

Piper et sa famille se dirigèrent vers la porte d'entrée, et Kalee s'éloigna de la fenêtre. Elle avait tellement envie de voir Piper, mais elle était soudain nerveuse. Elle passa une main sur sa tête et s'inquiéta de ce qu'elle portait. Elle n'avait pas l'air d'être la même. Elle n'avait pas encore repris tout le poids qu'elle avait perdu, même si elle savait qu'elle avait l'air beaucoup plus en forme que lorsque Phantom l'avait trouvée.

Soudain, Kalee souhaita de tout son cœur que Phantom soit là. Elle ne s'était pas sentie aussi nerveuse quand elle avait rencontré ses amis SEAL à Hawaï, et c'était des hommes immenses. C'était *Piper*. Sa meilleure amie. Et pourtant, elle n'arrivait pas à se débarrasser de ce sentiment de panique qu'elle semblait porter comme un joug.

Elle entendit Sam – l'homme que son père avait engagé pour s'occuper de la maison et s'assurer qu'il prenait ses médicaments et mangeait correctement – ouvrir la porte d'entrée. Kalee se raidit lorsque les pas se rapprochèrent du salon, où elle attendait.

Puis Piper fut là.

Kalee retint son souffle et passa sa langue sur ses lèvres sans trop savoir quoi dire.

Mais elle n'aurait pas dû s'inquiéter. Piper traversa la pièce en trombe pour venir se placer juste en face d'elle. Mais au lieu de la prendre dans ses bras, Piper lui tendit les mains.

— Kalee.

Kalee attrapa les mains de son amie et les serra.

— Ace m'a dit que tu n'étais peut-être pas à l'aise avec le toucher en ce moment, alors je fais de mon mieux pour ne pas te bloquer, mais c'est vraiment, vraiment difficile, dit Piper, la voix chevrotante.

Désolée que son amie soit blessée, Kalee laissa tomber ses mains et la serra dans ses bras.

Soulagée qu'être aussi proche de Piper ne déclenche aucune mauvaise pensée, Kalee se détendit. Elle n'avait aucune idée du temps qu'elle et Piper passèrent à se serrer l'une contre l'autre. Elle sentit Piper pleurer contre elle et la serra encore plus fort.

Ce n'est que lorsque Kalee sentit qu'on tirait sur sa manche qu'elle lâcha prise.

Kemala se tenait là avec d'énormes yeux bruns.

— Kalee ? demanda-t-elle timidement.

Se raclant la gorge, Kalee hocha la tête.

— Oui, c'est moi.

L'adolescente fondit alors en larmes.

Surprise, Kalee tourna des yeux paniqués vers Piper, mais son amie sourit simplement et mit son bras autour de sa fille.

— C'est bon, mon amour. Elle va bien. Je te l'avais dit.

Kemala se déplaça lentement et passa ses bras autour de la taille de Kalee, la serrant si fort que cela lui faisait presque mal.

— Tu nous a sauvées, mes sœurs et moi. Tu as fait en

sorte que nous puissions être adoptées et avoir un papa et une maman. Je suis si heureuse que tu ailles bien !

Kalee sentit sa gorge se serrer une fois de plus, mais elle réussit à dire :

— Et je suis si heureuse que *tu ailles* bien. J'étais tellement inquiète pour vous, les filles.

Kemala leva les yeux vers elle.

— Tu t'es fait très mal ?

Kalee détestait que cette précieuse fille ait déjà appris les maux du monde, surtout ce dont des membres de son propre peuple étaient capables. Mais elle ne voulait pas mentir non plus. Alors elle hocha simplement la tête, puis dit :

— Mais je vais bien maintenant.

Elle hocha la tête et dit solennellement :

— Parce que Phantom t'a trouvée, tout comme papa Ace nous a trouvées.

Kalee ne put qu'acquiescer à nouveau.

Comme si c'était fini, Kemala prit une profonde inspiration et recula. Sinta vint ensuite et embrassa brièvement Kalee. Rani fit de même, mais Kalee voyait que les petites filles ne la reconnaissaient pas vraiment. Il était évident qu'elles étaient passées à autre chose, et cela convenait à Kalee.

Puis il fut temps de rencontrer le mari de Piper. Se ressaisissant, Kalee se tourna vers lui. Mais il ne se rapprocha pas, il hocha simplement la tête.

— C'est un plaisir de te rencontrer, Kalee. Tu ne sauras jamais *à quel point*.

Elle sourit avec amertume.

— Je crois que j'ai une petite idée.

Ace ricana. Kalee voyait pourquoi son amie était attirée par lui. Il était rudement beau, avec une barbe comme celle de Phantom, mais ses cheveux étaient plus courts et il n'était pas aussi grand.

Il ne faisait pas battre son cœur comme le faisait Phantom.

Kalee se gronda mentalement. Elle devait arrêter de penser à lui. Il l'avait sauvée, il avait fait son travail. C'est tout. Oui, ils avaient tous les deux dit qu'ils voulaient passer du temps ensemble quand ils retourneraient en Californie, mais maintenant qu'ils étaient réellement ici, il se sentait gêné de l'appeler pour discuter.

Elle avait tapé d'innombrables textos ces deux derniers jours, car elle avait envie de le contacter. Elle se demanda comment il allait. Si son commandant lui avait crié dessus... et s'il avait maintenant des doutes sur ce qu'il avait fait.

Mais ce qu'elle voulait vraiment savoir, c'était s'il avait pensé à elle. Si elle lui manquait. Parce qu'il lui manquait terriblement. Elle avait l'impression qu'il lui manquait une partie d'elle-même. Cela devait être le résultat du fait qu'il était son sauveur, mais le sentiment était là tout de même.

Cela ne faisait que deux jours, et Kalee espérait qu'avec le temps, cela s'estomperait... mais pour l'instant, à chaque minute qui passait sans qu'elle ne lui parle ou ne le voie, elle se sentait de plus en plus à la dérive et mal à l'aise.

— Tu veux le tenir ? demanda Piper en prenant son bébé à Ace.

Kalee acquiesça, les mains tremblantes. Elle prit délicatement l'enfant endormi des bras de Piper et le regarda. Son nez était minuscule et sa poitrine bougeait de haut en bas en dormant.

— Il s'appelle John. Si c'était une fille, son nom aurait été Kaylee... avec un Y. Tu ne pourras jamais être remplacée, mais elle aurait été ton homonyme. C'est grâce à toi que j'ai rencontré Ace, et que j'ai la merveilleuse famille que j'ai.

Kalee essaya de ne pas pleurer, mais une larme coula

quand même de son œil. Elle atterrit sur la joue de John, qui remua dans ses bras. Ses yeux s'ouvrirent, et quand il vit un visage inconnu qui le fixait, il ouvrit la bouche et laissa échapper un gémissement déchirant.

Et en un éclair, Kalee fut de retour au Timor oriental.

Retour à la forêt où elle avait refusé d'aller avec le rebelle, et où il avait tué la mère adolescente. Son bébé criait sur sa poitrine après qu'elle fut tombée au sol. Il avait croisé son regard quand le rebelle avait levé son fusil et placé contre son petit front.

Kalee ferma les yeux et tendit le petit John à l'aveugle, morte de peur de le laisser tomber dans la brume de son flashback. À la seconde où elle sentit qu'on le soulevait de ses bras, elle recula jusqu'à heurter un mur, se laissa tomber sur les fesses et ramena ses genoux contre sa poitrine. Elle s'accrocha et essaya de respirer.

— Kalee ?!

— Pousse-toi, Piper, laisse-moi lui parler une seconde. Tu pourrais emmener les filles voir Pap ?

Kalee aurait souri en entendant son père être appelé Pap, mais elle ne pouvait pas happer assez d'air pour émettre autre chose qu'une respiration sifflante.

— Kalee ? C'est Ace. Est-ce que tu m'entends ? Tu vas bien.

Elle l'entendait, mais elle serra ses genoux plus fort. Elle avait l'impression qu'elle allait se disperser en mille morceaux. Quelque chose bruissa devant elle, lui rappelant le bruit des feuilles dans la jungle lorsque le vent les traverse.

— Hey, c'est Ace. J'ai besoin de toi, mec.

Kalee fronça les sourcils dans la confusion. Elle entendit les mots d'Ace, mais ils n'avaient aucun sens.

— Piper et moi sommes chez Kalee. Elle a un flashback

ou quelque chose comme ça. Oui, je vais te FaceTime pour qu'elle puisse te voir. OK, reste en ligne.

— Kalee ?

À la seconde où Kalee entendit la voix de Phantom, elle gémit.

— Regarde-moi. Relève ta tête et regarde-moi, ordonna Phantom.

Ayant désespérément envie de le voir, Kalee fit ce qu'il disait. Ace s'accroupit à côté d'elle. Elle frissonnait à cause de sa proximité, mais comme il tenait son téléphone, et qu'elle avait besoin de Phantom, elle ne se plaignit pas.

— C'est ça. Cela fait trop longtemps que je n'ai pas vu ces jolis yeux verts, dit Phantom en souriant. Tu respires trop vite. Regarde-moi, respire avec moi. Inspire par le nez, retiens ta respiration... bien... maintenant expire lentement. Parfait. Encore.

Kalee fit ce qu'il demandait, et bientôt elle commença à se sentir mieux. Elle avait le sentiment que ce n'était pas parce qu'elle avait ralenti sa respiration, mais parce qu'elle voyait Phantom.

— Parle-moi, mon trésor. Dis-moi ce qui s'est passé.

— J'ai eu un flashback.

— J'ai compris. De quoi ?

Elle ne voulait pas lui dire.

— Elle tenait John dans ses bras quand c'est arrivé, dit Ace.

Kalee quitta le téléphone des yeux assez longtemps pour jeter un coup d'œil à Ace avant de regarder à nouveau Phantom.

— Kalee ? J'ai lu la transcription de ce que tu as dit aux enquêteurs de la marine.

Elle ferma les yeux et sentit sa poitrine se resserrer à nouveau.

— Non, ne panique pas. Regarde-moi.

Elle le fit. Et elle jura avoir vu de l'amour dans ses yeux... mais ça ne pouvait pas être vrai.

— Il fallait que je sache, et je voulais t'épargner le calvaire d'avoir à tout raconter à nouveau. Tu pensais à la fois où tu as essayé de t'échapper, n'est-ce pas ? John t'a-t-il rappelé le bébé de cette fille ?

Bien sûr, Phantom savait exactement ce qui l'avait mise dans cet état. Il semblait être capable de lire dans ses pensées quand ils étaient à Hawaï, alors pourquoi ne serait-il pas capable de faire la même chose maintenant ?

— Ils sont si petits et vulnérables, n'est-ce pas ? demanda Phantom.

Kalee hocha la tête.

— Je l'ai rencontré hier, et je te jure que j'ai cru que j'allais le briser simplement en le tenant. Tu l'as déjà vu sourire ? J'ai dit à Ace qu'il allait avoir des problèmes quand son enfant serait plus grand, parce que cette fossette sur sa joue va être un aimant pour les filles.

Kalee déglutit et prit une profonde inspiration. Ses doigts se détendirent un peu sur ses jambes.

— Et attends de voir à quel point Kemala, Sinta, et même Rani sont protectrices avec lui. Dès qu'il bouge dans son berceau, elles rôdent, voulant savoir si elles peuvent le nourrir ou changer sa couche. Il va être tellement gâté. Ace est vraiment fichu.

Kalee savait ce que Phantom faisait. Il la distrayait. Et ça marchait. Il avait fait la même chose à Hawaï : parler sans arrêt de choses sans importance jusqu'à ce qu'elle puisse se ressaisir.

Pour la première fois, elle se concentra sur autre chose que ses yeux, et elle vit que l'arrière-plan derrière lui bougeait.

— Où es-tu ? demanda-t-elle.

— Je viens te voir, dit Phantom sans hésiter.

Kalee fronça les sourcils et leva les yeux vers Ace. Elle fit un geste de la tête vers son téléphone, et il hocha la tête, lui permettant de le lui prendre. À la seconde où elle l'eut en main, Ace se leva et recula, mais il ne partit pas. Apparemment, Phantom n'était pas le seul à avoir un côté protecteur. Elle adorait ça pour Piper.

— C'est illégal de conduire en téléphonant, dit-elle.

— Je sais.

Kalee fronça les sourcils.

— Tu pourrais avoir des problèmes.

Phantom eut un petit rire.

— Oui, trésor, je pense que j'ai compris. Mais tu devrais comprendre maintenant que je n'en ai rien à faire. Tu as besoin de moi, je suis là, peu importe qui me dit que je ne peux pas, ou ne devrais pas, ou que je le regretterai.

Ses mots s'infiltrèrent dans son âme, et Kalee fondit.

— Phantom...

— Tu vas bien maintenant ? demanda-t-il, sans la laisser pleurer.

Elle hocha la tête.

— Est-ce que ça ira pour les quinze prochaines minutes jusqu'à ce que je puisse te rejoindre ?

Elle hocha encore la tête.

— J'ai juste... ça m'a frappée sans crier gare. Je vais bien. Tu n'as pas besoin de venir.

Pour la première fois, Phantom avait l'air mal à l'aise.

— Kalee, j'ai passé les dernières quarante-sept heures et demie à m'inquiéter pour toi. Tu m'as manqué. J'ai lu ton récit de ce qui s'est passé et j'ai dû me forcer à ne pas t'appeler ou venir te voir immédiatement. Je sais que je te rappelle probablement toutes sortes de mauvais souvenirs, mais j'ai *besoin* de te voir, de m'assurer que tu vas bien.

— Tu ne ramènes pas de mauvais souvenirs, lui dit-elle.

Il avait l'air sceptique.

Kalee leva un regard nerveux vers Ace. Il comprit l'allusion et dit :

— Je vais aller chercher ma femme.

Il s'éclipsa de la pièce, la laissant seule, assise sur le sol contre le mur.

Lentement, Kalee se força à se lever et alla s'asseoir sur le canapé voisin.

— Avec toi je me sens en sécurité, dit-elle à Phantom. Je sais que les rebelles ne vont pas se montrer ici et m'enlever, mais je sens toujours des yeux sur moi et je me demande s'ils vont surgir au coin de la rue et me faire du mal. Pas une seule fois je n'ai ressenti cela quand j'étais avec toi. Même lorsque nous étions encore à Dili, et que je devais me mettre nue et prendre une douche, je ne m'inquiétais pas. Parce que je savais que tu te tenais juste derrière la porte, et que tu tuerais quiconque essaierait de m'atteindre. Je ne peux pas l'expliquer, Phantom, mais quand je suis avec toi, je me sens plus comme la Kalee que j'étais, pas comme la pauvre victime d'un enlèvement.

— Tu *n'es pas* une victime, dit Phantom d'un ton catégorique. Tu es une survivante. Une guerrière.

Les épaules de Kalee se détendirent encore plus, et elle sourit.

— Je pense que tu es la seule personne qui me voit de cette façon. Mon père me regarde comme si j'allais me mettre à hurler d'une seconde à l'autre. Ce qui est ironique, puisque c'est *lui qui* a fait une dépression nerveuse.

Elle vit son regard se tourner vers la route devant lui puis revenir vers elle, et elle comprit que ce qu'il faisait était en fait très dangereux.

— Je vais raccrocher maintenant. Tu dois regarder la route.

— Je suis un Navy SEAL, chérie. Tu crois que je ne peux pas conduire et te parler en même temps ?

Elle leva les yeux au ciel.

— Tu es un SEAL, pas invincible. Et je ne pourrai pas t'embrasser si tu blessé et hospitalisé, dit-elle sur un ton moqueur.

Elle aurait dû être embarrassée par sa déclaration, mais au lieu de cela, elle se sentait bien de le taquiner. Et elle réalisa qu'elle voulait *vraiment* ce baiser.

— Tu veux m'embrasser ? murmura-t-il.

— Oui, répondit-elle simplement.

Il souffla un peu.

— Super, maintenant je conduis en bandant *et* j'enfreins la loi en parlant au téléphone.

Elle gloussa.

— Tu vas vraiment bien maintenant, Kalee ? demanda-t-il.

— Je vais bien, dit-elle pour le rassurer.

— Bien. Je serai bientôt là.

— Je suis impatiente.

— À tout de suite.

— À tout de suite.

Kalee raccrocha le téléphone et prit une profonde inspiration. Elle ne devrait pas être surprise que Phantom ait immédiatement entrepris de la rejoindre dès qu'il avait réalisé qu'elle avait un flashback, mais elle l'était quand même. Il n'avait pas dit bonjour, au revoir, ou va au diable depuis qu'ils étaient arrivés en Californie. Elle avait pensé que ça voulait dire qu'il était soulagé d'en avoir fini avec elle.

Mais il avait probablement pensé la même chose, parce qu'elle ne *lui* avait pas fait signe Quelle idiote.

Elle prit son propre téléphone dans sa poche arrière et l'alluma. Elle regarda le message qu'elle avait tapé hier soir mais qu'elle n'avait pas osé lui envoyer, puis elle en ajouta un autre à la fin avant d'appuyer sur envoyer.

Kalee remit son téléphone dans la poche, serra fermement celui d'Ace, et partit chercher sa meilleure amie. Soudain, tout ce qui concernait cette visite semblait plus facile avec l'arrivée imminente de Phantom. Elle aurait été inquiète de ce qui venait de se passer, mais savoir que Phantom la considérait comme une survivante et non comme une victime rendait ses craintes et ses inquiétudes moins effrayantes.

Phantom n'avait jamais été aussi paniqué que lorsqu'il réalisa ce qui arrivait à Kalee. Il était reconnaissant à Ace de l'avoir appelé. Il se rua hors de son appartement et sauta dans sa voiture. Kalee n'avait pas tort, il violait au moins une demi-douzaine de lois en essayant de la rejoindre aussi vite que possible, mais il s'en fichait.

Alors qu'il était presque arrivé à la maison du père de Kalee, son téléphone vibra avec un texto. Il gara sa vieille Honda derrière la Denali d'Ace et coupa le moteur. Puis il lut le texto qu'il venait de recevoir.

Kalee : Je suis allongée dans mon lit, effrayée. Je n'ai aucune raison de l'être. L'alarme de la maison est allumée et je sais que ces ordures de rebelles ne savent pas où je suis, mais j'ai peur des rêves que je sais que je vais faire. Tu sais quoi ? Quand j'étais à Hawaï avec toi, je n'ai pas eu un seul cauchemar. Je ne sais pas pourquoi. Je commence à penser que c'était toi, Phantom. Qu'est-ce qui fait que tu chassais mes démons ?

(Phantom, j'ai tapé ce texte hier soir avec la ferme intention de le supprimer, comme je l'ai fait avec les 423 autres textos que j'ai tapés. Je pensais que c'était pour être poli quand tu m'as dit de rester en contact. Je prends le risque d'envoyer ce message et je prie pour ne pas me ridiculiser. Tu m'as manqué, Phantom. Je sais que ça ne fait que deux jours, mais j'ai l'impression que ça fait un an. À bientôt).

À cet instant, Phantom sut qu'il allait faire tout ce qu'il fallait pour la garder.

Il en avait assez d'essayer de rester à l'écart. Aussi longtemps qu'elle le voudrait, il serait *à elle.*

Même s'il savait qu'il la verrait dans moins de trente secondes, Phantom devait répondre. C'était la femme la plus courageuse qu'il ait jamais rencontrée. Et il voulait qu'elle le sache.

Phantom : J'ai décroché mon téléphone *467* fois pour t'appeler. Pour voir comment tu allais. Pour m'assurer que tu te portais bien. Et je me suis dégonflé chaque fois. Je me suis dit que tu étais soulagée d'être rentrée chez toi et que tu ne voulais pas qu'on te rappelle ce que tu avais vécu. C'est de ma faute. C'est fini. Tu m'as manqué aussi, mon trésor.

Puis il appuya sur « envoyer », sortit de sa voiture et se dirigea vers la porte d'entrée. Il frappa et attendit impatiemment qu'elle s'ouvre. Il serait bien entré, mais une partie de lui ne voulait pas énerver son père. Bien sûr, ils se connaissaient, mais quand même.

À la seconde où la porte s'ouvrit, il jeta un coup d'œil au-delà de l'homme plus âgé qui avait ouvert et vit Kalee qui se tenait dans l'embrasure de la porte à droite. Elle remettait son téléphone dans sa poche et souriait.

Sans hésiter, il passa devant l'autre homme, la prit dans ses bras et soupira à l'idée de rentrer chez lui. Elle se blottit contre lui, et il l'entendit inspirer profondément en enfouissant son nez dans le creux de son cou.

— Est-ce que tu me sens ? demanda-t-il à voix basse, amusé.

— Oui. Je ne sais pas pourquoi, mais ton savon n'a pas la même odeur sur toi qu'à la sortie du flacon. Je pense que je l'associerai toujours à la sécurité.

Phantom se jura sur-le-champ de ne plus jamais changer de savon. En fait, il rentrerait chez lui ce soir et le commanderait en gros juste au cas où il ne serait plus fabriqué.

Il s'éloigna et mit ses mains de chaque côté de sa tête, la maintenant immobile. Il promena son regard évaluateur de haut en bas sur son corps, s'attardant sur ses cheveux.

— Tu les as coiffés, dit-il après un moment.

— Réparés, tu veux dire, dit-elle avec un sourire d'auto-dérision.

— Non. Tu étais parfaite comme tu étais, répondit-il. Ça veut dire que je peux récupérer ma casquette maintenant ? demanda-t-il avec un sourire.

— Aucune chance, rétorqua-t-elle.

— Mon Dieu, tu m'as manqué, murmura Phantom une seconde avant de laisser tomber lentement ses lèvres vers les siennes.

Cela faisait bien trop longtemps qu'il ne l'avait pas embrassée, mais il ne savait pas non plus quels étaient ses sentiments.

Il n'avait pas besoin de s'inquiéter. Elle se pencha pour le rejoindre à mi-chemin, et à la seconde où leurs lèvres se mélangèrent, il s'installa. C'était là qu'était sa place. Dans ses bras.

Toujours conscient de son environnement, Phantom ne se permit pas d'approfondir le baiser. Il lui lécha les lèvres et la mordilla un peu, mais ne transforma pas leurs retrouvailles en un spectacle pornographique. Il savait qu'Ace et sa famille se tenaient de l'autre côté de l'entrée et regardaient, sans parler de Paul Solberg. Cela ne le dérangeait pas d'assumer leur relation, de s'assurer que tout le monde était bien conscient de la façon dont les choses se passaient entre lui et Kalee, mais il ne voulait pas l'embarrasser.

Quand il sentit une de ses mains se glisser sous le devant de son T-shirt, il sut qu'il devait les retenir tous les deux. Il se retira et embrassa le front de Kalee.

— Tu vas bien après tout à l'heure ? demanda-t-il.

Elle hocha la tête.

— John m'a juste rappelé tellement de... tu sais.

— Je sais. Ça va devenir plus facile, lui dit-il.

— Promis ?

— Oui, fit-il sans l'ombre d'un doute. Quand j'ai quitté la maison de ma mère, je sursautais chaque fois que j'entendais une femme élever la voix. Tout ce que je pouvais imaginer, c'était elle ou ma tante me criant dessus. Me disant que je ne valais rien et que je n'arriverais jamais à rien.

Phantom aimait le regard plein de fureur qui traversait le visage de Kalee. Pour *lui*.

— C'est une garce. Ce sont *toutes les deux des* garces.

— Oui, acquiesça Phantom. Mais ce que je veux dire, c'est que ça s'est estompé.

— Et tu es un sacré bonhomme, dit Kalee.

— Je suis heureux que tu le penses.

Elle leva les yeux au ciel.

— Tout le monde le pense, insista-t-elle.

Phantom haussa les épaules.

— Je ne suis pas le type même du héros, déclara-t-il. Et je suis d'accord avec ça. J'ai énervé beaucoup de gens et je vais probablement continuer à le faire. Mais tant que tu continueras à me regarder comme tu le fais en ce moment, je n'en ai rien à foutre.

— Phantom, c'est bon de vous revoir, dit Paul Solberg derrière lui.

Ne se sentant pas du tout gêné d'embrasser sa fille devant lui, Phantom se tourna, gardant son bras autour de la taille de Kalee.

Il fit un signe de tête à Paul, mais ne lui rendit pas la politesse. Son père n'était pas sa personne préférée, surtout après qu'il eut kidnappé la petite Rani. Mais il avait fait ce qu'il fallait, ne lui avait pas fait de mal et l'avait libérée. Puis il s'était rendu dans un hôpital psychiatrique pour obtenir l'aide dont il avait besoin. Il avait fait tout son possible pour expier ses actes. Le fait que Rani l'appelle son grand-père et qu'elle n'ait absolument pas peur de lui avait largement contribué à faire pardonner ses actes à Phantom... mais il n'oublierait jamais.

Bien qu'il ait réalisé que maintenant, il devait changer d'avis. C'était le père de Kalee. Il était évident qu'ils s'aimaient beaucoup, et Phantom ne ferait rien pour se mettre entre eux.

Prenant une profonde inspiration, il tendit une main à Paul pour qu'il la serre.

L'homme plus âgé eut l'air surpris, mais n'hésita pas à lui tendre la main. Ils se serrèrent la main et se regardèrent pendant un long moment, la compréhension et l'acceptation mutuelle s'installant peu à peu.

— Merci d'avoir trouvé Kalee, dit doucement Paul.

Phantom hocha la tête. Il n'avait pas envie de parler de ça maintenant. Il ne voulait pas d'un long discours de remerciement de la part de Paul. Il voulait s'assurer que tout allait bien entre Kalee et sa meilleure amie, et ensuite savoir où ils allaient ensuite.

Paul se tourna vers la petite fille dans ses bras.

— Est-ce que quelqu'un a faim ? J'ai pris un traiteur pour le déjeuner, et il y a plus de nourriture dans la cuisine que je ne pourrai en manger en un an.

— Tacos ! s'exclama Rani, puis elle se tortilla pour qu'on la laisse descendre.

Paul se pencha sur elle pour la mettre sur ses pieds, et elle et ses deux sœurs aînées se ruèrent vers la cuisine, hurlant à pleins poumons à la perspective de déguster leur plat préféré.

Ace se tenait derrière Paul, avec Piper sous un bras et son fils dans l'autre.

— Tu vas bien ? demanda-t-il à Kalee.

Elle acquiesça.

— Merci. Je suis désolée pour...

— Non, l'interrompit Ace. Tu n'as pas le droit de t'excuser pour ce que tu ressens et pour ce qui est arrivé.

Kalee ne put s'empêcher de glousser. Elle n'aurait pas été capable de le faire si Phantom n'était pas à ses côtés.

— Il est un peu autoritaire, chuchota Piper, mais c'est plutôt pratique de l'avoir dans le coin.

Kalee prit une profonde inspiration et se libéra de l'emprise de Phantom, marchant vers Piper.

— Ton fils est parfait. Tes filles sont incroyables. Et je suis tellement heureuse de te voir.

Phantom vit des larmes dans les yeux de Piper.

— Je n'arrive toujours pas à croire que tu es là. Que tu vas bien.

— Je ne suis pas encore tout à fait au point, mais j'y travaille.

Piper jeta un coup d'œil à Phantom, puis revint à Kalee.

— Tu sais, à une époque, je pensais que Phantom ne

m'aimait pas beaucoup, mais maintenant je sais que c'était parce qu'il était si inquiet pour *toi*. Aucun de nous ne savait pourquoi, pas même lui, mais je suis si heureuse qu'il soit retourné te chercher.

— Moi aussi, dit Kalee en regardant Phantom par-dessus son épaule.

Elles entendirent un bruit venant de la cuisine, et Piper grimaça.

— On dirait que notre moment de tranquillité est terminé. Je devrais aller voir dans quel pétrin elles se mettent. Tu sais, quand on les a adoptées, je pensais qu'elles étaient douces et timides. On ne peut plus le penser en les regardant ou en les écoutant maintenant.

— Et tu en aimes chaque seconde, dit Ace en se penchant et en embrassant le sommet de la tête de sa femme. Vas-y, on te suit.

Phantom reprit sa place aux côtés de Kalee alors qu'ils se dirigeaient tous vers la cuisine. Il n'avait aucune idée de ce qui allait se passer à son audience deux semaines plus tard, mais il était plus déterminé que jamais à inclure Kalee dans ses plans d'avenir.

CHAPITRE DOUZE

Quelques heures plus tard, après le départ de Piper et sa famille, et après le dîner avec son père et Phantom, ils étaient assis dans la salle multimédia à regarder une émission sur un bombardier de la Seconde Guerre mondiale, quand elle prit une profonde inspiration et dit ce qu'elle pensait depuis qu'elle avait vu le visage de Phantom sur le téléphone de son ami.

— Papa, je t'aime... mais je ne peux pas rester ici.

Il éteignit la télévision et se tourna vers elle.

— J'avais peur que tu dises ça tôt ou tard.

Kalee était surprise.

— Tu le savais ?

— Oui. Même si je veux te considérer comme mon bébé, tu es une adulte qui a pris l'habitude de faire ce qu'elle veut, quand elle veut. Tu n'as pas besoin que je te demande comment tu vas, où tu vas, ou quels sont tes plans toutes les deux minutes, comme je sais que je l'ai fait.

— Tu n'as pas été si mauvais, dit Kalee.

Il ricana.

— Si, mais c'est seulement parce que je suis tellement reconnaissant que tu sois là.

Kalee sentit la main de Phantom serrer la sienne. Ils passèrent la soirée main dans la main, et c'était incroyable.

— Ce n'est pas que je n'apprécie pas que tu t'occupes de moi, c'est juste que...

Sa voix s'étrangla.

— Tu te sens étouffée, dit doucement son père. Ce n'est pas ta maison, tu ne te sens pas à l'aise ici, et tu dois découvrir qui est la nouvelle Kalee sans que ton vieux père te surveille.

Kalee sourit à son père.

— Je t'aime.

— Et je t'aime. Tu ne sauras jamais à quel point. Ce n'est pas un secret que je me suis effondré quand j'ai cru que tu étais partie. Mais j'ai beaucoup appris depuis. J'ai appris à ne jamais rien tenir pour acquis et à vivre chaque jour comme si c'était le dernier. Quand les voix dans ma tête ont pris le dessus, c'était la chose la plus effrayante que j'aie jamais vécue. Je savais que ce qu'elles disaient n'était pas vrai, mais je me suis laissé entraîner à les croire quand même. Tout ce que je veux, Kalee, tout ce que j'ai toujours voulu, c'est que tu sois heureuse. Et si tu n'es pas heureuse ici, alors tu dois aller quelque part où tu le seras.

— Merci, papa.

— Tu n'as pas à me remercier pour ça, dit-il en secouant légèrement la tête. Mais tu dois me promettre de rester en contact.

— Je le ferai.

— Tous les jours, reprit-il, l'air grave, mais Kalee voyait le scintillement des larmes dans ses yeux.

— Ce ne sera pas difficile, lui assura-t-elle.

Paul Solberg s'éclaircit la gorge et demanda :

— As-tu un plan ? Je sais que nous n'en avons pas beaucoup parlé, mais j'ai ouvert un compte à ton nom.

Il leva une main pour prévenir ses protestations.

— Je sais, je sais, mais la dernière chose que je veux, c'est que tu prennes un emploi au salaire minimum qui te permettra à peine de vivre décemment. Je veux que tu puisses te détendre et prendre ton temps pour décider de ce que tu veux faire de ta vie. J'ai plus d'argent que je ne pourrai jamais en dépenser... et il sera à toi un jour de toute façon. Je préfère te voir l'utiliser maintenant, quand tu en auras vraiment besoin, plutôt que de le voir dormir sur mon compte en banque à ramasser de la poussière.

Kalee leva les yeux au ciel.

— Je ne pense pas que la poussière soit ce qu'il ramasse, dit-elle sèchement.

— Tu sais ce que je veux dire. Je sais que tu ne veux pas de cet argent, mais s'il te plaît, prends-le. Utilise-le pour un apport sur un appartement... achète tout le bâtiment si tu veux. J'ai juste besoin de savoir que tu es en sécurité.

— Elle sera en sécurité, promit Phantom.

Kalee lui lança un regard.

— Elle peut rester avec moi jusqu'à ce qu'elle trouve un appartement dans lequel elle se sent non seulement en sécurité, mais qui convient à son état d'esprit actuel.

Ses mots étaient destinés à son père, mais il ne détourna pas son regard de Kalee.

— Je m'installe à l'hôtel, suggéra Kalee.

Phantom serra ses lèvres et secoua la tête.

— Pas question.

Il était autoritaire et outrepassait ses limites, mais Kalee ne pouvait pas vraiment se résoudre à s'en formaliser. Quand elle avait paniqué, et qu'Ace l'avait appelé, il était venu la chercher sans hésiter.

Ils s'étaient liés à Hawaï. Peut-être qu'elle était simplement reconnaissante qu'il soit venu à son secours, et qu'il se sentait coupable de ne pas s'être rendu compte qu'elle était en vie avant qu'il ne soit trop tard pour lui éviter de vivre l'enfer. Mais au fond, Kalee savait que c'était plus que ça. Le simple fait d'être près suffisait à ce qu'elle retrouve son calme intérieur. Elle n'avait pas besoin d'être hyper consciente de chaque petite chose qui se passait autour d'elle. C'était apaisant.

De plus, comme elle lui disait dans son message, il lui manquait. Et il disait qu'elle lui manquait aussi. Est-ce qu'un Navy SEAL dur à cuire dirait ça à quelqu'un avec qui il ne veut pas passer du temps ? Peut-être. Mais pas Phantom. Elle en était intimement convaincue. Il ne se moquait pas des sentiments des gens. Il disait ce qu'il pensait et pensait ce qu'il disait.

Il lui serra la main.

— Kalee ? Tu restes avec moi jusqu'à ce qu'on trouve un appartement où tu te sentes bien et en sécurité.

Ce n'était pas une question.

Kalee leva les yeux et sourit.

— Très bien.

Elle se retourna vers son père, et vit qu'il la regardait tendrement. Elle pensait qu'il serait peut-être contrarié par la déclaration de Phantom. Mais au contraire, il avait l'air soulagé.

— Il se fait tard, dit-il. Pourquoi n'irais-tu pas à l'étage pour préparer quelques affaires. Phantom et moi t'attendrons en bas.

Elle n'était pas sûre que ce soit une bonne idée de laisser son père et Phantom seuls, mais elle hocha la tête et se leva quand même. Phantom était un adulte, et si son père voulait être protecteur, c'était son droit en tant que père.

Elle n'avait pas grand-chose à emporter, mais suffisamment pour remplir la valise jaune vif que Phantom lui avait achetée à Hawaï. Tout ce qui ne rentrait pas serait en sécurité ici jusqu'à ce qu'elle puisse s'arranger pour le récupérer. Elle n'avait rien d'autre que des vêtements et des articles de toilette.

Elle sortit de la salle multimédia avec Phantom et son père sur ses talons. La main de Phantom se posait légèrement sur le bas de son dos, et une fois de plus, elle s'émerveilla du fait que cela ne la faisait pas paniquer. Elle avait du mal à comprendre pourquoi elle appréciait autant la main de Phantom alors qu'elle détestait être touchée il n'y a pas si longtemps.

Elle monta les escaliers, laissant Phantom et son père dans le hall d'entrée. Elle tourna au coin du deuxième étage mais ne se dirigea pas immédiatement vers sa chambre. Elle ne connaissait peut-être pas très bien le Tetum lorsqu'elle était au Timor oriental, mais elle en avait appris suffisamment pour découvrir, lorsqu'elle écoutait aux portes, de nombreuses informations utiles. Kalee ne ressentait aucune honte à écouter la conversation de Phantom avec son père.

— Prenez soin d'elle, dit son père.

— Bien sûr, répondit Phantom.

— Elle est tout ce qu'il me reste au monde.

— Il me semble que vous avez tort, dit Phantom. Vous avez trois petites filles qui vous considèrent comme leur grand-père. Sans parler de Piper.

— Dois-je vous demander quelles sont vos intentions envers ma fille ? demanda le père de Kalee après un moment.

— Vous pouvez demander tout ce que vous voulez, mais ce qui est entre nous deux restera entre nous deux, jusqu'à ce qu'elle soit prête à vous en parler, dit calmement Phantom. Je sais ce que vous voulez entendre, mais je ne peux rien garantir à ce stade. Je ne sais pas ce que mon avenir me réserve. La marine pourrait me retirer mon habilitation de sécurité, et si cela arrive, alors je ne serai plus autorisé à être un SEAL. Il est probable qu'à l'issue de mon audience non judiciaire, je sois éloigné de Riverton. Je tiens à Kalee. Je ne ferai rien qui puisse la blesser physiquement ou mentalement. Là-dessus, vous avez ma parole.

— Elle compte pour vous, répéta son père.

— Oui, dit simplement Phantom.

— Cela me va... pour le moment.

Kalee sourit et se dirigea rapidement vers sa chambre pour faire ses bagages. Elle aimait la franchise de Phantom. Un seul mot – oui – suffisait pour qu'elle sache au plus profond d'elle-même qu'elle faisait le bon choix en allant avec lui.

Quinze minutes plus tard, Kalee fit semblant de ne pas voir les larmes dans les yeux de son père quand il la prit dans ses bras pour lui dire au revoir. Elle craignait de se mettre à pleurer elle aussi.

Elle se détendit sur le siège à côté de Phantom et soupira de soulagement lorsqu'ils s'éloignèrent de la maison de son père.

— Tu vas bien ? demanda-t-il.

Kalee hocha la tête.

— Ce que j'ai dit à ton père t'a fait flipper ?

Elle le regarda, surprise.

— Tu savais que j'écoutais ?

— Oui. Je n'ai pas entendu tes pas dans le couloir après que tu as monté les escaliers.

— Est-ce que tu as dit la vérité à mon père ? demanda Kalee.

— Je ne mens jamais, dit Phantom. Je peux compter sur les doigts d'une main le nombre de fois où j'ai déformé la vérité ou carrément menti à quelqu'un. Et dire à ton père que je tiens à toi n'en est pas une.

— Je ne suis pas effrayée, lui dit Kalee, répondant ainsi à

sa première question. Parce que je ressens la même chose pour toi. Tu crois vraiment que la marine va t'expédier dans une autre base ?

Il soupira et se concentra sur la rue devant eux pendant un long moment. Puis il haussa les épaules.

— Honnêtement, je ne sais pas. Ce que j'ai fait était plutôt mal vu. La marine devra peut-être faire de moi un exemple pour que les autres n'aient pas l'impression de pouvoir désobéir à un ordre direct à l'avenir.

Kalee était partagée. Elle comprenait que ce que Phantom avait fait n'était pas bien. Mais il lui avait sauvé la vie. Il l'avait sortie de la terrible situation dans laquelle elle se trouvait. Elle avait été kidnappée, violée, agressée, et forcée à participer à une activité criminelle. Si Phantom n'était pas venu la chercher, elle serait encore au Timor oriental.

— Je sais que je l'ai déjà proposé, mais je peux parler à tes commandants ? Pour m'assurer qu'ils comprennent que ce que tu as fait était peut-être contraire aux règles, mais si tu ne l'avais pas fait, je ne serais peut-être pas en vie aujourd'hui ?

Phantom posa sa main, paume en l'air, sur la console qui les séparait, et Kalee la saisit avec plaisir. Elle aimait qu'il ne *l'attrape pas*. Il la laissait décider si elle voulait tenir sa main ou non.

— Merci, mon trésor. Cela signifie beaucoup pour moi, mais ce n'est pas nécessaire. Je suppose que mon sort est déjà scellé, mais la date la plus proche qu'ils aient pu trouver sur le calendrier du vice-amiral était dans deux semaines.

Il haussa les épaules.

— Ça, ou ils voulaient me faire transpirer.

— Donc tu seras dans l'incertitude jusque-là ? souffla Kalee.

Phantom haussa les épaules.

— Oui.

— Ça craint.

Ses lèvres se retroussèrent.

— Et ce n'est pas juste qu'ils aient déjà décidé de ta punition sans me laisser leur parler.

— J'apprécie cette pensée plus que tu ne le penses, répéta Phantom. Et pour en revenir au sujet qui nous occupe... quand j'ai quitté la maison de ma mère, je me suis juré de ne pas devenir comme elle. Même si je les détestais, elle et ma tante, je ne voulais pas être le genre d'homme qui reporte sa haine sur toutes les autres femmes. C'est ce qu'elles ont fait... elles ont déversé leur haine de mon père sur moi, simplement parce que j'étais un homme. Mais j'ai réalisé à Hawaï que, peut-être inconsciemment, c'est exactement ce que j'ai fait pendant les quinze dernières années. J'ai fui les relations et je ne me suis jamais laissé trop m'attacher à quelqu'un.

Kalee serra sa main. Ses mots lui faisaient de la peine, mais elle savait qu'il ne parlait pas beaucoup de lui à qui que ce soit. C'était spécial qu'il s'ouvre à elle.

— Puis tu es arrivée et tu as brisé tout ce que je pensais des femmes. Je ne t'avais jamais parlé. J'étais plus ému par ta supposée mort que par la rupture avec des femmes avec qui j'étais sorti pendant des mois dans le passé. J'ai essayé de me dire que j'étais juste bouleversé parce qu'on avait échoué une mission, mais au fond de moi, je savais que c'était plus que ça. Tu étais spéciale, et j'avais raté l'occasion de te connaître. Ça me hantait. Et une fois que j'ai réalisé que tu *n'étais pas* morte, que j'avais échoué de la pire des façons... j'ai su que je ne m'arrêterais jamais avant d'y retourner, de te trouver et de te ramener à la maison.

— Je suis à la maison maintenant, dit-elle. Et tu ne m'as pas laissé tomber. Je déteste que tu penses ça.

Il haussa les épaules, et Kalee sut qu'elle n'aurait pas le dernier mot. C'était un homme fier, un sacré bon SEAL, et il devrait surmonter ce qui s'était passé à l'orphelinat à sa façon.

— Je me suis dit que je te sauverais, que je t'emmènerais à Hawaï et que je t'aiderais à te rétablir émotionnellement, puis je te ramènerais ici et ce serait fini. Sauf que les choses se sont compliquées.

Il entra dans sa résidence et gara sa voiture. Il coupa le moteur et se tourna vers elle.

— J'ai réalisé que je ne voulais pas te laisser partir. Que tu t'es faufilée sous l'armure que je porte depuis le jour où j'ai compris que ma propre mère me détestait. Ça m'a fait mourir de peur, alors je t'ai laissé partir... sans te dire ce que je ressentais. Quand Ace m'a appelé aujourd'hui, j'ai su.

Comme il ne continuait pas, Kalee fronça les sourcils.

— Su quoi ?

— Que je ne pouvais pas rester à l'écart. Je n'ai pas menti à ton père quand je lui ai dit que je tenais à toi. Je tiens à toi. Mais je ne lui ai pas non plus dit la vérité.

— Phantom, ne tourne pas autour du pot, se plaignit Kalee. Si tu ne veux pas de moi ici, je peux aller à l'hôtel. Ce n'est pas un gros problème.

C'*était* un gros problème, mais elle allait faire tout ce qui était en son pouvoir pour essayer de se retenir s'il acceptait que ce soit mieux pour elle de partir.

Mais Phantom se pencha et enfonça ses doigts dans ses cheveux de chaque côté de sa tête. Kalee s'appuya sur la console entre eux et il la tira en avant.

— Je t'aime, Kalee.

À son souffle, il continua :

— Je sais que c'est trop tôt. Je sais que ça semble fou. Et je ne demande rien de toi en retour. Je te donne mon amour librement et sans réserve. Je me fiche de ce que la marine décide pour mon avenir parce que j'aurais enfreint toutes les putains de lois qui existent pour arriver jusqu'à toi. Il y a deux semaines comme dans vingt ans. Je tuerai quiconque osera essayer de te faire du mal. Je ne dis pas ça pour te stresser ou te mettre la pression. Tout ce que je demande, c'est que tu me laisses t'aider. Laisse-moi être avec toi pour que tu saches où aller à partir de maintenant. Si tu ne peux pas m'aimer en retour, je comprendrai. Je ne suis évidemment pas le gars le plus aimable, demande à ma mère, mais je jure sur ma vie que je ferai tout ce que je peux pour m'assurer que tu as ce que tu veux. Et si ça veut dire prendre du recul, ça va me tuer, mais je le ferai. Et si tu décides que tu veux donner une chance à cette chose entre nous, tu ne le regretteras pas. Je te soutiendrai, je serai à tes côtés, et je te donnerai tout ce que ton cœur désire si je peux le faire. Je ferai de mon mieux pour ne pas être un connard possessif. Tu auras tes propres amis, et j'aurai les miens. Nous pouvons sortir séparément, et je n'ai aucun problème avec les soirées entre filles, tant que je sais que tu es en sécurité. Je ferai la cuisine, le ménage et la lessive. Si nous avons des enfants, je n'attendrai jamais de toi que tu en assumes toute la responsabilité. Être père me fout la trouille, mais je sais qu'avec toi à mes côtés, je peux tout faire. Et maintenant, je suis en train de bafouiller et de te faire peur, mais l'essentiel est que je tiens à toi, mon trésor. Aujourd'hui, demain, dans un an. Ça ne va pas changer.

Kalee pleurait maintenant. Elle n'arrivait pas à croire que Phantom avait admis librement qu'il l'aimait. Elle voulait le dire en retour, mais les mots restaient coincés dans sa gorge.

*Est-ce qu'*elle l'aimait ? Elle ne pouvait nier qu'elle se sentait cent fois plus en sécurité quand elle était avec lui, mais était-ce de l'amour ? Elle ne le savait pas, et elle refusait de l'impliquer jusqu'à ce qu'elle soit sûre d'une façon ou d'une autre.

Comme s'il pouvait lire les tourments dans ses yeux, Phantom dit :

— *Shhhh.* Je suis désolé. Ce n'était pas juste de ma part de lâcher cette bombe sur toi. Dans deux semaines, nous connaîtrons mon sort. Je ne t'enlèverai jamais à Piper ou à ton père. On va régler les choses à petits pas.

Kalee se déplaça vers l'avant et attrapa ses poignets. Ses mains étaient toujours sur son visage, et elle ne pouvait pas s'en empêcher. Ses lèvres se posèrent sur les siennes, et il inclina immédiatement la tête, lui donnant un meilleur angle pour l'embrasser. Elle poussa agressivement sa langue dans sa bouche et se réjouit qu'il la laisse faire. Elle respira son odeur de pin en le dévorant, et elle ne fut jamais aussi excitée de sa vie.

En se retirant, elle le regarda se lécher les lèvres en la fixant avec avidité. Mais elle n'avait pas peur. Il ne lui ferait pas de mal. Elle en était sûre à cent pour cent.

— Prête à entrer ?

Elle hocha la tête.

— Il va falloir que tu me lâches, lui dit-il avec un sourire.

Elle le lui rendit.

— Et tu vas devoir *me lâcher*, rétorqua-t-elle.

— Tu as pris ma casquette ? demanda-t-il. Je voudrais la récupérer.

— Peut-être, peut-être pas. Et c'est *ma* casquette maintenant, dit-elle en taquinant Phantom qui laissa tomber ses mains.

Elle savait qu'il essayait de détendre l'atmosphère. Elle sentait encore son cœur battre hors de contrôle dans sa poitrine. Il était difficile de croire que toutes les décisions qu'elle avait prises dans sa vie l'avaient conduite à ce moment, ici et maintenant. S'asseoir dans sa voiture sur le

parking de son appartement, s'embrasser, c'était incroyablement bon. Elle n'avait pas peur de lui, et elle n'avait pas peur
du sexe. Elle savait sans l'ombre d'un doute que si elle pani-
quait quand ils deviendraient intimes, il s'arrêterait immédiatement. Et le fait de savoir ça la détendit encore plus.

Elle sortit de la voiture et leva les yeux au ciel quand il
refusa de la laisser porter sa propre valise dans l'escalier. Il
lui tint fermement la main pendant qu'ils montaient les
trois étages et marchaient dans le couloir extérieur jusqu'à
son appartement. Il les fit entrer, et quand la porte se
referma derrière eux, Kalee se sentit en sécurité, pas claustrophobe pour un sou.

L'appartement de Phantom n'était pas plus grand que
depuis la dernière fois qu'elle y était venue. Il était toujours
petit et un peu vieillot, mais il était propre. Et – elle inspira
profondément par le nez – il sentait comme Phantom.

Elle regarda dans la cuisine et vit une petite boîte sur le
comptoir.

Il vit où son regard allait, et déclara :

— Merci pour le gâteau, au fait.

Elle fronça les sourcils.

— Quoi ?

— Le gâteau. Il m'attendait quand je suis rentré l'autre
jour. Je savais qu'il venait de toi parce qu'il est au chocolat.

Comme Kalee le regardait l'air confuse, son sourire
diminua.

— Tu ne l'as pas envoyé ?

Elle secoua la tête.

— Non. Mais je l'aurais fait si j'avais su à quel point tu
aimais ça.

— Merde. J'ai juste supposé que c'était de toi. Il n'y avait
pas de mot.

Kalee gloussa.

— Quoi ? demanda-t-il.

— J'imagine une autre femme furieuse que son homme ne l'ait pas immédiatement appelée pour la remercier du gâteau qu'elle lui avait envoyé. Il a probablement eu beaucoup de choses à se faire pardonner.

Phantom sourit.

— Probablement. C'est un délicieux gâteau. Pas trop sec, et il a la quantité parfaite de glaçage.

— Devrions-nous appeler la boulangerie et voir qui l'a commandé et essayer d'expliquer la confusion ? interrogea Kalee.

— Non. Je suis sûr que celle qui l'a envoyé a déjà compris qu'il y avait un problème lorsque le destinataire ne l'a pas reçu. Je préfère ne pas perdre notre temps pour une broutille.

— Comment préfères-tu passer ton temps ? demanda Kalee avant de rougir en voyant à quel point ses mots étaient suggestifs.

Mais Phantom la laissa tranquille.

— Parler avec toi. Peut-être faire notre propre gâteau à partir de rien. Aller à la plage et se détendre. Regarder en boucle les émissions que tu as manquées pendant ton absence. Faire du shopping avec toi, et te regarder tremper des barres de chocolat dans le pot de beurre de cacahuète que j'ai dans le placard.

Tout cela ressemblait au paradis pour Kalee. Elle se lécha les lèvres, puis vit le regard de Phantom s'y poser avant de la regarder dans les yeux.

— Il est tard. Pourquoi ne pas prendre ta valise et aller te coucher ? suggéra-t-il.

Pour la première fois, Kalee réalisa qu'il n'y avait qu'un seul lit dans la maison de Phantom.

— Merde, je n'y ai même pas pensé. Je peux dormir sur le canapé.

— Non.

Sa réponse était plate et définitive.

— Mais...

— Non, répéta Phantom.

Kalee fronça les sourcils.

— Cela ne me dérange pas...

— Si tu penses que tu vas dormir ailleurs que dans mon lit, tu te fais des illusions, dit Phantom un peu plus fort. Ma femme ne dort pas sur le sol. Ou sur le canapé. Pas quand il y a un lit parfait pour elle. Tu as passé beaucoup trop de nuits sur le sol au Timor oriental. Plus jamais, Kalee. Plus jamais.

Elle essaya de penser à un argument qui pourrait fonctionner, mais elle n'en trouva pas.

Phantom s'approcha sans la toucher. Il parlait d'une voix basse et enjôleuse :

— Je n'ai pas changé mes draps depuis plusieurs jours. Ils sentent probablement mon savon au pin que tu aimes tant.

Il l'avait eue, et il le savait. Elle ne pouvait vraiment plus refuser maintenant.

— Bien, dit Kalee avec un faux soupir. Mais je ne veux pas t'entendre râler quand tu auras mal au dos le matin parce que tu as dormi sur le canapé.

— Tu es ici dans mon espace, dans mon lit, tu n'entendras pas un seul mot de plainte de ma part, affirma-t-il.

— Phantom ?

— Oui, trésor ?

— Je sais que tu ne veux pas l'entendre, mais je dois le dire quand même. Merci.

Cette fois, au lieu de s'énerver contre elle, Phantom se contenta de hocher la tête.

— De rien.

Puis Kalee prit sa valise et partit dans le couloir vers sa chambre.

Trente minutes plus tard, après avoir dit bonne nuit à Phantom, et après qu'il eut utilisé sa chambre pour se changer, Kalee se mit sur le côté dans son grand lit et tourna la tête pour respirer. Il avait raison, son oreiller et ses draps sentaient vraiment le pin. Kalee avait l'impression d'être entourée de lui, et elle ne s'était jamais sentie aussi satisfaite de sa vie.

Son odeur lui donnait des frissons, mais Kalee ignora la moiteur entre ses jambes. Elle était épuisée. Elle n'avait pas bien dormi, et le fait de savoir que Phantom n'était qu'à quelques centimètres d'elle la fit sombrer dans un sommeil profond en quelques minutes.

Avec ses mots d'amour qui résonnaient dans son cerveau, Kalee ferma les yeux et laissa le sommeil l'emporter.

***

Mona était assise dans sa voiture et fixait la porte fermée de Forest avec incrédulité.

Que venait-il de se passer ?

Elle était prête à sortir de sa voiture et à tomber « accidentellement » sur son homme. Elle savait qu'il serait *si* heureux de la voir qu'il l'aurait invitée à monter dans son appartement. Il lui aurait dit qu'il savait que le gâteau venait d'elle et qu'il n'avait cessé de penser à elle. Il l'aurait prise dans ses bras, et ils auraient fini au lit ensemble. Il lui aurait fait l'amour lentement et tendrement toute la nuit.

Elle lui aurait dit qu'elle prenait un contraceptif, donc qu'il n'avait pas besoin d'utiliser de préservatifs, mais ce n'était pas vrai. Il l'aurait mise enceinte, et lui aurait immédiatement demandé de l'épouser quand il aurait su qu'elle portait son enfant.

Ce soir était censé être la première nuit du reste de leur vie !

Mais à la seconde où il pénétra dans le parking, Mona vit la femme sur le siège passager. Elle ne voulait pas tirer de conclusions hâtives, son Forest était un bon gars. Il était probablement juste en train de la ramener chez elle.

Mais ensuite, ils parlèrent un long moment assis dans la voiture.

En utilisant les jumelles de son appareil photo numérique, elle avait presque hurlé de fureur.

Ils s'embrassaient. *S'embrassaient !* Et ce n'était pas un simple baiser de remerciement pour le trajet. Non, cette garce avait pratiquement sauté sur son homme ! Puis ils sortirent, et Forest prit une *valise* de sa voiture. Cette garce restait pour la nuit ! Pour quelle autre raison aurait-elle eu une valise avec elle ?

Mona fulminait alors que Forest lui prenait la main et l'entraînait dans les escaliers.

Maintenant que Forest et cette garce étaient hors de vue, elle frappait le volant avec ses poings et hurlait de frustration et de rage.

— Non ! Non, non, *non !* hurla-t-elle. Ce n'est pas juste ! Il est à moi ! *À MOI !*

C'était *elle* qui devait être avec lui en ce moment.

C'est *elle qui* lui avait envoyé un gâteau. Aucun homme n'était censé être capable de résister à un gâteau !

C'est *elle* qui s'était inquiétée pour lui pendant des semaines !

Quelque chose avait dû se passer lors de sa dernière mission. Il était censé revenir et réaliser qu'il ne pouvait pas vivre sans elle !

Agrippant le volant de toutes ses forces, l'esprit de Mona

était tourmenté. Forest Dalton était *à elle*. Il devait se débarrasser du sort que cette garce lui avait jeté.

Mona était envahie par la fureur et elle prit sur elle pour ne pas sortir de sa voiture à la seconde même, courir jusqu'à la porte de Forest et exiger qu'il mette cette garce dehors. Comment *osait-il* lui manquer de respect comme ça ? Comment osait-il la tromper ?!

Prenant une profonde inspiration, elle tenta de se calmer.

Elle devait être plus maline. S'assurer que son homme sache ce qu'il ratait. Quand il réaliserait à quel point elle tenait à lui, il reviendrait vers elle. Elle le savait.

Et s'il ne le faisait pas... il réaliserait son erreur.

Si Mona ne pouvait pas avoir Forest, *personne* ne le pourrait.

CHAPITRE TREIZE

Phantom fixait Kalee, appuyé contre le montant de la porte de sa chambre. Il n'arrivait pas à croire qu'il lui avait dit qu'il l'aimait, et qu'elle ne s'était pas enfuie. Ce devait être bon signe, n'est-ce pas ? Il s'était levé pour aller la voir plusieurs fois la nuit dernière. Il avait été tenté de rester, de s'allonger à côté d'elle au cas où elle ferait un mauvais rêve, mais il ne voulait surtout pas qu'elle se réveille et qu'elle ait peur de *lui*.

Il portait un short rouge, le même que celui dans lequel il avait dormi et qu'il avait remis en rentrant du sport. Il avait l'habitude de dormir nu, mais avec Kalee dans son appartement, il savait qu'il devrait se couvrir. C'était bizarre à quel point il aimait la voir dans son espace. Elle n'était pas désordonnée, les vêtements qu'elle portait hier étaient pliés à côté de sa valise sur le sol contre le mur. Elle n'avait pas étalé ses affaires dans toute la salle de bain.

Phantom aurait aimé qu'elle le fasse.

Il n'avait pas vécu avec quelqu'un depuis qu'il était devenu SEAL. Il aimait être seul. Il ne se souvenait que trop bien de comment sa mère fouillait dans ses affaires et volait ce qu'elle pensait mériter. Mais il n'avait absolument aucun souci avec Kalee. Il n'avait rien à lui cacher. Bon sang, il avait admis qu'il l'aimait, rien n'était plus personnel que ça.

Kalee se retourna, et il la regarda inspirer profondément sans le vouloir, ce qui fit frémir son sexe dans son short. Mon Dieu, elle était si belle. Il savait qu'elle ne serait pas d'accord. Mais ce n'était pas ses cheveux ou son corps qui l'attiraient. C'était *elle*. Sa vision de la vie. Sa force. Sa capacité à surmonter les épreuves qu'elle avait traversées. Elle ne s'était pas effondrée. Oui, elle avait eu du mal à accepter tout ça, mais elle était humaine.

Phantom se força à rester immobile alors que tout ce qu'il voulait était d'aller la prendre dans ses bras. Elle était adorable quand elle essayait de se réveiller. Elle expira un long souffle et mit ses bras au-dessus de sa tête et s'étira. Puis elle se mit en boule sur le côté et attira l'oreiller supplémentaire du lit dans ses bras. Elle gémit légèrement, et le son alla droit sur la verge de Phantom. Il l'imaginait émettre ce son quand il pousserait en elle pour la première fois.

Il força péniblement son esprit à s'éloigner de cette vision. Il avait lu son rapport sur ce que les rebelles lui avaient fait. Il n'allait pas faire quoi que ce soit de sexuel sans qu'elle n'initie les choses. Et même dans ce cas, il irait lentement et suivrait ses désirs. Ce n'était pas la première fois qu'il souhaitait avoir tué au moins quelques-uns des rebelles avant de sortir Kalee de là.

Il était debout dans l'embrasure de la porte et la regardait depuis au moins dix minutes quand elle soupira et ouvrit enfin les yeux. Elle s'assit et se figea quand elle le vit.

— Bonjour, dit doucement Phantom.

— *Humm...* salut. Depuis combien de temps tu es là ? demanda-t-elle.

— Assez longtemps pour savoir que tu n'es pas du matin, répondit Phantom.

Kalee gloussa.

— C'est vrai. Mais tu le savais depuis Hawaï. Quelle heure est-il ?

— Dix heures.

— Dix heures ? dit-elle avec horreur, puis elle rejeta la couverture. Il faut que je me lève !

— Pourquoi ? demanda Phantom.

Elle s'arrêta dans son élan.

— *Hum...* parce que ?

Il se mit à rire.

— Si tu avais des projets ce matin que j'ignore, je m'excuse de t'avoir laissé dormir si longtemps, mais sinon, je dirais que tu en avais besoin. Je me suis levé pour faire du sport et tu étais *endormie*. Quand je suis revenu, tu dormais encore comme un bébé. Tu as l'air beaucoup plus détendue ce matin. Les cernes sous tes yeux ont disparu et tu n'as pas l'air aussi stressée.

Il constata qu'elle n'était pas sûre de savoir quoi penser de ses observations.

— Je n'ai pas très bien dormi depuis mon retour d'Hawaï, admit-elle.

— Je suis désolé.

— Ce n'est pas ta faute.

Phantom haussa les épaules. Elle ne le pensait peut-être pas, mais lui, il n'était pas d'accord. Il aurait dû aller la voir le lendemain du jour où elle était allée chez son père. Mais elle était ici maintenant. Il s'assurerait qu'elle mange bien, qu'elle dorme bien et qu'elle ait tout ce dont elle avait besoin pour reprendre sa vie aussi facilement que possible.

— J'ai pensé que je pourrais nous préparer un brunch et que nous pourrions aller faire un tour en voiture, te montrer ce qui a changé ici et ce qui n'a pas changé depuis que tu es partie. On pourrait apporter un pique-nique et le manger sur la plage avant de s'arrêter voir ton père. Puis on pourrait revenir, et je ferais griller des steaks ou autre chose. J'ai aussi du poulet si tu préfères.

Kalee le fixa si longtemps qu'il se mit à bouger sur place. Elle était sortie du lit, et c'était tout ce que Phantom pouvait faire pour ne pas courir et sentir les draps sur lesquels elle s'était allongée toute la nuit. Elle pouvait penser qu'il sentait bon, mais lui c'est son odeur naturelle qui le faisait chavirer.

Kalee s'approcha de lui et, sans hésiter, posa ses mains sur sa poitrine. Ses mains nues sur sa peau donnèrent la chair de poule à ses bras. Il garda ses bras le long de son corps pour ne pas la faire sursauter.

— Ton lit est vraiment confortable, dit-elle doucement.

Phantom grogna en réponse, n'étant pas vraiment capable de penser avec les mains de Kalee sur son corps.

— Et tu avais raison, ça sent toi.

Il hocha la tête.

— Mais il manquait quelque chose.

— Quoi ? demanda-t-il. On peut s'arrêter au magasin et prendre ce que tu veux.

— Toi, dit Kalee.

Phantom eut du mal à avaler sa salive.

— Qu'est-ce que tu dis, mon trésor ? J'ai besoin que tu sois claire sur ce que tu demandes.

— Pas de sexe, précisa-t-elle immédiatement. Du moins, pas encore. J'y ai pensé la nuit dernière et j'ai réalisé que peu importe où je dors, je me sens en sécurité tant que *tu es* là. À Hawaï, j'avais besoin de mon espace, mais je savais que tu n'étais pas loin, au cas où quelque chose arriverait. Quand je suis rentrée chez mon père, j'ai vraiment compris à quel point tu me donnais ce sentiment de sécurité. C'est pourquoi je ne pouvais pas dormir. Je jure que j'ai vu les rebelles se cacher dans chaque ombre et chaque bruit bizarre. J'ai aimé avoir ton odeur sur moi la nuit dernière, mais je veux plus.

— Je ne veux pas te presser. Si c'est à cause de ce que j'ai dit hier soir...

— Ce n'est pas ça, l'interrompit Kalee. Du moins, pas complètement. Je ressens des choses pour toi que je n'ai jamais ressenties pour personne auparavant, poursuivit-elle. C'est excitant et effrayant en même temps. Je sais que ce n'est pas juste de ma part de te demander de me tenir dans tes bras pendant que nous dormons ; bon sang, je ne sais même pas si tu aimes avoir quelqu'un près de toi la nuit. Mais je sais que je peux te faire confiance. Je ne peux pas penser à quelque chose de plus réconfortant que de savoir que tu es là. Pas seulement dans l'appartement. Pas de l'autre côté d'une porte fermée, mais juste là, à côté de moi. Mais si c'est trop, si tu ne veux pas...

— Je le veux, dit Phantom en la touchant pour la première fois.

Il attrapa ses hanches et l'attira vers lui. Elle garda ses mains entre eux, semblant vouloir le contact peau contre peau.

— Je vais me plier en quatre pour te donner tout ce que tu veux, Kalee. Tu veux que je sois à tes côtés pendant que tu dors, c'est ce que tu auras. Et quand tu voudras plus que moi te tenant pendant que tu dors, tout ce que tu auras à faire c'est de me le dire. Mais tu peux changer d'avis à *tout moment*. Et je le pense vraiment. Je ne vais pas m'énerver. En fait, je serai furieux si tu me laisses continuer à faire quelque chose que tu ne veux pas. Compris ?

Elle prit une profonde inspiration et hocha la tête.

— Je suis un peu nerveuse à propos du sexe, mais pas effrayée. Je sais que ce qui se passera entre nous ne ressemblera en rien à ce qu'*ils ont* fait. Je peux séparer les deux dans mon esprit. Mais bien sûr, je ne saurai pas vraiment comment je réagirai tant que ça n'arrivera pas.

— Il n'y a pas d'urgence, chérie. Si tu as besoin de

plusieurs mois pour être sûre que tu es prête, alors ce sera plusieurs mois.

Elle le regarda, l'air incrédule.

— Des mois ? Tu es fou ? Il n'y a aucune chance que je puisse attendre aussi longtemps !

Elle avait l'air si outrée que Phantom ne put s'empêcher de ricaner. Il n'avait jamais vécu ça. Rire avec une femme pendant qu'ils discutaient de sexe. Ses rencontres sexuelles avaient toujours été plutôt cliniques. Se déshabiller, mettre un préservatif, un peu de préliminaires, puis quelques coups de reins et gémissements, et c'était fini. Il n'avait jamais eu de femme dans son propre lit avant. Et il n'avait jamais vraiment compris l'intérêt de prendre trop de temps pour arriver au plat principal. Il avait fait des cunnilingus et on lui avait fait des fellations dans le passé, mais il n'en avait jamais eu envie.

Maintenant, il ne pouvait pas attendre de goûter Kalee. Il voulait lécher chaque centimètre de son corps et voir ce qui l'excitait et ce qui la faisait se tortiller. C'était comme si elle avait ouvert une toute nouvelle porte pour lui, et elle ne le savait même pas.

— Où es-tu allé ? demanda-t-elle doucement.

Il sourit en la regardant.

— Je pense juste comme toi et moi serons incroyables ensemble. Nous irons à ta vitesse, la rassura-t-il. Mais j'ai besoin que tu prennes les devants, prévint-il. Tu ne peux pas te mettre en colère et faire la gueule si je ne fais pas ce que tu veux, si tu ne me dis pas ce que c'est. Je refuse d'aller plus vite ou plus loin que ce que tu m'autoriseras.

— D'accord, dit-elle en rougissant. Tu es sûr de ça ? De moi ? Je veux dire, on ne se connaît pas vraiment.

— Faux, dit Phantom en serrant doucement sa taille. Je sais que tu aimes le beurre de cacahuètes et le chocolat. Tu aimes les animaux mignons et tu as un cœur d'acier. Tu es intelligente, drôle, loyale et attentionnée. Tu te soucies des autres, presque trop. Et tu es déterminée à vivre la meilleure vie possible, peu importe qui ou quoi tente de t'en détourner. Tu es féroce, têtue, et la plus belle femme que j'aie jamais vue.

Lorsqu'il eut terminé, elle rougissait, mais elle se contenta de passer sa langue sur ses lèvres et de le regarder fixement.

— Je sais aussi que tu es folle de vouloir être avec moi. Je suis grincheux et lunatique. Je n'ai pas de famille, et ma propre mère ne m'aimait pas. Je me fiche de suivre les règles établies par la société et je me fous d'offenser quelqu'un en disant ce que je pense et ressens. Je protégerai mes amis contre tout ce qui ose essayer de les ennuyer, peu importe qui cela blesse. Je finirai très probablement par *te* blesser, et même en sachant cela... je ferai tout ce qu'il faut pour que tu sois à moi, même si cela signifie t'envahir et monopoliser tout ton temps.

— C'était censé me faire fuir ? demanda-t-elle. Tu essayais d'énumérer tous tes défauts pour que je réfléchisse à deux fois avant d'être avec toi ?

Phantom haussa les épaules.

— Je te dis juste ce qu'il en est.

— Eh bien, je n'ai pas peur de toi, dit Kalee en enroulant ses bras autour de lui et en pressant les paumes de ses mains contre son dos.

Elle caressa la peau sous son oreille, et Phantom inclina sa tête, lui donnant plus d'espace.

— Ta mère était une idiote, dit-elle simplement. Et j'aime la façon dont tu dis ce que tu penses, ça me... réconforte. Je saurai toujours où j'en suis avec toi. Et juste pour que tu saches, si quelqu'un t'emmerde, je l'emmerderai aussi. J'ai appris beaucoup de choses des rebelles, et l'une d'entre elles était comment se battre salement.

Elle releva la tête et le fixa.

— Je sais que tu es le grand méchant SEAL, mais même le Marine le plus effrayant a besoin d'aide parfois.

— Tu *ne* te mettras *pas* en danger pour moi, dit férocement Phantom.

Kalee ne semblait pas effrayée par sa férocité. Elle haussa les épaules.

— Je le ferai si quelqu'un t'emmerde.

Phantom soupira de désarroi.

— Merde.

Elle gloussa.

Il prit une grande inspiration et la poussa un peu en arrière.

— Tu vas me tuer. Va te préparer pour la journée, ma chérie. J'aurai des gaufres et des œufs prêts quand tu auras fini, et on pourra y aller.

— Tu ne devrais pas aller quelque part ? demanda-t-elle timidement.

Phantom secoua la tête.

— Non. Je dois me présenter tous les jours à mon commandant, faire de l'exercice, mais je suis dans l'expectative jusqu'à l'audience.

Elle fronça les sourcils en faisant la grimace.

— Je déteste penser à ça.

— Alors ne le fais pas, répondit Phantom sans hésiter.

— Tu n'es pas inquiet ? reprit-elle.

Phantom haussa les épaules.

— Ça ne sert à rien de s'y attarder. Ce qui doit arriver arrivera. Et j'ai fait la paix avec ça. Tu te tiens ici devant moi en un seul morceau. Rien de ce qu'ils décideront ne changera cela, et l'essentiel est que *tu es ce* qui m'importe.

La tête de Kalee tomba en avant, se posant sur sa poitrine. Il sentait ses respirations rapides contre sa peau nue, et il ne pouvait nier combien c'était bon. C'était inapproprié qu'elle se sente accablée alors que lui était excité par sa simple *respiration* sur lui.

— Reprends-toi, ma chérie, la taquina-t-il. Je dois aller cuisiner et tu dois te préparer pour notre journée.

Elle prit une profonde inspiration et se recula pour le regarder.

— OK, murmura-t-elle.

—OK, accepta Phantom.

Il lui embrassa doucement le front puis recula, forçant ses mains à se détacher de son corps. Il était fier de ne pas être revenu immédiatement dans son espace personnel pour la forcer à le toucher à nouveau.

— Ta coiffure va me manquer quand tout aura repoussé.

Kalee fronça les sourcils et porta une main à sa tête, gênée.

— Oh, bon sang, ça dépasse de partout, n'est-ce pas ?

Phantom sourit.

— Ils sont sexy. Et je ne peux m'empêcher de penser à passer mes mains dedans après les avoir décoiffés comme ça.

Laissant tomber sa main, Kalee éclata de rire en secouant la tête.

— J'ai dit que j'aimais ton franc-parler.

— Tu l'as dit, acquiesça Phantom. Maintenant va te doucher, femme. N'hésite pas à utiliser mon savon, je sais combien tu l'aimes.

Cette fois, elle lui lança un regard noir.

— J'y vais. Et si je reste sous la douche plus longtemps que tu ne le penses, je te déconseille de te précipiter dans la salle de bain pour t'assurer que je vais bien. Tu pourrais en voir plus que ce que tu peux supporter en ce moment.

Phantom inclina la tête en signe d'interrogation.

Kalee se dirigea vers la salle de bain et regarda par-dessus son épaule juste avant d'y arriver.

— Je vais me faire plaisir tout en fantasmant sur ce que tu pourrais me faire à l'avenir pour que mes cheveux soient sexy... tout en respirant ton parfum si chaud.

— Putain, dit Phantom, son estomac se serrant à l'idée qu'elle se masturbe dans sa douche.

Il fit un pas vers elle sans réfléchir, puis il fixa la porte de sa salle de bain fermée tandis que ses rires retentissaient derrière elle.

Il ajusta sa verge durcie dans son short et secoua la tête d'un air amusé. Il n'avait pas voulu parler de ses cheveux sexy, mais elle n'avait pas paniqué, elle lui avait rendu la monnaie de sa pièce. Mince, il était dans un tel pétrin.

Quand il entendit l'eau de la douche se mettre en marche, Phantom prit un T-shirt dans sa commode et sortit. Il aurait aimé rester là, au milieu de sa chambre, à fantasmer sur ce qui se passait dans sa douche, mais il avait beaucoup à faire. Nourrir sa femme était la première sur la liste.

Réalisant qu'il souriait en marchant dans son appartement, Phantom secoua la tête. Il ne se souvenait pas de la dernière fois où il avait été aussi heureux. Son avenir était inconnu, avec une femme dont il voulait désespérément qu'elle l'aime à nouveau mais aucune idée de la façon d'y parvenir, et des amitiés en péril qu'il devait réparer, mais à cette seconde, rien ne pouvait le déprimer.

Kalee gloussait et riait dans son appartement.

Il pensait à la boîte à chaussures pleine de citations et de médailles qu'il avait reçues pour sa bravoure et aux missions auxquelles il avait participé, mais rien ne signifiait autant pour lui que de voir Kalee sourire.

⁎⁎⁎

Deux jours plus tard, Kalee souriait et regardait Phantom préparer leur dîner sur son gril bon marché sur son petit balcon. La résidence n'était pas si grande, mais il n'y avait aucun autre endroit où elle aurait préféré être que là avec lui.

Phantom avait fait des pieds et des mains pour la divertir ces deux derniers jours, et elle avait beaucoup apprécié. Elle avait pensé que les nuits pourraient être gênantes, compte tenu de la tension sexuelle entre eux deux, mais comme Phantom ne semblait même pas gêné, enlevant sa chemise et son pantalon et se blottissant derrière elle en ne portant que son caleçon, elle réalisa la chance qu'elle avait.

Et si elle avait pensé que dormir dans ses draps lui avait fait du bien la première nuit, ce n'était rien comparé à dormir avec ses bras autour d'elle les deux dernières nuits.

Elle pensait à la soirée de la veille. Il y avait eu un orage d'enfer, qui lui rappelait le premier orage qu'elle avait connu dans la jungle du Timor oriental.

L'un des rebelles venait de l'agresser et elle s'était réfugiée dans le coin de la maison d'un pauvre villageois. Il avait été tué, ainsi que sa famille, et les rebelles s'étaient gavés de la nourriture qu'ils avaient laissée derrière eux. Le son du tonnerre semblait se répercuter en elle et les éclairs la faisaient grimacer. Elle avait été si effrayée et paniquée par tout ce qui s'était passé qu'elle ne pouvait que se mettre la tête dans les genoux et prier pour que la tempête ne fasse pas s'écrouler la maison autour d'eux.

Hier soir, quand elle avait paniqué au bruit de la tempête, Phantom ne lui avait pas dit que tout irait bien. Il ne l'avait pas apaisée avec quelque chose de stupide comme "'tu n'as rien à craindre'". Il l'avait tournée pour qu'elle soit face à lui, avait installé sa tête dans le creux de son épaule, et avait commencé à lui parler d'une fois où il avait environ 6 ans et qu'il avait eu peur d'un orage. Sa mère l'avait enfermé dans un placard et lui avait dit de se taire, qu'il l'énervait.

Il ne lui avait pas dit pour qu'elle se sente désolée pour lui, simplement pour lui faire savoir qu'elle n'était pas seule avec ses mauvais souvenirs. Kalee n'avait pas pleuré pour lui. Comment aurait-elle pu, alors qu'il avait surmonté tant de choses ? Il était vraiment l'homme le plus fort et le plus courageux qu'elle ait jamais rencontré. Il avait réussi malgré un milieu familial aussi difficile.

Demain, ils avaient prévu d'aller à la maison de Gumby et Sidney. C'était sur une plage, et tous les gars et leurs femmes allaient faire un barbecue. Kalee avait hâte de revoir Piper et ses enfants, mais n'était pas aussi sûre pour les autres. Elle était bien consciente qu'il y avait encore des tensions entre Phantom et ses coéquipiers, et elle détestait en être la cause.

Parce que peu importe le nombre de fois où Phantom lui dirait qu'elle n'avait rien à voir avec ce qui n'allait pas entre lui et les autres SEAL, elle savait le contraire. Il avait brisé leur confiance pour venir la chercher. Elle ne pouvait pas s'empêcher de se sentir coupable de ça.

— Arrête de penser si fort, dit Phantom sans se retourner.

Kalee sourit.

— Je pense à la beauté de tes fesses vues d'ici.

Il se tourna et secoua la tête.

— Même si ça ne me dérange pas que tu mates mes fesses, tu penses à demain. Et tu t'inquiètes.

— Je ne peux pas m'en empêcher, dit Kalee dans un soupir.

— C'est une sorte de tradition de faire un barbecue chez Gumby, dit-il. Quand il a commencé à sortir avec Sidney, on est tous venus à l'improviste pour la voir. Il était tellement énervé, mais on s'en fichait. Alors c'est devenu notre truc...

se réunir quand quelqu'un commence à avoir une relation sérieuse.

Kalee n'était pas surprise.

— Et comme Gumby vit sur la plage, ça permet aux filles de courir partout. Et tu sais que nous, les SEAL, on adore l'océan, poursuivit Phantom en mettant leurs hamburgers dans une assiette. Il entra dans l'appartement et ferma la porte-fenêtre derrière lui.

— Alors c'est un examen, dit Kalee.

Phantom haussa les épaules. Il posa l'assiette sur la table puis s'accroupit devant la chaise où elle était assise. Il posa ses mains sur ses genoux et leva les yeux vers elle.

— Je n'en ai rien à foutre de ce qu'ils pensent, dit-il sérieusement. Je ne me suis jamais soucié de ce que les autres pensaient de moi depuis que j'ai 6 ans, et je ne suis pas près de commencer maintenant. Je fais ce que je pense être juste et j'assume les conséquences de mes actes.

— Donc s'ils me détestent, tu ne t'en soucieras pas ? demanda Kalee.

Il ricana.

— Personne ne te déteste, mon trésor. *Personne.*

— Mais je suis la raison pour laquelle ton équipe est dans l'expectative.

— Faux, rétorqua immédiatement Phantom. C'est de ma faute. Mais comme je l'ai déjà dit, et je le répéterai encore et encore jusqu'à ce que tu comprennes vraiment... je referais exactement la même chose cent fois, peu importe la sanction que m'inflige la marine. Venir pour toi était la meilleure chose à faire. Ce n'était pas imprudent, ce n'était pas impétueux. Tu es importante, Kalee, et en ce qui me concerne, te laisser te débrouiller seule aurait été comme laisser un camarade SEAL lutter pour sa vie entre les mains de terroristes.

Humectant ses lèvres, Kalee avoua :

— Je veux que tes amis m'apprécient. Mais je ne peux pas m'empêcher de penser qu'ils vont me reprocher d'avoir nui à ta carrière.

— Ils t'aiment *déjà*, dit Phantom en serrant ses genoux. Tu n'as pas à être quelqu'un d'autre que Kalee Solberg. Je te dirais bien de ne pas y aller, sauf que je connais mes amis. Si on n'y va pas, ils trouveront toutes les excuses du monde pour nous embêter ici. Ils se présenteront avec des excuses bidon et on sera obligés de tous les recevoir séparément. Crois-moi, c'est mieux de faire tout ça en même temps. Ils verront comme tu es formidable, comme je suis heureux, et tout ira bien.

— Tu le crois vraiment, n'est-ce pas ? insista Kalee.

— Oui.

— Et s'ils ne m'aiment pas ?

Il soupira.

— Tu ne m'as pas écouté ? reprit-il.

— J'ai juste...

Kalee prit une grande inspiration.

— Tu as raison. D'habitude, je ne suis pas si inquiète de ce que les autres pensent de moi. Mais c'est différent.

— Pourquoi ?

— Parce que je veux qu'ils m'acceptent. Je ne veux pas que tu aies à choisir entre passer du temps avec eux ou avec moi. Si je m'interpose entre les amitiés de toute une vie, je ne me le pardonnerais jamais.

Phantom leva une main et passa ses doigts sur sa joue.

— Je ne vais pas avoir à choisir, ma chérie. Mais si c'était le cas, je te choisirais. Chaque fois et deux fois le dimanche.

Kalee faillit se transformer en flaque sur sa chaise. Phantom n'était pas vraiment un romantique, mais il n'avait pas besoin de l'être. Pas quand il disait exactement la bonne chose au bon moment.

— Notre repas va refroidir, dit-il, puis il se leva.

Kalee voulut rire. Elle pensait à sa façon de lui donner l'impression d'être la femme la plus chérie du monde et l'instant d'après de parler de nourriture. C'était Phantom.

Il l'avait observée au Timor oriental. Elle lui avait raconté que les rebelles ne lui donnaient que des restes. La nourrir n'était qu'une autre façon de montrer à quel point il tenait à elle. Même si elle finissait avec quarante-cinq kilos en trop, Kalee pensait que Phantom s'en ficherait. L'essentiel était qu'elle soit heureuse.

Leur petite conversation ne la rassura qu'à moitié pour la sortie du lendemain, mais elle ferait de son mieux pour faire bonne figure. Elle voulait tellement faire bonne impression sur les amis de Phantom. Les hommes pourraient l'accepter assez facilement, mais Kalee avait le sentiment que le vrai test serait avec Sidney, Caite, Zoey et Avery.

CHAPITRE QUATORZE

Kalee comprit que son inquiétude de ne pas s'intégrer aux amis de Phantom était totalement injustifiée.

À son arrivée dans la petite maison de plage, elle fut accueillie à bras ouverts. Piper, bien sûr ravie de la revoir, la serra très fort dans ses bras et murmurant :

— C'est tellement surréaliste de te retrouver alors que je pensais que tu étais partie pour toujours.

Elle apprécia Sidney dès la première seconde. C'était une pile miniature. Son chien, Hannah, restait à ses côtés quand elle ne jouait pas avec les filles.

Caite était plus jeune qu'elle, mais semblait être la plus âgée et la plus mature du groupe. Elle souriait beaucoup et était douce, mais après que Kalee eut entendu ce qu'elle avait fait, comment elle avait littéralement sauvé la vie de Rocco, Gumby et Ace, elle dut revoir son opinion. Sous sa coquille extérieure sereine se cachait en fait une Superwoman.

Zoey était adorable, faisant des blagues avec les autres gars comme si elle faisait partie du groupe depuis des années.

Et c'était surprenant de voir à quel point Kalee et Avery se ressemblaient. Les cheveux d'Avery étaient plus roux qu'auburn, mais elle avait les taches de rousseur typiques que toutes les rousses semblaient détester, et Kalee enviait son assurance. Elle ne fut pas surprise d'apprendre qu'elle était officier de la marine. Elle aimait le fait qu'Avery ne semblait pas avoir de problème à passer du temps avec une bande de Marines.

Les femmes chassèrent les hommes de la maison et leur dirent d'aller jouer avec les enfants sur la plage. Tout le monde partit sans protester... sauf peut-être Ace, qui ne put résister à l'envie de donner un dernier baiser à son fils endormi avant de s'éclipser après tout le monde.

Elles passèrent l'après-midi à rire et à apprendre à se connaître, et Kalee ne s'était jamais sentie aussi bien accueillie. Le fait qu'elle soit déjà la meilleure amie de Piper y faisait probablement pour beaucoup, mais cela ne signifiait pas que les autres l'aimeraient automatiquement.

Le temps que les hommes et les enfants reviennent de la plage, et après quelques verres, Kalee eut l'impression de connaître les femmes depuis toujours. Les conversations n'étaient pas gênantes, et même si elle fut surprise lorsque les autres évoquèrent librement leurs expériences traumatisantes passées, elle eut l'impression d'avoir trouvé sa tribu. Personne ne s'attardait sur ce qui leur était arrivé, elles étaient heureuses d'être en vie et d'avoir trouvé quelqu'un qui les aimait exactement comme elles étaient.

C'est ce que Kalee voulait aussi. Elle ne voulait pas être vue comme la pauvre femme qui avait été kidnappée, violée et forcée à terroriser les autres. Elle n'oublierait jamais ce qu'elle avait vu et fait, mais ça ne la définissait pas. Elle était Kalee Solberg. Pas « cette nana qui a été kidnappée ». Et c'est exactement comme ça qu'elle était traitée, debout dans cette jolie petite maison de plage avec les cinq autres femmes. Elles riaient, lorgnaient sur les fesses de leurs hommes, et partageaient leurs expériences passées.

La seule chose qui entacha cette journée autrement parfaite fut le fait qu'un membre du groupe manquait à l'appel.

Rex ne se montra pas.

Avery fit part de ses regrets de ne pas pouvoir être là, mais Kalee ne put s'empêcher de penser que son excuse, à savoir qu'il devait revoir certains documents du commandant, était un peu bancale. Elle détestait que Rex ne semble pas pouvoir passer outre ce qu'il considérait comme la trahison ultime de Phantom.

Il était tard, et Piper était partie avec sa famille. Tous les autres étaient partis aussi, sauf Kalee et Phantom-Sidney et Gumby, bien sûr, puisque c'était leur maison et, étonnamment, Avery.

Hannah ronflait doucement sur la terrasse près des escaliers qui menaient à la plage, et Kalee était assise sur une causeuse à côté de Phantom. Il avait attrapé sa main et il ne l'avait pas lâchée de la soirée. Sidney et Gumby étaient à l'intérieur en train de nettoyer, insistant pour qu'ils restent tous les trois dehors et profitent de la douce soirée.

— Je suis désolé que Rex ne soit pas venu, dit Avery à voix basse.

Phantom se contenta de grommeler.

— C'était à cause de moi ? demanda timidement Kalee. Et tu n'as pas à mentir. Je comprendrais si c'était le cas.

— Non ! affirma Phantom.

Avery répondit en même temps :

— Absolument pas !

Kalee vit le regard que Phantom partageait avec Avery... et réalisa pour la première fois qu'il semblait y avoir une connexion spéciale entre eux. Elle n'était pas jalouse.

Comment pourrait-elle l'être quand le pouce de Phantom caressait constamment le dos de sa main ?

Avery regarda Kalee en essayant d'expliquer :

— Quand j'étais prisonnière de guerre en Afghanistan, Rex, Phantom et moi avons passé environ vingt-quatre heures intenses ensemble. Phantom a partagé des choses assez personnelles avec moi, et j'en ai partagé en retour. Je suis tombée amoureuse de Rex pendant cette période, mais je pense que Phantom et Rex se sont liés d'une manière qu'ils n'avaient jamais connue pendant toutes leurs années de collaboration. Aucun de nous n'aurait survécu à cette folle partie de cache-cache avec les insurgés si nous n'avions pas travaillé ensemble. Rex a fait confiance à Phantom pour s'occuper de moi quand il a dû partir en reconnaissance, et en retour, Phantom *m'a* fait confiance quand il s'est fait tirer dessus.

Phantom continua les explications quand Avery s'arrêta :

— Il était là quand je me suis souvenu d'avoir vu ton pied bouger, quand j'ai réalisé que tu n'étais pas morte. Comme je n'ai pas dit ni à lui ni aux autres gars ce que je prévoyais, il l'a pris beaucoup plus à cœur que les autres. Je savais qu'il aurait fait n'importe quoi pour m'aider. Il aurait été juste à côté de moi, comme nous l'étions dans l'opération de sauvetage d'Avery.

Kalee hocha la tête, mais elle regarda Avery, l'air inquiète.

— Tu penses qu'il pardonnera à Phantom ?

— Oui. Il a juste besoin de temps, répondit Avery sans hésiter.

Kalee jeta un coup d'œil à Phantom. Il n'avait pas l'air aussi convaincu.

À ce moment-là, Hannah se leva et elle se mit à grogner. Puis elle dévala les escaliers et courut vers la plage.

Phantom se leva et se précipita vers la balustrade.

— Hannah ! cria-t-il d'un ton qui projetait à la fois force et domination.

Kalee regarda le pitbull s'arrêter dans sa course, mais elle ne revint pas immédiatement sur la terrasse. Elle s'abaissa sur le sable et grogna de façon menaçante.

Gumby sortit sur la terrasse et appela sa chienne.

— Hannah, viens ! Maintenant.

Lentement, elle recula, toujours en grognant, avant de se retourner et de courir vers la terrasse.

— Waouh, c'était impressionnant, dit Kalee. C'est une boule d'amour à poils.

Gumby haussa les épaules.

— Elle est assez protectrice. De temps en temps, elle décide que cette partie de la plage est à elle. On travaille là-dessus. La dernière chose que l'on veut, c'est qu'elle coure après quelqu'un et qu'elle l'effraie alors qu'il est juste en train de faire une promenade nocturne.

— Je pense qu'il est temps que j'y aille, dit Avery. Je dois rentrer à la maison et dire à Cole combien les filles étaient mignonnes, et comment bébé John m'a souri. Il va être super jaloux.

— Ne le fais pas, dit Phantom en mettant son bras autour des épaules de Kalee. Il a le droit de ressentir ce qu'il ressent.

— Oui, mais quand ses actions font que ma nouvelle amie se demande si elle va s'intégrer avec nous ou si elle est la raison pour laquelle il est resté à l'écart, ce n'est pas bien, dit Avery, l'air féroce.

— Lâche-le un peu, ordonna Phantom.

Avery soupira.

— Je n'aime pas quand l'un de vous est malheureux.

Phantom fit un pas vers Avery et la prit dans ses bras. Aucun des deux ne dit quoi que ce soit, mais encore une fois, ils n'en avaient pas besoin. Ils se disaient tout ce dont ils avaient besoin sans mots.

Avery fut la première à s'éloigner. Elle regarda Kalee d'un air penaud.

— Désolée.

— Ne le sois pas. Je sais à quel point les câlins de Phantom sont géniaux.

— Comment se fait-il que tu l'appelles Phantom ? Tu peux l'appeler comme tu veux, mais je sais que nous autres, on appelle tous nos gars par leur prénom.

Kalee haussa les épaules et leva les yeux vers Phantom, qui l'avait à nouveau glissée sous son bras.

— Je n'y ai jamais vraiment pensé. Il ne ressemble pas vraiment à un « Forest » pour moi. Et je ne peux pas m'empêcher de me demander ce que les rebelles ont pensé quand ils se sont réveillés et que j'avais disparu. Ils ont dû penser qu'un fantôme m'avait emportée au milieu de la nuit. Cette idée ne manque jamais de me faire sourire, parce que c'est vrai.

Avery gloussa.

— J'aime ça. J'espère que nous nous reverrons bientôt, Kalee.

— Moi aussi.

Quand Avery disparut par la porte de la maison, Phantom se tourna vers Kalee.

— Tu es prête à partir ?

Kalee hocha la tête. Cela avait été une journée incroyable. Elle avait aimé apprendre à connaître non seulement les hommes de l'équipe de Phantom, mais aussi leurs femmes.

— Tu devrais envoyer un SMS à ton père pour lui dire que tu vas bien et qu'on est sur le chemin du retour quand on sera dans la voiture.

C'était une autre chose que Kalee appréciait chez Phantom. Son père n'était peut-être pas l'une de ses personnes préférées, mais parce qu'il savait à quel point elle l'aimait, il faisait tout son possible pour s'assurer qu'elle le tenait au courant de ses allées et venues et de son état de santé.

Ils prirent congé de Sidney, Gumby et Hannah. Kalee ne pouvait s'empêcher de remarquer l'attention que Phantom portait au chien.

Après avoir envoyé un message à son père, Kalee demanda :

— As-tu déjà pensé à avoir un chien ?

Il fit de son mieux pour cacher son désir, mais Kalee le vit quand même.

Il haussa les épaules.

— Je suis trop souvent absent. Ce ne serait pas juste.

C'était vrai. En tant que SEAL, il devait parfois partir sur un coup de fil. Ce serait dur pour un animal de compagnie. Mais elle savait que Phantom serait un excellent maître pour un animal. Elle se souvenait de l'histoire qu'il avait racontée aux autres SEAL à Hawaï à propos du petit terrier qu'il avait sauvé alors qu'il n'était qu'un petit garçon. Elle espérait qu'un jour il pourrait sauver un chien. Ce serait le chien le plus chanceux du monde.

Ils se garèrent sur son parking et sortirent. Quand ils se dirigèrent vers les escaliers, Phantom prit sa main le plus naturellement du monde. Kalee eut du mal à se souvenir d'un moment où elle s'était sentie mal à l'aise en sa présence. Et à chaque minute qui passait, elle tombait encore plus amoureuse de lui.

Kalee ne savait pas pourquoi elle luttait contre ses sentiments pour lui. Elle le désirait. Elle voulait qu'il lui fasse l'amour. Elle appréhendait sa réaction, mais savait sans l'ombre d'un doute qu'il lui ferait du bien, quelles que soient ses expériences passées. Il avait admis qu'il l'aimait. Il ne cachait pas qu'il adorait l'avoir dans son lit, et la façon dont il l'avait tenue toute la soirée donnait du crédit à ses paroles. Alors pourquoi résistait-elle ?

Elle savait que c'était en partie parce qu'une partie d'elle n'était pas sûre qu'ils n'allaient pas trop vite. Il était peut-être dépassé par ses émotions de l'avoir sauvée, comme elle l'était après avoir été sauvée *par* lui. Après avoir entendu le récit d'Avery sur le moment où Phantom fut blessé et perdit son sang dans l'hélicoptère, et quand il se rappela qu'il avait vu son pied bouger, elle fut encore plus perplexe.

Elle avait été une obsession pour lui, elle le savait maintenant. Mais était-ce une obsession qui pouvait les rendre heureux tous les deux, ou qui pouvait lui causer un chagrin d'amour lorsqu'il se rendrait compte qu'il ne l'aimait pas vraiment, mais qu'il était simplement submergé par la gratitude d'avoir pu terminer une mission qu'il avait échouée auparavant ?

Une chose qu'elle savait à propos de Phantom était qu'il *détestait* échouer. C'est parce que sa mère lui avait répété pendant dix-huit ans qu'il était un loser, qu'il n'arriverait jamais à rien.

Ses pensées confuses s'arrêtèrent brusquement lorsqu'ils empruntèrent le couloir extérieur de l'étage de Phantom. Il faisait sombre maintenant, mais ils virent clairement qu'il y avait quelque chose posé devant la porte de son appartement.

Il poussa Kalee derrière lui d'une main alors qu'ils s'approchaient lentement.

Elle leva les yeux au ciel et se cacha sous son bras. Elle l'entendit grogner, mais elle tint bon.

— Arrête, gronda-t-elle. Ce sont des fleurs, Phantom. Pas une grenade.

Elle se sentit mal dès que les mots sortirent de sa bouche. Il avait probablement été dans des situations où quelque chose d'innocent avait explosé au visage d'un pauvre soldat sans méfiance.

— Tu les as envoyées ? demanda-t-il.

Kalee leva les yeux vers lui.

— Non. Et je suppose que tu ne les as pas commandées. Mon père ne m'enverrait pas de fleurs sans me le dire, et tu n'as pas l'air d'être du genre à aimer les fleurs.

— Effectivement, en convint-il.

Il poussa doucement le bouquet avec son pied. Il tomba, et une petite enveloppe avec le logo du fleuriste s'échappa d'entre les fleurs.

— Est-ce qu'on va rester là toute la nuit à les regarder ou est-ce qu'on va les ramasser et rentrer à l'intérieur ? demanda Kalee après une longue pause.

Elle sentit la poitrine de Phantom gronder avec ce qu'elle supposa être un autre grognement, mais il se pencha, ramassa les fleurs, et déverrouilla sa porte en quelques secondes. Il la poussa à l'intérieur, tourna immédiatement la poignée et verrouilla la porte, le verrou et la chaîne.

Puis, agissant de manière très inhabituelle, il pénétra dans son appartement sans la laisser le précéder. Kalee le suivit et le regarda aller dans la cuisine et ouvrir sa poubelle. Il y jeta les roses rouge sang sans hésiter.

Puis il retira une carte de la petite enveloppe, la posa sur le comptoir et posa ses mains sur le formica en inclinant la tête pour l'étudier.

— Phantom ?

— Donne-moi une seconde, dit-il sur un ton qu'elle n'avait jamais entendu de sa part auparavant.

Un peu effrayée maintenant, Kalee demeura où elle était. Elle ne savait pas si elle devait essayer de le réconforter ou disparaître pour lui laisser de l'espace.

Après une minute, Phantom releva la tête et la fixa du regard.

— Je ne suis pas en colère contre toi, précisa-t-il.

Kalee réalisa qu'elle n'avait pas bougé car elle était littéralement figée sur place.

Elle avait appris à ses dépens que lorsque l'un des rebelles était contrarié, la pire chose à faire était d'attirer l'attention sur elle. Elle s'était donc entraînée à rester absolument immobile et à essayer de se fondre dans le décor.

Elle prit une inspiration instable, et n'hésita pas lorsque Phantom se redressa et lui tendit le bras.

Elle contourna le comptoir pour entrer dans la cuisine et se colla à lui. Elle regarda l'objet qu'il fixait et fut surprise.

C'était un découpage de journal. Une photo de Phantom debout sur une plage avec quelques coéquipiers. Il riait comme si quelqu'un venait de dire ou de faire quelque chose d'hilarant. Elle n'était pas sûre de la date à laquelle elle avait été prise, mais Phantom semblait plus jeune, différent de l'homme sérieux qu'elle avait appris à connaître.

En se rapprochant, Kalee lut la légende. Elle expliquait que la photo était prise à la plage des SEAL et qu'elle montrait des Marines locaux en train de s'entraîner. Le nom de Phantom n'était pas mentionné, mais quelqu'un savait manifestement que c'était lui.

Elle n'était pas sûre de la raison pour laquelle quelqu'un la lui avait envoyée avec un bouquet de fleurs.

— Eh bien, c'est intéressant, dit Kalee. Je suppose que ça vient d'une femme.

— C'est ce que je pense, en convint Phantom.

— Une idée de qui ? demanda Kalee.

Il soupira et se tourna vers elle.

— Je n'ai pas eu beaucoup de rendez-vous récemment. Il y a eu quelques femmes qui n'étaient pas très heureuses quand j'ai mis fin à leur relation. Mais une seule est devenue... bizarre.

— Bizarre ?

— Oui. Elle pensait qu'il y avait plus entre nous qu'en réalité. Mais... je ne l'ai pas vue ou entendue depuis très longtemps, plus d'un an, donc je ne suis pas sûr que ça vienne d'elle. Ça pourrait venir de quelqu'un de la base. Peut-être que quelqu'un est tombé sur la coupure de journal et a pensé que je pourrais la vouloir.

— Mais pourquoi des fleurs avec ? Et pourquoi ne te l'ont-ils pas donné quand tu étais sur la base ?

— Je ne sais pas, dit Phantom sur un ton très méfiant.

S'il n'avait rien dit, Kalee aurait quand même su qu'il disait la vérité. Elle le voyait dans ses yeux. La confusion, la frustration, et la colère.

Elle se déplaça jusqu'à ce qu'elle soit entre son corps et le comptoir, espérant ainsi bloquer sa vue sur la photo qui l'avait tant troublé.

— Respire, Phantom, chuchota-t-elle.

Il soupira, et Kalee fut soulagée quand il croisa enfin son regard.

— Cela ne me plaît pas. Je n'aime pas les mystères ou les jeux. Franchement, je suis énervé.

— Je sais, dit Kalee.

Et c'était vrai. L'indignation se lisait dans chaque muscle de son corps. Désireuse de le calmer, elle glissa ses mains sous son T-shirt et les fit courir lentement sur le devant de sa poitrine. Elle s'arrêta et joua avec ses deux pouces sur ses tétons.

Il leva ses mains et plaqua les siennes contre lui, arrêtant ses mouvements taquins. Kalee sentait les pointes raides de ses mamelons contre ses paumes, et cela l'excitait.

— Qu'est-ce que tu fais ?

— J'essaie de te distraire. De te calmer. Et j'espère te faire comprendre ce que je veux qu'il se passe ce soir.

Cela fonctionna. La colère et la frustration disparurent de ses yeux comme si on avait appuyé sur un bouton.

— Tu vas devoir être plus claire que ça, mon trésor.

Kalee ne s'était pas sentie petite quand elle était au Timor oriental. Elle faisait à peu près la même taille que la plupart des hommes qui l'avaient gardée captive. Mais près de Phantom, elle se sentait petite et fragile. Cela aurait dû la rendre nerveuse, mais il n'avait rien à voir avec les hommes qui lui avaient fait du mal. Ni en taille, ni en tempérament, ni en quoi que ce soit.

Elle lutta pour libérer ses mains de l'emprise de Phantom, et savait qu'elle ne réussissait que parce qu'il le permettait. Elle saisit l'ourlet de son T-shirt et essaya de la faire passer par-dessus ses épaules. Mais comme il était très grand, elle n'aurait jamais pu y arriver sans son aide. Il se pencha et la laissa l'enlever par-dessus sa tête.

Quand il se releva, ses cheveux étaient ébouriffés, et Kalee eut l'eau à la bouche. Il avait taillé sa barbe ce matin-là, et elle passa sa langue sur les lèvres tandis qu'une main montait pour la caresser. Les poils étaient doux et chatouilleux contre sa paume. Son pouce effleura sa lèvre inférieure, et elle ne put attendre de le goûter à nouveau.

— Kalee, dit-il d'une voix ferme. Dis-moi ce que tu veux.

— Toi.

Le mot sortit instantanément, sans réflexion. Prenant une profonde inspiration, Kalee prit un risque et se mit à nu.

— J'ai envie de toi, Phantom. Je veux que tu m'emmènes dans ta chambre et que tu me fasses l'amour. Montre-moi que tous les hommes ne sont pas comme ces connards du Timor oriental. Et je ne veux pas que tu te retiennes. Je veux que tu sois toi-même. J'ai besoin de ça. J'ai besoin de *toi*.

Elle vit l'inquiétude dans ses yeux, mais elle fut immédiatement suivie par le désir. Ses pupilles se dilatèrent et son rythme cardiaque s'accéléra sous sa main qui se trouvait juste au-dessus de son cœur. Ses mains s'enfoncèrent dans ses cheveux et firent basculer sa tête pour qu'elle n'ait d'autre choix que de le regarder.

— Tu peux changer d'avis à tout moment, chérie. Je me fiche de savoir où nous en sommes. Compris ?

— Oui, chuchota Kalee.

— Si je te touche d'une manière qui te rappelle trop ces connards, dis-le-moi et je changerai les choses.

— OK.

— Et si tu as besoin de prendre le contrôle, ça me va très bien.

Cette fois, elle se contenta de hocher la tête.

— Putain, murmura Phantom.

Puis il la prit dans ses bras, un bras autour de son dos et l'autre sous ses genoux, et il la transporta hors de la cuisine vers sa chambre.

En souriant, Kalee enroula ses bras autour de son cou et s'accrocha.

Il n'hésita pas à l'amener directement sur son lit, à la coucher, puis à ramper sur elle. L'instant suivant, il les avait retournés tous deux pour qu'elle soit à cheval sur ses hanches, le regardant de haut.

— Pourquoi ne pas commencer comme ça ? suggéra-t-il en mettant ses mains en l'air et sous sa tête, essayant de paraître détendu et inoffensif... sans y parvenir. Je suis tout à toi, Kalee. Fais ce que tu veux de moi.

CHAPITRE QUINZE

Phantom retint son souffle alors que Kalee était assise sur lui, immobile. Il sentait la chaleur émaner d'entre ses jambes. Presque une brûlure – et ils portaient tous les deux des sous-vêtements. Mais il était terrifié à l'idée de faire quoi que ce soit qui puisse lui rappeler une seconde de mauvais souvenirs.

Il admirait Kalee pour sa force et son désir d'oublier ce qui s'était passé. Elle avait vu un médecin à Hawaï, et avait été soulagée quand les résultats de ses tests étaient revenus normaux. Elle avait dit au médecin que cela faisait très longtemps qu'elle n'avait pas été touchée, et Phantom la croyait. Mais cela ne voulait pas dire que les mauvais souvenirs ne la hanteraient pas encore.

Phantom approuvait le fait que Kalee veuille se venger des rebelles en étant heureuse et en ne les laissant pas ruiner sa vie. Mais il s'inquiétait aussi de son mental. Il s'inquiétait qu'elle ne puisse pas faire face à tout ce qui lui était arrivé.

Mais pour l'instant, il laissait volontiers Kalee sortir ses démons, si elle en avait, en utilisant son corps. Son sexe se tendait contre la fermeture éclair de son jean. Il sentait aussi l'humidité de son boxer. Cela faisait longtemps qu'il n'avait pas été avec une femme, mais ce matin il s'était masturbé sous la douche. Il passait chaque seconde de chaque jour à la désirer, et il ne laisserait rien faire tout rater.

Phantom était toujours préoccupé par les fleurs et la coupure de journal qu'il avait reçues – qu'il soupçonnait maintenant de venir de la même personne qui avait envoyé le gâteau –, mais pour le moment, il était plus préoccupé par le fait que Kalee le croyait quand il disait qu'il n'y avait personne d'autre dans sa vie. Qu'elle était la seule femme qu'il désirait, celle sans laquelle il ne pouvait pas imaginer vivre.

Il pensait que Kalee se jetterait immédiatement sur lui après son invitation flagrante, mais comme il se doutait qu'elle le ferait pour le reste de sa vie, elle le surprit. Elle entreprit de se déshabiller et commença par retirer son T-shirt.

Il l'observait alors qu'elle le remontait lentement et le passait par-dessus sa tête. Avec assurance, elle tendit ensuite la main derrière elle pour détacher le soutien-gorge en coton blanc qu'elle portait. Retenant son souffle, Phantom regarda le strip-tease le plus sexy qu'il ait jamais vu dans sa vie. Elle lui sourit timidement en dévoilant ses seins.

Sous l'effet de l'air frais, ses mamelons se mirent immédiatement à pointer, et Phantom ne put s'empêcher de se déplacer sous son corps. Ses hanches se murent légèrement, et elle se trémoussa un peu au-dessus de lui. Il déplaça ses mains vers ses hanches, mais ne quitta pas des yeux les mamelons rose pâle qui semblaient devenir plus durs plus il les fixait.

Les mains de Kalee descendirent et se posèrent sur sa poitrine. Elle caressa ses propres tétons, et Phantom se mit à gémir.

— Tu ne bouges pas, dit-elle d'un air accusateur après quelques minutes.

— Tu ne m'as pas dit que je pouvais, réussit à dire Phantom entre ses dents serrées.

— Bouge, Phantom, ordonna-t-elle. Touche-moi. Lèche-moi. Fais quelque chose pour éteindre ce feu qui se répand dans mon corps.

Elle n'eut pas besoin de le lui dire deux fois. Une main partit au milieu de son dos et il la tira vers lui. Sa tête se leva, et il ferma les yeux alors qu'il enroulait ses lèvres autour de son téton gauche. Elle cambra son dos, mais Phantom la maintint immobile, sans la laisser se rapprocher ou s'éloigner. Elle se tenait au-dessus de lui, ses seins pendants, frémissant chaque fois qu'elle prenait une respiration tremblante.

Phantom ne savait pas combien de temps il avait passé à sucer, lécher et vénérer ses seins. Il aurait continué toute la nuit, mais il se rendit compte que les cuisses de Kalee tremblaient. Sa position devait être inconfortable.

Il libéra le téton qu'il tenait dans sa bouche avec un bruit sec et la poussa en arrière. Elle relâcha son poids sur lui, et il la tira en avant jusqu'à ce qu'elle soit à cheval sur sa poitrine. Il se leva et défit le bouton et la fermeture éclair de son pantalon. En jurant, il se rendit compte qu'il n'allait pas pouvoir faire ce qu'il désirait faire avec elle habillée comme elle l'était.

— Descends et déshabille-toi, ordonna-t-il d'un ton ferme.

Elle le regarda en clignant des yeux et lorsqu'elle se mit finalement à ramper en tremblant, Phantom garda sa main sur sa hanche jusqu'à ce qu'il soit sûr qu'elle n'allait pas tomber. Pendant qu'elle enlevait son jean, il défit le sien et le baissa en même temps que son caleçon.

Elle hésita, regardant sa verge enragée, palpitante, qui s'arquait vers son ventre.

Phantom savait qu'il était bien doté. Il n'y avait jamais vraiment pensé, mais à ce moment-là, il prit conscience de l'impatience dans les yeux de Kalee.

— Tu as toutes les cartes en main, Kalee, lui rappela-t-il. Je ne ferai rien que tu ne veuilles pas.

Elle hocha la tête, puis commença à remonter sur lui. Il l'arrêta avec une main ferme sur sa hanche.

— Enlève aussi tes sous-vêtements, ordonna-t-il.

— Oh, oui, c'est vrai, dit-elle nerveusement, et elle fit glisser la pièce de coton blanc sur ses hanches.

Puis elle remonta rapidement sur lui, s'installant sur son ventre.

Phantom voyait toujours les os de ses hanches, et il se souvint distraitement de la nourrir jusqu'à ce que toute trace de sa captivité soit effacée à jamais. Il la tira plus haut sur son corps, jusqu'à ce qu'elle soit ouverte juste devant lui. Il tira un oreiller sous sa tête jusqu'à ce qu'elle se trouve dans la position parfaite.

— Phantom ?

Il regarda son corps et vit que Kalee se mordait la lèvre. Elle avait mis ses mains contre le mur et le regardait avec des yeux méfiants mais excités.

— Oui ?

— Je... je n'ai jamais fait ça.

Il ne fit pas semblant de ne pas la comprendre. Sa poitrine se gonflait d'excitation et de possessivité.

— Moi non plus. Donc si je fais quelque chose qui ne te fait pas du bien, dis-le-moi. D'accord ?

Elle eut l'air choquée.

— Tu ne l'as jamais fait ?

— Pas comme ça. Je n'ai jamais voulu le faire. Mais si je

ne mets pas ma bouche sur toi dans les cinq prochaines secondes, je pense que je vais mourir.

— On ne voudrait pas que tu meures alors, n'est-ce pas ? dit-elle nerveusement.

Phantom posa ses mains sur ses fesses et l'incita à remonter de quelques centimètres pour mettre son centre ruisselant juste au-dessus de sa bouche. Il ferma les yeux et inspira profondément. Mon Dieu. L'odeur du pin et de son sexe. Il ne pourrait plus jamais dormir dans son lit sans se souvenir de ce moment, ici et maintenant.

Il sortit sa langue et lécha Kalee jusqu'au clitoris. Ses papilles gustatives revinrent à la vie. Il recommença, et le petit soupir qu'elle poussa lui donna l'impression d'être incroyable. Il poussa ses genoux et elle élargit sa position, s'ouvrant encore plus.

Phantom la lécha encore et encore, prêtant une attention particulière à son clitoris à chaque passage. Jusqu'à ce que finalement, elle s'enfonce avec chaque coup de langue, essayant de garder son attention sur ce paquet de nerfs très sensibles. Il n'avait pas besoin de mots pour savoir ce qu'elle voulait. Il pouvait lire en elle comme dans un livre ouvert. Elle ne recula pas, ses hanches poussaient encore et encore pour l'encourager.

Introduisant un doigt dans son fourreau moite, Phantom leva la tête et s'accrocha à son clitoris. Il suça fort, puis sortit sa langue pour jouer.

— Merde ! Phantom ! s'exclama-t-elle en se penchant sur lui et en balançant ses hanches d'avant en arrière.

Elle accueillait son doigt et son visage en même temps, et Phantom savait que sa barbe et sa moustache allaient être recouvertes de sa moiteur. Il gémit contre elle et ne put empêcher ses propres hanches de se soulever. Son sexe était plus dur qu'il ne l'avait jamais été. Il était tellement excité par son excitation qu'il avait l'impression d'être déjà au bord de l'orgasme.

— Je vais jouir !

Elle haletait, mais Phantom n'avait pas besoin d'être prévenu. C'était plus qu'évident à la façon dont son corps se serrait autour de son doigt. Il en avait ajouté un deuxième, et le faisait entrer et sortir doucement tout en suçant son clitoris le plus fort possible.

Elle finit par céder à la jouissance. Ses cuisses se mirent à trembler autour de la tête de Phantom et elle faillit l'étouffer en oubliant de se retenir et quand ses genoux s'écartèrent encore plus.

Phantom était au paradis. Un sexe féminin satisfait lui massait le visage. La seule chose qui aurait rendu la situation encore plus agréable aurait été d'avoir cette chaleur autour de sa verge.

Phantom poussa les hanches de Kalee vers l'arrière jusqu'à ce qu'elle soit à cheval sur sa poitrine au lieu de son visage. Elle respirait aussi vite que si elle venait de courir le cinquante mètres et ses mains tremblaient là où elles reposaient contre ses épaules.

Phantom se lécha les lèvres, la goûtant sur lui et faisant tressaillir son sexe d'impatience à nouveau. Il se dirigea vers la petite table à côté du lit et ouvrit le tiroir. Il prit un préservatif et pria pour qu'il ne soit pas périmé sans vouloir s'arrêter pour vérifier. Il passa la main autour de Kalee tandis qu'il déroulait le préservatif sur sa verge à l'aveuglette, puis Phantom attrapa Kalee par les hanches.

— Qu'est-ce que tu veux ? demanda-t-il d'un ton bourru.

Elle croisa son regard et dit :

— Toi.

— Comment ?

— Comme tu veux.

C'était tout ce qu'il lui fallait. Phantom l'encouragea à se redresser, puis il la fit reculer jusqu'à ce que sa vulve encore ruisselante soit juste au-dessus de son membre. Il se tenait d'une main et posa l'autre sur sa cuisse.

— Prends-moi comme tu veux. Comme tu veux, lui dit Phantom en la regardant dans les yeux.

✶✶

Kalee plongea son regard dans les yeux bruns de Phantom, dont la couleur disparaissait à cause de la dilatation de ses pupilles. Elle ne se sentait pas gênée que sa barbe soit mouillée de ses fluides. Comment pourrait-elle l'être quand il était évident que lui non plus ne semblait pas gêné ?

Elle aimait être au-dessus de lui. Phantom devait savoir que ce qu'elle vivait avec lui était très loin de ses expériences les plus récentes avec les hommes. C'est pour cela qu'elle l'aimait encore plus.

Mon Dieu...

L'amour ?

Oui. Elle l'aimait.

Il était tout ce qu'elle avait toujours voulu chez un homme. Elle n'avait pas besoin d'avoir des rendez-vous pendant des mois et des dîners ennuyeux pour le savoir. Il lui prouvait à chaque minute qu'ils passaient ensemble.

— Kalee ?

Elle secoua la tête. Ce n'était pas le moment de se perdre dans ses pensées.

Elle repoussa la main de Phantom de son sexe en érection et le prit dans la sienne. Il était énorme, ce qui n'aurait pas dû être une surprise, vu sa taille, mais quand ses doigts le frôlèrent, elle se mit pratiquement à haleter d'excitation.

Elle était prête pour lui. À plus d'un titre.

Kalee se baissa...

Elle était momentanément perdue dans ses mauvais souvenirs lorsque son gland effleura ses plis. Elle s'arrêta.

Sachant qu'elle devait le faire vite et bien, elle prit une grande inspiration et se laissa tomber sur sa verge dure en un seul mouvement rapide.

Ils haletèrent tous les deux. Le pincement de la douleur causée par sa pénétration figea Kalee. Phantom ne dit pas un mot, mais elle sentit sa main serrer sa cuisse. Elle se força à ouvrir les yeux et à fixer le regard toujours excité de Phantom, malgré une pointe d'inquiétude.

— Je vais bien, lui dit-elle en bougeant légèrement les hanches.

— Tu en as l'air, répondit-il.

Sa réponse calme l'aida à s'ancrer dans le présent. Kalee regarda le long de son corps et vit ses poils pubiens roux s'entremêler avec ses poils sombres. C'était tellement érotique, et ça l'excitait encore plus qu'elle ne l'était déjà. Elle se souleva lentement, ne quittant pas des yeux l'espace entre leurs jambes, et vit son sexe sortir de son corps, brillant de son excitation.

— Putain, c'est magnifique, dit Phantom avec révérence.

Elle réalisa qu'il avait également déplacé son regard vers l'endroit où ils étaient joints. Donc, au lieu de se regarder le prendre, Kalee observa Phantom alors qu'elle se soulevait lentement de haut en bas de sa tige.

Il se lécha les lèvres et gémit.

Kalee se mit à rire. Elle ne pouvait pas s'en empêcher. Elle était tellement soulagée d'avoir pu faire ça, et d'être avec Phantom. Elle rayonnait.

Lorsque Phantom passa une main entre eux pour essuyer un peu de son fluide et porter son doigt à sa bouche, elle eut le souffle coupé.

— Tu as un goût incroyable, lui dit-il.

Puis il s'accrocha à ses hanches alors qu'elle le chevauchait. C'était bon, mais Kalee fut vite frustrée.

— Qu'est-ce qui ne va pas ? demanda Phantom en serrant plus fort ses hanches et en la maintenant immobile.

Elle était surprise de la rapidité avec laquelle il avait pu l'arrêter, mais en même temps, il ne prenait pas le dessus. Il la laissait avoir tout le contrôle dans cette situation. Il la laissait prendre les rênes et faire ce dont elle avait besoin. Mais elle voulait – avait besoin – que Phantom en profite aussi. Elle savait qu'il aimait probablement ce qu'elle lui faisait, mais il avait besoin de plus.

— J'ai besoin que tu prennes le relais, lui dit-elle.

Il fronça les sourcils.

— S'il te plaît, chuchota-t-elle. Je veux que tu te sentes aussi bien que moi. Que tu te souviennes de notre première fois comme quelque chose de fantastique. Je suis d'accord. Tu as fait en sorte qu'il n'y ait personne d'autre que nous deux dans ce lit.

— Tu me fais confiance ? demanda-t-il en maintenant toujours ses hanches plaquées, sans la laisser bouger.

— Oui.

Et c'était ça le truc. Elle lui faisait vraiment confiance. De tout son être. Avec son cœur et son monde.

Sans un mot de plus, Phantom souleva ses hanches d'un cran, puis la pénétra avec force.

Kalee gémit. Mon Dieu, c'était si bon !

Il le refit. Et encore.

Leurs peaux se heurtaient, les sons résonnaient dans la pièce silencieuse, mais Kalee n'était pas gênée le moins du monde. Elle appuya ses mains sur sa poitrine et frémit sur lui. Ses hanches ne s'arrêtèrent pas. Il poussa en elle encore et encore. Son estomac se contractait et se détendait alors qu'il la possédait totalement.

Puis une main se déplaça vers son clitoris, et il le toucha grossièrement avec son pouce tout en continuant à se déplacer en elle.

Kalee haleta et son dos se cambra, lui faisant presque perdre sa verge dans le mouvement. Elle se mit à gémir et ramena ses hanches vers le bas. Elle était à quatre pattes sur lui, et il la prenait comme un sauvage. La sueur perlait sur son front, et les bruits provenant du fond de sa poitrine étaient charnels et si chauds que Kalee pensait qu'elle allait s'évanouir.

Juste au moment où elle ne pensait pas pouvoir en supporter davantage, Phantom pinça son clitoris entre ses doigts et poussa à l'intérieur de son corps.

Kalee bascula si vite qu'elle n'eut pas le temps de le prévenir ou de se préparer aux sentiments d'euphorie qui parcouraient son corps. Ses muscles internes serrèrent sa verge avec force, et elle le sentit tressaillir au fond d'elle quand il jouit à son tour.

Il la tira vers le bas et la maintint contre lui, ne la laissant pas les séparer même d'un pouce. Sa poitrine était couverte de sueur, mais Kalee s'en fichait. Elle respirait contre son cou en haletant fortement tandis que son corps continuait à se contracter.

Phantom bougeait légèrement ses hanches d'avant en arrière, frottant son clitoris contre lui.

— Phantom ! s'exclama-t-elle juste avant qu'un autre mini orgasme ne la traverse.

— *Merde*, ça fait du bien, dit Phantom en la tenant contre lui avec des bras aussi durs que des barres de fer.

Kalee se mit à agir sans réfléchir. Elle leva la tête et attaqua sa bouche comme si elle allait mourir si elle ne l'embrassait pas dans la seconde. Béni soit Phantom, il se laissa faire, la laissant prendre l'initiative. Kalee le sentait en elle, et cela rendait le baiser encore plus intime. Il fallut plusieurs minutes avant qu'elle ne sente son corps se détendre. Son baiser se fit plus doux tandis que son corps descendait de son orgasme. Elle était trempée entre les jambes, mais elle s'en fichait.

Elle lécha la lèvre de Phantom une fois de plus puis posa son front sur son épaule.

— Putain de merde, je crois que tu m'as tué, dit Phantom.

Kalee gloussa.

— C'est ma réplique, rétorqua-t-elle dans un soupir en se blottissant contre son épaule. C'était parfait, ajouta-t-elle.

Elle sentit qu'il prenait une inspiration pour répondre, mais elle s'empressa de continuer :

— Je n'étais pas sûre de la façon dont les choses allaient se passer, pour te dire la vérité. Je m'attendais à ce que ce soit gênant, que je veuille en finir vite, et j'espérais vraiment pouvoir faire ce que je me disais depuis que j'avais compris que tu m'attirais.

Elle leva la tête.

— Et tu as fait tout ce qu'il fallait. Je pense qu'être au-dessus était ce dont j'avais besoin. Au moins pour cette première fois. Mais ne t'y habitue pas. Je ne vais pas faire tout le travail à l'avenir.

— Faire tout le travail ? Seigneur, femme. Je suis trempé de sueur et j'ai l'impression d'avoir été essoré de l'intérieur. J'ai l'impression d'avoir fait mille abdominaux. Si c'est toi qui as fait tout le travail, je suis foutu.

Kalee gloussa. Elle n'arrivait pas à croire qu'elle était allongée sur un homme encore enfoui profondément dans son corps, et qu'elle riait.

Phantom les retourna et elle se retrouva sur le dos, sous son corps. Pendant une fraction de seconde, elle paniqua, mais son corps se détendit presque immédiatement.

— Ça va ? demanda-t-il, les sourcils froncés.

Kalee n'était pas surprise qu'il ait remarqué sa légère hésitation. Elle n'avait jamais rencontré quelqu'un d'aussi proche d'elle que lui.

— Oui. Et avant de décider que tu ne me feras jamais l'amour de cette façon, j'ai besoin que tu le fasses. J'ai besoin et je veux aller de l'avant. Je *suis passée à autre chose*. Tu dois juste me rappeler de temps en temps que c'est toi et personne d'autre.

— Ce ne sera *jamais* quelqu'un d'autre, grogna Phantom.

Il tira ses hanches en arrière et son sexe glissa facilement hors d'elle.

Kalee gémit en signe de protestation.

Ses lèvres se retroussèrent. Il leva une main et se frotta la barbe.

— Je ne sais pas pour toi, mais moi, je suis dans un sale état. Tu veux prendre une douche avec moi ?

— Tu es sûr qu'on va rentrer ?

— Oh, on s'adaptera, dit Phantom de manière suggestive en reposant ses hanches sur les siennes.

Sa verge contre elle avait rapidement récupéré.

Kalee ne put empêcher les mots de sortir.

— Je t'aime, Phantom.

Ses narines se dilatèrent, et elle se raidit pendant une seconde.

Puis il glissa le long de son corps, maintenant ses hanches immobiles tandis qu'il écartait ses cuisses avec son corps.

— Phantom ?

— Si tu crois que je vais bouger de ce lit après t'avoir entendue dire ça, tu es folle.

La tête de Kalee retomba sur l'oreiller, et elle gémit en sentant à nouveau la langue de Phantom contre son clitoris extrêmement sensible.

— Attends, dit Phantom. Je vais rester ici un moment.

Ce fut le seul avertissement qu'il lui donna avant de baisser la tête et de faire de son mieux pour la rendre complètement folle.

⁂

Sur le parking, Mona Saterfield était furieuse.

Elle avait observé son homme toute la journée et elle n'avait pas aimé ce qu'elle voyait.

Il semblait *heureux*. Comment pouvait-il être heureux sans *elle* ? Cette garce avec qui il s'était assis sur la terrasse de la maison de son ami n'était pas pour lui. Comment pouvait-elle l'être, alors que Mona et lui étaient faits pour être ensemble ?

Quand elle vit Forest jouer avec la plus petite des filles, elle se mit à rêver que c'était *son* enfant. D'elle et de Forest, assis sur la terrasse ensemble, et qu'il *lui* tenait la main.

C'était une torture absolue de savoir qu'il était dans son appartement avec quelqu'un d'autre.

Il n'était pas censé avoir envie de quelqu'un d'autre qu'*elle*.

Il avait dit à Mona qu'il ne pouvait pas être avec elle parce qu'il ne voulait pas qu'elle s'inquiète pour lui pendant qu'il était en mission.

Il avait menti.

Mais il était toujours *à elle*. Elle n'avait pas pu résister à l'envie de lui envoyer une coupure de journal pour le lui rappeler.

Elle lui laissait un peu plus de temps pour se raviser, mais s'il ne le faisait pas, s'il insistait pour rester avec cette autre femme, il le regretterait.

Si elle ne pouvait pas avoir Forest Dalton, personne ne le pouvait. *Point*.

Il y aurait une confrontation, il n'y avait aucun doute. Mais d'abord elle devait tout planifier. Puis elle lui parlerait, lui donnerait le choix. Elle... ou personne.

Il la choisirait. Il le devait.

CHAPITRE SEIZE

Trois jours plus tard, Kalee était assise sur la terrasse de Piper et regardait Rani, Sinta et Kemala courir partout. Cela faisait du bien de retrouver sa meilleure amie, même si c'était un peu étrange depuis que Piper était mère de quatre enfants. Tout avait tellement changé depuis que Kalee était partie.

— Es-tu heureuse ? demanda Kalee en regardant les filles jouer.

Elle sentit le regard de Piper sur elle, mais ne se retourna pas pour lui faire face.

— Très, répondit Piper.

Kalee soupira puis regarda son amie.

— Tu as toujours voulu une grande famille.

— C'est vrai. Mais je ne m'attendais pas à ce que ça se passe comme ça.

Kalee hésita, puis exprima ce à quoi elle pensait depuis un moment :

— Je suis désolée.

— Pour quoi ? fit Piper.

— Pour t'avoir mise au milieu d'un putain de coup d'État.

Au lieu de lui dire de ne pas s'inquiéter avec sa voix normalement douce, Kalee fut surprise quand son amie habituellement si posée lui répondit d'un ton si péremptoire que c'en était presque effrayant :

— Si tu dis encore quelque chose comme ça, je vais te faire mal.

Kalee la regarda avec de grands yeux.

— Je le pense, Kalee. Je ne dis pas que c'était amusant, mais regarde...

Elle fit un geste vers le jardin, puis vers son fils endormi dans ses bras, puis vers la maison derrière eux.

— Tu m'as promis une aventure, mais tu n'as rien dit sur le fait de trouver l'amour de ma vie, d'avoir une famille toute faite, un mariage, ou de me donner tout ce que j'ai rêvé d'avoir depuis qu'on était assez vieilles pour lire et comprendre les romans d'amour qu'on empruntait à la bibliothèque.

Kalee ne put s'empêcher de sourire à ce souvenir. Elles marquaient des passages dans les livres qu'elles avaient empruntés et se les lisaient à tour de rôle. À l'époque, elles ne comprenaient pas vraiment les orgasmes, ni les sentiments décrits par les héroïnes des livres, mais elles savaient toutes deux qu'elles voulaient ce que ces femmes fictives avaient.

— Je ne peux pas nier que j'avais peur. J'étais pétrifiée, dit Piper. Je n'avais aucune idée de l'endroit où tu étais, mais je savais que si tu m'avais dit de rester sous ce plancher et de ne pas en sortir quoi qu'il arrive, c'est que ce qui se passait était grave.

Sa voix se brisa.

— Je voulais t'aider, mais je ne savais pas comment.

Kalee tendit la main vers la jambe de Piper et la serra.

— Je sais. Merci d'être restée dans la cachette. Je ne suis pas sûre que j'aurais été capable de le supporter si tu avais été capturée par les rebelles.

Elles demeurèrent assises comme cela pendant un long moment. Deux meilleures amies qui avaient failli perdre leur vie et qui avaient cru se perdre l'une l'autre.

Kalee voulait parler de Phantom, de ce qu'il lui faisait ressentir et à quel point elle l'aimait, mais même après tous leurs fantasmes d'enfance et leur proximité, cela ne semblait pas juste. Elle était aussi inquiète à propos de l'enquête qui devait avoir lieu dans une semaine. Phantom appelait ça une audience non judiciaire, mais cela ressemblait à un procès, une audience ou quelque chose comme ça.

— Ace parle-t-il beaucoup de Phantom ? demanda Kalee. Il le voit tous les matins quand ils s'entraînent, et je me demandais s'ils parlaient de l'audience disciplinaire à venir.

Piper se redressa et se tourna vers Kalee.

— Ace ne l'a pas vu depuis que vous êtes venus chez Sidney, il y a quelques jours.

— Quoi ? Il s'est levé tous les matins pour faire de l'exercice et j'ai supposé qu'il retrouvait les gars.

— Pas que je sache.

— Eh bien, merde, dit Kalee.

— Peut-être que je me trompe, dit rapidement Piper. Ace ne me dit pas tout.

— Vous avez besoin de quelque chose ? demanda l'homme en question en sortant la tête de la porte comme s'il avait été convoqué.

Kalee se dirigea vers Ace.

— As-tu parlé à Phantom depuis que tu l'as vu à la maison de plage ? demanda-t-elle.

Elle n'avait aucune idée d'où venait sa bravoure. Mais

c'était important. Phantom avait besoin de ses amis. Autant elle aimait passer du temps avec lui, autant il devait être stressé de ne pas recevoir le soutien dont il avait besoin de la part de ses coéquipiers.

Ace haussa les épaules.

— Non.

— Pourquoi ? reprit Kalee.

Ace sortit et s'appuya contre le côté de la maison. Il croisa ses bras et soupira.

— Il ne s'est pas montré pour s'entraîner avec nous.

Kalee secoua sa tête.

— Non, ça ne va pas.

Elle fit un geste vers Piper.

— Tu es avec ma meilleure amie, donc j'ai le droit de te dire ce que je vais te dire. Et si quelque chose arrivait à Piper ? Si elle était kidnappée par un baron de la drogue et qu'il l'emmenait au Mexique ? Tu sais où elle est, mais on te dit que tu ne peux pas aller la chercher. Est-ce que tu resterais assis et dirais : « OK, mes officiers supérieurs savent mieux que moi » ? Non, ce n'est pas ce que tu ferais, répondit Kalee, ne lui laissant pas l'occasion de répondre. Tu irais au Mexique pour la récupérer. Et je suis sûre que tu ne voudrais pas risquer la carrière de tes amis, donc tu irais tout seul. Surtout si tu étais sûr à 90 % de l'endroit où elle se trouvait.

Ace laissa tomber ses bras et se pencha en avant, entrant dans l'espace personnel de Kalee. Elle n'était pas à l'aise avec ça, mais elle tint bon.

— Faux. Je parlerais à mes amis et leur demanderais conseil. Puis je déciderais de ce que je devrais faire.

— Oh, c'est des conneries ! rétorqua Kalee. Tu as épousé Piper deux-trois secondes après l'avoir rencontrée. Tu t'es arrêté pour en parler avec tes amis d'abord ? Et ont-ils approuvé ta décision ? Et Phantom ? Je suppose qu'il n'était pas ravi. Simplement parce qu'il était inquiet pour *toi*. Mais tu l'as fait quand même, et Phantom t'a soutenu ainsi que Piper. Il n'est pas non plus très à l'aise avec les enfants, mais il n'hésite jamais à jouer avec Rani, Sinta et Kemala, et à vous aider comme il le peut. Phantom *préférerait mourir* avant de faire quoi que ce soit qui te blesserait, toi ou les autres gars. Il donnerait sa vie pour protéger Piper, Avery et les autres femmes. Et pourtant, quand il a le plus besoin de votre soutien, quand il se sépare de vous, vous le laissez faire ! C'est comme si tu attendais de voir ce que la marine décide pour sa sanction avant de lui faire savoir que tu le soutiens. Ça *craint*. Tu devrais te mobiliser pour lui en ce moment ! Rassembler des gens pour parler en son nom à ce stupide truc d'audience. Il a besoin de toi, et tu l'as quasiment abandonné !

Kalee prit une grande inspiration.

— Honnêtement, je suis déçue. Je sais que Piper t'aime, et tu sembles être un très bon père. Mais si tu n'es pas prêt à te tenir aux côtés d'un homme qui t'a probablement sauvé la vie plusieurs fois quand il a le plus besoin de toi, tu *n'es pas* l'homme que je veux pour ma meilleure amie.

Elle tremblait quand elle eut fini, et s'inquiétait d'être allée trop loin. Ace avait l'air énervé. Elle fit un pas en arrière, s'assurant de rester entre Piper et Ace. Elle ne pensait pas qu'il s'en prendrait à elle ou à sa femme, mais elle ne prenait aucun risque.

Mais Ace se mit tout à coup à sourire.

— D'après ce que m'avait dit Phantom, tu ne parlais pas beaucoup. Tu avais peur des hommes.

La gorge serrée, Kalee se contenta de secouer la tête. Elle n'avait pas pensé à autre chose qu'à défendre Phantom. Elle était encore choquée d'apprendre qu'il ne s'était pas entraîné avec son équipe. Elle en savait assez pour savoir que l'entraînement était important pour les équipes de

SEAL. Peut-être que c'était une habitude héritée de leur formation. Mais apprendre que Phantom n'avait vu aucun de ses amis ces derniers jours avait été difficile à entendre.

Entre Phantom et elle tout se passait incroyablement bien. Ils faisaient l'amour tous les soirs et restaient ensemble pendant la journée. Parfois ils parlaient, d'autres fois ils regardaient la télé ou lisaient simplement des livres. Ils faisaient du shopping, et hier Phantom l'avait emmenée faire une longue promenade le long de la côte. Elle ne s'était jamais sentie aussi bien avec un homme auparavant, et jusqu'à il y a quelques minutes, elle pensait que tout allait bien pour lui.

— Tu as raison, dit Ace doucement. On a merdé. Je l'appellerai plus tard et lui dirai de ramener son cul à la plage demain matin pour s'entraîner avec nous.

— Maintenant, insista Kalee. Il m'a déposée plus tôt, puis il allait retourner à l'appartement pour attendre que j'appelle et dise que j'étais prête à partir.

— Bien. Je vais le faire maintenant, dit Ace avec un autre sourire.

Puis il prit un air grave.

— Nous n'avons pas renoncé à lui, Kalee, affirma-t-il.

— Alors prouvez-le, répliqua-t-elle.

Ace la fixa un instant, puis hocha la tête.

— Si tu es d'accord, j'aimerais embrasser ma femme et mon fils avant de rentrer et d'appeler mon coéquipier.

Kalee réalisa qu'elle était toujours debout entre Ace et Piper. Elle savait qu'elle rougissait, mais refusait de s'excuser. Elle se mit sur le côté et regarda Ace enlacer sa femme, l'embrasser, puis le front de John, avant de se retourner pour rentrer à l'intérieur.

Un peu gênée par la façon dont elle s'était attaquée au mari de Piper, elle n'osa pas regarder son amie en se rasseyant.

— Il ne me ferait jamais de mal, murmura Piper quand elle fut installée.

— Je sais.

— Je ne pense pas que tu le saches, rétorqua Piper. Pas d'après la façon dont tu te tenais entre nous. Mais je comprends. J'ai deviné une partie de ce que tu as vécu aux mains des rebelles, mais je ne sais pas tout. Ça ne me dérange pas que tu me protèges moi ou mes enfants, mais je dis juste qu'Ace, ni aucun des SEAL, ne me ferait jamais de mal.

Kalee avala de travers.

— L'habitude, dit-elle doucement.

Piper attrapa la main de Kalee, et ça lui fit du bien. Elle ne savait pas ce que Phantom penserait d'elle s'en prenant à Ace, mais elle s'en fichait. Elle le soutiendrait quoi qu'il arrive, même si cela signifiait affronter ses meilleurs amis.

— As-tu réfléchi à ce que tu pourrais faire ? demanda Piper.

Kalee était soulagée d'avoir changé de sujet, même si celui-ci n'était pas beaucoup plus facile.

— Pas vraiment. Je ne pense pas que je serais capable de faire un travail où je devrais m'asseoir dans un bureau huit heures par jour.

— Peut-être quelque chose dans le domaine médical ? reprit Piper.

Kalee fronça le nez.

— Non.

— Dans la construction ?

Kalee secoua sa tête.

Elles eurent plusieurs échanges, Piper suggérant différents métiers, et Kalee les rejeta tous.

— Tu vois ? Je suis sans espoir. C'est pour ça que j'ai rejoint le Corps des volontaires de la paix au départ, se plaignit Kalee. Je n'avais aucune idée de ce que je voulais faire de ma vie. Et prendre quelques années de congé pour aller au Timor oriental semblait être une aventure à l'époque. Une façon de repousser ma vraie vie.

— Pourquoi pas quelque chose avec des enfants ? suggéra Piper.

— Je ne veux pas enseigner, dit Kalee.

— Je n'ai pas dit que tu devrais le faire. Il y a beaucoup de choses que tu pourrais faire avec les enfants qui ne sont pas de l'enseignement. Et soyons honnêtes, tu n'es pas *obligée de* travailler.

Piper leva une main pour éviter que Kalee ne rejette immédiatement cette idée.

— Ton père est plein aux as. Je sais que tu penses que ce n'est pas ton argent, mais il a bien plus que ce dont il a besoin... et tu ne l'as pas vu, Kalee. Il était dévasté quand on a tous cru que tu étais morte. Il était brisé. Et je ne parle pas de ce qui s'est passé quand il a arrêté de prendre ses médicaments. Te donner de l'argent le rendra heureux. Et si tu peux trouver quelque chose à faire avec ton temps que tu aimes, mais qui ne paie pas beaucoup, ça n'aura pas d'importance parce que ton père te donnera volontiers et avec joie tout ce dont tu as besoin pour rester à flot.

Kalee soupira.

— Je sais, mais je ne veux pas être *cette* personne. Celle qui vit de l'argent de son père et qui fait tout ce qui lui plaît.

— Bien. Alors vis avec l'argent de Phantom et pas avec celui de ton père.

Kalee regarda son amie avec l'air choqué.

— Quoi ? demanda Piper avec un regard pas si innocent que ça. Sérieusement, tu n'es pas en train d'essayer de me faire croire que tu n'es pas follement amoureuse de cet homme, n'est-ce pas ?

Kalee souffla un peu.

— Non.

— Bien. Donc tu l'aimes, il t'aime. Vous vous mariez et vivez ensemble. Tu trouves un travail que tu aimes et tu ne t'inquiètes pas pour l'argent. Si tu as besoin de plus que ce que Phantom gagne, ton père t'aidera.

— Cela ne me plaît toujours pas, répondit Kalee. Mon père m'a déjà aidée en me donnant un peu d'argent, mais je crois que j'aurais l'impression d'être encore plus une profiteuse si je ne travaillais pas.

— N'importe quoi, rétorqua Piper avec véhémence.

Les sourcils de Kalee se levèrent en entendant son amie si calme d'ordinaire se mettre à fulminer.

— Sérieusement. La vie est trop courte pour s'inquiéter de ces trucs. Surtout quand tu as deux hommes qui te donneraient le monde si tu le demandais. Tu as une vraie seconde chance dans la vie. Saisis-la.

— Je le veux, mais je ne sais pas quoi faire, dit Kalee, l'air pathétique, mais sans pouvoir s'en empêcher.

— Faire du bénévolat au zoo, être barmaid, lire des livres aux enfants à la bibliothèque, conduire un bus scolaire, travailler au centre aéré du centre-ville, faire du bénévolat à la garderie, promener des chiens, être guide dans l'un des nombreux musées du coin, être une foutue vendeuse de porte-à-porte. Trouve juste *quelque chose que* tu aimes, et fais-le.

Kalee écoutait son amie... et sentit quelque chose au fond d'elle se mettre en place. Elle avait trop été préoccupée par le fait d'essayer de trouver quel genre de travail elle voulait faire pour le reste de sa vie, et comment elle allait gagner assez d'argent pour vivre, mais Piper avait raison. Elle avait la chance d'avoir un père qui avait plus d'argent qu'il ne savait qu'en faire. Et elle avait le sentiment que Phantom serait plus qu'heureux de la laisser s'asseoir sur le canapé toute la journée si c'était ce qu'elle voulait.

Mais une idée d'emploi que Piper avait lancée piquait son intérêt.

— Le centre aéré ? demanda-t-elle.

Piper se mit à sourire.

— Oui. Il y en a un près de l'école de Kemala, et je sais pertinemment qu'ils cherchent toujours des volontaires pour venir jouer avec les enfants. Pour les occuper et les éloigner de la rue, ce genre de choses.

Kalee n'avait aucune idée des qualifications requises pour être bénévole, mais elle pensait être douée pour cela. Elle repensa à l'école qu'elle avait visitée avec Phantom à Hawaï et à tout le plaisir qu'elle avait eu ce jour-là. Cela avait été difficile à l'époque, car elle avait encore des flash-backs, mais en s'en souvenant maintenant, elle ne pouvait pas penser à autre chose qui lui convienne vraiment.

— Tu m'as manqué, lâcha Kalee.

Piper pressa ses lèvres l'une contre l'autre avant de murmurer :

— Tu m'as manqué aussi. Tellement.

Kalee se leva et alla vers Piper, assise dans son fauteuil, et la serra dans ses bras. C'était gênant avec John qui dormait entre elles, mais Kalee savait qu'elle était une femme très chanceuse. Elle avait une meilleure amie incroyable, un homme d'enfer qui disait l'aimer, un père qui remuerait ciel et terre si cela signifiait la rendre heureuse, et elle avait une seconde chance dans la vie. Que pouvait-elle demander de plus ?

Phantom passa prendre Kalee peu après son appel pour lui dire qu'elle était prête. Ils se rendirent au supermarché pour réapprovisionner le garde-manger et le réfrigérateur avant de rentrer à son appartement.

Il avait attendu d'être seul pour en parler, et il ne tourna pas autour du pot.

— Tu n'avais pas besoin de prendre ma défense avec Ace.

Elle se tourna pour lui faire face, et il put voir l'air têtu qui envahissait son visage.

— Oui, je l'ai fait. Pourquoi tu ne m'as pas dit que tu ne t'entraînais pas avec eux ? Je pensais que tu le faisais.

Phantom haussa les épaules.

— Je n'ai pas dit si je le faisais ou pas. J'ai juste dit que j'allais m'entraîner.

Kalee fronça les sourcils.

— Mais tu savais que je supposerais que tu étais avec eux.

— Ce n'était pas le cas.

Il vint vers elle et la prit dans ses bras. Il se sentait toujours mieux quand il la tenait. Ce n'était pas le cas au Timor oriental, mais maintenant il avait envie de la toucher.

— Je n'y ai pas pensé, lui dit-il honnêtement. Je n'ai pas réalisé que tu penserais que je m'entraînais avec l'équipe. Je m'entraînais le matin à Hawaï et je dois continuer à le faire ici.

Kalee leva les yeux vers lui.

— Qu'a dit Ace ?

— Il m'a dit que j'avais été un fainéant trop longtemps, et que si je n'étais pas sur la base à 5 heures du matin avec eux, je n'aimerais pas les conséquences.

— Bien, dit Kalee avec un sourire.

— Merci, murmura Phantom. J'allais garder mes

distances jusqu'à l'audience, pensant que si je devais quitter l'équipe, ce serait plus facile. Mais ils m'ont manqué.

— Et Rex ? demanda Kalee.

— Je ne sais pas. Je suppose qu'il sera là.

— Tu dois lui parler, insista Kalee.

— Je sais, lui dit-il, sans s'engager dans quoi que ce soit.

Il n'allait pas pousser son ami à parler. Phantom savait qu'il avait tort et que c'était Rex qu'il avait le plus blessé. Il faudrait beaucoup de temps avant qu'il lui pardonne, supposait-il. Il devait faire face à ses sentiments. Le confronter avant qu'il ne l'ait fait serait une erreur.

Mais il manquait à Phantom. Toute son équipe lui manquait, mais surtout Rex.

Il avait également réfléchi aux fleurs qu'il avait reçues, et son premier réflexe avait été d'appeler Rex pour en parler. Il avait toujours l'intuition de qui était derrière les cadeaux, mais aucune preuve.

Phantom gardait l'œil ouvert, mais il n'avait vu aucun signe de Mona, la femme avec qui il était sorti une fois, puis avec qui il avait rompu parce qu'elle était devenue complètement folle à la fin de leur rendez-vous.

Il aurait aimé discuter de ses soupçons avec son équipe. Rex aurait été le premier à se porter volontaire pour veiller sur Kalee quand Phantom ne pourrait pas être avec elle. Mais pour le moment, il était seul. Jusqu'à ce que la personne qui lui avait laissé les fleurs fasse autre chose, quelque chose d'illégal, il ne pouvait pas porter plainte, ou même obtenir une ordonnance restrictive contre elle. C'était frustrant.

Il n'avait pas soupçonné Mona au début parce que les cadeaux étaient livrés par les vendeurs eux-mêmes. S'ils avaient simplement été déposés sur le pas de sa porte, il se serait inquiété plus tôt. Comme c'était le cas la dernière fois, elle connaissait clairement son adresse. C'était assez alarmant. Donc Phantom ne pouvait pas écarter la possibilité d'être surveillé. Normalement, cela ne le dérangerait pas tant que ça ; elle n'était pas une menace physique pour lui.

Mais pour Kalee c'était une autre histoire. Elle avait déjà vécu l'enfer, la dernière chose dont elle avait besoin était d'avoir affaire à une harceleuse jalouse.

S'il pouvait parler à Rex et au reste de l'équipe, ils aideraient à la garder en sécurité... mais pour l'instant, c'était à lui de jouer.

— Tu as passé un bon moment avec Piper ? demanda-t-il pour changer de sujet.

Kalee hocha la tête.

— Nous avons un peu parlé de ce que je pourrais faire de ma vie.

— Et ?

Elle haussa les épaules, essayant de paraître nonchalante, mais il voyait qu'elle était excitée par ce qu'elle était sur le point de lui dire.

— Elle m'a rappelé combien j'aimais passer du temps avec les enfants. En fait, c'était la raison pour laquelle j'étais à l'orphelinat au Timor oriental au départ. Je me suis dit que je pourrais peut-être aller parler à quelqu'un du centre aéré. Voir s'ils ont besoin de bénévoles.

— C'est une excellente idée, dit Phantom qui le pensait sincèrement.

— Est-ce que tu...

— Ce serait du bénévolat, dit Kalee, fixant un point sur sa poitrine qui semblait être absolument fascinant.

— Et ? demanda Phantom, ne comprenant pas son malaise.

— Et je ne serais pas payée, dit Kalee en haussant les épaules.

Il comprit alors ce qui l'inquiétait. Mettant un doigt sous

son menton, Phantom inclina la tête de Kalee pour qu'elle le regarde.

— Je me fiche de l'argent, lui dit-il. J'en ai plus qu'assez pour nous deux. La marine me paie bien, surtout la prime de risque au combat quand je suis en mission. Tu n'auras jamais à te soucier de l'argent. Pas avec moi.

— Mais tu as dit toi-même que tu pourrais être rétrogradé, répondit-elle en mordillant la lèvre.

— C'est vrai, mais j'économise depuis longtemps. J'en ai assez pour pouvoir vivre tranquillement. Je veux que tu fasses quelque chose que tu aimes.

— Mon père m'aiderait aussi, reprit-elle d'un air hésitant.

La réaction immédiate de Phantom fut de lui dire qu'il était hors de question qu'il accepte de l'argent de Paul Solberg, mais il se ravisa et réfléchit à ses mots avant de dire quelque chose qu'il regretterait. Son père avait énormément d'argent. À sa mort, tout irait à Kalee. De son vivant il serait prêt à tout pour donner à sa petite fille tout ce dont elle avait besoin ou envie. Il serait stupide de leur refuser ça à tous les deux.

— Il le ferait, acquiesça lentement Phantom. Une partie de moi a envie de me frapper la poitrine et de dire : « Moi, l'homme, je dois subvenir aux besoins de ma femme », mais j'ai l'impression que ça ne se passerait pas bien.

— Tu aurais raison, répondit ironiquement Kalee.

— Donc, s'il y a quelque chose que tu veux et qu'après en avoir parlé, nous pensons tous les deux que ce n'est pas le bon moment pour l'acheter, et que nous sommes d'accord pour demander à ton père, on utilisera ce qu'il a mis sur ce compte pour toi, je suis d'accord avec ça.

Kalee gloussa.

— Il y avait beaucoup de conditions dans cette réponse, mais je comprends. Je ne veux pas dépendre de l'argent qu'il m'a donné ou lui en demander plus, précisa-t-elle, mais je ne veux pas non plus rester assise derrière un bureau à répondre au téléphone toute la journée.

Phantom frissonna à cette idée.

— Tu deviendrais folle, ma chérie. Je n'ai pas abordé la question du travail parce que je m'en fiche que tu travailles ou pas. Je veux juste que tu sois heureuse. Et pour l'instant, tu as besoin de temps et d'espace pour te détendre. Pour être toi-même. Je me suis dit que quand tu serais prête, tu chercherais à trouver quelque chose pour t'occuper. Mais...

Il marqua un temps d'hésitation.

— Quoi ? demanda Kalee, l'air inquiète.

— Dans une semaine, je saurai si la marine va me laisser rester ici avec mon équipe, ou s'ils vont m'envoyer dans une autre base. Ils pourraient même décider que j'ai besoin d'une affectation de six mois sur un cuirassé ou autre. Je ne voudrais pas que tu sois engagée quelque part et que tu doives partir.

Elle le regarda fixement pendant si longtemps que Phantom s'en inquiéta.

— Quoi ?

— Tu veux que je vienne avec toi si tu dois changer de base ? demanda-t-elle.

— Tu plaisantes ? fit-il.

Kalee secoua sa tête.

— Je t'aime, dit fermement Phantom. Si tu voulais que je quitte la marine pour travailler au centre commercial, je le ferais. *Oui*, je veux que tu viennes avec moi. Ce n'est pas juste. Je le sais. Piper et ton père sont ici, et je n'avais aucune intention de t'éloigner d'eux... mais j'ai appris que je suis assez égoïste pour ne pas vouloir que tu restes ici pendant que je déménage à l'autre bout du pays. Je ne serais pas là pour chasser tous les hommes loin de toi et m'assurer qu'ils savent que tu es en couple.

Kalee se mit à rire doucement.

— Tu crois que je serais tentée ?

Phantom savait qu'elle plaisantait, mais il était certain que tous ceux qui la connaîtraient voudraient avoir Kalee pour eux. Comment pourrait-il en être autrement ?

— Je vais être honnête, et j'espère que tu pourras le supporter.

Il n'attendit pas sa réponse pour continuer :

— Je ne suis pas une très bonne affaire. Je t'ai déjà dit que je n'avais pas de famille. Je suis un idiot la plupart du temps. Je ne réfléchis pas avant de parler, et ça veut dire que j'énerve beaucoup de gens. Donc je ne t'en voudrais pas si tu trouves quelqu'un d'autre si je suis expédié.

— Oui, tu ne réfléchis pas avant de parler, et tu *m'énerves,* dit Kalee en essayant de sortir de ses bras, mais Phantom s'accrocha.

Elle arrêta de se débattre et le regarda fixement, ses doigts s'enfonçant dans ses avant-bras.

— Tu m'as déjà dit que tu es un idiot, et je me fous que tu n'aies pas de famille. Ce que je t'entends dire, c'est que tu ne me fais pas confiance, et que tu es persuadé que je te tromperais.

Phantom fronça les sourcils.

— Non, ce n'est pas ce que je dis.

— Mais si, insista-t-elle. Tu as dit que si tu partais et que je restais ici, je trouverais quelqu'un d'autre et je romprais avec toi. Que je te tromperais.

Phantom prit une profonde inspiration. Il ne voulait pas penser qu'elle toucherait quelqu'un d'autre que lui.

— Je veux juste ce qu'il y a de mieux pour toi.

— *Tu* es ce qu'il y a de mieux pour moi, insista-t-elle. *Tu as* brisé toutes les règles et tu es venu pour moi. *Tu* m'as donné tout ce temps à Hawaï pour me rétablir avant que je ne doive faire face à ma vie. *Tu* m'as forcée à faire face à des choses dont tu savais qu'elles me feraient basculer si je n'y faisais pas face. *Tu* m'as donné le courage de parler à nouveau. *Tu* m'aimes. Pourquoi voudrais-je quelqu'un d'autre ?

— Putain, dit Phantom, submergé par l'amour de la femme fougueuse qu'il tenait dans ses bras.

Il l'écrasa contre sa poitrine et prit une profonde inspiration, essayant de trouver son côté *badass* de Navy SEAL. Kalee avait le pouvoir de le désarmer complètement.

— Je t'aime, Kalee. Plus que tu ne le sauras jamais. Et je ferai tout pour que tu sois en sécurité. Même si cela signifie aller au Mexique à la recherche d'un baron de la drogue qui t'aurait kidnappée.

Elle gloussa.

— Je suppose qu'Ace t'a raconté cette partie, hein ?

— Oui.

— As-tu reçu d'autres cadeaux ou photos bizarres aujourd'hui ? demanda Kalee, surprenant Phantom avec ce changement de sujet.

— Non.

Elle leva les yeux vers lui.

— Tu mens pour essayer de me protéger ?

— Non, répondit-il en souriant. Mais je le ferais si je pensais que c'était ce dont tu avais besoin.

— Je n'ai pas besoin que tu me mentes, jamais. Je sais que tu t'inquiètes pour ça, et j'aimerais que tu me parles de tes hypothèses à ce sujet.

— Tu sais, cette femme dont je t'ai parlé une fois, celle qui pensait qu'il y avait plus entre nous qu'en vérité ?

— Oui.

— Je suis presque sûr que c'est elle qui m'a envoyé ces fleurs. Et la coupure de journal.

Kalee fronça les sourcils.

— Est-ce qu'elle va être un problème ?

— Honnêtement, je ne pense pas.

— Peut-être que tu peux parler d'elle aux gars demain ? Pendant que tu courras 600 kilomètres dans le sable le matin, tu pourras leur parler d'elle et voir ce qu'ils en pensent.

— Oui, mon trésor, je peux faire ça.

Elle poussa un soupir de soulagement.

— Merci.

— De rien. On a fini de parler ?

— Je pense que oui, pourquoi ?

— Tu as faim ?

— Non.

— Tu as l'air fatiguée. Tu devrais peut-être faire une sieste, lui dit Phantom avec un sourire.

— Fatiguée ? Je ne suis pas fa... Oh... oui, j'*ai* un peu sommeil. Tu viens me border ? demanda Kalee en glissant sa main sous son T-shirt et en jouant avec le bouton de son jean.

Phantom ne prit pas la peine de répondre. Il la prit simplement dans ses bras et se dirigea dans le couloir vers la chambre principale. Toutes les pensées concernant les cadeaux effrayants d'une femme inconnue et le fait d'avoir à faire face à ses coéquipiers le lendemain matin s'envolèrent.

Il n'avait jamais été très porté sur le sexe. Il aimait ça, et n'hésitait pas à prendre son plaisir quand le besoin s'en faisait sentir, mais il avait rarement ressenti un besoin profond de s'envoyer en l'air.

Jusqu'à Kalee.

Il ne pouvait pas garder ses mains, ou sa langue, loin d'elle. Elle le comblait comme il ne l'avait jamais été auparavant. L'amour avait été une chose insaisissable pour lui, mais il l'avait maintenant. Il comprenait comment Rocco avait pu tomber amoureux de Caite en un regard dans un ascenseur. Comment Gumby avait pu pardonner Sidney à maintes reprises alors qu'elle agissait de manière autodestructrice ; comment Ace avait pu demander impulsivement à Piper de l'épouser ; comment Bubba n'avait eu aucun problème à faire emménager Zoey chez lui alors qu'il n'avait passé que très peu de temps en Alaska. Et comment Rex s'était battu si férocement pour Avery.

Kalee était sienne, tout comme il était sien. Il se plierait en quatre pour qu'elle sache toujours combien il l'aimait. Il ferait de son mieux pour ne jamais l'embarrasser ou lui faire regretter de s'être attachée à lui.

Il leur restait une semaine avant de savoir quelle serait sa sanction pour ses actions, mais Phantom ne regretterait jamais ce qu'il avait fait.

— Arrête de penser si fort, se plaignit Kalee. Je vais complexer.

Phantom gloussa.

— Ne t'inquiète pas, mon trésor, je pense à toi.

— Eh bien, arrête ça. Moins de réflexion, plus d'action, exigea-t-elle.

C'était un ordre que Phantom n'eut aucun problème à suivre.

CHAPITRE DIX-SEPT

Pendant les trois jours suivants, Phantom quitta son appartement à l'aube pour s'entraîner avec son équipe. Les choses n'étaient pas vraiment revenues à la normale, mais il appréciait de courir avec eux. De s'entraîner si fort que ses jambes tremblaient et que ses bras étaient comme de la gelée. Rex et lui n'avaient pas encore vraiment parlé, mais au moins il était là à s'entraîner avec eux.

Maintenant, il marchait sur la plage avec l'équipe en direction du parking, après avoir nagé un kilomètre, puis couru dans le sable pendant cinq autres kilomètres. Il n'y avait pas beaucoup de monde si tôt le matin, mais ils n'étaient pas les seuls sur la plage non plus. Quelques hommes plus âgés se promenaient avec des détecteurs de métaux, quelques coureurs, une poignée de personnes se baignaient, et même une jeune mère avec deux enfants avaient déjà revendiqué un morceau de plage de choix pour la journée.

Mais c'est la femme assise sur le muret au loin qui attira l'attention de Phantom.

Elle ne les regardait pas, elle fixait l'océan. Mais quelque chose en elle lui fit dresser les cheveux sur sa nuque.

— Depuis que je suis revenu d'Hawaï, je reçois des cadeaux bizarres, lâcha Phantom.

Tout le monde s'arrêta et le regarda fixement.

— Quoi ? Quel genre de cadeaux ? demanda Rocco.

— De qui ? fit Gumby en même temps.

— Juste des cadeaux ? ajouta Rex, avec une perspicacité étrange qui ne surprit pas Phantom.

— Il n'y en a pas eu beaucoup, juste quelques-uns. Il y a eu un gâteau très travaillé qui venait sans doute de Kalee, mais elle a dit qu'elle ne l'avait pas envoyé, et nous avons ri en pensant qu'il avait été livré à la mauvaise adresse. Heureusement qu'il n'était pas empoisonné ou mélangé à de l'arsenic ou autre chose, parce que j'ai tout mangé. Mais ensuite j'ai reçu des roses… et une vieille coupure de journal avec moi en photo. Je n'ai rien reçu depuis, mais j'ai eu quelques appels raccrochés sur mon portable, donc… il semble assez clair que j'ai un harceleur.

— Tu penses que quelqu'un du Timor oriental a des relations ici aux États-Unis et cherche à se venger du fait que tu as pris Kalee ? demanda Bubba.

Phantom secoua lentement la tête.

— Non. C'est possible, mais je pense que c'est hautement improbable. Les rebelles n'étaient pas organisés et pas vraiment bien financés. Personne ne m'a vu arriver, et personne ne nous a vus partir. Pour autant qu'ils le sachent, Kalee a disparu dans la nature.

— Alors quoi ? Qui ? demanda Ace.

Phantom soupira et regarda Rex quand il répondit :

— Je ne suis pas sûr à cent pour cent. Tu te souviens de notre dernière sortie au Aces Bar and Grill ? J'ai rencontré une femme cette nuit-là. Petite, blonde, yeux bleus.

Rex acquiesça.

— Oui, elle s'est beaucoup mordu la lèvre et ne semblait pas être dans son élément.

Même si le ton de Rex était toujours froid, au moins il lui parlait.

— Bien. J'ai eu son numéro. Nous avons parlé un peu et on a passé une soirée ensemble. Ça ne s'est pas bien passé.

— Qu'est-ce que ça veut dire exactement ? demanda Rocco. Pourrait-elle avoir mal interprété quelque chose que tu as fait et être assez énervée pour te traquer ?

— Non, grogna Phantom. Je suis une ordure, mais je n'imposerais jamais mes attentions à quelqu'un qui n'en veut pas. Elle s'est avérée être folle à lier. Je l'ai emmenée dîner, et dès qu'on s'est assis, elle a commencé à dire qu'elle voulait être une mère au foyer quand on serait mariés, et que mon travail était dangereux et que je devais chercher autre chose.

— Merde, murmura Ace.

— La soirée m'a paru interminable, admit Phantom. Je l'ai ramenée directement chez elle, et quand je lui ai dit que je la trouvais sympa mais que ça n'allait pas marcher entre nous, elle a perdu les pédales. Elle a pleuré comme une hystérique, et pendant une seconde, j'ai cru que j'allais devoir appeler une ambulance. Pour essayer de la calmer, j'ai dit un tas de trucs que je n'avais jamais dit à une femme avant.

— Comme quoi ? demanda Rex.

— Qu'elle méritait un homme qui la ferait passer en premier, et que je n'étais pas cet homme. Que ce n'était pas juste pour elle de rester à la maison et de s'inquiéter pour moi quand j'étais déployé. Ça a pris du temps, mais elle s'est finalement ressaisie et est sortie de ma voiture.

— Tu crois que c'est elle ? demanda Rocco.

Phantom haussa les épaules.

— Je ne sais pas qui d'autre ça pourrait être. Mais... il y a une femme assise sur le mur là-bas qui lui ressemble beaucoup.

Sachant qu'il valait mieux ne pas se retourner et regarder dans la direction indiquée par Phantom avec sa tête, ils se fièrent à Ace, qui se tenait à côté de Phantom, pour être leurs yeux.

— Je ne me souviens pas de la femme de cette nuit-là, mais elle est blonde et petite, c'est sûr, rapporta Ace. Elle a une paire de jumelles, et elle n'arrête pas de les lever pour regarder l'océan. Peut-être qu'elle cherche des baleines.

— Peut-être, admit Phantom.

— À quoi tu penses ? demanda Gumby. Tu veux que l'un de nous aille lui parler ? Je suis sûr que Tex nous aiderait à trouver qui t'a envoyé ces cadeaux.

— Je ne m'inquiéterais pas s'il n'y avait pas Kalee. Qui que ce soit, il sait où nous vivons, dit Phantom. En repensant à la réaction de Mona quand j'ai rompu avec elle, même si nous n'étions sortis qu'une seule fois, je pense qu'elle pourrait très bien être contrariée de me voir avec une femme.

— Jalouse, fit Rocco en hochant la tête.

— Si elle est instable, Kalee pourrait être en danger, dit Phantom, disant ce qui le dérangeait *vraiment* pour la première fois.

— Et enfin, nous sommes passés à la *vraie* raison pour laquelle tu mets cela en place, déclara Rex.

Phantom serra les dents et fit face à son ami.

— Je sais que tu es en colère contre moi, et je pourrais m'excuser une centaine de fois que tu serais toujours en colère. Je ne t'en veux pas. Mais si je devais revenir en arrière, je ne changerais rien.

— On est tous assis à se tourner les pouces parce qu'on doit attendre ta foutue audition, aboya Rex. Nous ne pouvons pas partir en mission à cause de toi, et tu as le culot de rester là et d'admettre que tu referais la même chose ? Tu n'es qu'un connard égoïste !

Phantom fit un pas vers Rex, mais Rocco et Gumby se jetèrent rapidement en avant pour le retenir.

— Arrête, ordonna Rocco à Phantom.

— Recule, dit Gumby à Rex en même temps.

— Ce n'est ni le moment ni l'endroit pour en parler, ajouta Rocco en essayant de maintenir la paix.

— Quand est-ce *que c'est le* moment ou le lieu ? demanda Rex. L'audience a lieu dans quatre jours. Allons-nous prétendre qu'il ne nous a pas craché à la figure ? Que tout va bien ? Vous êtes peut-être tous prêts à laisser tomber, mais pas moi.

Phantom recula, rongé par la déception et la douleur, mais il ne laissa rien paraître.

— Vous êtes mes meilleurs amis, dit-il aux hommes calmement. Je donnerais ma vie pour vous protéger, vous et vos femmes.

Puis il ajouta en regardant Ace :

— Et les enfants. Je vous ai parlé de cette nana aujourd'hui parce que j'espérais que vous pourriez m'aider à comprendre si je suis juste paranoïaque, ou si je dois vraiment m'inquiéter de la sécurité de Kalee. Je ne suis pas sûr de ce que je peux faire d'autre pour gagner votre pardon.

— Phantom, ce n'est pas comme si tu étais parti en vacances, répondit Bubba.

— Non, tu as raison. Mais vous *saviez* ce qui allait se passer quand le commandant m'a dit que Kalee était en vie. Vous me connaissez tous assez bien pour savoir que je n'allais pas laisser passer ça. Vous avez vu le rapport que Tex lui a donné ; il indiquait exactement où elle était. Il a même inclus sa date de naissance, son numéro de passeport et son numéro de sécurité sociale pour que je puisse la faire sortir du pays. Si l'un de vous était venu me voir et m'avait dit :

« trouvons un plan pour ramener Kalee à la maison », je l'aurais probablement écouté. Mais vous ne l'avez pas fait. Vous m'avez juste dit « d'être intelligent » et « d'attendre plus de preuves ». Eh bien, merde à *ça*.

Phantom se tourna vers Rex.

— Si nous étions de retour en Afghanistan et que nous savions ce que nous savons sur Avery, et que le commandant disait que nous devions attendre, que nous ne pouvions pas y aller tant que nous n'avions pas de preuve de sa localisation... est-ce que tu aurais écouté ?

Un muscle se contracta dans la mâchoire de Rex et Phantom sut qu'il avait marqué un point.

— C'est vrai. Tu serais allé dans les montagnes et tu l'aurais trouvée, peu importe ce qu'*on aurait* dit. Parce que c'était la bonne chose à faire. On était d'accord pour se séparer après l'avoir sauvée parce que ça atténuait le risque pour l'équipe. Nous travaillons ensemble, mais sur cette mission, nous savions que deux d'entre nous devaient partir avec Avery pendant que les autres faisaient diversion et nous donnaient des informations. Est-ce que j'aurais voulu que vous soyez tous derrière moi au Timor oriental ? Absolument ! Mais nous aurions été trop visibles. C'était une mission pour un seul homme, et je suis désolé si ça vous blesse. Mais être énervé contre moi ne change pas la situation. Et ça ne change pas le fait que ma femme pourrait être à nouveau en danger.

Il jeta un coup d'œil vers l'endroit où la femme qu'il avait remarquée plus tôt était assise, et vit que le mur de briques était maintenant vide. Le sentiment de malaise qu'il avait eu après l'avoir vue ne s'était pas dissipé pour autant. Phantom savait qu'elle était là à l'observer, ce qui le rendait furieux. Il aurait dû la confronter, mais au lieu de cela, il partageait ses doutes avec son équipe et cela tournait au vinaigre.

— Rien à foutre, dit-il en secouant la tête. Je vais protéger Kalee moi-même. Et le commandant vous fera savoir quelle est l'issue de l'audience. Plus tard.

— Phantom, dit Gumby. Il faut qu'on parle de ça.

Sans s'arrêter ni se retourner, Phantom continua à marcher vers le parking et sa voiture.

Il se sentait dévasté à l'intérieur. Il était totalement seul quand il s'était engagé dans la marine. Pas de petite amie, pas de parents pour l'encourager. Il avait trouvé une nouvelle famille avec les cinq hommes qui le regardaient partir. Mais maintenant, c'est comme s'il les perdait aussi. S'ils ne pouvaient pas se résoudre à lui pardonner, ou à comprendre pourquoi il avait fait ce qu'il avait fait, l'équipe ne serait plus jamais la même. La confiance forgée au cours de missions dangereuses serait irrévocablement brisée.

Ce ne serait peut-être pas une mauvaise chose si l'amiral décidait de l'envoyer à l'autre bout du pays dans une nouvelle base.

Phantom monta dans sa Honda et s'éloigna de la plage sans se retourner.

Kalee venait de finir de cuisiner des saucisses pour le petit-déjeuner quand Phantom revint de son entraînement matinal. Elle se retourna pour lui sourire et demander comment ça s'était passé, mais elle se tut en voyant le regard de Phantom.

— Que s'est-il passé ? demanda-t-elle immédiatement.

— Rien.

— Conneries, répliqua-t-elle. Il s'est passé quelque chose. On dirait que tu as perdu ton meilleur ami.

Phantom haussa les épaules.

— C'est exactement ça. Je vais prendre une douche. Je n'ai pas très faim non plus, alors ne m'attends pas pour manger.

Puis il traversa le couloir en direction de la chambre principale.

Kalee se mordit la lèvre. Elle n'était pas sûre de ce qu'elle devait faire. Décidant de donner un peu d'espace à Phantom, elle termina le repas qu'elle avait préparé, n'ayant plus faim elle-même, et alla s'asseoir dans le salon.

Phantom pouvait vraiment se doucher en trois minutes. Mais ce matin-là, elle entendit l'eau couler pendant dix bonnes minutes. Kalee voulait entrer et le réconforter, mais honnêtement, elle n'était pas sûre d'être la bienvenue. Phantom lui avait donné de l'espace à Hawaï quand elle en avait eu besoin, alors elle décida d'attendre juste un peu plus longtemps.

Un coup frappé à la porte surprit tellement Kalee qu'elle sursauta et renversa l'eau du verre qu'elle tenait. Regardant la porte fermée de la chambre, et sachant que Phantom ne pouvait pas avoir entendu frapper, elle soupira et posa son verre d'eau sur la table à côté du canapé. Puis elle se leva et alla à la porte d'entrée.

En regardant par le judas, elle vit une jolie femme blonde, bien habillée, qui se tenait là. Ouvrant la porte avec précaution, Kalee demanda :

— Puis-je vous aider ?

— Salut ! Je suis Mona. Qui êtes-vous ?

— Kalee.

— Oh, OK. Salut, Kalee. Forest est à la maison ?

Kalee dut s'arrêter et réfléchir une seconde à qui était

Forest. Personne qu'elle connaissait n'appelait Phantom par son prénom, alors ça n'avait pas fait tilt tout de suite.

— Il est là, mais il est occupé pour le moment. Que puis-je faire pour vous ?

La blonde fronça les sourcils en la regardant.

— J'ai vraiment besoin de lui parler. Si vous pouvez aller le chercher et lui dire que je suis là, je suis sûre qu'il va se désoccuper assez vite.

Kalee n'aimait pas l'attitude de cette femme.

— Non, il ne le fera pas. Mais je peux lui transmettre un message.

— Bien.

La femme passa du sourire et de l'amitié à la méchanceté en un instant.

— Dites-lui que j'en ai assez d'attendre qu'il se ressaisisse. Il doit revenir à la maison et être le père que ses enfants connaissent et aiment. Je l'ai laissé s'amuser assez longtemps.

Kalee était stupéfaite. Elle ne pouvait que fixer la femme avec incrédulité.

— Je ne voulais pas vous le dire comme ça. Mais il est *à moi*. Nous sommes mariés, et je lui ai donné plus qu'assez d'espace. Je lui pardonnerai de m'avoir trompée, mais s'il ne rentre pas bientôt à la maison, il va le regretter.

Sur ces mots, la femme tourna les talons et repartit dans le couloir vers les escaliers. Le temps que Kalee se remette de son choc, Mona était partie.

En sortant, Kalee se pencha sur la balustrade et regarda si elle sortait de la cage d'escalier pour voir dans quelle voiture elle était montée, mais elle ne réapparut pas.

— Vraiment bizarre, marmonna Kalee en se retournant pour rentrer.

Elle ne croyait pas une seconde la blonde. Il n'y avait aucune chance que Phantom soit marié et ait des enfants.

Cette femme était complètement folle si elle pensait qu'elle allait croire ça.

Mais Kalee avait encore beaucoup de questions pour Phantom.

Le problème était qu'elle savait qu'il n'était pas d'humeur à discuter de quoi que ce soit. Il s'était passé quelque chose à l'entraînement ce matin, quelque chose de mauvais, et elle n'allait pas en rajouter.

Elle attendrait qu'il se sente mieux pour lui dire qu'une femme nommée Mona lui avait rendu visite, prétendant qu'il était marié avec elle et que leurs enfants patientaient qu'il revienne « à la maison ».

⁎⁎⁎

La veille de l'audience, Phantom était très nerveux. Il aurait aimé que son commandant organise l'audience de sanction non judiciaire juste après son retour d'Hawaï. C'était nul de rester assis et d'attendre.

Il savait que le vice-amiral de la base avait besoin de temps pour régler tous les détails, et que son emploi du temps était chargé, mais bon sang, l'attente pour savoir quelle serait sa sanction était une torture.

Il détestait aussi que sa tentative d'arranger les choses avec son équipe et de discuter avec Mona se soit retournée contre lui. Il n'avait pas parlé ou vu un seul des gars depuis ce matin-là, il y a quelques jours, et cela lui faisait mal. Phantom savait que c'était sa faute, mais il ne s'attendait pas à une telle réaction.

La seule chose heureuse dans sa vie en ce moment était Kalee. Il ne savait pas ce qu'il ferait sans elle. Ce qui était ironique, parce qu'il se trouvait dans la situation où il était maintenant à cause de ses sentiments pour elle. Il ne lui en voulait pas, cependant, pas du tout.

Elle n'était pas heureuse qu'il n'ait pas retrouvé son équipe pour s'entraîner, mais elle n'avait pas non plus insisté pour savoir ce qui avait mal tourné. Il appréciait qu'elle ne s'en prenne pas à lui. Phantom essayait toujours de comprendre ce qui s'était passé. Il avait demandé l'avis de ses amis et avait fini par devoir défendre ce qu'il avait fait... encore une fois.

Hier, Kalee avait rencontré la directrice du centre aéré près de l'école de Kemala, et elle avait été très réceptive à l'idée que Kalee vienne faire du bénévolat avec les enfants. Elle devait d'abord vérifier ses antécédents, mais ils savaient tous les deux qu'elle serait engagée sans problème. Si tout était en règle, Kalee pourrait se rendre sur place la semaine suivante et rencontrer quelques enfants, pour commencer à se faire une idée de ce qu'impliquait le bénévolat. S'il était transféré, elle pourrait demander à se former dans un centre où il serait stationné.

Ils avaient déjeuné chez son père et Phantom l'avait ensuite déposée chez Piper pour qu'elle puisse passer un peu de temps avec sa meilleure amie. Elle avait essayé de le faire entrer, mais il avait refusé, sachant que les choses seraient gênantes entre lui et Ace. Après son audience disciplinaire, et après avoir entendu la décision du vice-amiral concernant sa sanction, Phantom ferait ce qu'il pourrait pour réparer les relations entre lui et ses coéquipiers. Jusque-là, il était trop à vif et trop inquiet pour son avenir pour s'occuper d'eux.

Afin de passer le temps ce jour-là, il avait suggéré qu'ils fassent une très longue promenade sur la plage pour essayer de calmer leurs nerfs à cause de l'audience à venir, et Kalee avait accepté. Phantom l'emmena sur une plage éloignée de celles qu'il fréquentait habituellement. L'endroit était bondé, mais il réussit à trouver une place pour se garer. Puis il prit la main de Kalee et se dirigea vers les vagues.

Ils marchèrent dans un silence complice pendant dix minutes avant que Kalee ne prenne enfin la parole :

— J'aimerais savoir quoi dire pour que tu sois moins nerveux pour demain.

Phantom haussa les épaules.

— Rien à dire, mon trésor. Quoi qu'il arrive, cela arrivera. Ça ne changera pas mes sentiments sur ce que j'ai fait. J'ai fait ce qui était juste, et je le referais cent fois.

Il porta sa main à sa bouche et en embrassa le dos.

— Je ne veux pas que tu m'en veuilles s'ils disent que tu dois changer d'équipe ou de base.

Phantom s'arrêta et regarda Kalee. Ses sourcils étaient froncés, elle était visiblement inquiète.

— Je ne le ferai pas, dit-il fermement.

— Tu dis ça maintenant, mais tu pourrais voir les choses différemment demain.

— Kalee, ça n'arrivera pas, répéta-t-il.

— Promis ?

— Je te le promets, répondit-il avec tout l'amour qu'il avait pour elle dans son cœur. Je n'avais jamais été aimé avant que tu n'arrives. Comment pourrais-je regretter quoi que ce soit avec toi à mes côtés ?

— Tu as été aimé, fit-elle. Tes amis t'aiment.

Il haussa les épaules.

— Oui, insista-t-elle. Ils sont juste en train de réfléchir pour le moment. Je ne doute pas qu'ils retrouveront leurs esprits bien assez tôt.

Phantom gloussa à cette image. Puis ils reprirent leur promenade. En dépit de tout ce qui se passait dans sa vie, il ne s'était jamais senti aussi heureux qu'à cette seconde. Seul l'océan avait le pouvoir de le calmer. Et bien sûr, avoir Kalee à ses côtés.

Ils avaient passé les trois dernières nuits à s'aimer presque désespérément. Phantom savait qu'il ne dormirait plus jamais bien sans elle à ses côtés. Il était accro à elle, et il espérait de tout cœur qu'elle ressentait la même chose pour lui.

Ils continuèrent à marcher et finirent par faire demi-tour après environ un kilomètre et demi. Ils riaient des pitreries des enfants qui jouaient sur la plage, et lorsqu'un homme fut rejeté sur le rivage avec sa planche de surf, ils furent pris d'un fou rire lorsqu'il se releva et montra ses fesses à tous ceux qui se trouvaient à proximité.

Ce n'est que lorsqu'ils s'approchèrent du parking que leur promenade idyllique et détendue fut interrompue.

— Que fait-elle ici ? demanda Kalee d'un ton irrité.

Phantom n'avait aucune idée de qui elle parlait.

— Qui ?

— Cette nana là-bas près des douches. Je crois qu'elle a dit s'appeler Mona ?

Tous les muscles du corps de Phantom se contractèrent.

— C'est quoi ce bordel ? marmonna-t-il quand il vit Mona qui les fixait tous les deux. Comment connais-tu son nom ?

— Heu...

Phantom s'arrêta et se tourna pour fixer Kalee.

— Quand l'as-tu rencontrée ?

— Elle est venue frapper à la porte l'autre matin. Tu étais sous la douche, et visiblement pas de bonne humeur.

Le sang de Phantom se glaça.

— Elle était à notre appartement ?

Nom de Dieu ! Il savait que Mona connaissait son adresse, puisqu'elle avait fait livrer les fleurs et le gâteau, mais se présenter en personne – alors qu'ils étaient *là* – *n'était* pas quelque chose qu'il avait prévu.

— Oui. Elle a dit qu'elle voulait te parler mais je lui ai dit que tu étais occupé. Puis elle est devenue vraiment bizarre et a essayé de me convaincre que vous étiez mariés tous les deux, et qu'elle t'avait laissé « t'amuser » suffisamment longtemps. Qu'elle et tes *enfants* attendaient que tu rentres à la maison.

— *Putain* de *merde !* cracha Phantom.

S'assurant qu'il avait une bonne prise sur la main de Kalee, il se mit en route vers les douches, où il avait vu Mona pour la dernière fois. C'était une chose de lui envoyer des cadeaux débiles, mais c'en était une autre d'essayer de retourner Kalee contre lui.

Sa colère le tenaillait, et juste après, il fut terrifié. Pour Kalee.

Mona *était* vraiment folle si elle pensait sérieusement qu'ils étaient mariés et avaient des enfants. Ou peut-être qu'elle n'était pas folle et qu'elle essayait simplement de faire fuir Kalee. Quoi qu'il en soit, elle était allée trop loin.

Il réalisa aussi qu'il n'avait pas su protéger Kalee. Il n'avait même pas de système d'alarme. Il vivait dans un appartement minable avec des portes qui donnaient sur l'extérieur. Il n'y avait pas de portier ou quoi que ce soit.

Il était grand temps qu'il réagisse et qu'il s'impose. Être l'homme sur lequel Kalee pouvait compter sans réserve. Et une partie de cela consistait à s'assurer à 100 % qu'elle était en sécurité chez eux. Qu'elle pouvait parler à quelqu'un de l'autre côté de leur porte sans avoir à l'ouvrir. Si Mona avait été une droguée ou quelqu'un qui lui voulait du mal, il n'aurait rien entendu parce qu'il aurait été sous la douche à s'apitoyer sur son sort. Ça ne se reproduirait pas. Pas question.

Phantom savait qu'il ne devait pas affronter Mona, pas si

elle était instable, mais il aurait du mal à s'en empêcher. Il était très énervé, et il devait lui dire en termes très clairs de rester loin de lui et de Kalee.

Il eut une fraction de seconde des regrets que Rex ou l'un des autres gars ne soit pas là avec lui pour assurer ses arrières et aider à protéger sa femme, mais il était trop tard pour ça.

Il se rendirent là où ils avaient vu Mona pour la dernière fois, mais ne trouvèrent aucune trace d'elle. Ils cherchèrent partout dans les douches et sur la plage, mais c'était comme si elle s'était évanouie dans la nature.

— Putain, marmonna encore Phantom en passant une main sur sa tête.

— C'était bizarre qu'elle soit là, dit doucement Kalee. Est-ce qu'elle te suit ?

— Oui. Je pense.

S'il avait eu des doutes auparavant, ils venaient d'être effacés. Il devait arrêter cette folie *maintenant*.

Se sentant mal à l'aise – il était à découvert, avec Kalee, sans aucun renfort –, Phantom marcha rapidement vers le parking. Il s'arrêta juste le temps qu'ils mettent tous les deux leurs chaussures avant de tirer Kalee rapidement vers sa voiture. En regardant autour de lui, Phantom ne vit pas Mona, mais il ne savait pas quel genre de voiture elle conduisait, il était donc dans une position désavantageuse. Il avait besoin d'informations, et il n'avait pas vraiment le temps d'en recueillir beaucoup avant son audience le lendemain.

Une fois que ce serait fait, il appellerait Tex. Il parlerait avec ses amis. Ils trouveraient une solution et Mona les laisserait, Kalee et lui, tranquilles.

Quand ils furent sur le chemin, Kalee dit timidement :

— Je suis désolée de ne pas t'avoir dit qu'elle était passée. Je savais qu'elle racontait n'importe quoi, et tu avais assez de soucis. Je ne pensais pas que c'était un gros problème. Je n'essayais pas de te cacher des choses.

— Je le sais, dit-il en prenant une profonde inspiration pour contrôler sa colère envers Mona.

La dernière chose qu'il voulait soit que Kalee pense qu'il était en colère contre *elle*.

— Mais si jamais tu la revois, *n*'essaie *pas* de lui parler. Éloigne-toi d'elle et préviens-moi.

Kalee hocha la tête, mais Phantom voyait qu'elle pensait à quelque chose.

— Quoi ?

— Quoi, quoi ? demanda-t-elle en inclinant la tête vers lui.

— À quoi penses-tu si fort là-dedans ?

— C'est juste que... elle ne semblait pas en colère contre moi alors qu'elle aurait dû l'être ? Je vis avec toi. Je couche avec toi. J'aurais pensé qu'elle aurait voulu m'arracher les yeux, mais elle s'est comportée comme si elle ne souciait pas de moi. Je ne pense pas qu'elle soit une menace pour moi.

— Ne la sous-estime pas, prévint Phantom.

— Je ne le ferai pas. Mais, Phantom, c'est contre *toi* qu'elle est en colère. Tu ne l'as pas entendue. Toute sa colère était dirigée contre toi. Même à l'instant, c'est toi qu'elle regardait, pas moi. Elle ne peut pas me faire de mal.

— Vraiment ? Tu es à l'épreuve des balles maintenant ? demanda Phantom d'un ton sarcastique.

Elle secoua la tête avant qu'il poursuive.

— Je suis certaine que tu me protégeras d'elle, ou de n'importe qui d'autre. Mais qui va *te* protéger ? Tu ne parles pas à tes amis, et je parie qu'ils ne sont pas au courant pour cette folle de Mona. Tu es le seul qui doit être prudent. Sois à l'affût pour elle. Tu n'as pas idée à quel point les femmes peuvent devenir folles quand elles pensent avoir été bafouées.

— Et toi, tu le deviendrais ? demanda Phantom avec un petit sourire, appréciant de voir à quel point elle était énervée pour lui.

— Je regarde les émissions sur les criminels à la télé, murmura-t-elle. Certains de ces tueurs sur la chaîne ID sont complètement fous.

— Tu vas me protéger ? demanda-t-il en riant.

Elle plissa ses yeux vers lui.

— Oui.

Phantom réalisa à cette seconde qu'il avait fait une erreur. Il essaya de faire marche arrière.

— C'est gentil, mais je n'en ai pas besoin.

— Je m'en fiche, dit Kalee. Ce sera comme ça de toute façon. Si cette dingue essaie de s'approcher de toi, elle va le regretter.

— Couché, la tigresse, dit Phantom. Je n'ai pas besoin que tu sois jetée en prison pour l'avoir agressée.

— Oh, ne t'inquiète pas, quand j'en aurai fini avec elle, c'est elle qui suppliera qu'on la mette à l'ombre pour qu'elle soit à l'abri de *moi*.

Phantom savait qu'il ne devrait pas apprécier ça, mais c'était le cas. Il n'avait jamais, *jamais*, eu quelqu'un qui le défendait aussi intensément. Il savait que c'était ce que les parents étaient censés faire, mais les siens ne l'avaient jamais fait. Alors avoir Kalee si véhémente pour le protéger si Mona osait essayer de le blesser... c'était incroyable.

Mais il ne devait pas montrer à Kalee à quel point ses mots comptaient. Cela ne ferait que l'encourager davantage. Et il avait besoin qu'elle soit intelligente. Il préférait que Mona soit concentrée sur lui plutôt que sur Kalee.

— Je vais m'occuper d'elle, lui dit Phantom. C'est un peu offensant que tu ne penses pas que je puisse me protéger.

— Ce n'est pas ça, protesta Kalee.

— Tu penses que je vais te laisser avoir une altercation physique avec elle pendant que je reste là à regarder ?

— Non, dit Kalee, mais...

— Pas de mais. Si on la voit, et qu'on est ensemble, ton boulot est de partir. Immédiatement.

— Tu rêves ! dit Kalee avec passion.

— Trésor, je ne peux pas m'occuper d'elle et m'inquiéter pour toi en même temps, dit Phantom, voulant qu'elle comprenne. Si tu es là, tout ce que je pourrai faire c'est m'inquiéter de l'endroit où tu te tiens, si elle t'a dans son champ de vision. Je serai constamment en train de penser à des scénarios où elle réussirait à te blesser, ou à un complice qui se faufilerait derrière toi et t'attraperait. Et que Dieu me pardonne si elle, ou quelqu'un d'autre, réussit à te prendre en otage. Je ferais vraiment n'importe quoi pour te garder en sécurité, même si cela signifie m'exposer au danger.

Kalee ne dit rien pendant un long moment, puis elle soupira.

— Je comprends. Mais je n'aime pas ça.

— Merci. Demain, après l'audience, je parlerai aux gars et à mon commandant. Nous irons voir les flics s'il le faut. Le problème à ce stade, c'est qu'elle n'a rien fait d'illégal. Donc tout ce que nous pouvons faire, c'est être vigilants et essayer de rester loin d'elle.

— Ça craint. Elle est folle, Phantom. Je l'ai vu dans ses yeux.

— Je le sais, dit Phantom. Tu as faim ? Je pourrais m'arrêter au In-N-Out Burger sur le chemin du retour si tu veux.

— Est-ce une question ? demanda Kalee. Je suis en manque de leurs frites Animal Style et de leur burger Flying Dutchman Animal Style.

Phantom éclata de rire.

— Je ne savais même pas qu'ils avaient un menu secret

avant que tu ne me le fasses découvrir. Mais ce Flying Dutchman ? *Beurk.*

Kalee lui tapa sur l'épaule.

— Pas vrai. C'est génial.

— Si tu le dis. Mais tu vas devoir te brosser les dents au moins deux fois avant de t'approcher de moi avec l'haleine d'oignon que tu auras.

Elle gloussa, et Phantom était heureux de la voir moins inquiète. Ils discutèrent des différents plats du menu secret du In-N-Out Burger pendant le reste du trajet de retour.

Mais Phantom n'avait pas oublié Mona. Il ne la voyait pas, mais ça ne voulait pas dire qu'elle n'était pas là. Elle le suivait manifestement depuis un bon moment maintenant, et tout cela allait s'arrêter.

Il avait besoin que Kalee soit en sécurité. Il l'avait volée sous le nez des rebelles, et la dernière chose dont elle avait besoin était d'être harcelée quand elle serait enfin de retour chez elle. Elle avait besoin de vivre une vie détendue et insouciante. Et jusqu'à présent, il n'arrivait pas réussi à le lui donner.

Après demain, tout rentrerait dans l'ordre. Ses coéquipiers se ressaisiraient, ou pas, mais ça n'allait plus avoir d'impact sur Kalee. Et ses propres problèmes ne devaient *certainement* pas la toucher. Pas question. Il n'allait pas lui donner une raison de le quitter.

CHAPITRE DIX-HUIT

C'était ça.

C'était le moment de l'audience disciplinaire.

Il était temps de découvrir quelle serait sa sanction pour avoir désobéi à un ordre direct.

Phantom n'était pas *trop* inquiet. Il était peu probable que le vice-amiral le renvoie purement et simplement des équipes, mais il était possible qu'il recommande que Phantom soit transféré. C'était probablement la pire chose qui pouvait arriver. Il aurait préféré être rétrogradé, ou même passer du temps en cellule, mais ces sanctions n'étaient pas à l'ordre du jour pour le moment puisqu'il s'agissait d'une procédure non judiciaire.

Mais peu importe ce qui s'était passé aujourd'hui, Phantom était satisfait d'avoir sauvé Kalee, et maintenant ils s'aimaient. Il passerait le reste de sa vie à s'assurer qu'elle soit heureuse et qu'elle ne se sente plus jamais en danger.

Phantom espérait qu'il ne serait pas transféré, mais il avait pris rendez-vous avec un agent immobilier le lendemain pour commencer à chercher un nouvel endroit où vivre, juste au cas où. Il pourrait acheter une alarme pour son appartement, mais ce serait comme mettre un emplâtre sur une jambe de bois. La jambe de bois serait toujours une jambe de bois. Sa résidence était bien quand il n'y avait que lui. Il ne s'était pas inquiété des trois étages d'escaliers, des portes donnant sur l'extérieur, ou du minuscule espace de vie. Mais maintenant qu'il était avec Kalee, il devait voir les choses autrement. La visite de Mona avait provoqué une énorme prise de conscience. Elle aurait pu blesser Kalee pour se venger de lui. Il n'y avait vraiment aucun moyen d'empêcher une personne quelconque de frapper à leur porte et de les retenir... ou pire. C'était inacceptable.

Donc ce soir, une fois que l'audience disciplinaire serait terminée et qu'ils pourraient enfin passer à autre chose, Phantom parlerait à Kalee du rendez-vous avec l'agent immobilier, et ils pourraient discuter de l'endroit où ils voulaient vivre et de ce qu'elle voulait dans une maison. Phantom ne se souciait pas de savoir s'ils loueraient un autre appartement, achèteraient un appartement ou une maison. Tout ce qu'il voulait, c'était que Kalee soit heureuse et en sécurité. Si elle voulait une énorme maison comme celle de Piper, il trouverait un moyen d'y arriver. Si elle voulait vivre au bord de la mer, il se plierait en quatre pour le lui donner.

Phantom portait son uniforme blanc officiel de la marine. Il ne put s'empêcher de sourire, se rappelant la réaction de Kalee lorsqu'il était sorti de leur chambre ce matin-là. Ses pupilles s'étaient dilatées de désir, et il avait fallu toute sa volonté pour ne pas agir en conséquence.

Elle s'était également habillée, portant un pantalon gris et un joli chemisier vert clair. Il la regardait maintenant et ne put s'empêcher de tendre la main pour placer une mèche de cheveux auburn derrière son oreille.

Ils étaient en avance. Phantom n'allait pas être en retard, et rester dans son appartement avec Kalee qui le regardait comme s'il était une glace qu'elle voulait déguster ne leur faisait pas du bien. Il s'était garé au fond du parking derrière le bâtiment où se trouvait le bureau du vice-amiral. La procédure d'aujourd'hui se déroulerait dans une des salles de classe, procédure standard sur cette base. Il y avait beaucoup de place pour les témoins.

— Tu es prêt ? demanda Kalee à voix basse en se levant et en attrapant sa main.

— Oui, répondit Phantom.

Et il l'était. Plus que prêt à en finir avec tout ça. Il voulait que les choses reviennent à la normale. Enfin, aussi normales qu'elles puissent l'être pour un Navy SEAL. Il voulait réparer la relation avec son équipe et faire avancer les choses avec Kalee.

Il voulait l'épouser. Qu'elle devienne officiellement sienne.

C'était probablement trop tôt pour ça, mais il s'en fichait. Il avait eu plus qu'assez de preuves avec ses coéquipiers que les relations rapides pouvaient très bien fonctionner.

— Rappelle-moi ce qui va se passer ? demanda-t-elle.

Phantom n'hésita pas à répéter ce qu'il lui avait déjà dit sur le fonctionnement de l'audience disciplinaire. Elle était nerveuse, et ils eurent un peu de temps pour s'asseoir dans la voiture et laisser la nervosité se dissiper avant de se rendre à l'intérieur.

— Une audience disciplinaire est un article 15. En gros, c'est là qu'un commandant peut infliger des sanctions non judiciaires à ceux qui sont sous son commandement. Il n'y a pas de jury ou d'avocats. Dans mon cas, c'est le vice-amiral qui fait office de juge. Il y a des limites aux sanctions que l'on peut m'infliger. Comme ce n'est pas une cour criminelle, je n'irai pas en prison ou quelque chose comme ça. Si j'étais sur un navire, cependant, je pourrais être confiné dans mes quartiers et ne recevoir que du pain et de l'eau pendant un certain temps.

Les yeux de Kalee s'écarquillèrent.

— Sérieusement ?

— Oui, lui dit Phantom. Mais c'est très rare de nos jours.

— Mon Dieu, j'en suis heureuse.

Elle était adorable, et Phantom prit un moment pour être reconnaissant qu'elle ait survécu et qu'il ait pu la trouver. L'alternative était si détestable qu'il la chassa de son esprit.

— Les témoins peuvent parler en mon nom s'ils sont disponibles. Parfois, l'audience disciplinaire peut être ouverte au public, mais dans ce cas, parce que je suis un SEAL, elle est fermée. Après toutes les procédures officielles, je serai informé de ma sanction, et je peux faire appel si je ne la trouve pas juste. Ensuite ce sera terminé... et on pourra rentrer à la maison et tu pourras t'amuser avec moi. Et n'essaie pas de me dire que tu n'as pas eu envie de me dépouiller de cet uniforme depuis que tu m'as vu dedans, lança-t-il.

Kalee esquissa un sourire.

— En fait, pas du tout.

Phantom leva un sourcil, lui faisant comprendre qu'il n'était pas dupe de sa réponse.

— En fait, j'ai pensé à quel point ce serait chaud de te sucer pendant que tu es encore tout habillé. J'ouvrirais simplement ta fermeture éclair, je sortirais ta queue, et je te prendrais dans ma bouche pendant que tu me regarderais. Tu ne sais pas à quel point un homme en uniforme est sexy ? Et *toi* ? Dans cet état ? déclara-t-elle, le regardant de haut en bas même s'il était assis. Mon Dieu, c'est torride.

Phantom grogna, l'imaginant à genoux devant lui en train de lui faire une fellation. Elle avait admis l'autre soir qu'elle n'en avait pas fait beaucoup, et il était prêt à lui donner des conseils, mais il s'avéra qu'elle n'en avait pas besoin. Bon sang, elle les avait épatés, son sexe et lui.

— Tu veux que je te prenne en uniforme ? demanda-t-il en enfonçant sa main dans ses cheveux courts et en maintenant sa tête immobile.

Kalee passa sa langue sur ses lèvres.

— Oui.

— Je te veux nue. Est-ce que ça te dérange ?

— Non.

Phantom ne vit aucun doute dans ses yeux. Il était toujours à l'affût de ses démons, et les rares fois où il les avait vus alors qu'ils étaient au lit, il avait arrêté ce qu'il faisait et ils avaient parlé de ce qui la tracassait. Il était constamment étonné par sa force mentale. Elle lui avait dit et répété qu'elle refusait de laisser les rebelles lui enlever son bonheur. Et faire l'amour avec lui la rendait heureuse.

— Considère ça comme un rendez-vous alors, lui dit Phantom.

Elle lui adressa un grand sourire.

— Je t'aime, Phantom.

— Et je t'aime, mon trésor. Tu ne sauras jamais à quel point.

Prenant une profonde inspiration, Phantom regarda sa montre.

— Nous devons aller à l'intérieur.

Elle hocha la tête.

Il se pencha en avant et l'embrassa doucement.

— Merci d'être venue avec moi aujourd'hui.

— Comme si j'allais être ailleurs, dit-elle contre ses lèvres. Tu es ici à cause de moi. Je ne sais pas comment ces choses fonctionnent, mais quand ils appelleront des témoins, tu dois savoir que je vais demander à parler.

— Ce n'est pas nécessaire, dit Phantom.

— Je sais. Mais je le ferai, dit Kalee sur un ton déterminé.

— Je ne te mérite pas, fit Phantom.

— Si, et tu le sais. On se mérite l'un l'autre, dit calmement Kalee. Maintenant viens, finissons-en pour que je puisse faire l'amour avec mon Marine si sexy.

Phantom ne put s'empêcher de ricaner. Elle réussissait à rendre moins stressante une journée qui aurait dû l'être.

Il ferma la porte et se retourna pour contourner la voiture afin de rejoindre Kalee lorsqu'il s'arrêta dans son élan en voyant qui se tenait à moins d'un mètre cinquante.

Mona.

Tous les muscles du corps de Phantom se contractèrent. Il s'était garé au fond du parking entre deux autres voitures. Il était à l'étroit. Le SUV Honda à côté de lui l'empêchait de faire un pas de côté. Il fit un pas en arrière, puis se figea lorsqu'elle leva un petit pistolet, le pointant directement sur lui.

Le rythme cardiaque de Phantom passa immédiatement à la vitesse supérieure. Il était complètement désarmé – enfin, aussi désarmé qu'un Navy SEAL bien entraîné puisse l'être. Mais il était plus préoccupé par Kalee pour le moment.

— Il est grand temps que tu sortes de la voiture, dit Mona.

Ses mains tremblaient et son doigt était sur la gâchette. Phantom savait qu'il était à deux doigts de se faire tirer dessus. Mais tout ce à quoi il pouvait penser était Kalee, et à quel point il aurait été énervé si elle avait survécu tous ces mois en tant que prisonnière des rebelles, pour être ensuite abattue avec Phantom par une harceleuse psychotique aux États-Unis.

— Mona, fit Phantom en tendant les mains sur les côtés en signe de soumission.

Il ne voulait pas faire quoi que ce soit qui puisse pousser

cette femme encore plus loin sur le bord du précipice où elle était manifestement en train de vaciller.

Ses cheveux blonds étaient en désordre, et on aurait dit qu'elle ne les avait pas lavés depuis des jours. Elle portait un jean sale et un T-shirt avec des taches de nourriture évidentes sur le devant.

Elle était passée de l'envoi de cadeaux à une sérieuse dépression nerveuse.

Phantom était stupéfait de la rapidité avec laquelle la situation avait dégénéré. Si elle avait crevé ses pneus ou n'importe quel autre signe extérieur de dangerosité, il serait allé directement voir la police. Mais comme ses gestes avaient semblé si... inoffensifs... il pensait qu'il aurait le temps de s'occuper d'elle après l'audience disciplinaire.

Il s'était trompé

Et maintenant, Kalee pourrait payer pour son erreur.

— Je t'ai attendu, dit-elle d'une voix que Phantom ne reconnaissait pas. Tu disais que ce n'était pas juste pour moi que tu sois tout le temps parti, que c'était pour ça qu'on ne pouvait pas être ensemble. Eh bien, j'ai prouvé que je pouvais gérer ça très bien. Tu es parti pendant des semaines – des semaines ! – et je me suis inquiétée pour toi tous les jours ! Mais je m'en suis sortie. Tu veux savoir comment ?

Phantom risqua un rapide coup d'œil à sa gauche au-dessus de sa voiture et vit Kalee qui se tenait là, fixant Mona avec une expression furieuse sur son visage. Lorsqu'elle jeta un coup d'œil dans sa direction, il serra les lèvres et lui fit un léger signe de tête, puis inclina le menton vers le bâtiment en priant pour qu'elle comprenne ce qu'il disait.

Elle fronça les sourcils, et pendant une seconde, il crut qu'elle allait refuser de partir. Qu'elle allait faire quelque chose pour aggraver la situation, mais elle se retourna et s'éloigna de la voiture en marchant rapidement vers le bâtiment.

Phantom avait peur que Mona ne retourne sa colère contre Kalee, mais elle se contenta de lui jeter un regard, puis son attention revint sur lui.

— Tu ne m'écoutes pas ! cria-t-elle.

— Désolé, je t'écoute, répondit Phantom en essayant de l'apaiser.

Il avait besoin de temps pour réfléchir à ce qu'il allait faire. Il avait peu d'espace pour bouger. Il n'y avait pas de civils innocents ou de personnel de la marine à proximité pour le moment, mais à tout moment quelqu'un d'autre pouvait s'arrêter dans le parking et être mis en danger. La dernière chose qu'il voulait, c'était que Mona commence à tirer sans réfléchir. Qu'elle passe sa colère sur quelqu'un qui passait par là au hasard.

— J'ai survécu en regardant ta photo. En me rappelant comment tu me souriais si gentiment au dîner. De la tendresse avec laquelle tu me traitais.

Son visage prit une expression rêveuse.

— Jour et nuit, je suis entourée de photos de toi. Un mur entier ! De ton corps sexy pendant que tu fais de la musculation sur la plage, de toi souriant... et même de photos de toi renfrogné comme maintenant. Elles me rappellent que tu es un dur à cuire et que tu protèges notre pays.

Ses yeux devinrent froids une fois de plus.

— J'ai un traceur sur ta voiture, donc j'ai su à la seconde où tu es revenu – mais tu l'as emmenée avec toi ! Tu n'aurais pas dû faire ça, Forest.

Le sang de Phantom se glaça quand Mona mentionna les photos et le traceur. Il se doutait qu'elle le suivait, mais prendre des photos de lui et mettre un traceur sur sa voiture mettait les choses dans une tout autre perspective.

— Je ne savais pas que tu m'attendais, dit Phantom, réfléchissant à toute vitesse. Si je l'avais su, je t'aurais appelée à la seconde où je suis rentré au pays.

La rage sur le visage de Mona s'estompa un peu. S'il pouvait seulement la convaincre qu'il ne se souciait pas du tout de Kalee, peut-être pourrait-il s'approcher assez près pour frapper son poignet et faire tomber l'arme de sa main. C'était risqué. Avec son doigt sur la gâchette, il pourrait la pousser à tirer... mais il devait prendre le risque.

La sueur dégoulinait dans le bas de son dos sous son uniforme, mais Phantom était déterminé à faire ce qu'il fallait.

Il leva alors les yeux et vit cinq silhouettes se déplacer furtivement dans le parking, utilisant les autres véhicules comme couverture pour se rapprocher de lui.

Intérieurement, il soupira de soulagement.

Son équipe était là. Ensemble, ils neutraliseraient Mona et l'empêcheraient de blesser quelqu'un.

⁂

Au début, Kalee ne comprit pas ce qui se passait. Elle était sortie de la voiture de Phantom et s'était retournée pour attendre qu'il la rejoigne, mais au lieu de bouger, il était resté debout près de la portière côté conducteur, fixant une femme sortie de nulle part.

— Il était temps que tu sortes de la voiture, dit-elle, et Kalee cligna des yeux de surprise. Puis elle réalisa que la femme était Mona, la folle qui était venue à l'appartement de Phantom.

Quand elle vit le pistolet que Mona pointait sur lui, Kalee vit rouge.

Elle savait qu'elle aurait dû avoir peur. Ou peut-être

même avoir un flashback de ce qui s'était passé au Timor oriental, mais elle ne ressentait que de la fureur.

Comment cette femme *osait*-elle menacer Phantom ? Il lui avait raconté son unique rendez-vous avec elle, comment il avait réalisé qu'elle était folle. Ils étaient d'accord pour dire que c'était elle qui envoyait les cadeaux bizarres, surtout après qu'elle se fut présentée à l'appartement. Mais Kalee n'avait jamais imaginé qu'elle ferait quelque chose comme *ça*.

Phantom attira son attention, et elle vit qu'il lui indiquait de manière non verbale qu'il voulait qu'elle entre dans le bâtiment.

Au début, elle voulut refuser. Phantom était *à elle*. Si quelque chose lui arrivait maintenant, avant qu'ils aient à peine eu la chance d'être ensemble, elle ne s'en remettrait jamais. La vie lui avait donné pas mal de coups, mais celui-ci était inacceptable.

Puis elle se souvint de la discussion qu'ils avaient eue hier sur le fait que Kalee se mette en danger.

« Je ne peux pas m'occuper d'elle et m'inquiéter pour toi en même temps... Je ferais vraiment n'importe quoi pour te garder en sécurité, même si cela signifie m'exposer à tout ce qu'elle veut me faire. »

Les mots de Phantom résonnant dans ses oreilles, elle se dirigea vers le bâtiment.

Mais si son homme pensait qu'elle était le genre de femme qui lui tournerait le dos au moment où il en aurait le plus besoin, il avait tout faux.

Elle jeta un coup d'œil à Phantom et vit que Mona n'avait pas baissé son arme. Elle le visait toujours à la poitrine, et il n'y avait aucune chance qu'elle le manque de la distance où elle se trouvait.

Mona ne se souciait pas de Kalee, c'était clair. Elle avait dit que *Phantom* regretterait de ne pas être revenu vers elle.

Elle n'avait pas menacé ou blessé Kalee quand elle en avait eu l'occasion.

Kalee regarda autour d'elle – et fut presque soulagée quand elle vit Ace se diriger vers le bâtiment. Elle l'intercepta rapidement.

— Ace ! Je ne sais pas si Phantom t'a parlé d'elle ou pas, mais la folle qui le harcèle, Mona, vient de pointer une arme sur lui, et ils sont près de sa voiture en ce moment.

Le regard de bienvenue d'Ace se durcit instantanément, et il ressemblait exactement au SEAL mortel qu'il était. La rapidité du changement aurait dû effrayer Kalee, mais cela ne fit que la réconforter.

Il porta deux doigts à sa bouche et émit un sifflement qui ressemblait à un cri d'oiseau.

Et étonnamment, en quelques secondes, elle vit Rocco, Gumby, Bubba et Rex se diriger vers eux.

— Rentre à l'intérieur, Kalee, ordonna Ace, ne lui accordant pas un second regard tandis qu'il se précipitait vers ses coéquipiers pour les informer de la situation.

Elle commença à faire ce qu'Ace lui disait, jusqu'à ce qu'une vision de la femme avec le bébé, au Timor oriental, lui revienne en mémoire. Ce sentiment d'impuissance totale qu'elle avait ressenti, lorsque le rebelle avait tiré sur la mère et le fils juste devant elle, menaçait de la submerger à nouveau.

Pouvait-elle vraiment entrer dans le bâtiment et laisser Phantom à son sort ?

Oui, elle avait envoyé son équipe pour l'aider, mais ils l'avaient pratiquement *abandonné* depuis leur retour d'Hawaï. Peut-être n'agiraient-ils pas aussi rapidement ou prudemment qu'ils le devraient, s'ils lui en voulaient encore...

Persuadée que sa réaction était légitime, Kalee changea de cap. Au lieu de se diriger vers la sécurité de la porte, elle courut perpendiculairement à l'endroit où Phantom se tenait avec Mona, puis se cacha derrière la voiture garée la plus proche.

C'était lui contre qui Mona était en colère. Lui qu'elle voulait blesser. Et si quelqu'un donnait à Mona la moindre raison de croire qu'il l'arrêterait, elle agirait. Kalee en était persuadée. Elle l'avait vu à de multiples reprises au Timor oriental. Des rebelles nerveux tirant à la moindre provocation.

Heureusement que la nouvelle tendance en matière de voitures penchait vers des SUV plus grands et plus hauts, Kalee se cacha facilement derrière eux alors qu'elle se rapprochait de plus en plus de Phantom et Mona.

Elle était à environ six voitures dans la même rangée quand elle s'arrêta finalement. Prenant une profonde inspiration, elle s'accroupit derrière un minivan. Elle vit les autres SEAL prendre position autour de Phantom, et elle savait qu'ils seraient tous énervés quand ils la verraient, mais ils ne pourraient rien dire. Cela aurait alerté Mona de sa présence.

Kalee avait un objectif en tête – distraire Mona pour que Phantom puisse la désarmer en toute sécurité.

Peu lui importait que ses coéquipiers puissent facilement accomplir ce qu'elle tentait de faire. Elle était concentrée sur le fait de s'assurer que Phantom ne soit pas tué. Elle ne pouvait pas *ne rien faire*, comme ça avait été le cas avec cette pauvre femme et son bébé au Timor oriental.

Elle n'était pas un commando. Elle n'avait pas d'arme ou de couteau pour l'aider. Mais elle avait appris que la tactique de combat la plus efficace était la surprise. Si on peut prendre son adversaire au dépourvu, il est beaucoup plus facile d'atteindre son but.

Malheureusement pour les villageois innocents des collines au-dessus de Dili, le but des rebelles était de les tuer. Mais personne n'allait mourir aujourd'hui... du moins elle l'espérait.

Se mettant à plat ventre, Kalee rampa sous le minivan. C'était un peu serré, mais elle garda la tête baissée et atteignit l'autre côté. Elle continua à ramper sous les voitures de la même rangée que Phantom et Mona.

Quand elle arriva à deux voitures, elle fut consternée de voir qu'elle devrait passer sous une Toyota Corolla. C'était *très* serré, et Kalee était soudain heureuse de ne pas avoir repris tout le poids qu'elle avait perdu à l'étranger.

Elle était assez proche de Mona et Phantom pour entendre leur conversation, et cela ne faisait que renforcer sa détermination à en finir.

— Pendant que tu étais en train de draguer, ton fils pleurait pour s'endormir tous les soirs ! fulminait Mona.

— Tu sais que nous n'avons pas d'enfants, dit Phantom à voix basse, essayant de la raisonner.

— Comment peux-tu *dire* ça ? Nous avons Forest Jr. et Melissa ! Tu leur manques terriblement, et tu ne t'en soucies même pas ! Tu traînes avec *elle* et tu vas à la plage pour jouer avec *d'autres* enfants. Alors que pendant ce temps, ta propre chair et ton propre sang se désespèrent de ne pas avoir ton affection !

— Mona, pose le pistolet, on va aller quelque part pour parler de ça.

— C'est trop tard ! cria Mona. Je pensais que tu étais parfait ! Tu étais tellement gentleman et protecteur. Et beau. Mais te regarder aujourd'hui dans ton uniforme me *rend malade* ! Tu as eu ta chance et je suis fatiguée d'attendre que tu reviennes à la raison.

Kalee se glissa sous la Honda à côté de l'Accord de Phantom. Elle apercevait les pieds de Mona, juste à côté de l'endroit où elle était allongée sous le SUV. Mona ne semblait pas avoir remarqué les coéquipiers de Phantom, qui restaient accroupis hors de vue derrière d'autres voitures proches. Kalee ne savait pas pourquoi ils n'intervenaient pas, mais elle décida qu'elle ne pouvait pas attendre qu'ils agissent.

Phantom était en danger, et à tout moment, la rebelle... *Mona* pouvait décider de tirer.

— C'est l'heure, Forest. L'heure de payer pour ta négligence envers tes enfants et moi ! hurla Mona.

— Mona, s'il te plaît, écoute-moi...

— Non ! C'est terminé !

C'était le moment. Peut-être que Kalee pouvait avoir confiance dans les amis de Phantom, mais elle était certaine que son homme pouvait s'occuper de la situation si on lui donnait une ouverture.

Alors elle lui en donna une.

Kalee sortit rapidement de sous la voiture et attrapa l'une des chevilles de Mona, la serrant aussi fort qu'elle le pouvait.

Elle espérait surprendre l'autre femme en détournant son regard de Phantom, lui donnant ainsi l'opportunité de la désarmer. Mais au lieu de regarder ce qui l'avait attrapée, Mona sursauta et se déporta sur le côté.

Le bruit du coup de feu fut assourdissant, masquant celui du visage de Mona heurtant le côté de l'Accord. Pendant une seconde, Kalee fut terrifiée que Mona ait réussi à tirer sur Phantom – jusqu'à ce que, de son point de vue sous le SUV, elle voie le genou blanc de Phantom s'enfoncer dans le bas du dos de Mona.

Puis il y eut d'autres pieds et d'autres mains, retenant Mona, la désarmant, s'assurant qu'elle ne soit plus une menace.

Mona hurlait, se débattait et pleurait, mais Kalee restait figée. Ce n'est que lorsqu'elle vit le visage de Phantom apparaître devant elle qu'elle put respirer.

— *Oh putain*, dit Phantom, puis son visage disparut.

Kalee lâcha la prise qu'elle avait sur Mona et essaya de se tortiller vers l'arrière pour sortir de sous le SUV. En quelques secondes, elle sentit une main sur son mollet, et elle donna automatiquement un coup de pied.

— Doucement, trésor, c'est moi.

Phantom. Il ne pouvait pas vraiment l'aider sans la sortir physiquement de sous la voiture, et elle savait qu'il ne le ferait pas, car elle était sur de l'asphalte.

Finalement, elle parvint à s'extirper et leva les yeux. Phantom l'attendait à genoux sur le sol, et elle n'avait jamais été aussi soulagée – jusqu'à ce qu'elle voie une tache de sang sur sa joue.

— Tu es blessé ! s'exclama-t-elle.

Puis elle se leva rapidement et se mit à crier :

— Phantom est blessé ! Appelez un médecin !

— Je vais bien, répondit Phantom à côté d'elle.

— Non, tu ne vas pas bien, tu as du sang sur ton...

Mais elle ne put finir sa phrase car elle était dans ses bras. Son visage était collé à sa poitrine, et il la tenait si fort qu'elle ne pouvait aller nulle part. Elle n'en avait, de toute manière, aucune intention.

Kalee soupira de soulagement et s'accrocha à Phantom comme si elle n'allait jamais le laisser partir. C'était passé près. Beaucoup trop près, bon sang.

Kalee n'avait aucune idée du temps qu'ils passèrent là, à écouter les cris de Mona et ceux de l'équipe qui faisait de son mieux pour la maîtriser. Ce n'est que lorsque Rex posa une main sur son épaule que Kalee réalisa que le parking était bondé de monde. Elle n'avait aucune idée de l'endroit d'où venait tout le monde, ni de l'endroit où ils se trouvaient lorsque Mona avait menacé Phantom.

La police navale et au moins quarante hommes et femmes en uniforme s'agitaient autour. Kalee n'entendait plus Mona, et quand elle tenta de jeter un coup d'œil autour d'elle, Rex lui annonça :

— Elle a été mise en garde à vue. Elle est en route pour l'hôpital avec ce qui semble être un nez cassé à cause du choc contre la voiture de Phantom.

Kalee n'avait aucun remords de son initiative pour sauver Phantom.

— Bien ! répondit-elle en soupirant avec émotion.

— C'est une petite chose assoiffée de sang, dit Rex à Phantom en souriant. Je ne m'attendais pas à ça.

Son sourire s'effaça quand il reprit :

— Nous l'avons vue, mec, mais nous n'avions aucune idée de ce qu'elle avait prévu. Nous avons été obligés de rester en arrière et d'attendre, pour ne pas faire quelque chose qui la blesserait par inadvertance.

— Merci, dit Phantom sur un ton rempli de gratitude.

Kalee réalisa qu'elle avait été assez stupide. Elle aurait dû faire confiance à Phantom *et* son équipe. Ils étaient entraînés par les Navy SEAL, et ils auraient pu s'occuper de la situation en quelques secondes si elle n'avait pas été sur leur chemin.

Elle pensait qu'elle gérait assez bien tout ce qui lui était arrivé, mais après ses réactions du jour, il était évident qu'elle avait besoin de plus de temps pour guérir.

Elle leva les yeux vers Phantom et grimaça à nouveau en voyant le sang sur sa joue. Elle leva une main pour le toucher, mais Phantom attrapa son poignet avant qu'elle ne soit trop proche.

— Quelqu'un peut m'apporter quelque chose pour essuyer ce que j'ai sur le visage ? Je suppose que c'est le sang de cette garce, et je ne veux pas que ce soit proche de Kalee, dit Phantom.

— Tiens, dit une voix grave derrière eux, et un mouchoir apparut soudain devant elle.

— Merci, dit Phantom, qui le prit et commença à se frotter la joue.

Quand il eut fini, il lui demanda :

— Est-ce que j'ai tout enlevé ?

Kalee hocha la tête, la gorge serrée.

— Oui. Je pense que oui.

— Bien.

Phantom la prit par les épaules et la repoussa loin de lui. Il la regarda de haut en bas, et ce fut à *son* tour de grimacer.

Suivant son regard, Kalee ne put s'empêcher de froncer les sourcils en voyant son apparence. Ce matin-là, elle s'était efforcée d'avoir une apparence nette et soignée pour l'audience disciplinaire, et maintenant son joli chemisier vert était couvert de taches noires pour s'être frottée partout sur le parking. Son pantalon gris avait aussi des taches sombres, et les deux coudes de sa chemise étaient troués parce qu'elle avait utilisé ses coudes pour se faufiler sous les voitures.

— Merde, marmonna-t-elle.

Phantom mit un doigt sous son menton et fit tourner sa tête pour le regarder.

— Tu es incroyable, dit-il doucement avant de laisser tomber sa tête.

Kalee l'embrassa comme si c'était la dernière fois qu'elle le voyait. Elle mit dans ce baiser toute son inquiétude, sa peur et sa reconnaissance qu'il soit encore en vie. Elle n'avait pas réalisé qu'elle tremblait jusqu'à ce que Phantom se retire et murmure :

— Doucement, ma chérie. Je suis là pour toi.

Elle resserra ses bras autour de son cou et sentit à peine qu'il la soulevait.

— Emmène-la à l'intérieur. Nous dirons aux enquêteurs où tu es allé, dit Rex.

— Merci.

— Je ne pense pas avoir déjà vu quelque chose comme

ça de toute ma vie, marmonna Rocco. Cette fille est tombée comme un sac de briques. Nous devrons nous souvenir de cette tactique pour l'avenir.

Kalee les ignora et enfouit son visage dans l'épaule de Phantom. Elle inspira profondément, son odeur de pin l'apaisant mieux que tous les mots qu'il aurait pu dire. Il allait bien. *Ils allaient* bien.

— Que va-t-il lui arriver ? marmonna-t-elle dans son épaule.

— Je m'en fiche.

Kalee leva la tête.

— Sérieusement, Phantom. Est-ce qu'on va devoir s'inquiéter d'elle pour le reste de notre vie ? Elle n'a pas vraiment blessé quelqu'un, alors aura-t-elle des problèmes ?

Phantom s'arrêta de marcher. Son regard se plongea dans le sien.

— Elle a de *gros* problèmes, dit-il. Elle a apporté une arme chargée sur une propriété fédérale. Elle a menacé un employé du gouvernement et tout le monde sur la base. Elle ne m'a pas blessé, mais elle est une véritable menace. Elle a manifestement perdu la tête. Elle va partir pour un long moment, si ce n'est pas en prison, certainement dans un établissement psychiatrique.

Cela ne réconfortait pas vraiment Kalee, mais elle hocha quand même la tête. Son homme avait assez de soucis en ce moment, la dernière chose dont il avait besoin était qu'elle s'énerve contre lui.

— Tu as été incroyable, bordel, déclara-t-il.

Kalee se mit à sourire.

— Mais je suis extrêmement en colère contre toi en ce moment, poursuivit-il.

— Pourquoi ? demanda Kalee, perplexe.

— De quoi avons-nous parlé ? Je t'ai dit que si quelque

chose arrivait, tu devais te sortir de la situation. Que je ne pouvais pas me concentrer si je m'inquiétais pour toi.

Kalee se raidit.

— Pose-moi par terre.

Ses bras se resserrèrent pendant une seconde avant qu'il n'abaisse lentement ses pieds vers le sol.

Elle frappa Phantom à la poitrine en parlant.

— Si tu penses une seule seconde que je vais m'enfuir et t'abandonner à n'importe quel danger qui te menace, c'est *toi qui es* fou. Je suis peut-être une femme, et non pas une championne des Navy SEAL, mais je ne suis pas sans défense. J'ai réussi à survivre des mois et des mois avec un groupe de rebelles sans foi ni loi, hors de contrôle, qui ne pensaient qu'à tuer des femmes et des enfants. On m'a mis plus d'armes à feu sous le nez que tu ne peux l'imaginer. Il *n'y aura jamais un* seul instant où je t'abandonnerai à ce qui te menace, quoi que ce soit. J'admets que j'ai agi de manière irréfléchie aujourd'hui, et que j'aurais dû laisser ton équipe gérer les choses, mais je ne pouvais pas supporter l'idée de rester là, impuissante, alors que tu étais en danger. J'ai pensé à cette pauvre jeune femme et à son bébé, et je me suis dirigée vers toi avant de vraiment penser aux conséquences de mes actes.

Elle ouvrit la bouche pour continuer à expliquer ce qu'elle avait fait, mais il l'arrêta avec quelques mots.

— Tu m'as fait peur.

Kalee fixa Phantom, en état de choc.

— Je ne pensais pas que tu avais peur de quoi que ce soit.

Il grogna et passa ses bras autour de sa taille, la tirant vers lui.

— Tu me *terrifies*, admit-il. Je sais exactement ce que ton père a ressenti quand il a cru que tu étais morte. Je ne suis pas sûr que je serais capable de gérer ça. Je ne pourrais pas supporter un monde sans toi. Je t'aime exactement comme tu es. Tu es une dure à cuire, et je suis en admiration devant toi. Quand j'ai vu ta main attraper sa cheville sous la voiture, j'étais terrifié que Mona te tire dessus.

— Elle ne voulait pas *me* tuer, protesta Kalee. C'est après toi qu'elle en avait.

Phantom prit une profonde inspiration et inclina sa tête en arrière, regardant le ciel.

Pour la première fois depuis qu'elle avait réalisé que Mona était là et armée, Kalee sourit. Elle fit courir ses doigts dans sa barbe et la caressa. Quand il finit par la regarder, Kalee dit :

— Penses-tu que cela te permettra de gagner des points auprès de l'amiral ?

Il marmonna.

— Parce que, juste pour dire, le fait que tu aies sauvé tout le monde d'une fusillade de masse devrait avoir une grande importance selon moi. Le vice-amiral lui-même aurait pu se faire tirer dessus. Il devrait te remercier, pas te sanctionner.

Phantom se contenta de soupirer et se retourna pour marcher vers l'entrée du bâtiment.

— Je ne suis pas sûre d'être encore présentable pour ça, dit Kalee en fronçant le nez alors qu'elle se regardait à nouveau.

— Ça rappellera à mes commandants ce qui vient de se passer, dit Phantom avec un sourire. Je pensais que tu voulais que je gagne des points de fidélité ?

— Bon point, dit Kalee avec un hochement de tête.

Phantom laissa échapper un rire.

— Merde, je n'arrive pas à croire que je rigole si tôt après ce qui vient de se passer, dit-il.

Elle enroula son bras autour de lui et lui fit un câlin.

— Il vaut toujours mieux rire que pleurer.

— C'est vrai, dit Phantom. Je n'ai jamais été un grand rieur cependant. Je suis le grincheux. Le gars qui est toujours renfrogné. Tu m'as changé, et je ne suis pas sûr d'aimer ça, se plaignit-il.

Kalee lui sourit.

— Tu peux toujours être le grincheux de ton équipe. Mais pas quand on est ensemble.

— Marché conclu, lui dit-il en lui tenant la porte de l'immeuble.

— Kalee !

Plusieurs voix retentirent dès qu'ils entrèrent.

Caite, Sidney, Piper, Zoey et Avery se trouvaient toutes à l'intérieur, et elles l'entourèrent immédiatement. Phantom fit un pas en arrière, mais Kalee remarqua qu'il ne s'éloignait pas. Il ne la quittait pas des yeux, et Kalee aimait ça.

⁂

Phantom sentait l'adrénaline se diffuser à nouveau dans son corps. Il se sentait exactement comme ça après une mission intense. Même si ce qui s'était passé dans le parking était loin d'être aussi dangereux que ce que ses coéquipiers et lui avaient affronté durant leurs missions, il n'oublierait jamais le regard qu'il avait vu et les yeux de Kalee qui le regardaient de dessous le SUV juste avant qu'elle n'attrape la cheville de Mona.

Phantom avait agi sans réfléchir, maîtrisant la femme qui saignait et criait jusqu'à ce que ses coéquipiers puissent arriver pour l'aider. Il avait essayé de convaincre Mona de poser son arme pour que la situation puisse être résolue pacifiquement, mais elle ne voulait pas, ses fantasmes devenant de plus en plus fous. Phantom avait aussi pensé à se précipiter sur elle – et de prier pour qu'elle ne tire pas avant qu'il puisse la désarmer.

À cet instant, il ne voulait rien d'autre que ramener Kalee à la maison et lui montrer à quel point il l'aimait, mais Phantom la regarda disparaître dans les toilettes avec les autres.

Il garda les yeux sur la porte, sans pouvoir détourner le regard. Il ressentait un besoin profond de la toucher à nouveau. De sentir par lui-même qu'elle allait bien.

— Ça ne devrait pas prendre trop de temps pour que les choses se calment et que nous puissions commencer l'audience... Ça va aller ?

Phantom regarda à sa gauche et vit le commandant North debout à côté de lui.

— Oui, monsieur.

— J'ai entendu dire que votre femme était assez incroyable.

— Elle l'est, acquiesça Phantom.

— J'ai hâte de voir les vidéos de sécurité.

Puis le commandant tapa sur l'épaule de Phantom et se dirigea vers le hall.

Phantom regardait oisivement une femme qui travaillait dans la salle du courrier se diriger vers son commandant et lui remettre un paquet. Il l'avait déjà vue dans le coin, mais ne connaissait pas son nom. Elle travaillait sur la base depuis aussi longtemps qu'il s'en souvenait, toujours agréable et amicale.

Le commandant North lui parla pendant une minute environ, puis se tourna vers l'un des bureaux voisins.

Si Phantom n'avait pas regardé la femme, il n'aurait pas vu ses épaules s'affaisser, et la façon dont elle soupira en regardant le commandant partir.

Il était évident qu'elle craquait pour lui – si les femmes

d'une cinquantaine d'années pouvaient craquer pour des hommes – mais, à son crédit, elle reprit rapidement son sang-froid et se tourna vers le hall pour continuer à distribuer le courrier dans le chariot qu'elle poussait devant elle.

Phantom chassa la femme de ses pensées presque aussitôt qu'elle disparut de son champ de vision. Il n'avait pas l'énergie de penser à autre chose qu'à la prochaine audience. Il ne pensait pas non plus que son commandant se montrerait si amical et complimenterait Kalee si lui et les autres officiers supérieurs étaient sur le point de le clouer au pilori. Du moins, il l'espérait.

Il tourna son regard vers la porte des toilettes. Il resterait là toute la journée à attendre que Kalee réapparaisse si c'était nécessaire. Il avait le sentiment qu'il faudrait un certain temps avant qu'il soit à l'aise quand elle était hors de sa vue.

CHAPITRE DIX-NEUF

— Sommes-nous prêts à commencer ? demanda le vice-amiral Lister.

Phantom prit une profonde inspiration, puis hocha la tête en expirant. Il était au garde-à-vous devant une table où étaient assis le vice-amiral Lister, l'amiral Creasy et le commandant North. La seule autre personne présente dans la pièce était Kalee. Elle avait reçu une permission spéciale pour être là parce qu'elle était au centre de ses actions. Son équipe attendait dehors, avec leurs femmes. Il avait remarqué que Rocco et Rex parlaient en privé sur le côté avant que l'audience ne débute, mais il n'avait pas eu le temps d'y penser.

Kalee avait toujours l'air d'avoir fait vingt rounds avec Mike Tyson, mais son état débraillé la rendait encore plus attirante à ses yeux. Son menton était levé, et il était évident qu'elle était plus préoccupée par lui et la façon dont il gérait la situation que par son apparence.

— Bien. Tout d'abord, bon travail pour gérer la situation dans le parking tout à l'heure, Phantom. Après avoir regardé la vidéo de sécurité, il était évident que cette femme n'allait pas laisser les choses se terminer pacifiquement, déclara le vice-amiral.

— Non, monsieur. Sans Kalee, les choses auraient pu se passer différemment.

— J'ai vu ça. Une réflexion rapide, madame Solberg, dit le vice-amiral en lui faisant un signe de tête.

Il entendit Kalee le remercier, mais elle n'ajouta rien d'autre.

— Très bien alors, déclara le vice-amiral Lister. Nous sommes ici pour l'article 15 de Forest Dalton. Phantom, vous avez le droit de garder le silence. C'est une audience non judiciaire, vous êtes autorisé à faire parler des témoins en votre faveur, et toutes les informations entendues ici aujourd'hui seront prises en considération avant de décider de votre sanction. Je peux, après avoir entendu les preuves présentées, décider de rejeter les accusations portées contre vous, imposer une sanction conformément aux dispositions du droit militaire ou renvoyer l'affaire devant une cour martiale. Si vous considérez que votre sanction est injuste, vous pouvez faire appel. Cependant, sachez que votre appel peut être rejeté. Est-ce que vous comprenez ?

— Oui, monsieur, répondit solennellement Phantom.

— En vertu du Code de Justice militaire, vous êtes accusé d'avoir violé l'article 92, refus d'obéir à un ordre ou à un règlement, et l'article 134, article général. Plus précisément, un laissez-passer non autorisé... en sortant des limites du laissez-passer approuvé qui vous a été donné. Avez-vous des questions sur ces accusations ?

— Non, monsieur.

— Vous n'êtes pas obligé de faire une déclaration sur les infractions, et toute déclaration que vous ferez pourra être utilisée comme preuve contre vous. Est-ce que c'est compris ?

— Oui, monsieur.

— J'ai une déclaration signée par vous reconnaissant que vous avez été pleinement informé de vos droits légaux relatifs à cette enquête. Comprenez-vous cette déclaration, et comprenez-vous les droits qui y sont expliqués ?

— Oui, monsieur, répondit Phantom sans hésiter.

— Nous aimerions entendre votre explication de ce qui s'est passé, déclara le vice-amiral Lister. Nous voulons savoir ce qui vous est passé par la tête lorsque vous avez décidé de quitter Hawaï et de vous rendre au Timor oriental, alors que l'on vous avait expressément ordonné de ne pas le faire.

Phantom se racla la gorge, puis déclara :

— Je reconnais pleinement les accusations portées contre moi. Pour ma défense, j'ai fait ce que je considérais comme juste et honorable. En tant que Navy SEAL, on m'a appris dès le premier jour d'entraînement que je devais défendre la morale et les valeurs de nos ancêtres. Je dois protéger ceux qui ne peuvent pas se protéger eux-mêmes, et que le seul jour facile est celui de la veille. Dès que j'ai quitté l'orphelinat, il y a quelques mois, j'ai su que quelque chose n'allait pas. Mais je n'arrivais pas à savoir quoi. C'était mon inconscient qui essayait de me dire que j'avais merdé... excusez mon langage, messieurs.

Les trois officiers opinèrent du chef.

— Je savais que si mon équipe n'était pas autorisée à retourner au Timor oriental, j'irais seul.

— Ce n'était donc pas un coup de tête quand vous êtes arrivé à Hawaï ? demanda le vice-amiral.

— Non, monsieur.

— Vous avez planifié ça.

— Oui, monsieur.

Phantom savait qu'il ne faisait que s'attirer des ennuis, mais il ne voulait pas mentir. Il regarda chaque homme dans les yeux et voulait qu'ils comprennent.

— Nous avons laissé Kalee Solberg en enfer. Je le

savais au fond de moi. Vous avez lu son rapport. Vous savez aussi bien que moi ce qui lui est arrivé. Je n'avais pas tous les faits quand j'ai pris ma décision, mais je savais qu'elle n'était pas assise sur la plage en train de prendre des vacances. J'ai merdé, et c'était mon devoir de réparer ça.

Il y eut un silence dans la pièce après la déclaration passionnée de Phantom. Il entendit Kalee renifler derrière lui, mais comme il était au garde-à-vous, il ne pouvait pas se retourner pour la regarder. Il avait déjà assez d'ennuis comme ça, il ne voulait pas violer le protocole.

— Je n'ai pas agi de manière irréfléchie, messieurs, reprit-il avec emphase. J'ai étudié les informations que vous avez librement partagées avec moi. Je savais où les rebelles se cachaient dans la ville, et j'ai fait des recherches approfondies sur les meilleurs points de sortie.

— L'équipe SEAL d'Hawaï savait-elle ce que vous faisiez ? demanda le commandant North.

Phantom prit une profonde inspiration.

— Si vous demandez s'ils étaient au courant de mes intentions lorsque j'ai débarqué à Oahu, la réponse est non. Mustang m'a fait une faveur personnelle et m'a trouvé une petite maison à louer. En ce qui le concerne, je prenais des vacances bien méritées.

Phantom était trop bien entraîné pour remuer sous les trois regards évaluateurs qu'il recevait de ses officiers supérieurs.

— Mais il a compris quand vous êtes arrivé avec une femme qu'il n'avait jamais rencontrée, non ?

Phantom avala de travers. Il ne voulait pas que ses amis aient des problèmes, mais il refusait de mentir.

— C'est en fait quand Rocco a appelé et m'a fait prouver que j'étais vraiment à Hawaï. Il a en quelque sorte laissé échapper des informations sur le Timor oriental, et des questions ont été posées. Ils ont définitivement su après avoir rencontré Kalee.

Il y eut un nouveau silence dans la pièce pendant que les trois hommes intégraient son explication.

Enfin, l'amiral Creasy demanda :

— Si vous pouviez revenir à la réunion au cours de laquelle nous vous avons informé que l'on croyait que madame Solberg était vivante, changeriez-vous les décisions que vous avez prises et qui vous ont amené à vous tenir devant nous aujourd'hui ?

— Non, monsieur, dit Phantom calmement. Je savais que vous alliez découvrir ce que j'ai fait. J'ai utilisé mon vrai nom. J'ai réservé le vol pour Dili avec ma carte de crédit personnelle. Je n'ai pas utilisé de ressources gouvernementales pour sauver Kalee. Je n'ai utilisé aucun subterfuge. Nous sommes passés par les voies officielles à l'ambassade des États-Unis au Timor oriental pour obtenir un passeport de remplacement pour Kalee, également.

— Pourquoi n'êtes-vous pas rentré immédiatement aux États-Unis ? demanda le vice-amiral. Vous l'avez sauvée. Pourquoi passer du temps à Hawaï avant de la ramener à son père et à ses amis ?

— Avec tout le respect que je vous dois, monsieur, elle a passé près d'un an en tant qu'otage. Elle a été abusée de la pire façon qu'une femme *puisse* être abusée. On l'a forcée à participer à des raids et à tuer d'autres êtres humains. Elle avait besoin de temps. Du temps pour décompresser et accepter ce qui lui était arrivé et le fait qu'elle était maintenant libre. J'ai pensé que deux semaines à Hawaï seraient la meilleure chose pour elle.

— Votre réponse changerait-elle si l'issue de cette audience était que votre cas soit renvoyé en cour martiale, et que votre habilitation de sécurité soit révoquée et, par conséquent, que vous soyez renvoyé des équipes ? demanda l'amiral Creasy.

— Non, monsieur, répondit immédiatement Phantom. Je sais que j'ai désobéi à vos ordres. Je l'ai fait en étant pleinement conscient des conséquences de mes actes. Je crois que c'était la bonne chose à faire. Un SEAL ne laisse pas un SEAL derrière lui. Et même si je réalise que mademoiselle Solberg n'est pas un SEAL, *c'est une* citoyenne américaine innocente. Quelqu'un qui a été jugé assez important pour qu'une équipe de six SEAL soit envoyée au Timor oriental pour l'évacuer. J'ai simplement accompli notre mission originale. Je ferais exactement la même chose dans les mêmes circonstances, si on m'en donnait l'occasion.

Ses mots résonnaient dans la pièce, et Phantom eut l'impression qu'on lui enlevait un poids de ses épaules. Il savait au plus profond de son âme qu'il avait fait le bon choix. Non seulement Kalee était en vie grâce à lui, mais elle s'épanouissait. Le monde serait un endroit plus sombre sans elle, et il était fier d'avoir contribué à faire en sorte qu'elle revienne chez elle, là où elle devait être.

Le vice-amiral Lister regarda Kalee derrière Phantom.

— Avez-vous quelque chose à ajouter à la déclaration que vous avez faite à votre retour aux États-Unis ? Pouvez-vous nous dire autre chose sur les actions de Phantom ?

Phantom entendit Kalee s'éclaircir la gorge, et ses vêtements bruissèrent lorsqu'elle se leva.

— Je ne me souviens pas que Phantom ou son équipe étaient à l'orphelinat. Je n'ai jamais su qu'ils étaient là pour essayer de m'aider. Je pensais que j'étais seule. Oubliée. Ce n'était pas un bon sentiment, déclara-t-elle, sa voix ne faiblissant pas le moins du monde. Pendant des mois, j'ai fait tout ce que je devais faire pour rester en vie. Mais au fil du temps, j'ai commencé à me demander quel était l'intérêt. Je savais qu'à tout moment, les rebelles pouvaient en avoir assez de moi et me tirer une balle dans la tête, comme ils avaient menacé de le faire à maintes reprises, laissant mon corps pourrir dans la jungle au nord de Dili. C'étaient des hommes amoraux qui prenaient ce qu'ils voulaient sans remords. Ils n'essayaient pas d'améliorer la situation de leurs compatriotes, comme le prétendaient leurs dirigeants. Ils voulaient tuer, violer et prendre ce qui ne leur appartenait pas.

Je peux affirmer que sans l'intervention de Phantom pour me sauver, je ne me serais jamais éloignée d'eux. J'ai essayé plusieurs fois, et on m'a montré très clairement ce qui m'arriverait si je continuais. Chaque jour, au moins deux *fois* par jour, quelqu'un tenait un pistolet sur ma tête et me menaçait. Je voulais vivre, messieurs. Alors j'ai obtempéré. La nuit où Phantom est arrivé, j'étais résignée à mourir. Je ne le voulais pas, mais quand vous avez l'impression d'avoir été oubliée, abandonnée, il est difficile de ne pas croire que c'est vrai. Phantom n'a tué personne pendant mon sauvetage. Il s'est faufilé et m'a volée sous leur nez sans qu'aucune balle ne soit tirée. Personne ne savait qu'il était là. J'imagine que les rebelles se sont réveillés et ont immédiatement paniqué parce qu'ils n'avaient aucune idée de la façon dont j'avais disparu dans les airs. Je me suis sentie plus en sécurité que je ne l'avais fait depuis des mois. Il a peut-être désobéi à votre ordre, mais le résultat est que je suis ici. Et j'ai beau essayer de toutes mes forces, je n'arrive pas voir ça comme une mauvaise chose.

Phantom était si fier de Kalee. Il avait envie de la prendre dans ses bras et de la serrer contre lui, mais il continua à se tenir au garde-à-vous comme il le devait.

— Merci, madame Solberg. Et quel que soit le résultat de cette audience, sachez que nous sommes tous très heureux de vous voir en vie et en bonne santé, déclara le vice-amiral avec douceur.

— Phantom, voulez-vous que je pose d'autres questions à ce témoin ? demanda l'amiral Creasy.

— Non, monsieur, répondit rapidement Phantom.

— Merci, madame Solberg, vous pouvez vous rasseoir.

— Hum... monsieur ? demanda Kalee d'un ton hésitant.

— Oui ?

— Je, heu... je ne connais pas le protocole dans ce genre de chose. Mais il y a d'autres témoins qui aimeraient parler au nom de Phantom. Ils sont à l'extérieur. Ils attendent l'autorisation d'entrer.

L'amiral Creasy fronça les sourcils.

— C'est très inhabituel.

Phantom avala de travers. Il avait une assez bonne idée de qui Kalee parlait. Peu importe ce qui s'était passé récemment, ses coéquipiers étaient sa famille. Ils ne l'auraient pas abandonné à l'audience disciplinaire.

Le vice-amiral Lister s'adossa à sa chaise et mit ses mains derrière sa tête. Il avait un sourire en coin.

— Ça devrait être intéressant, dit-il. Vous pouvez les laisser entrer.

— Merci, monsieur, dit Kalee.

Phantom l'entendit marcher jusqu'au fond de la salle et ouvrir la porte. Il entendit plus de deux personnes entrer derrière lui, mais comme il était toujours au garde-à-vous, il ne tourna pas la tête pour regarder.

Il fallut un certain temps pour que la salle se calme à nouveau, mais quand ce fut le cas, il vit l'air amusé sur les visages de ses trois commandants.

— Ce sont *tous des* témoins ? demanda l'amiral Creasy.

— Si nécessaire, monsieur, dit Kalee.

Le vice-amiral Lister gloussa et secoua la tête en signe d'exaspération.

— Très bien. Et si nous commencions par ceux d'entre

vous qui ne peuvent absolument pas rester silencieux, et nous continuerons à partir de là. Qui est le premier ?

— Moi, monsieur.

Phantom cligna des yeux de surprise en entendant la voix de Rex. C'était la dernière personne qu'il aurait cru capable de le défendre à l'audience. Pour être honnête, Phantom était un peu inquiet de ce que son ami allait dire. Il lui en voulait toujours de ce qu'il avait fait.

— Pour information, mon nom est Cole Kingston, et Phantom est mon coéquipier et ami. Nous avons traversé l'enfer et en sommes revenus ensemble, plus récemment en Afghanistan, quand nous avons été envoyés pour sauver le lieutenant Nelson.

— Je me souviens, dit le vice-amiral. Continuez.

— Phantom a la tête dure. Il fait ce qui doit être fait, quels que soient les risques. Il est parfois impulsif et imprudent. L'un de ses principaux défauts – que tout le monde dans l'équipe connaît, donc ce n'est pas comme si je dévoilais des secrets d'État – est qu'il déteste échouer. Il *déteste* ça. Il a aussi eu une enfance de merde. Je ne vous dis pas ça pour que vous soyez désolés pour lui. J'explique simplement. Bref, sa soi-disant mère était une horrible personne. Elle le rabaissait et le harcelait en disant qu'il était un loser. Elle le raillait avec ses échecs et lui disait qu'il n'arriverait jamais à rien. Il s'est pratiquement élevé tout seul depuis qu'il a 8 ans, volant de la nourriture pour ne pas mourir de faim. C'est un miracle qu'il ait pu passer son bac, sans parler de devenir un Navy SEAL. Phantom était l'un des Marines les plus travailleurs pendant la formation. Il a presque porté à lui seul notre équipe quand nous voulions tous abandonner. Son entêtement est ennuyeux, si je suis honnête. Mais... ça fait de lui l'un des meilleurs SEAL de la Navy. Si vous lui dites de faire quelque chose, il le fera. Point. Donc quand vous nous avez dit que nous allions au Timor oriental pour sauver Kalee Solberg, vous auriez aussi bien pu le tatouer sur sa poitrine. Il allait la ramener à la maison quoi qu'il arrive. Même s'il pensait qu'elle était décédée, il allait faire tout ce qu'il fallait pour réussir sa mission. On savait tous, quand vous lui avez dit que Kalee était vivante, ce qui allait se passer. Mais honnêtement, on pensait qu'on serait tous à ses côtés quand il le ferait. On lui en veut pour ce qu'il a fait, mais seulement parce qu'il ne nous a pas invités à l'accompagner. Nous six devrions tous être présentés à l'audience disciplinaire, messieurs. C'est seulement parce que Phantom a souhaité ne pas nous attirer d'ennuis, ne pas risquer nos carrières, qu'il est le seul à se tenir au garde-à-vous devant vous maintenant.

— Que dites-vous, Rex ? demanda le commandant North en se penchant en avant sur sa chaise, les coudes sur la table. Que si cela n'avait tenu qu'à vous, vous auriez *tous* défié les ordres et seriez allés au Timor oriental ?

— Sans hésitation, monsieur, dit Rex avec emphase.

— Merde, murmura le vice-amiral.

— Je vois, dit le commandant North. Avez-vous quelque chose à ajouter ?

— Juste pour répéter que Phantom est l'un des meilleurs SEAL de la marine. Si vous décidez de le faire passer en cour martiale, et qu'il doit démissionner, d'innombrables personnes mourront simplement parce qu'il ne sera pas là pour les sauver.

— Merci, Rex. Qui est le suivant ? demanda l'amiral.

Phantom était encore sous le choc de ce que Rex avait dit – quand il reçut un *autre* choc lorsque la personne suivante se mit à parler.

— C'est moi.

— Matthew Steel, dit le vice-amiral. Vous et votre équipe SEAL avez récemment abandonné les missions actives pour former les futurs SEAL, c'est exact ?

— Oui, monsieur.

— Quelles sont vos relations avec Phantom ?

— Comme vous le savez, la plupart des équipes SEAL de cette base se connaissent. Nous avons travaillé ensemble sur des missions, et nous traînons ensemble quand nous avons des jours de formation. Je connais Phantom depuis assez longtemps. Rex avait raison, il ne sera jamais nominé pour Monsieur Convivialité, mais je peux vous dire que si ma femme, Caroline, se trouvait un jour en difficulté, Phantom est quelqu'un que je voudrais dans l'équipe pour la sauver.

— Pourquoi ça ? demanda le commandant.

— Parce que je sais pertinemment qu'il me la ramènerait. Phantom fait ce qui doit être fait pour accomplir la mission... sans pertes. J'ai parlé avec Rocco de ce qu'il a fait au Timor oriental, et c'est tout simplement miraculeux. Il a infiltré un bastion rebelle, récupéré madame Solberg, qui devait être effrayée – sans vouloir te vexer, Kalee.

— Personne n'a été blessé. J'*étais* paniquée, répondit-elle.

— Aucun coup de feu n'a été tiré. Aucun décès n'a été signalé. C'est comme s'il était simplement entré, l'avait prise par la main et était sorti. Cela. Ne. Peut. Pas. Arriver. Jamais. Aucune victime. Aucun signe qu'il était là. Il a fait honneur à son surnom dix fois plus que d'ordinaire. Cet homme devrait recevoir une médaille et non être entendu lors d'une audience disciplinaire, si vous voulez mon avis.

Le vice-amiral sourit.

— Merci, Wolf. Rien d'autre à ajouter ?

— Non, monsieur.

— Suivant ?

— Mon nom est Scott Webber, messieurs.

Une fois de plus, Phantom dut se forcer à rester au garde-à-vous. Que faisait Mustang ici ? Il ne savait même pas que cette audience avait lieu.

Il avait beaucoup de choses à dire à ses coéquipiers, apparemment.

— Vous êtes en poste à Hawaï, n'est-ce pas ? demanda l'amiral Creasy.

— Oui, monsieur.

— Saviez-vous ce que Phantom avait prévu quand vous l'avez rencontré pour la première fois ?

Phantom savait que l'amiral avait la réponse à cette question, comme il le lui avait dit il n'y a pas dix minutes, mais il fallait la poser.

— Non. Mais si je l'avais su, je ne l'aurais pas laissé partir tout seul.

Phantom vit ses trois commandants soupirer de frustration. Mais Mustang ne leur laissa pas le temps de commenter et continua :

— Je pensais qu'un vieil ami que je n'avais pas vu depuis une éternité prenait enfin une pause bien nécessaire. Nous savons tous combien Phantom est intense et combien il travaille dur. Il se donne à fond dans chaque mission, et il était temps qu'il décompresse. Je n'avais aucune idée de ce qu'il avait fait jusqu'à ce que Rocco crache le morceau, et ensuite Kalee est sortie de sa maison de location. Elle était effrayée mais déterminée à être courageuse. La différence entre la femme que j'ai rencontrée cette première fois, et une semaine plus tard quand nous sommes allés faire une randonnée ensemble, était le jour et la nuit. Elle était toujours timide et ne parlait pas beaucoup, mais elle était beaucoup plus confiante. Je l'attribue directement à Phantom. Il l'a amenée sur l'île pour qu'elle se retrouve. Vous a-t-elle dit qu'elle a sauvé une vie lors de cette randonnée ? Elle l'a fait. Nous avons tous négligé les signes d'une adolescente disparue qui s'était éloignée du sentier, mais pas elle. Si je pouvais voler Phantom à l'équipe de Rocco, je le ferais sans hésiter.

— Bas les pattes, Mustang, dit Rocco.

Phantom comprit que toute son équipe était là, même si seul Rex avait parlé. C'était agréable de les avoir à ses côtés.

— Quoi qu'il en soit, pour répondre à votre question, juste pour repréciser. Non, je ne savais pas ce que Phantom avait prévu. Il ne nous aurait pas plus attiré d'ennuis à moi et à mon équipe qu'à la sienne. Mais s'il l'avait demandé, j'aurais accepté d'aller avec lui.

— Je sens une tendance se dégager, dit le vice-amiral avec ironie.

Phantom voulait sourire, mais il n'osait pas. Il évita toute émotion sur son visage et fixa son regard droit devant lui.

— J'aimerais prendre la parole ensuite, si cela vous convient.

Une fois de plus, Phantom tomba des nues.

— Je suis Paul Solberg, le père de Kalee. Je ne pense pas que ce soit une surprise que je sois ici, ou que je n'aie absolument aucun problème avec ce que Phantom a fait. Il a ramené ma fille d'entre les morts. Qu'est-ce qu'un père pourrait vouloir de plus ? Mais aussi, il a été prêt à pardonner ce que j'ai fait... qui était assez impardonnable. C'est un homme bon, même s'il veut que les gens croient le contraire. Je suis protecteur envers ma fille, mais il n'y a personne en qui j'aurais plus confiance pour son bien-être, émotionnel et physique, que Phantom.

Comme il ne disait rien d'autre, le commandant North reprit sèchement :

— C'est tout ?

— Oui. Désolé... non. Si vous le renvoyez des SEAL, vous êtes fou. Et venant d'un homme qui *est* techniquement fou, ça veut dire quelque chose.

Les trois hommes en face de Phantom ricanèrent.

— C'était assez succinct, dit l'amiral. Suivant ?

Phantom entendit le bruit d'une chaise qui reculait sur

le sol, et une voix qu'il ne reconnaissait pas commença à parler :

— Je m'appelle Walker Nelson, autrement connu sous le nom de Trigger. Je suis membre d'une équipe de la Delta Force stationnée au Texas.

— Vous réalisez que c'est une audience disciplinaire pour les *Marines*, n'est-ce pas ? dit le vice-amiral Lister.

— Oui, monsieur. Je suis ici parce que Phantom est une légende.

— Excusez-moi ? demanda le commandant.

— C'est une légende, répéta Trigger. Dans le milieu des forces spéciales, tout le monde connaît Phantom. Principalement parce que c'est un enfoiré grincheux, mais aussi parce qu'il fait bouger les choses. Les Deltas et les SEAL travaillent souvent ensemble. En fait, l'équipe de Rocco et la mienne se sont vues en Afghanistan il n'y a pas si longtemps. J'ai interrogé Phantom quand il était en convalescence. Nous essayions de trouver un traître, et j'avais besoin de savoir s'il pouvait nous donner plus d'informations que ce que nous avions obtenu de Rex et du lieutenant Nelson elle-même. Je ne m'attendais pas à grandchose. Il avait été opéré pendant des heures et avait failli mourir. Mais il a pu me donner une quantité incroyable de détails pour un homme qui était sous l'emprise d'analgésiques puissants. Il est observateur et a le genre de mémoire mentale que je tuerais pour avoir. Comme Mustang, si je pouvais le voler, le faire passer du côté obscur et le faire rejoindre l'armée, je le ferais en une seconde. L'homme qui se tient devant vous a désobéi à un ordre. Je ne pense pas que ce soit remis en question ici. Mais n'est-ce pas ce qu'on lui a appris ? À être un soldat honorable, à défendre les valeurs sur lesquelles les États-Unis ont été fondés ? À se précipiter dans une fusillade quand tout le monde s'enfuit ? Il me semble qu'il a fait exactement ce pour quoi il a été formé. Observer, analyser, et agir.

Je me rends compte que vous êtes tous dans une situation difficile. Vous ne pouvez pas le laisser s'en tirer à bon compte car cela donnerait un mauvais exemple. Mais regardez le nombre de personnes dans cette pièce en ce moment. Je ne suis pas au courant du protocole des Marines, mais même moi je sais que c'est très inhabituel. Sanctionnez-le, car cet enfoiré le mérite, mais ne sanctionnez pas votre pays.

Phantom constatait que les hommes en face de lui écoutaient vraiment. Ils écoutaient ce que ses amis avaient à dire. Il se souvenait que Trigger était venu le voir. Il était sous l'emprise des analgésiques qu'on lui avait donnés, mais il voulait que les ordures qui avaient failli les tuer, Rex et lui, et qui avaient eu l'audace de kidnapper Avery juste parce qu'ils le pouvaient, paient.

Une autre chaise racla le sol, et Phantom prit une profonde inspiration. Il pouvait rester là toute la journée, mais Kalee devait souffrir de ce qui s'était passé plus tôt. Il voulait la ramener à la maison, la nourrir, s'assurer que ses éraflures et ses bleus allaient bien, puis lui faire l'amour longtemps, lentement et tendrement. Il était reconnaissant à ses amis de l'avoir défendu, mais il pensait qu'ils avaient plus qu'atteint leur but.

— Je serai le dernier témoin, dit un homme avec un accent du sud.

Phantom faillit tomber à la renverse.

Merde, c'était vraiment *Tex* ?

Il avait pris sa retraite des SEAL depuis longtemps, mais était toujours très actif en aidant à la surveillance électronique. Et il était la raison pour laquelle Phantom avait les informations dont il avait besoin pour trouver et sauver

Kalee. Il ne voulait pas que l'homme ait des problèmes avec les Marines.

Comme si ses commandants voyaient son anxiété face à la présence de Tex, le vice-amiral dit :

— C'est bon de vous revoir, John.

Phantom était surpris que ses officiers supérieurs connaissent Tex, mais il supposait qu'avec la réputation de l'homme, il n'y avait aucune raison de l'être.

— C'est bon de vous voir aussi, monsieur. Pour la petite histoire, mon nom est John Keegan. Lorsque j'ai été blessé et que j'ai dû quitter les Marines, je ne pensais pas que je trouverais un jour quelque chose de plus satisfaisant que d'être un SEAL. J'ai pu intervenir et sauver des innocents, arrêter des terroristes et servir mon pays d'une manière exaltante et honorable. Je pensais que cela s'était terminé lorsque j'ai perdu une partie de ma jambe, mais au contraire, j'ai trouvé un moyen de continuer à servir. Plus nos soldats et nos Marines seront informés, plus ils seront en sécurité et plus ils auront de chances de réussir au combat. Quand vous m'avez demandé de me pencher sur la situation de Kalee Solberg, je n'avais aucune idée de ce que je cherchais. Cette femme était morte. Comment pourrais-je trouver quoi que ce soit sur elle ? Mais quand j'ai entendu que Phantom se souvenait de l'avoir vue bouger, qu'il y avait une possibilité qu'elle ne *soit pas* morte, j'ai ressenti cette adrénaline familière que nous ressentons tous en mission. Si Phantom disait qu'il l'avait vue bouger, il l'avait vue bouger. J'ai passé vingt-quatre heures d'affilée à écouter les conversations du Timor oriental et à essayer de trouver toutes les caméras de surveillance que je pouvais... ce qui, laissez-moi vous le dire, n'était pas facile. Ce n'est pas comme ici aux États-Unis, où tout le monde a une de ces caméras bon marché collée sur l'extérieur de sa porte d'entrée. Quoi qu'il en soit, lorsque j'ai commencé à entendre parler d'une femme aux cheveux roux et à la peau blanche qui voyageait avec les rebelles, cela a immédiatement suscité mon intérêt. J'ai suivi les rapports et j'ai trouvé leur emplacement.

Phantom fut surpris quand Tex s'approcha de lui. Il le voyait du coin de l'œil.

— Quand je vous ai donné ce rapport sur Kalee Solberg, je savais que Phantom le verrait et je lui ai donné le maximum d'informations pour la faire sortir de là. Son numéro de passeport. Sa date de naissance. Son adresse et son numéro de sécurité sociale. J'ai même inclus son dernier numéro de téléphone connu.

Tex se tourna vers Phantom.

— Quel *était* son ancien numéro de téléphone, Phantom ?

Les yeux de Phantom se tournèrent vers son commandant. Quand l'homme hocha la tête, Phantom le récita sans hésitation.

— Et ses trois dernières adresses connues ?

Phantom donna aussi cette information à la salle.

— Les noms des rues de Dili où elle a été vue pour la dernière fois ?

Une fois encore, Phantom répéta sans hésitation les informations que Tex avait incluses dans son rapport.

Le SEAL retraité se retourna vers les trois hommes à l'avant de la pièce.

— J'ai donné à Phantom tout ce dont il avait besoin pour trouver Kalee. Je savais qu'il agirait en conséquence. Je savais qu'il trouverait un moyen d'aller au Timor oriental pour la sauver. Si je ne croyais pas vraiment qu'il serait capable de le faire, je ne lui aurais pas fourni autant d'informations'. *Vous* auriez dû savoir ce qu'il ferait en recevant ces informations. Vous ne pensiez pas vraiment qu'il resterait assis à ne rien faire une fois qu'il aurait les informations appropriées, n'est-ce pas ? Phantom est un homme d'action.

Un homme qui connaît la différence entre le bien et le mal. Il a pris la décision de désobéir à un ordre, mais il l'a fait parce que c'était la bonne chose à faire. C'était aussi la bonne chose à faire de ne pas impliquer quelqu'un d'autre. J'ai compris qu'il pouvait se faufiler, trouver Kalee et se tirer de là sans être vu. Je crois que Phantom a fait exactement ce pour quoi il a été entraîné.

Tex se tourna à nouveau vers Phantom et posa une main sur son épaule.

— Bon travail, fiston. Je savais que tu pouvais le faire.

Puis il tourna les talons et retourna à sa place, quelque part derrière Phantom.

— Je ne crois pas avoir jamais assisté à une audience disciplinaire comme celle-ci, déclara le vice-amiral. Quelqu'un d'autre veut dire un mot ?

Personne ne répondit. En fait, la pièce était si calme que Phantom pouvait s'entendre respirer.

— Y a-t-il autre chose que vous aimeriez ajouter, Phantom ?

— Non, monsieur.

— Souhaitez-vous révéler quelque chose qui pourrait diminuer la gravité des infractions ou les atténuer ?

— Non, monsieur, répondit Phantom.

— Dans ce cas, j'aimerais mettre un terme à la procédure de l'audience non judiciaire, déclara le vice-amiral Lister.

Phantom prit une profonde inspiration par le nez. C'était le moment. L'homme qui se tenait en face de lui avait sa carrière entre ses mains. C'était terriblement effrayant.

Pour la première fois, Phantom s'avoua qu'il ne voulait vraiment pas déménager. Il voulait rester ici à Riverton avec Kalee, et il voulait rester dans son équipe SEAL. Il aimait ses coéquipiers, et cela le détruirait de devoir les regarder partir en mission sans lui.

— Je constate que vous avez commis les infractions suivantes : manquement à un ordre ou à un règlement, et sortie des limites du laissez-passer approuvé qui vous a été donné. Je prononce la sanction suivante : un blâme écrit sera versé à votre dossier officiel. Vous êtes affecté à des tâches supplémentaires pendant quarante-cinq jours. Si vous êtes envoyé en mission pendant cette période, ces jours ne compteront pas, et vous reprendrez là où vous vous êtes arrêté à votre retour. Vous perdrez également la moitié de votre salaire de base pendant deux mois.

Phantom laissa échapper le souffle qu'il avait retenu. Le blâme ralentirait peut-être sa carrière, rendant plus difficile sa promotion à un grade supérieur, mais il n'aurait aucune incidence pour un mariage à la mairie et ne perdrait pas son habilitation de sécurité – ce qui signifiait qu'il pouvait continuer à être un SEAL.

— Bien que je ne puisse pas excuser ce que vous avez fait, poursuivit le vice-amiral, je ne peux pas nier que le résultat était idéal. Vous êtes informé que vous avez le droit de faire appel de cette sanction. Si vous choisissez de faire appel, il doit être soumis dans un délai raisonnable – qui est de cinq jours, au cas où vous vous poseriez la question. Est-ce que vous comprenez ?

— Oui, monsieur.

Le vice-amiral Lister fit un signe de tête à Phantom.

— Vous pouvez disposer.

Les épaules de Phantom s'affaissèrent, et il se retourna lentement et n'en crut pas ses yeux.

Il s'était dit qu'il y avait beaucoup de monde dans la pièce, mais il n'était pas préparé à voir tous les sièges remplis, et des hommes debout le long des murs également.

L'équipe SEAL entière de Wolf était là. Comme plusieurs autres SEAL qu'il reconnaissait de la base. Mustang et Trigger lui souriaient, comme tous les autres.

Phantom s'était senti seul pendant la majeure partie de sa vie. Il avait essayé de ne jamais compter sur les gens, car ils le laissaient toujours tomber. Il avait appris ça dès son plus jeune âge. Les professeurs, les officiers de police, même les garçons qu'il pensait être ses amis. Alors il avait construit un mur autour de lui et ne laissait entrer que partiellement les gens.

Mais Kalee avait d'une certaine manière franchi ce mur... et il reconnut que, pendant des années, il avait eu plus d'amis qu'il n'avait jamais rêvé.

Faisant un signe de tête à Rocco et au reste de son équipe, il s'arrêta devant Rex. Il tendit la main, mais Rex leva les yeux au ciel et le prit dans ses bras.

— Tu es un enfoiré, mais tu es *notre* enfoiré, dit-il.

Il recula et grogna.

— Tu t'es assez relâché, Phantom. Peu importe ce que tu veux fêter ce soir, tu seras sur la plage à 5 heures du matin ou on viendra te traîner dehors. Compris ? Maintenant que tout ce foutoir est terminé, on doit être prêts à être appelés à tout moment.

— On se voit là-bas, répondit Phantom avec un sourire.

Puis il serra la main de chaque personne dans la pièce. C'était légèrement irritant, car la seule personne à qui Phantom voulait *vraiment* parler était Kalee. Mais il ne voulait pas être impoli envers les hommes qui étaient venus se tenir à ses côtés.

Quand il atteignit Tex, Phantom ne put s'empêcher d'afficher un sourire ridicule.

— Comment avez-vous su que nous étions ici aujourd'hui ?

— Vous semblez oublier qui je suis, dit Tex. Je sais tout.

— C'est vrai, dit Phantom en tendant la main et en serrant Tex dans ses bras.

Il savait que l'homme n'aimait pas les remerciements, mais il devrait s'y faire pour cette fois.

— Merci de m'avoir donné ce dont j'avais besoin pour la retrouver.

— De rien, dit Tex à voix basse, ce qui faillit provoquer une crise cardiaque chez Phantom.

L'homme ne disait jamais « de rien » non plus. Jamais. Il se retira et fit à Tex un signe de tête.

Puis Phantom se tourna vers Kalee.

Elle se tenait un peu à l'écart, un énorme sourire aux lèvres.

— Salut, fit-elle bêtement.

Phantom ne prit pas la peine de lui rendre son salut. Il l'attrapa et la souleva de terre et se mit à tournoyer en la serrant dans ses bras.

Elle gloussa, et son rire lui alla droit au cœur.

— Je dois te remercier pour le fait que tous ces gars soient là aujourd'hui ?

— Pas vraiment. J'ai juste dit à Ace que ce serait bien que tu aies quelqu'un d'autre que moi pour te soutenir. Et je suppose que lui et le reste des gars ont pris le relais.

Phantom la déposa mais garda ses bras autour d'elle.

— Le résultat était bon ? Je suppose que oui, mais je ne connais rien aux sanctions des Marines.

— C'est bien. Quarante-cinq jours de service supplémentaire, ce n'est rien, même si ça veut dire que je risque de rentrer tard.

— Ce n'est pas grave. Je m'assurerai juste de garder ton dîner chaud.

Il sourit.

— Et l'argent ne sera pas un problème. Je suis un bon épargnant.

— Et le blâme ?

Phantom haussa les épaules.

— Cela signifie que je ne serai probablement pas promu très facilement à l'avenir, mais je n'en ai rien à foutre de ça. Je serai toujours un SEAL, c'est tout ce qui compte pour moi.

— Bien.

Ils furent bousculés par quelqu'un qui passait devant eux, et Phantom vit Kalee grimacer.

— Viens, je dois te ramener à la maison, dit-il en fronçant les sourcils.

— Le voilà, plaisantait Rocco.

— Le grincheux est de retour, ajouta Gumby.

— Allez tous vous faire foutre, dit Phantom à ses amis.

Il voulait sourire de leurs pitreries, mais il avait une réputation à tenir.

Alors que Phantom commençait à tirer Kalee vers la porte, elle regarda en arrière et appela Ace :

— Dis à Piper que je l'appellerai demain.

— Je lui dirai, répondit Ace. Mais ils attendent tous à l'extérieur de la pièce pour te voir !

Phantom fit un signe de tête aux hommes et aux femmes à l'extérieur qui étaient impatients de lui parler, de lui apporter leur soutien, mais il ne s'arrêta pas. Caite, Sidney, Piper, Zoey et Avery attendaient aussi anxieusement de connaître le résultat, mais il traîna Kalee devant elles sans lui laisser le temps de parler. Kalee et lui avaient eu une dure journée. Il voulait la ramener à la maison et l'avoir pour lui tout seul.

⁎
⁎⁎

Deux heures plus tard, après que Phantom leur eut préparé quelque chose à manger, qu'il lui eut fait couler un bain, puis fait un massage décadent de trente minutes – et après qu'il l'eut allongée sur lui dans leur lit et fait l'amour longuement et passionnément –, Kalee était assise à cali-fourchon sur lui, souriante.

Elle aurait mal plus tard, mais elle s'en fichait. Son homme avait commencé par lui donner le contrôle, mais l'avait repris dès qu'elle l'avait un peu trop taquiné.

Se penchant vers la petite table près du lit, en prenant soin de ne pas le déloger de son corps, Kalee attrapa la vieille casquette de baseball sale qui s'y trouvait. Elle la mit sur sa tête et se pencha, s'appuyant avec ses mains sur ses épaules.

— J'aime ma casquette, murmura-t-elle.

— C'est *ma* casquette, rétorqua immédiatement Phantom.

Kalee gloussa. Ils savaient tous les deux qu'il s'en fichait de la casquette, mais c'était un truc entre eux maintenant.

— Comment suis-je arrivée ici ? demanda Kalee.

— Le destin, répondit Phantom.

Ses mains s'agrippèrent fermement à ses hanches, et il la regarda avec une expression plus sérieuse que Kalee n'en avait jamais vue.

— Quoi ? demanda-t-elle, nerveuse maintenant.

— Je t'aime, Kalee. Plus que je n'aurais jamais imaginé pouvoir le faire. Je pensais que je n'étais pas digne d'être aimé. Que c'était mon destin de mourir au combat, et j'étais d'accord avec ça. Mais à la seconde où je t'ai vue dans ce trou, quelque chose a changé en moi. Je ne savais même pas que tu étais en vie, et c'était comme si mon âme pleurait de douleur. Quand j'ai réalisé que tu *étais* vivante, j'ai eu un déclic. Je veux t'épouser. Avoir des enfants avec toi. Vivre avec toi jusqu'à ce que nous soyons centenaires. Je ne sais pas ce que je ferais sans toi. S'il te plaît, ne me quitte jamais, mon cœur ne le supporterait pas.

Kalee se sentit fondre.

— Je ne vais nulle part.

— Alors tu vas m'épouser ?

— Oui. Mais tu dois quand même me demander correctement. Et peut-être parler d'abord avec mon père, pour qu'il se sente inclus.

Phantom fit la grimace, mais elle savait que ça ne le dérangeait pas vraiment.

— Et les enfants ?

— Seulement si on peut avoir un chien aussi. Peut-être un terrier croisé.

Ses yeux se fermèrent un instant, puis il leva les yeux vers elle.

— Je savais que tu ne dormais pas quand j'ai raconté cette histoire à Mustang et aux autres.

Elle haussa les épaules.

— Marché conclu, chuchota-t-il.

— Marché conclu, répondit-elle.

Puis Kalee se tordit sur ses genoux.

— Je ne suis pas si fatiguée que ça en ce moment.

Elle sentit son sexe bouger en elle. Ils avaient parlé plus tôt de contraception, et comme elle était protégée, ils avaient décidé de ne pas utiliser de préservatifs. Même si leurs ébats étaient plus désordonnés de cette façon, Kalee savait qu'elle ne reviendrait jamais en arrière. Elle aimait avoir les fluides de Phantom en elle, et aimait encore plus qu'il n'ait pas besoin de se lever immédiatement pour s'occuper d'un préservatif.

— Comment vont tes écorchures ?

Lorsque Kalee était entrée dans la baignoire un peu plus tôt, les écorchures sur ses genoux et ses coudes s'étaient manifestées, mais elle ne s'en souciait pas pour le moment.

— Quelles écorchures ?

Phantom lui sourit. Puis il lui serra les hanches et les fit tourner pour qu'elle se retrouve sur le dos. Haletant de surprise et de plaisir devant la force de son homme, Kalee écarta les genoux, sentant Phantom s'enfoncer plus profondément en elle.

— Je t'aime, mon trésor. Merci d'être forte. De m'avoir attendu.

— Je t'aime aussi. Et merci d'être venu me chercher.

— Je viendrai toujours te chercher.

Sur ces paroles, Phantom commença à faire l'amour à Kalee. Lentement, révérencieusement, jusqu'à ce que Kalee pense qu'elle allait perdre la tête.

Plus tard, alors qu'ils étaient tous deux épuisés et que Phantom s'était profondément endormi, tenant Kalee si étroitement dans ses bras qu'elle ne pouvait même pas se retourner sans le réveiller, elle ferma les yeux et se souvint de quelque chose qui s'était passé une nuit lorsqu'elle était au Timor oriental.

Elle regardait les étoiles, se demandant pourquoi elle était dans cette situation. Une étoile filante avait traversé le ciel. C'était si vif, si brillant, que Kalee pensait qu'elle l'avait imaginé.

Puis une autre avait suivi, juste après la première.

Elle avait pris ça comme un signe qu'elle devait juste continuer à s'accrocher. Qu'elle serait sauvée. Elle ne savait pas quand, ni par qui, mais elle savait qu'elle ne pouvait pas abandonner.

— Je t'aime, chuchota-t-elle.

— Je t'aime aussi, répondit Phantom dans son sommeil.

Kalee se blottit contre son homme et ferma les yeux. Les rebelles n'avaient plus d'emprise sur elle. Elle était heureuse... et elle le resterait.

ÉPILOGUE

Kalee regardait le chaos qui l'entourait en souriant. Il y a cinq ans, alors qu'elle pensait mourir au Timor oriental, elle n'imaginait pas pouvoir être aussi heureuse qu'elle l'était en ce moment.

Phantom et elle étaient chez Piper et Ace, pour fêter la fin du lycée de Kemala. Elle avait réussi à rattraper ses camarades, et bien qu'elle ait un an de plus que la plupart d'entre eux, elle n'avait pas seulement obtenu son diplôme, elle avait été acceptée à l'Université de Purdue avec plusieurs bourses d'études.

Lorsqu'elle était arrivée aux États-Unis, son professeur d'anglais seconde langue avait encouragé tous ses élèves à communiquer avec des correspondants d'une école de l'Indiana. Kemala et Rosa avaient sympathisé dès le début. Rosa venait du Mexique et, bien qu'elles aient rencontré des difficultés à communiquer au début, elles s'étaient rapidement envoyé des e-mails et des SMS tous les jours.

Piper et Ace avaient pris des vacances à West Lafayette en Indiana il y a deux ans pour que les filles puissent se rencontrer, et Kemala était tombée amoureuse de la région, disant qu'elle lui rappelait les collines du Timor oriental. Elle avait décidé qu'elle préférait la petite ville aux grandes cités. Elle avait postulé et avait été acceptée au département de mathématiques de Purdue.

Peu de temps après son arrivée aux États-Unis, elle avait vu le film *Les Figures de l'ombre* et avait été fascinée par Katherine Johnson et la façon dont elle avait calculé les trajectoires de vol pour la NASA. Heureusement, Kemala était douée pour les chiffres et était rapidement devenue la première de sa classe en mathématiques. Kalee était aussi fière de Kemala que si elle était sa propre fille.

Sinta avait maintenant 13 ans et commençait tout juste à s'intéresser aux garçons, au grand dam de son père. Kemala n'était pas intéressée par les relations amoureuses et avait passé tout son temps au lycée soit sur l'ordinateur à parler à Rosa, soit à traîner avec les filles de sa classe. Mais Sinta et Kemala c'était le jour et la nuit. Elle adorait se maquiller et s'habiller de façon féminine et ce qu'elle préférait était d'aller aux matchs de football du lycée le vendredi soir... pour pouvoir flirter avec les garçons et rire avec ses copines.

Rani avait 10 ans et était un vrai garçon manqué. Elle aimait aller à la pêche avec Ace, et n'avait aucun problème à creuser dans la terre pour trouver des vers. Mais c'était sa relation avec son grand-père qui faisait fondre Kalee.

Paul Solberg et elle avaient un lien unique. Ils se parlaient constamment au téléphone, et Kalee savait que Piper faisait en sorte qu'ils se voient au moins une fois par semaine.

Partout où le regard de Kalee se posait, il y avait des enfants. Des amis du lycée de Kemala, surtout des filles. Quelques-unes des amies de Sinta étaient là, riant et bavardant, probablement à propos des garçons. Rani et son meilleur ami, Karson, avaient grimpé à un arbre dans le jardin et observaient les festivités depuis leur point d'observation élevé.

— C'est dingue, n'est-ce pas ? demanda Piper en s'approchant de Kalee, qui se tenait sur la terrasse et regardait la mêlée dans le jardin.

En souriant, Kalee se tourna vers sa meilleure amie.

— Oui, mais je ne voudrais pas qu'il en soit autrement.

Phantom et Ace étaient dans la cour à jouer avec les plus jeunes enfants. Kalee ne pouvait pas dire à quel jeu ils jouaient, mais elle supposa que cela n'avait pas d'importance. Tout ce qui comptait, c'était que les enfants s'amusent comme des fous... tout comme les papas.

Les six Navy SEAL se pliaient à tous les désirs des enfants.

Les enfants de la famille d'accueil de Caite et Rocco aidaient également à maîtriser les petits et à s'assurer que personne ne se blessait. Ils avaient deux enfants biologiques, des garçons nés à un an d'intervalle. Ils les avaient appelés Hunter et Decker, comme Caite l'avait promis à Cookie et Gumby toutes ces années auparavant, quand les deux hommes l'avaient sauvée de l'océan. Ils avaient commencé à accueillir des enfants plus âgés dans le besoin peu de temps après leur mariage. Ils avaient adopté un de leurs premiers enfants le jour de son dix-septième anniversaire. Kalee avait été très touchée lorsque Grant avait pleuré comme une madeleine en ouvrant le papier contenant la demande d'adoption. Il avait admis qu'il n'avait jamais pensé qu'il aurait un jour une famille à lui.

Depuis lors, les Wise avaient accueilli une douzaine d'autres adolescents. Certains étaient restés une semaine, d'autres étaient avec eux depuis des années. Ils avaient actuellement quatre enfants accueillis dans la maison : Steve, Genesis, Hailey et Sara. Grant vivait dans un apparte-

SUSAN STOKER

ment à proximité et suivait des cours du soir au collège local tout en travaillant à plein temps.

Kalee se moqua de Sidney alors qu'elle trébuchait sur un des rejetons de Piper. Sidney et Gumby n'avaient pas d'enfants, mais *ils* avaient une maison pleine de chiens, ce qui les gardait en alerte. Hannah n'était que le premier des nombreux chiens maltraités et sauvés que le couple avait soignés et auxquels ils avaient offert un foyer chaleureux et aimant. Ils en comptaient actuellement cinq, et Kalee savait que c'est seulement parce que Gumby avait mis le holà.

Mais tout le monde savait qu'il était très sensible et que si Sidney ramenait à la maison un autre chiot ou un chien âgé qui avait besoin d'un foyer, il céderait.

Les enfants biologiques de Piper, John et Katie, avaient respectivement 5 et 3 ans. Leur maison était pleine à craquer avec cinq enfants et deux adultes – ou techniquement quatre enfants et *trois* adultes, puisque Kemala était elle-même adulte. Et Kalee aimait le bonheur de son amie. Les bandes dessinées de Piper continuaient à avoir un succès incroyable et elle avait engagé une assistante pour gérer sa boutique en ligne et ses comptes de médias sociaux.

Zoey et Bubba avaient aussi deux enfants. Tanner avait 4 ans, et John et lui s'entendaient comme larrons en foire. Ils s'attiraient constamment des ennuis et suppliaient leurs parents respectifs de les héberger tous les week-ends. Piper et Zoey s'en occupaient à tour de rôle, et elles étaient toutes deux étonnées qu'aucun des garçons ne languisse quand ils étaient loin de la maison... au grand dam de leurs mères.

Chance venait d'avoir un an et apprenait à marcher. Hailey, l'une des enfants placés en famille d'accueil de Caite, le tenait par la main et l'aidait à « marcher » dans la cour. Zoey avait fait de son amour pour les personnes âgées une carrière. Elle avait plusieurs clients, bien qu'elle les appelle des amis, dont elle s'occupait tous les jours. Elle s'assurait qu'ils avaient mangé et payé leurs factures, des choses comme ça. Elle restait un moment avec chacun d'eux, leur apportant simplement une présence. La plupart du temps, elle amenait Chance et Tanner avec elle, ce qui semblait être bénéfique pour tout le monde.

Le fils d'Avery, Blake, avait 2 ans, et il était son portrait craché. Il avait des cheveux roux vif et des taches de rousseur. Kalee avait entendu l'histoire de Rex qui, alors qu'il pensait qu'il allait mourir dans la rivière en Afghanistan, avait levé les yeux et vu un petit garçon debout, et il jurait que Blake *était* ce garçon. Il avait en quelque sorte vu un aperçu de son futur enfant, et cela l'avait motivé à rester en vie jusqu'à ce qu'Avery soit capable de le libérer des débris qui le retenaient sous l'eau.

Ils avaient aussi une petite fille de deux mois, Emma, qui dormait à poings fermés dans les bras de sa mère. Avery se tenait à l'ombre avec Caite, Sidney et Zoey, observant le chaos.

À ce moment-là, Kalee vit son propre fils, Carter, qui venait d'avoir 3 ans, tomber à plat ventre dans la cour. Avant qu'elle ne puisse bouger, Phantom était là. Il se précipita sur leur fils, l'embrassa, s'assura qu'il allait bien avant de le remettre sur ses pieds et de l'encourager à courir à nouveau.

— C'est un père formidable, déclara Piper.

— Je sais, dit fièrement Kalee. Je savais qu'il le serait. Il avait dit à Avery qu'il était terrifié à l'idée de devenir père, parce qu'il n'avait pas eu de bons modèles. Mais nous sommes tous les deux d'accord qu'à cause de ce qu'il a traversé, il s'assurera de ne pas répéter ces erreurs.

— Il est plutôt incroyable. Il est encore assez grincheux... jusqu'à ce qu'il voie Carter. Alors il fond, dit Piper.

— Et tu sais, au début, j'avais peur qu'il ne le gâte trop. Dès qu'il faisait un bruit, Phantom était là pour le prendre dans ses bras et le bercer. Mais je l'ai surpris en train d'avoir des discussions d'homme à homme avec Carter, et je sais au fond de moi que mon fils va devenir un homme d'enfer, dit Kalee à sa meilleure amie.

— Des discussions d'homme à homme ? Carter n'a que 3 ans ! dit Piper en riant.

— Je sais. Mais c'est vrai. Hier, je l'ai entendu dire à Carter que ce n'est jamais bien de frapper une fille. Peu importe à quel point elle t'énerve. Puis il a parlé de respect et de toujours dire la vérité, même si ça fait mal. Il a même dit qu'un jour, il allait rencontrer la personne qui était faite juste pour lui, et qu'il le saurait en la rencontrant. Je sais que Carter n'avait probablement aucune idée de ce dont il parlait, mais j'étais quand même tellement fière de Phantom.

Piper se mit à sourire.

— On a eu de la chance.

Kalee renifla.

— Je pense que c'est l'euphémisme de l'année. Il n'y a absolument aucune raison pour que nous soyons ici aujourd'hui. Mais nous le sommes. Et nous avons des enfants adorables, des amis incroyables, et les meilleurs maris qu'on puisse espérer.

— Phantom est-il d'accord avec la décision de l'équipe de passer les missions actives aux SEAL plus jeunes et plus récents ? demanda Piper.

Kalee hocha la tête.

— Je le pense, oui. Avoir Carter a vraiment changé sa vision de beaucoup de choses. Ne te méprends pas, il m'aime et détesterait que je me retrouve seule si quelque chose lui arrivait, mais son fils a *vraiment* changé sa façon de voir les choses. Et puis, comme je n'arrête pas de le lui rappeler, il a presque 40 ans et n'est plus tout à fait un jeune homme.

— Je parie que ça va bien se passer, dit Piper avec un sourire en coin.

— Pas vraiment.

Il a défié l'une des nouvelles équipes de SEAL, et alors que lui et les autres gars ont tenu bon, il a pris du Tylenol comme un fou pendant les jours suivants.

— Ace aussi ! ajouta Piper en riant. Mais oui, je sais pertinemment qu'Ace est parfaitement heureux de travailler de 8 à 17 heures... OK, de 7 heures à 18 heures, pour être honnête. Mais il est à la maison tous les soirs et la plupart des week-ends. J'aime mes enfants, et je ne changerais rien à ma vie, mais se débrouiller avec cinq enfants et essayer de gérer toutes leurs activités est difficile toute seule.

Kalee passa son bras autour des épaules de son amie, et elles se tournèrent pour regarder la pelouse. De là où elles se trouvaient, c'était le chaos absolu. Les enfants criaient d'excitation et couraient partout. Les hommes riaient et ne faisaient qu'ajouter au chaos. Le père de Piper était assis sur une chaise à l'ombre et observait tout cela avec un grand sourire. Leurs amis appréciaient de ne pas avoir à courir après leurs enfants pendant un moment.

— Ils n'ont pas gagné, dit doucement Kalee.

— Non, certainement pas, acquiesça Piper, sachant exactement de qui Kalee parlait.

Alors que Kalee se tenait là, elle pensait à sa vie. Elle avait presque 40 ans, et honnêtement, les cinq dernières années avaient été les meilleures. Elle avait été bénévole au centre aéré pendant deux ans avant d'accepter un poste rémunéré. Elle était maintenant l'une des deux directrices et responsable de tous les bénévoles. Elle aimait pouvoir redonner à sa communauté, passer du temps avec les enfants et partager ses expériences avec eux.

L'un des messages les plus importants qu'elle s'efforçait de transmettre non seulement aux enfants du programme extrascolaire, mais aussi dans tous les discours qu'elle avait prononcés sur ce qui lui était arrivé, était que les choses qui arrivent dans votre vie ne doivent pas vous définir. Souvent, être heureux et réussir est le meilleur moyen de montrer à ceux qui ont essayé de vous briser qu'ils ont échoué.

Phantom et elle étaient d'excellents exemples à cet égard.

Sa mère et sa tante avaient essayé de faire de lui le genre d'homme qu'elles détestaient, et avaient échoué.

Les rebelles avaient essayé de la transformer en tueur comme eux, mais ils avaient échoué.

Et maintenant, Phantom et elle vivaient la meilleure vie possible. Leurs vies n'étaient pas parfaites, mais c'était beaucoup plus facile d'accepter les choses quand ils pensaient qu'elles auraient pu être bien pires.

En regardant son mari, Kalee ne pouvait s'empêcher de penser au petit coup rapide qu'ils s'étaient accordés avant de partir pour la fête de fin d'année. Alors qu'elle était dans leur salle de bain en sous-vêtements en train de se préparer, Phantom l'avait penchée sur l'évier – doucement – et lui avait fait l'amour rapidement, sachant exactement comment la toucher pour la faire jouir le plus rapidement possible.

En fait, leur vie amoureuse s'était encore améliorée. Ils ne faisaient plus l'amour tous les soirs comme avant, mais quand ils le faisaient, c'était plus affectueux et moins frénétique. Parfois, ils devaient se contenter d'un petit coup rapide, comme tout à l'heure, mais d'autres fois, ils s'exploraient lentement. Phantom était devenu très doué pour l'amener au bord du précipice et l'y maintenir, prolongeant à la fois sa torture et son plaisir.

— Maman ! cria Carter en levant les yeux et en la voyant sur la terrasse.

Kalee lui fit un signe de la main et éclata de rire quand il utilisa ses deux mains pour lui répondre avec enthousiasme.

— Regarde ! cria-t-il en se retournant et en courant à toute allure vers son père.

Phantom était dos au garçon, et Kalee grimaça à l'idée de la collision inévitable à laquelle elle allait assister.

Mais comme s'il avait des yeux derrière la tête, Phantom se retourna à la dernière seconde, prit Carter dans ses bras, et le fit tourner en un cercle vertigineux. Le rire de Carter était si fort que Kalee l'entendait de sa position sur la terrasse.

— Il est cinglé, marmonna Piper.

Kalee ne pouvait qu'être d'accord. Elle regardait Phantom embrasser le front de Carter, lever les yeux et la voir, puis se diriger vers les escaliers de la terrasse. En cinq secondes, il était là, à ses côtés, leur fils toujours dans les bras.

— Hé, mon trésor. Tu t'amuses bien ?

— Oui.

— Bien.

— Maman Trésor ! fit Carter en écho.

— C'est vrai, mon fils, elle l'est. Sais-tu pourquoi nous venons voir maman ?

Il secoua la tête.

— Parce que lorsque tu es à une fête, tu dois toujours garder un œil sur ta femme, pour t'assurer que tout va bien pour elle. Qu'elle s'amuse et qu'elle n'a besoin de rien. Tu as besoin de quelque chose, Kalee ?

Elle fit un grand sourire à son mari.

— Non, je vais bien. Merci.

— Maman va bien ! dit Carter.

Phantom sourit à son fils puis prit sa main libre et l'accrocha derrière le cou de Kalee. Il l'attira contre lui et l'embrassa. Il ne se retint pas non plus. C'était un véritable baiser avec la langue. C'est seulement quand il eut fini qu'il se tourna vers Piper.

— Tu as besoin de quelque chose, Piper ?

Elle riait.

— Non. Merci quand même.

— Papa, par terre ! dit Carter en se tortillant dans les bras de son père.

Phantom posa son fils, qui leva immédiatement les yeux vers sa mère.

— Maman, je peux toucher ? demanda-t-il en approchant ses petites mains de son ventre.

— Oui, bébé, tu peux toucher mon ventre.

Kalee leva les yeux vers Phantom alors que leur fils posait ses deux mains sur son ventre arrondi.

— La sœur de Carter, dit le petit garçon avec révérence.

— Oui, fils, ta petite sœur est là-dedans, répondit Phantom sur un ton rempli de fierté.

— Bientôt ? demanda Carter en levant les yeux vers son père.

— Elle a encore trois mois environ avant d'être prête à venir te rencontrer, dit Phantom.

Un cri retentit sous le pont, et Carter se retourna pour regarder.

— Papa, je veux jouer avec Tanner et John ! s'exclama Carter quand il vit les deux garçons courir à travers la pelouse.

Il ne pouvait pas encore suivre les deux garçons plus âgés, mais Kalee savait que ce n'était qu'une question de temps.

— Très bien, dit Phantom à son fils.

Il serra la nuque de Kalee, puis passa doucement sa main sur son ventre.

— Crie si tu veux descendre les escaliers, je viendrai t'aider.

Kalee leva les yeux au ciel.

— Phantom, je peux me débrouiller toute seule pour aller dans la cour.

— Fais-moi plaisir, ordonna-t-il.

Puis il l'embrassa rapidement avant de prendre son fils et de redescendre vers la cour et le chaos.

— Waouh.

Kalee leva une main, empêchant Piper de dire quoi que ce soit de plus.

— Je sais, je sais. C'est fou qu'il soit si protecteur... mais j'adore ça.

— Et Carter qui demande la permission avant de te toucher ? J'adore ça.

Kalee hocha la tête.

— Oui, Phantom lui a inculqué ça. Son professeur de maternelle dit que toute sa classe le fait. Avant de tenir la main de quelqu'un d'autre, ils demandent la permission de le toucher. Avant de faire des câlins, ils demandent la permission.

— Et est-ce que quelqu'un lui a déjà dit non ? demanda Piper. Parce que si tout le monde dit toujours oui, la leçon est inutile.

— Étonnamment, oui. Phantom et moi avons déjà parlé de ça, et de temps en temps, je lui refuse... bien que ça me déchire le cœur chaque fois. Mais il le prend très bien, et respecte mes souhaits. Mais les enfants de son école sont géniaux. Ils se disent non tout le temps les uns aux autres, et c'est extrêmement gratifiant quand les autres font avec. J'espère que la leçon lui servira pendant son adolescence.

— J'en suis sûre, dit Piper. Avec des modèles comme Phantom et le reste de l'équipe, comment pourrait-il en être autrement ? Tu as fini avec tes nausées matinales ?

Kalee sourit.

— Oui. Ça a semblé durer plus longtemps cette fois qu'avec Carter, mais je pense que le pire est passé.

— Bien. Je suis heureuse pour toi, Kalee. Tu vas avoir le garçon et la fille que tu as toujours voulus, dit Piper, épanouie et amoureuse.

Piper reprit le bras de Kalee, et les deux amies regardèrent leurs amis et leur famille profiter de leur compagnie mutuelle.

Il y a six ans, si quelqu'un avait dit à Kalee qu'elle serait là où elle était aujourd'hui, elle ne l'aurait pas cru. Mais elle avait appris à vivre chaque jour comme si c'était le dernier et à ne jamais considérer ses amis ou son Phantom comme acquis. Elle savait mieux que n'importe qui à quelle vitesse tout pouvait lui être enlevé.

— Je t'aime, Kalee, murmura Piper.

— Je t'aime aussi, répondit Kalee.

Elle ne savait pas ce que la vie lui réservait dans le futur, mais elle savait sans aucun doute que ce serait bien. Comment pourrait-il en être autrement ?

* * *

Ne ratez pas le prochain tome de la série Forces Très Spéciales : L'Héritage : *Un Sanctuaire pour Jane*

DU MÊME AUTEUR

Un paradis pour Monica (10 May 2022)

Un paradis pour Carly

Un paradis pour Ashlyn

Un paradis pour Jodelle

Mercenaires Rebelles

Un Défenseur pour Allye

Un Défenseur pour Chloé

Un Défenseur pour Morgan

Un Défenseur pour Harlow

Un Défenseur pour Everly

Un Défenseur pour Zara

Un Défenseur pour Raven

Ace Sécurité

Au Secours de Grace

Au Secours d'Alexis

Au Secours de Bailey

Au Secours de Felicity

Au Secours de Sarah

Forces Très Spéciales Series

Un Protecteur Pour Caroline

Un Protecteur Pour Alabama

Un Protecteur Pour Fiona

Un Mari Pour Caroline

Un Protecteur Pour Summer

Un Protecteur Pour Cheyenne

Un Protecteur Pour Jessyka

Un Protecteur Pour Julie

Un Protecteur Pour Melody

Un Protecteur pour l'avenir

Un Protecteur Pour Les Enfants de Alabama

Un Protecteur Pour Kiera

Un Protecteur Pour Dakota

Delta Force Heroes Series

Un héros pour Rayne

Un héros pour Emily

Un héros pour Harley

Un mari pour Emily

Un héros pour Kassie

Un héros pour Bryn

Un héros pour Casey

Un héros pour Wendy

Un héros pour Mary

Un héros pour Macie

Un héros pour Sadie

Un héros pour Annie (Feb 2022)

À PROPOS DE L'AUTEUR

Susan Stoker est une auteure de best-sellers aux classements du New York Times, de USA Today et du Wall Street Journal. Elle a notamment écrit les séries Badge of Honor: Texas Heroes, SEAL of Protection et Delta Force Heroes. Mariée à un sous-officier de l'armée américaine à la retraite, Susan a vécu dans tous les États-Unis, du Missouri jusqu'en Californie en passant par le Colorado, et elle habite actuellement sous le vaste ciel du Tennessee. Fervente adepte des fins heureuses, Susan aime écrire des romans où les sentiments laissent place au grand amour.

http://www.StokerAces.com

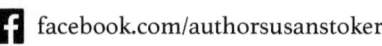 facebook.com/authorsusanstoker

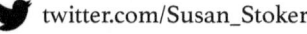 twitter.com/Susan_Stoker

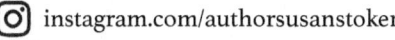 instagram.com/authorsusanstoker

 goodreads.com/SusanStoker